DANIEL MASON

Der Klavierstimmer Ihrer Majestät

Buch

Es ist ein beschauliches und ruhiges Leben, das Edgar Drake im viktorianischen London führt. Er ist glücklich mit Katherine verheiratet, die zu schätzen weiß, dass Klavierstimmer besser zuzuhören verstehen als andere Männer. Aber nach achtzehn erfüllten Ehejahren stellt Drake die Hingabe seiner Frau auf eine harte Probe: Er nimmt den Auftrag des British War Office an, ein echtes Erard-Piano zu stimmen – mitten im tiefsten Dschungel von Birma. Der Flügel gehört einem britischen Militärarzt, über den Drake auf seiner Reise nach Mandalay seltsame Gerüchte hört: Anthony Carroll sei ein Individualist, ein Rebell, der gefährliche Geschäfte betreibe. Carrolls Camp liegt Hunderte von Meilen jenseits von Mandalay, in den Shan-Hochebenen. Als Drake das Fort erreicht, gerät er so sehr in den Bann des charismatischen Arztes und des fremden, faszinierenden Landes, dass er auch, nachdem er den Flügel gestimmt hat, noch dort bleibt. Er verliebt sich in die schöne Khin Myo, Carrolls Geliebte. Doch bevor er ihr seine Liebe gestehen kann, greifen einheimische Stämme das Fort an …

»Ein erstaunliches Debüt; ein ungewöhnliche, packende Mischung aus Abenteuergeschichte, Reiseroman und Psychogramm – so voller Bilder und Farben, dass sich das Buch als Kinostoff geradezu anbietet.« *Rheinische Post*

Autor

Daniel Mason, 1976 in Kalifornien geboren, studierte Biologie und Medizin in Harvard und San Francisco. Er forschte ein Jahr lang an der thailändisch-birmanischen Grenze über Malaria-Erkrankungen und recherchierte dort für seinen ersten Roman, der in Amerika auf Anhieb ein Bestseller wurde und die literarische Kritik begeisterte.

Daniel Mason

Der Klavierstimmer Ihrer Majestät

Roman

Aus dem Amerikanischen
von Barbara Heller

GOLDMANN

Die amerikanische Originalausgabe erschien 2002 unter dem Titel »The Piano Tuner« bei Alfred A. Knopf, New York.

Umwelthinweis:
Alle bedruckten Materialien dieses Taschenbuches sind chlorfrei und umweltschonend.

1. Auflage
Taschenbuchausgabe Dezember 2004

Umschlaggestaltung: Design Team München
Umschlagfoto: Corbis
Druck: GGP Media GmbH, Pößneck
Titelnummer: 45825
TH · Herstellung: Stefan Hansen
Made in Germany
ISBN 3-442-45825-0
www.goldmann-verlag.de

Für meine Großmutter Halina

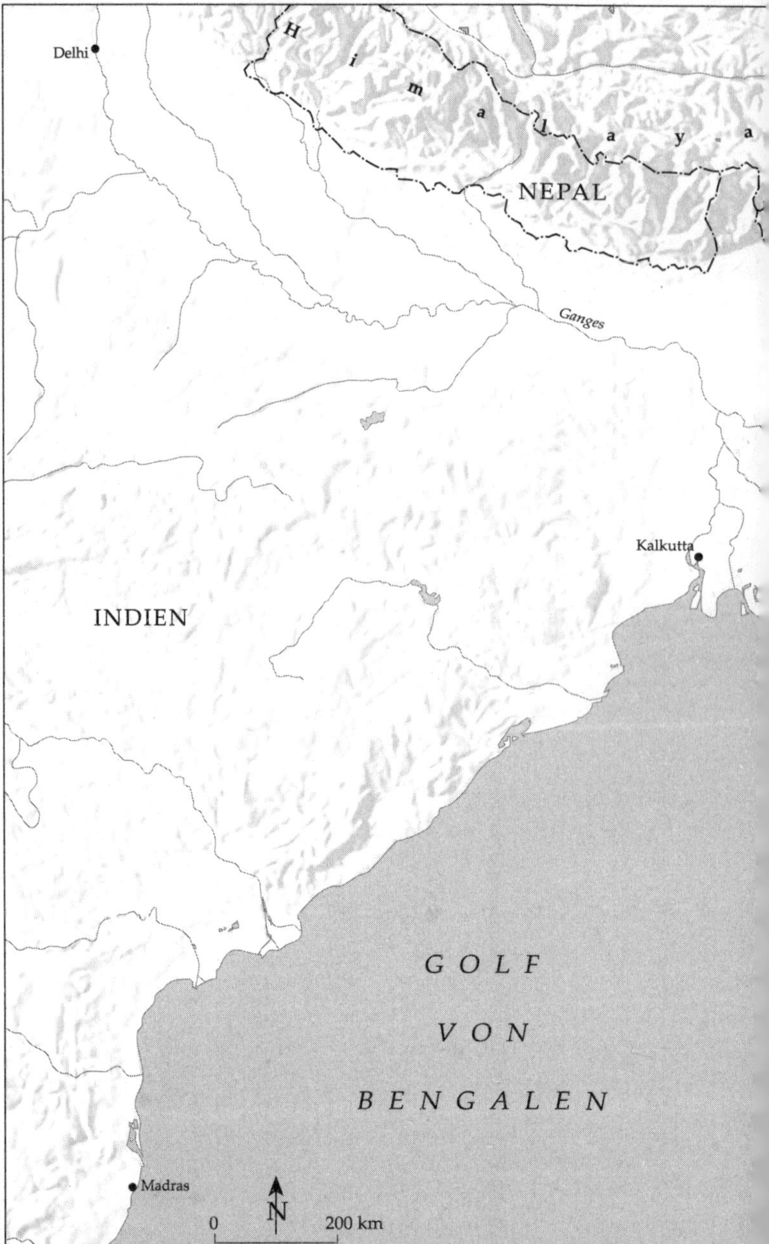

Delhi
H i m a l a y a
NEPAL
Ganges
Kalkutta
INDIEN
G O L F
V O N
B E N G A L E N
Madras
N
0
200 km

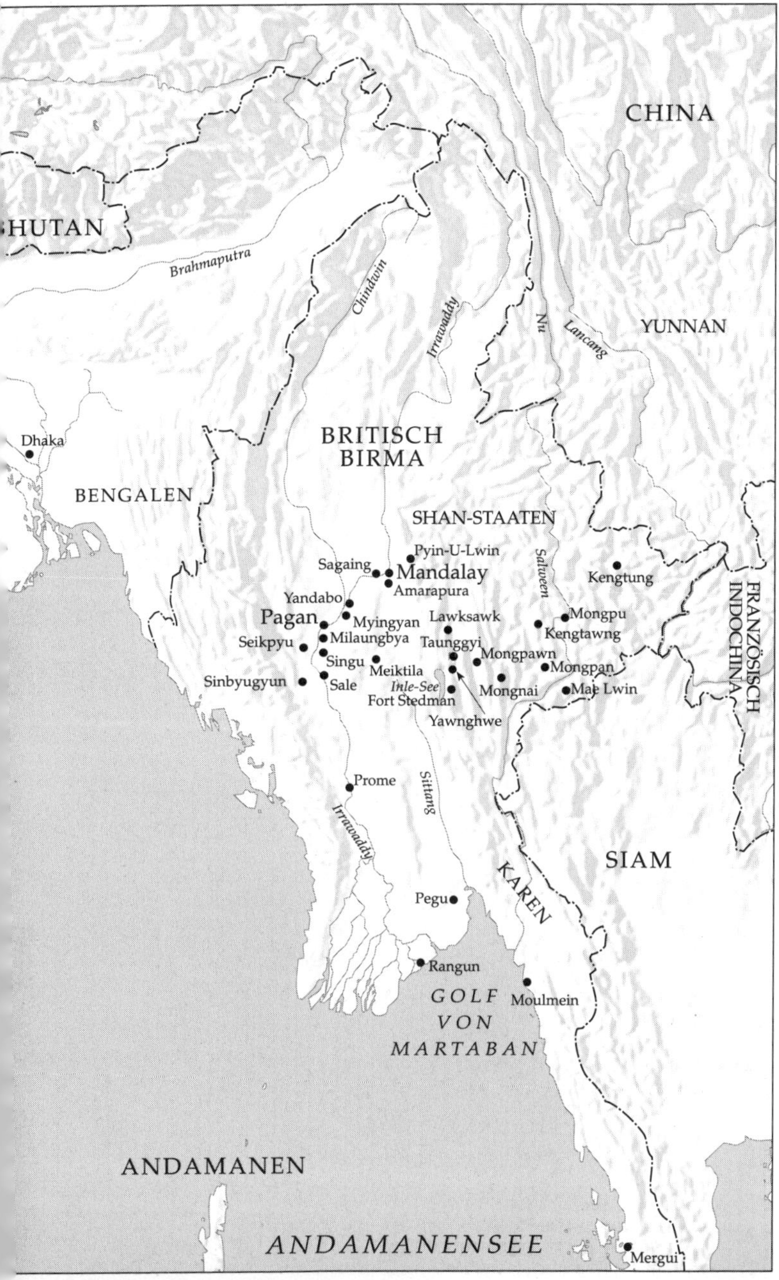
CHINA
HUTAN
Brahmaputra
Chindwin
Irrawaddy
Nu
Lancang
YUNNAN
Dhaka
BRITISCH
BIRMA
BENGALEN
SHAN-STAATEN
Pyin-U-Lwin
Salween
Sagaing
Mandalay
Kengtung
Amarapura
Yandabo
Pagan
Myingyan
Lawksawk
Mongpu
Kengtawng
Milaungbya
Seikpyu
Taunggyi
Mongpawn
Singu
Meiktila
Mongpan
Sinbyugyun
Sale
Inle-See
Mongnai
Mae Lwin
Fort Stedman
Yawnghwe
FRANZÖSISCH
INDOCHINA
Prome
Sittang
Irrawaddy
SIAM
KAREN
Pegu
Rangun
Moulmein
GOLF
VON
MARTABAN
ANDAMANEN
ANDAMANENSEE
Mergui

»Brüder«, sprach ich, »die durch hunderttausend
Gefahren nach dem Westen seid gelangt,
entziehet nicht dem kurzen Lebensabend,
der uns noch bleibt, die sinnliche Erfahrung
der unbewohnten Welt dort nach der Sonne!«

Dante, Hölle *XXVI. Gesang*

Um Harmonie zu schaffen, muss die Musik
den Missklang erforschen.

Plutarch

Prolog

In den flüchtigen Momenten letzter Erinnerung werden die Sonne und der Sonnenschirm einer Frau zum Sinnbild Birmas. Er hat sich gefragt, welche Eindrücke bleiben würden – die kaffeebraunen, singenden Fluten des Salween nach einem Gewitter, die Palisaden der Fischernetze kurz vor Tagesanbruch, die leuchtende Gelbwurz, die tropfenden Lianen. Über Monate zitterten diese Bilder auf der Netzhaut seiner Augen, bald aufflammend und wieder verlöschend wie eine Kerze, bald ans Licht drängend, dargeboten wie die Waren in einem wimmelnden Basar. Manchmal zogen sie auch nur wie schemenhafte Wagen eines Wanderzirkus vorüber, jedes eine Geschichte, die schwer zu glauben war, nicht weil ihr eine Handlung gefehlt hätte, sondern weil die Natur eine solche Anhäufung von Farben nicht ohne Diebstahl und Leere in den anderen Teilen der Welt zulassen konnte.

Doch über all dem geht die sengende Sonne auf, ergießt sich über die Bilder wie schimmernde weiße Farbe. Die bedin-saya, *die in schattigen, duftenden Winkeln der Märkte Träume deuten, sagten ihm, dass in Birma eine andere Sonne aufgehe als in der übrigen Welt. Er brauche nur zum Himmel aufzuschauen, dann wisse er es. Dann sehe er, wie sie die Straßen überflute, Ritzen und Schatten ausfülle, Perspektive und Struktur zerstöre. Dann sehe er, wie sie glühe, flamme, lodere, so dass der Horizont einer brennenden Daguerreotypie gleiche, überbelichtet und an den Rändern sich kräuselnd. Wie sie den Himmel verflüssige, die Banyanbäume, die schwüle Luft, seinen Atem, seine Kehle, sein Blut. Wie die Luftspiegelungen von fernen Straßen her einfielen und ihm die Hände verdrehten. Wie seine Haut sich schäle und aufplatze.*

Die Sonne hängt über einer staubigen Straße. Eine Frau geht unter einem Sonnenschirm dahin, ihr dünnes Kleid zittert im Windhauch, ihre bloßen Füße tragen sie fort an den Rand der Wahrnehmung.

Die Hitze nimmt kein Ende, und er spürt, wie sie langsam durch die Adern an seinem Nacken rinnt, wie warme, sich ausbreitende Feuchtigkeit. Er sieht der Frau nach, die der Sonne entgegengeht, allein. Er will sie rufen, doch seine Stimme versagt.

Die Frau wandert in eine Luftspiegelung hinein, in jenen geisterhaften Widerschein von Licht und Wasser, den die Birmaner than hlat *nennen. Die Luft um sie herum flimmert, spaltet ihren Körper, umkreist ihn. Und dann verschwindet auch sie. Nur noch die Sonne und der Sonnenschirm sind da.*

24. Oktober 1886

Sehr geehrter Mr. Drake,

wie unser Stab mir mitteilt, wurden Sie von unserem Ministerium um die Durchführung eines Auftrags im Namen Ihrer Majestät gebeten, bislang jedoch nicht über die Natur Ihrer Mission in Kenntnis gesetzt. Wir möchten Ihnen daher mit diesem Schreiben die näheren Umstände und die Dringlichkeit dieser überaus ernsten Angelegenheit darlegen und Sie ersuchen, sich im Kriegsministerium einzufinden, wo Colonel Killian, der Leiter des Birma-Stabes, sowie ich selbst Sie über die Einzelheiten informieren werden.

Zunächst ein kurzer Überblick. Wie Sie zweifellos wissen, betrachtet Ihre Majestät seit unserer Besetzung der Küstenstaaten Birmas vor sechzig Jahren und zumal nach der kürzlich erfolgten Annexion Mandalays und Oberbirmas die Besetzung und Befriedung des Gebietes als einen Eckpfeiler der Sicherheit des Empire in ganz Asien. Ungeachtet unserer militärischen Erfolge gibt es jedoch Entwicklungen, die eine ernsthafte Gefahr für unsere birmanischen Besitzungen darstellen. Geheimdienstberichte der letzten Zeit bestätigen den Aufmarsch französischer Truppen am Mekong in Indochina, und in Birma selbst gefährden lokale Aufstände unsere Kontrolle über die entlegeneren Gebiete der Kolonie.

1869, während der Regierungszeit des birmanischen Königs Mindon Min, haben wir einen Oberstabsarzt namens Anthony Carroll, einen Absolventen des University College Hospital in

London, nach Birma versetzt; 1874 wurde er auf einen weit abgelegenen Posten in den Shan-Staaten im Osten der Kolonie abkommandiert. Seit seiner Ankunft dort ist Oberstabsarzt Carroll für die Armee unentbehrlich, weit über seine unmittelbaren medizinischen Aufgaben hinaus. Er hat Bemerkenswertes erreicht, was das Zustandekommen von Bündnissen mit den einheimischen Fürsten anbelangt, und sein Stützpunkt bietet ungeachtet der großen Entfernung zu unserem Führungsstab entscheidende Möglichkeiten des Zugangs zum südlichen Shan-Hochland sowie einer raschen Verlegung von Truppen an die siamesische Grenze. Die näheren Umstände von Carrolls Erfolgen sind recht ungewöhnlich, und wir werden Sie, wenn Sie sich im Kriegsministerium einfinden, entsprechend unterrichten. Von Bedeutung für die Krone ist nun eine höchst eigenartige Bitte des Oberstabsarztes, die uns im vergangenen Monat erreichte, die jüngste im Rahmen eines etwas unerfreulichen Briefwechsels bezüglich seines Interesses an einem Konzertflügel.

Doch zunächst zu den Hintergründen, was unsere Seite der Angelegenheit betrifft: Wir sind ungewöhnliche Bitten des Oberstabsarztes, seine medizinischen Forschungen betreffend, zwar gewöhnt, waren aber doch verblüfft, als im vergangenen Dezember ein Brief mit der Bitte um umgehende Anschaffung und Lieferung eines Erard-Flügels von ihm eintraf. Der Kommandant in Mandalay stand der Sache zunächst skeptisch gegenüber, doch zwei Tage später erhielten wir per Kurier eine weitere Nachricht, in der Carroll die Dringlichkeit seines Anliegens unterstrich, als hätte er die Reaktion unseres Stabs vorausgesehen. Auf unsere Antwort, dass die Lieferung eines Flügels nicht möglich sei, weil es in Birma ein solches Instrument nicht gebe, traf eine Woche später ein weiterer Eilbote ein. Er überbrachte ein kurzes Schreiben, dessen Inhalt hier in voller Länge wiedergegeben sei:

Sehr geehrte Herren,

mit allem schuldigen Respekt vor Ihrer Dienststelle unterbreite ich Ihnen hiermit nochmals meine Bitte um einen Erard-Flügel. Ich weiß um die Wichtigkeit meines Stützpunktes für die Sicherheit dieser Region. Sollte die Dringlichkeit meiner Bitte abermals auf Unverständnis stoßen und der Flügel nicht innerhalb von drei Monaten geliefert werden, seien Sie versichert, dass ich von meinem Posten zurücktreten werde. Mir ist durchaus bewusst, dass mein Rang und die Zahl meiner Dienstjahre mich zu ehrenvoller Entlassung und vollen Bezügen berechtigen, wenn ich nach England zurückkehre.

Oberstabsarzt Anthony J. Carroll, Mae Lwin, Shan-Staaten

Wie Sie sich vielleicht vorstellen können, rief dieser Brief bei unserem Stab große Bestürzung hervor. Der Oberstabsarzt war stets ein untadeliger Diener der Krone, seine Führung vorbildlich. Er war sich jedoch unserer Abhängigkeit von ihm und seinen Bündnissen mit den einheimischen Fürsten vollauf bewusst, ebenso wusste er um die zentrale Bedeutung solcher Bündnisse für die europäischen Mächte. Nach einiger Diskussion gaben wir seiner Bitte statt, und im Januar wurde in England ein 1840er Erard verladen, der Anfang Februar dieses Jahres in Mandalay eintraf. Carroll selbst ließ ihn von dort nach Mae Lwin transportieren, teils mit einem Elefanten, teils zu Fuß. Die ganze Eskapade hat bei einigen Mitgliedern unseres Stabes in Birma zwar erheblichen Unmut hervorgerufen, verlief aber letztlich erfolgreich. In den darauf folgenden Monaten leistete Carroll weiterhin hervorragende Arbeit und trieb die Erkundung von Nachschubrouten durch das Shan-Hochland entscheidend voran. Vor einigen Wochen erreichte uns dann eine weitere Bitte von ihm. Offenbar hat sich durch die Feuchtigkeit das Gehäuse des Erard ausgedehnt, das Instrument ist verstimmt, und alle Versuche, es wieder in Ordnung zu bringen, schlugen fehl.

Damit kommen wir nun zum Grund dieses Schreibens. In seinem Brief verlangt Carroll ausdrücklich die Entsendung eines auf Erard-Flügel spezialisierten Klavierstimmers. Wir schrieben zurück, dass es doch einfachere Möglichkeiten geben müsse, das Klavier zu reparieren, aber der Oberstabsarzt beharrte auf seinem Standpunkt. Schließlich stimmten wir zu und erstellten auf der Grundlage einer Registrierung aller Londoner Klavierstimmer eine Liste mehrerer für das Vorhaben geeigneter Handwerker. Wie Sie sicher wissen, sind die meisten Ihrer Kollegen fortgeschrittenen Alters und somit für ein solches Abenteuer ungeeignet. Eingehendere Nachforschungen führten uns schließlich zu Ihnen und Mr. Claude Hastings in der Poultry Street. Da Sie als Experte für Erard-Klaviere aufgeführt sind, hielten wir es für angebracht, Sie um Ihre Mitarbeit zu bitten. Sollten Sie ablehnen, werden wir uns an Mr. Hastings wenden. Die Krone ist bereit, den dreimonatigen Einsatz mit dem Arbeitseinkommen eines ganzen Jahres zu vergüten.

Ihre Fähigkeiten und Ihre Erfahrung, Mr. Drake, empfehlen Sie für diese äußerst wichtige Mission. Wir bitten Sie daher freundlichst, sich so bald wie möglich zur Erörterung der Angelegenheit mit unserer Dienststelle in Verbindung zu setzen.

Hochachtungsvoll

Colonel George Fitzgerald
Stellvertretender Leiter des Birma- und Ostindien-Stabes
der britischen Streitkräfte beim Kriegsministerium

Es war Spätnachmittag. Sonnenstreifen fielen durch ein kleines Fenster in einen Raum, der mit Klavierrahmen voll gestellt war. Edgar Drake, Klavierstimmer, Erard-Spezialist, legte den Brief auf seinen Schreibtisch. Ein 1840er Flügel ist schön, dachte er, und er faltete den Brief behutsam zusammen und steckte ihn in seine Jackentasche. Und Birma ist weit weg.

Erstes Buch

Fuge [italien; von lat. *fuga* = Flucht] In der Musik Bezeichnung für ein mehrstimmiges Tonstück, dessen streng kontrapunktisch gesetzte Stimmen dem Prinzip der imitatorisch-variativ durchgeführten Verarbeitung eines Themas folgen.

Fugue Eine Kombination von Amnesie und körperlichen Angstzuständen. Der davon Betroffene entflieht seiner gewohnten Welt, um eine andere Identität anzunehmen.

I

Es war Nachmittag im Büro von Colonel Killian, dem Leiter des Birma-Stabes der britischen Streitkräfte. Edgar Drake saß neben zwei rumpelnden dunklen Heizungsrohren und schaute aus dem Fenster, gegen das der Regen peitschte. Auf der anderen Seite des Raumes saß der Colonel, ein stämmiger, sonnengebräunter Mann mit einem roten Haarschopf. Sein dichter Schnurrbart fächerte sich wohl gebürstet und symmetrisch auf und betonte die harten grünen Augen. An der Wand hinter seinem Schreibtisch hingen ein langer Bantu-Speer und ein bemalter Schild, der die Narben von Kämpfen zeigte. Der Colonel trug eine scharlachrote, mit Flechtschnüren aus schwarzem Mohair eingefasste Uniform. Edgar sollte sie im Gedächtnis behalten, denn die Flechtschnüre erinnerten ihn an die Streifen eines Tigers, und das Scharlachrot ließ das Grün der Augen noch grüner erscheinen.

Mehrere Minuten waren vergangen, seit der Colonel den Raum betreten, einen Stuhl an den hochglanzpolierten Mahagonischreibtisch gerückt und begonnen hatte, einen Stapel Papiere durchzublättern. Endlich blickte er auf. Eine dröhnende Baritonstimme kam hinter dem Schnurrbart hervor. »Vielen Dank für Ihre Geduld, Mr. Drake, ich hatte noch etwas Dringendes zu erledigen.«

Der Klavierstimmer wandte sich vom Fenster ab. »Keine Ursache, Colonel.« Seine Finger spielten mit dem Hut auf seinem Schoß.

»Wenn es Ihnen recht ist, gehen wir gleich in medias res.« Der Colonel beugte sich vor. »Nochmals: willkommen im Kriegsministerium. Ich nehme an, Sie sind zum ersten Mal hier«, sagte er, wartete die Antwort aber gar nicht erst ab. »Ich danke Ihnen, auch im Namen meines Stabes und meiner Vorgesetzten, dass Sie uns in dieser, wie wir meinen, überaus ernsten Angelegenheit Ihre Aufmerksamkeit schenken. Wir haben einige Hintergrundinformationen zu der Sache vorbereitet. Am besten wird es wohl sein, ich lese sie Ihnen vor, wenn Sie einverstanden sind. Sollten Sie Fragen dazu haben, können wir sie erörtern, sobald Sie nähere Einzelheiten kennen.« Er legte die Hand auf einen Papierstapel.

»Danke, Colonel«, erwiderte der Klavierstimmer ehrerbietig. »Ich muss gestehen, Ihr Ansuchen hat mich neugierig gemacht. Es ist höchst ungewöhnlich.«

Der Schnurrbart auf der anderen Seite des Schreibtisches zitterte. »Höchst ungewöhnlich, in der Tat, Mr. Drake. Die Sache beschäftigt uns sehr. Und falls es Ihnen bisher entgangen sein sollte: nicht nur wegen des Klaviers, sondern auch wegen dieses Mannes. Ich werde also mit Oberstabsarzt Carroll selbst beginnen.«

Der Klavierstimmer nickte.

Wieder zitterte der Schnurrbart. »Ich will Sie nicht mit Einzelheiten aus seiner Jugend langweilen. Wir wissen selbst nicht viel darüber, und tatsächlich liegt hier einiges im Dunkeln. Carroll ist irischer Abstammung und wurde 1833 geboren als Sohn von Mr. Thomas Carroll, einem Lehrer für griechische Dichtung und Prosa an einem Internat in Oxfordshire. Die Familie war nie wohlhabend, aber das Bildungsinteresse des Vaters muss sich auf den Sohn übertragen haben; er war ein ausgezeichneter Schüler und studierte später am University College Hospital in London Medizin. Nach seinem Abschluss eröffnete er nicht wie die meisten anderen eine Privatpraxis, sondern bewarb sich um eine Stelle an einem Armenhospital in der Provinz. Auch über diese Zeit liegen uns wenig Informationen vor, wir wissen nur, dass er fünf Jahre dort verbrachte. Er heiratete ein Mädchen aus der Gegend, aber die Ehe war von kurzer Dauer; seine Frau starb im Kindbett und ebenso das Kind. Carroll hat nicht wieder geheiratet.«

Der Colonel räusperte sich, nahm ein anderes Dokument zur

Hand und fuhr fort: »Nach dem Tod seiner Frau kehrte Carroll nach London zurück und bewarb sich während der Cholera-Epidemie um eine Stelle als Arzt am Armenasyl im East End. Er blieb dort nur zwei Jahre. 1863 erhielt er ein Offizierspatent als Stabsarzt bei der Armee. Und hier werden unsere Informationen nun vollständiger. Carroll wurde dem 28. Infanterieregiment in Bristol zugeteilt, ersuchte aber schon vier Monate später um Versetzung in die Kolonien. Sein Gesuch wurde umgehend bewilligt, und man berief ihn zum stellvertretenden Leiter des Militärkrankenhauses im indischen Saharanpur. Er erwarb sich dort bald ein gewisses Renommee, nicht nur als Arzt, sondern auch als eine Art Abenteurer. Er begleitete zahlreiche Expeditionen ins Pandschab und nach Kaschmir und geriet dabei mehrfach in Gefahr, sowohl durch die dortigen Stämme als auch durch russische Agenten – ein Problem, das auch weiterhin besteht, denn der Zar strebt ähnliche Gebietsgewinne an, wie wir sie verzeichnen. Außerdem erwarb er sich in Indien den Ruf eines literarisch gebildeten Mannes, wobei allerdings noch nichts auf die, nun, nennen wir es Besessenheit hindeutete, die ihn später veranlasste, ein Klavier anzufordern. Mehrere seiner Vorgesetzten haben beobachtet, dass er im Krankenhausgarten Lyrik las und seine Visiten vernachlässigte. Das wurde – wenn auch widerwillig – toleriert, nachdem Carroll offenbar einmal einem Stammesführer aus der Gegend, der im Krankenhaus behandelt wurde, ein Gedicht von Shelley vorgetragen hatte – ›Osymandias‹ war's, glaube ich. Der Stammesführer hatte bereits einen Kooperationsvertrag abgeschlossen, weigerte sich aber, Truppen zur Verfügung zu stellen. Eine Woche nach seiner Entlassung kam er noch einmal ins Krankenhaus und wollte Carroll sprechen, nicht etwa den zuständigen Offizier. Er hatte dreihundert Mann mitgebracht, die ›dem Dichtersoldaten dienen‹ sollten – seine Worte, nicht unsere, Mr. Drake.«

Der Colonel blickte auf. Er glaubte ein Lächeln über das Gesicht des Klavierstimmers huschen zu sehen. »Eine erstaunliche Geschichte, nicht wahr?«

»Ein schönes Gedicht.«

»Ja, allerdings muss ich sagen, dass die Episode insgesamt doch etwas unglücklich verlief.«

»Unglücklich?«

»Wir greifen hier vor, Mr. Drake, aber meiner Ansicht nach deutet die Sache mit dem Erard darauf hin, dass der ›Soldat‹ immer mehr ›Dichter‹ sein will. Das Klavier – und das ist zugegebenermaßen meine bedenkliche Meinung – stellt, wie soll ich sagen, eine bedenkliche Ausweitung dieser Strategie dar. Wenn Dr. Carroll wirklich glaubt, man könne den Frieden befördern, indem man Musik an einen solchen Ort bringt, dann kann ich nur hoffen, dass er auch genug Schützen dorthin bringt, die den Frieden verteidigen.« Der Klavierstimmer schwieg, und der Colonel setzte sich zurecht. »Sagen Sie selbst, Mr. Drake: Einen einheimischen Fürsten mit Rezitationen und Reimen zu beeindrucken ist eine Sache, aber um die Lieferung eines Flügels in unser entlegenstes Fort zu ersuchen eine ganz andere.«

»Ich verstehe nicht viel von militärischen Dingen«, erwiderte Edgar Drake.

Der Colonel betrachtete ihn einen Moment lang, bevor er sich wieder seinen Papieren zuwandte. Das Klima und die Strapazen in Birma, dachte er, sind nichts für diesen Mann: Hoch gewachsen, schlank und mit dichtem, angegrautem Haar, das über der Nickelbrille locker in die Stirn fiel, sah der Klavierstimmer eher wie ein Lehrer aus als wie einer, der militärische Verantwortung tragen kann. Er wirkte älter als einundvierzig Jahre; die Brauen über den hellen Augen waren dunkel, und ein weicher Backenbart umrahmte die Wangen. An den Augenwinkeln hatte er Fältchen, allerdings nicht die eines Menschen, der sein Leben lang gelächelt hat, wie der Colonel feststellte. Er trug eine Cordjacke, eine Fliege und abgetragene Hosen aus Wollstoff. Das alles hätte den Eindruck einer traurigen Gestalt vermittelt, wären da nicht die für einen Engländer ungewöhnlich vollen Lippen gewesen, die zwischen Gedankenverlorenheit und leichtem Erstaunen verharrten und dem Gesicht eine Weichheit verliehen, die den Colonel entnervte. Der Klavierstimmer rieb sich unaufhörlich die Hände, und seine Handgelenke verloren sich in der Höhlung der Ärmel. Es war nicht die Art Hände, die der Colonel zu drücken gewöhnt war, für einen Mann waren sie zu zart, doch bei der Begrüßung hatte er eine Rauheit und Kraft gespürt, als würden sie unter der schwieligen Haut von Drähten bewegt.

Er senkte den Blick wieder auf die Papiere und fuhr fort: »Carroll blieb also fünf Jahre in Saharanpur. Während dieser Zeit war er bei nicht weniger als siebzehn Einsätzen dabei und hat mehr Zeit im Feld verbracht als auf seinem Posten.« Er blätterte die Berichte über die Missionen durch, die der Arzt begleitet hatte, und las ihre Namen vor. September 1866: Vermessung einer Eisenbahnlinie entlang dem Oberlauf des Sutlej. Dezember: Kartierungsexpedition der Wasserbau-Pioniertruppe im Pandschab. Februar 1867: Erhebung über Geburtshilfe und Wochenbetterkrankungen im östlichen Afghanistan. Mai: Infektionskrankheiten bei Herdentieren in den Bergen von Kaschmir und damit verbundene Gefahren für den Menschen. September: Erfassung der Hochlandflora von Sikkim durch die Royal Society. Dem Colonel schien daran gelegen, sie alle aufzuzählen, und er tat es, ohne zwischendurch Luft zu holen, so dass die Adern an seinem Hals anschwollen und selbst wie die Berge Kaschmirs aussahen – so fand zumindest Edgar Drake, der weder dort gewesen war noch sich je mit der Geographie dieses Landes befasst hatte, jetzt aber allmählich ungeduldig wurde, weil er immer noch wenig vom Grand Piano erfahren hatte.

Der Colonel blickte auf und sah den Klavierstimmer unbehaglich auf seinem Stuhl hin und her rutschen. Doch er sprach weiter.

»Ende 1868 starb der stellvertretende Leiter unseres Militärkrankenhauses in Rangun, damals das einzige größere Krankenhaus in Birma, plötzlich an der Ruhr. Als Nachfolger empfahl der Oberstabsarzt in Delhi Carroll, der dann im Februar 1868 in

Rangun eintraf. Er blieb drei Jahre, und da seine Tätigkeit vorwiegend medizinischer Natur war, liegen uns über diese Zeit kaum Berichte vor. Allem Anschein nach war er mit seinen Aufgaben im Krankenhaus beschäftigt.«

Der Colonel hustete. »Hier ist ein Bild von Carroll in Bengalen.« Er schob eine Mappe über den Schreibtisch. Der Klavierstimmer wartete einen Moment, merkte dann, dass er aufstehen und sie entgegennehmen sollte, und beugte sich vor, wobei sein Hut zu Boden fiel. »Verzeihung«, murmelte er und hob ihn auf, nahm die Mappe und setzte sich wieder. Er öffnete die Mappe auf seinem Schoß. Eine Fotografie lag verkehrt herum darin. Vorsichtig drehte er sie um. Sie zeigte einen hoch gewachsenen, selbstbewusst wirkenden Mann mit dunklem Schnurrbart und sorgfältig frisiertem Haar in Khakiuniform am Bett eines Patienten mit dunklerer Haut, eines Inders vielleicht. Im Hintergrund sah man weitere Betten und Patienten. Ein Krankenhaus, dachte der Klavierstimmer, und sein Blick kehrte zum Gesicht des Arztes zurück. Es verriet wenig. Während die Patienten alle gut zu erkennen waren, war Carrolls Gesicht seltsamerweise unscharf, so dass es schien, als sei er ständig in Bewegung. Edgar betrachtete ihn und versuchte vergeblich, den Mann mit der Geschichte, die er hörte, in Einklang zu bringen. Er stand auf und legte es wieder auf den Schreibtisch des Colonels.

»1871 ersuchte Carroll um Versetzung auf einen entfernteren Posten in Mittelbirma. Das Gesuch wurde bewilligt, denn zu diesem Zeitpunkt verstärkten die Birmanen ihre Aktivitäten im Tal des Irrawaddy südlich von Mandalay. Auf seinem neuen Posten unternahm Carroll wie zuvor in Indien häufig Inspektionsreisen, oft ins südliche Shan-Hochland. Irgendwie – man weiß nicht recht, wie er bei seinen zahlreichen Aufgaben noch Zeit dafür fand – lernte er praktisch fließend Shan sprechen. Manche meinen, er hätte es von einem birmanischen Mönch gelernt, andere sagen, von einer Geliebten.

Aber ob Mönch oder Geliebte – 1873 erreichte uns die Hiobsbotschaft, dass die Birmanen nach jahrzehntelangem Hin und Her ein Handelsabkommen mit Frankreich geschlossen hatten. Vielleicht haben Sie von der Sache gehört; die Zeitungen haben ziemlich ausführlich darüber berichtet. Die französischen Truppen standen zwar noch in Indochina und waren noch nicht über den Mekong vorgedrungen, aber das war natürlich ein äußerst gefährlicher Präzedenzfall im Hinblick auf eine weitere französisch-birmanische Zusammenarbeit und eine offene Drohung an die Adresse Indiens. Wir trafen in größter Eile Vorbereitungen für die Besetzung der Staaten Oberbirmas. Viele Shan-Fürsten befanden sich seit langem in Opposition zum birmanischen Thron und …« Der Colonel verstummte, außer Atem von seinem Monolog. »Hören Sie überhaupt zu, Mr. Drake?«, fragte er den Klavierstimmer, der aus dem Fenster sah.

Edgar Drake wandte sich ihm zu. »Ja … ja, natürlich«, sagte er verlegen.

»Gut, dann fahre ich also fort.« Colonel Killian blickte wieder in die Papiere.

Da begann der Klavierstimmer zögernd zu sprechen. »Bei allem Respekt, Colonel, das ist eine überaus komplexe und interessante Geschichte, aber mir ist offen gestanden nicht klar, wozu Sie meine Sachkenntnis benötigen … Ich verstehe, dass Sie Ihre Instruktionen auf diese Weise zu erteilen pflegen, aber würden Sie mir eine Frage gestatten?«

»Ja, Mr. Drake?«

»Nun … um ehrlich zu sein, ich frage mich, was mit dem Klavier ist.«

»Wie bitte?«

»Mit dem Klavier. Man hat mich hergebeten, weil ich ein Klavier stimmen soll. Ihr Bericht ist höchst aufschlussreich, was Dr. Carroll betrifft, aber ich glaube nicht, dass sich mein Auftrag auf ihn bezieht.«

Der Colonel lief rot an. »Wie ich eingangs sagte, Mr. Drake, halte ich diese Hintergrundinformationen für durchaus wichtig.«

»Ganz recht, Sir, nur weiß ich noch immer nicht, was mit dem Klavier ist, geschweige denn, ob ich es reparieren kann. Ich hoffe, Sie verstehen.«

»Aber sicher. Natürlich verstehe ich, Mr. Drake.« Die Kinnmuskeln des Colonels spannten sich. Er wollte noch über die Chin-Feldzüge von 1878 sprechen, die Schlacht von Myingyan und die Belagerung der Garnison Pyin U-Lwin, eines seiner Lieblingsthemen. Er wartete.

Edgar Drake blickte auf seine Hände hinab. »Verzeihen Sie«, sagte er. »Fahren Sie doch bitte fort. Ich muss nur bald gehen, denn ich habe es ziemlich weit bis nach Hause, und am meisten interessiert mich der Erard-Flügel.« Er war eingeschüchtert, genoss insgeheim aber die kurze Unterbrechung. Er hatte Soldaten nie gemocht, doch dieser Carroll gefiel ihm immer besser. Er hätte tatsächlich gern Einzelheiten erfahren, aber es wurde bald dunkel, und Killian machte keine Anstalten aufzuhören.

»Nun gut, Mr. Drake«, sagte der Colonel, »ich werde mich kurz fassen. 1874 hatten wir bereits einige Vorposten in den Shan-Gebieten eingerichtet, einen bei Pyin U-Lwin, einen bei Taunggyi und einen – den abgelegensten – in einem kleinen Dorf namens Mae Lwin am Salween. Sie finden Mae Lwin auf keiner Landkarte, und bevor Sie den Auftrag übernehmen, kann ich Ihnen auch nicht sagen, wo es genau liegt. Dorthin schickten wir Carroll.«

Es wurde dunkel im Raum, und der Colonel zündete eine kleine Lampe auf dem Schreibtisch an. Das Licht flackerte und warf den Schatten seines Schnurrbartes auf seine Wangen. Wieder betrachtete er den Klavierstimmer. Er wirkt ungeduldig, dachte er und holte tief Atem. »Ich will Sie nicht länger aufhalten, Mr. Drake, und erspare Ihnen Details über die zwölf Jahre, die Carroll bisher in Mae Lwin verbracht hat. Sollten Sie den Auftrag übernehmen, können wir das Gespräch fortsetzen, und ich kann Ihnen Militärberichte zur Verfügung stellen. Es sei denn, Sie möchten sie jetzt gleich hören.«

»Ich würde gern etwas über das Klavier hören, wenn es Ihnen nichts ausmacht.«

»Aber sicher, natürlich, das Klavier.« Der Colonel seufzte. »Was möchten Sie wissen? Ich denke, durch Colonel Fitzgeralds Brief sind Sie über die Einzelheiten weitgehend unterrichtet.«

»Ja, Carroll hat um ein Klavier gebeten. Die Armee hat einen Erard-Flügel aus dem Jahr 1840 beschafft und ihn Carroll geschickt. Wären Sie so freundlich, mir mehr davon zu erzählen?«

»Das kann ich im Grunde gar nicht. Carroll erhofft sich wohl einen ähnlichen Erfolg wie mit seinem Shelley-Vortrag, aber ansonsten verstehen wir nicht, wozu er ein Klavier braucht.«

»Nein?« Der Klavierstimmer lachte, ein überraschend tiefes Lachen für die schmale Gestalt. »Wie oft habe ich mir diese Frage bei meinen Kunden gestellt! Wozu kauft eine Dame der Gesellschaft, die Händel nicht von Haydn unterscheiden kann, einen 1820er Broadwood und lässt ihn wöchentlich stimmen, obwohl nie jemand darauf spielt? Oder wie ist es zu erklären, dass der Bezirksrichter, der seinen Flügel alle zwei Monate stimmen lässt – was, wie ich vielleicht hinzufügen sollte, zwar ganz und gar überflüssig, aber für mein Geschäft ein Segen ist –, dass also derselbe Mann die Genehmigung für den alljährlichen öffentlichen Klavierwettbewerb verweigert? Entschuldigen Sie, aber so seltsam kommt mir Dr. Carroll gar nicht vor. Haben Sie einmal die Inventionen von Bach gehört, Sir?«

»Ja ... ich glaube schon«, stotterte der Colonel, »ich bin sicher, ich habe sie gehört, aber – nehmen Sie es mir nicht übel, Mr. Drake – ich verstehe nicht, was das mit –«

»Es wäre eine schreckliche Vorstellung für mich, so viele Jahre ohne die Musik von Bach im Dschungel leben zu müssen.« Er hielt inne und fügte dann hinzu: »Auf einem 1840er Erard klingt sie besonders schön.«

»Das mag ja sein, aber unsere Soldaten kämpfen noch.«

Edgar Drake holte tief Luft. Sein Herz klopfte schneller. »Verzeihen Sie, Sir, ich möchte nicht anmaßend erscheinen. Ihr Bericht interessiert mich von Minute zu Minute mehr. Aber ich bin etwas verwirrt. Wenn Sie unserem Klavierspieler so ablehnend gegenüberstehen, warum bin ich dann hier? Sie sind ein sehr wichtiger Mann, Colonel, und es kommt selten vor, dass jemand in Ihrer Position ein mehrstündiges Gespräch mit einem Zivilisten führt, das weiß sogar ich. Und ich weiß auch, dass das Kriegsministerium eine horrende Summe für den Transport des Klaviers nach Birma aufgewandt haben muss, ganz zu schweigen vom Kaufpreis des Instruments. Außerdem haben Sie mir eine großzügige Bezahlung angeboten – eine angemessene meiner Meinung nach, aber objektiv gesehen eine großzügige. Dennoch scheinen Sie meine Mission nicht gutzuheißen.«

Der Colonel lehnte sich zurück und verschränkte die Arme. »Nun gut, darüber müssen wir reden. Ich verhehle meine Missbilligung nicht, aber bitte verwechseln Sie das nicht mit Respektlosigkeit. Der Oberstabsarzt ist ein überaus fähiger Soldat, ein ungewöhnlicher Mensch vielleicht, aber unersetzlich. Einige hochrangige Angehörige dieser Dienststelle haben großes Interesse an seiner Arbeit.«

»Sie aber nicht.«

»Sagen wir nur so viel: Manche Leute fallen eben auf die schönen Reden von unserer Bestimmung als Weltmacht herein und meinen, dass wir nicht erobern, um Land und Wohlstand zu gewinnen, sondern um Kultur und Zivilisation zu verbreiten. Das sei ihnen unbenommen, aber zu den Pflichten des Kriegsministeriums gehört es nicht.«

»Und dennoch unterstützen Sie Carroll?«

Der Colonel schwieg einen Moment. »Wenn ich offen mit Ihnen rede, Mr. Drake«, sagte er dann, »so deshalb, weil es wichtig ist, dass Sie die Position des Kriegsministeriums verstehen. Die Shan-Staaten sind gesetzlos, ausgenommen Mae Lwin. Carroll hat mehr erreicht als einige Bataillone zusammen es vermocht hätten. Er ist unentbehrlich, und er befehligt einen der gefährlichsten Posten in unseren Kolonien. Die Shan-Staaten spielen eine zentrale Rolle bei der Sicherung unserer Ostgrenze; ohne sie riskieren wir eine Invasion von Seiten Frankreichs oder gar Siams. Wenn ein Klavier das Zugeständnis ist, das Carroll auf seinem Posten hält, dann ist das kein allzu hoher Preis. Aber dieser Posten ist ein Militärstützpunkt und kein Musiksalon. Unsere Hoffnung ist, dass Carroll wieder an die Arbeit geht, wenn das Klavier gestimmt ist. Es ist wichtig, dass Sie das verstehen, und es muss klar sein, dass *wir* Sie beauftragen und nicht der Oberstabsarzt. Seine Ideen können … verführerisch sein.«

»Also handelt es sich um ein Zugeständnis, so ähnlich wie Zigaretten«, sagte Edgar Drake, und er dachte, du traust ihm nicht.

»Nein, es ist etwas anderes, ich denke, Sie verstehen.«

»Ich sollte wohl nicht sagen, dass er eben wegen des Klaviers unentbehrlich ist?«

»Das werden wir wissen, wenn es gestimmt ist. Nicht wahr, Mr. Drake?«

Bei diesen Worten lächelte der Klavierstimmer. »Vielleicht.«

Der Colonel beugte sich vor. »Haben Sie noch Fragen?«

»Nur eine.«

»Und die wäre?«

Edgar Drake blickte auf seine Hände hinab. »Verzeihen Sie, Colonel, aber was genau stimmt denn nicht mit dem Flügel?«

Der Colonel starrte ihn an. »Haben wir das nicht schon erörtert?«

Edgar Drake atmete tief ein. »Bei allem Respekt, Sir, aber wir haben erörtert, was Ihrer Meinung nach mit einem Klavier als solchem nicht stimmt. Ich muss aber wissen, was mit *diesem* Flügel nicht stimmt, dem 1840er Erard, der irgendwo in einem fernen Dschungel steht, in den ich reisen soll. Von Ihrer Dienststelle habe ich wenig darüber erfahren, nur dass er verstimmt ist, was, wie ich hinzufügen möchte, auf die Ausdehnung des Resonanzbodens zurückzuführen ist und nicht des Gehäuses, wie Sie in Ihrem Brief schreiben. Ich wundere mich natürlich, dass Sie das nicht vorhergesehen haben – dass sich das Klavier verstimmt, meine ich. Feuchtigkeit wirkt sich verheerend aus.«

»Wie gesagt, Mr. Drake, wir haben das alles für Oberstabsarzt Carroll getan. Solche philosophischen Fragen müssen Sie ihm schon selbst stellen.«

Edgar Drake seufzte. »Nun, darf ich dann fragen, was genau ich reparieren soll?«

Der Colonel hustete. »Dergleichen Einzelheiten wurden uns nicht mitgeteilt.«

»Er muss sich doch irgendwie zu dem Klavier geäußert haben.«

»Wir haben dazu nur eine einzige Notiz, eine seltsame und für den Doktor, der ja sonst ein recht beredter Mann ist, ungewöhnlich kurze. Sie hat uns zu einiger Skepsis veranlasst, was seine Bitte betrifft, bis dann diese beunruhigende Rücktrittsdrohung kam.«

»Darf ich die Notiz lesen?«

Der Colonel zögerte einen Moment und reichte dem Klavierstimmer dann ein braunes Stück Papier. »Es ist Shan-Papier«, sagte er, »der Stamm scheint berühmt dafür zu sein. Merkwürdig – der Oberstabsarzt hat es für seine sonstige Korrespondenz nie verwendet.« Das Papier war weich, eine handgemachte Matrize, deren Fasern man sah, mit dunkler Tinte beschrieben.

Gentlemen,

man kann auf dem Erard-Flügel nicht mehr spielen, er muss gestimmt und repariert werden, was ich vergeblich versucht habe. Ein auf Erard spezialisierter Klavierstimmer wird in Mae Lwin dringend benötigt. Das dürfte weiter keine Schwierigkeiten machen. Es ist wesentlich einfacher, einen Mann hierher zu schicken als ein Klavier.

Oberstabsarzt Anthony Carroll, Mae Lwin, Shan-Staaten

»Das ist eigentlich zu wenig, um jemanden auf die andere Seite des Erdballs zu schicken.«

»Mr. Drake«, sagte der Colonel, »Sie haben hier in Kreisen, die sich mit Musik befassen, einen Ruf als Spezialist für Erard-Flügel. Nach unserer Schätzung wird die gesamte Dauer der Reise von Ihrer Abfahrt bis zu Ihrer Rückkehr nach England nicht mehr als drei Monate betragen. Ihr Einsatz wird gut honoriert, wie Sie wissen.«

»Und ich muss allein reisen.«

»Ihrer Gattin wird es in der Zwischenzeit an nichts fehlen.«

Edgar Drake lehnte sich zurück.

»Haben Sie noch weitere Fragen?«

»Nein, ich denke, ich habe verstanden«, sagte der Klavierstimmer leise, wie zu sich selbst.

Der Colonel legte die Papiere nieder und beugte sich vor. »Werden Sie nach Mae Lwin fahren?«

Edgar Drake schaute aus dem Fenster. Es wurde dunkel, und der Wind spielte mit dem Regen, verschlungene Crescendos und Diminuendos aus Wasser. Ich hatte mich, als ich hierher kam, längst entschieden, dachte er.

Er wandte sich wieder dem Colonel zu und nickte.

Sie gaben sich die Hand. Killian bestand darauf, ihn zu Colonel Fitzgerald zu begleiten, dem er die Nachricht überbrachte. Es wurde noch Verschiedenes besprochen, doch Edgar hörte nicht mehr zu. Er kam sich vor wie im Traum, als hätte er noch nicht ganz begriffen, dass seine Entscheidung Wirklichkeit geworden war, und er merkte, dass er immer noch einmal nickte. Die Stabsmitglieder, an denen sie vorbeikamen, glaubten vielleicht, er grüße sie, dabei versuchte er nur, das Unbedeutende dieser Geste mit der Bedcutsamkeit ihrer Folgen in Einklang zu bringen.

Papiere mussten unterzeichnet, Termine festgesetzt und Kopien von Dokumenten »zur weiteren Einsichtnahme« durch Edgar Drake angefordert werden. Doktor Carroll, so erklärte Killian, habe verlangt, dass das Kriegsministerium eine lange Liste von Hintergrundlektüre für den Klavierstimmer zusammenstelle: geschichtliche, anthropologische, geologische und naturkundliche Texte. »Ich würde mir über das alles nicht allzu sehr den Kopf zerbrechen«, sagte er, »aber der Doktor hat nun einmal darum gebeten. Was Sie wirklich wissen müssen, habe ich Ihnen bereits gesagt, denke ich.«

Eine Zeile aus Carrolls Brief verfolgte Edgar, als er ging, wie ein feiner Schleier Zigarettenrauch nach einem Salonmusikabend. *Es ist wesentlich einfacher, einen Mann hierher zu schicken als ein Klavier.* Der Doktor würde ihm gefallen, dachte er; solch poetische Worte fanden sich in Briefen von Militärs nicht oft. Und Edgar Drake hatte großen Respekt vor Menschen, die in der Verantwortung Poesie entdeckten.

II

Schwerer Nebel driftete durch die Pall Mall, als Edgar Drake das Kriegsministerium verließ. Er folgte zwei Fackelträgern, in grobe Lumpen gehüllten Kindern. Der Nebel war so dicht, dass ihre Hände mit den tanzenden Lichtern vom Körper losgelöst schienen. »Brauchen Sie eine Droschke, Sir?«, fragte ihn einer der Jungen. »Ja, zum Fitzroy Square, bitte«, sagte er, aber dann überlegte er es sich anders. »Nein, bringt mich zum Embankment.«

Sie gingen durch die Menschenmenge hindurch, die sich zwischen den düsteren Marmorsäulen von Whitehall drängelte, tauchten ein in ein Gewirr von Kutschen voller schwarzer Mäntel und Zylinder, hörten aristokratische Akzente und sogen Zigarrenrauch ein. »In einem der Clubs ist heute Abend Tanz, Sir«, sagte einer der Jungen vertraulich, und Edgar nickte. Durch die hohen Fenster der Gebäude ringsum sah man Ölgemälde an den Wänden, von Kronleuchtern erhellt. Edgar kannte einige der Clubs. Bei Boodle's hatte er vor drei Jahren einen Pleyel gestimmt, bei Brooks's einen Erard, ein schönes intarsienverziertes Stück aus der Pariser Werkstatt.

Sie passierten gut gekleidete Paare mit von Kälte und Brandy geröteten Gesichtern, die Männer lachten unter dunklen Schnurrbärten, die Frauen waren in Fischbeinkorsetts gezwängt und hatten den Rocksaum über der von Regen und Pferdeäpfeln glänzenden Straße leicht angehoben. Auf der anderen Straßenseite wartete eine Kutsche auf sie, an deren Tür ein alter Inder mit Turban stand. Edgar drehte sich zu ihm um. Vielleicht hat er gesehen, was ich sehen werde, dachte er und unterdrückte den Wunsch, ihn anzusprechen. Die Gruppe der Männer und Frauen teilte sich vor ihm, und Edgar stolperte, denn er hatte die Fackelträger aus den Augen verloren. »Passen Sie auf, wo Sie hintreten, mein Bester!«, brüllte einer der Männer, und eine Frau sagte: »Also, diese Betrunkenen!« Sie lachten, und Edgar sah die Augen des alten Inders aufleuchten; nur aus Bescheidenheit lachte er nicht mit seinen Fahrgästen mit.

Die Jungen warteten an der niedrigen Mauer, die das Embankment säumte. »Wohin jetzt, Sir?«

»Schon gut, danke.«

Edgar warf ihnen eine Münze zu. Beide sprangen danach, ließen sie jedoch fallen, und das Geldstück hüpfte über das unebene Pflaster und fiel durch ein Gitter. Die Jungen knieten sich hin. Da, halt mal die Fackeln. Nein, dann nimmst du das Geld, und du gibst nie was ab. *Du* gibst nie was ab, es gehört mir. Aber ich hab ihn angesprochen… Verlegen fischte Edgar zwei weitere Münzen aus der Tasche. »Tut mir Leid, hier, nehmt die.« Er ging davon und ließ die streitenden Jungen an dem Gitter zurück. Bald war nur noch das Licht ihrer Fackeln zu sehen. Er blieb stehen und blickte auf die Themse hinaus.

Vom Wasser her kamen Geräusche. Schiffer vielleicht, dachte er und fragte sich, wohin sie fahren oder woher sie kommen mochten. Ein anderer, ferner Fluss kam ihm in den Sinn. Salween. Schon der Name war neu für ihn, und man sprach ihn aus, als sei noch eine dritte Silbe zwischen dem L und dem W versteckt. Er flüsterte den Namen vor sich hin, wandte dann schnell den Kopf und sah sich verschämt um, ob er allein war. Er lauschte den Geräuschen der Schiffer und dem Plätschern der Wellen an der Mauer. Über dem Fluss lichtete sich der Nebel. Der Mond war nicht zu sehen, und nur im Schein der Laternen, die an den Lastkähnen hin und her schwangen, konnte er die Uferlinie erkennen, die mächtigen Gebäude, die sich am Fluss drängten. Wie Tiere an einem Wasserloch, dachte er, und der Vergleich gefiel ihm. Das muss ich Katherine sagen. Ich bin spät dran, dachte er dann.

Er ging das Embankment entlang, vorbei an drei zerlumpten Vagabunden, die an einem kleinen Feuer kauerten. Sie sahen zu ihm auf, und er nickte ihnen unbeholfen zu. Einer von ihnen grinste breit, mit einem Mund voller kaputter Zähne. »Alles klar, Käpt'n?« Cockney, gesprochen mit whiskyschwerer Zunge. Die anderen wandten sich schweigend wieder dem Feuer zu.

Edgar überquerte die Straße und ließ den Fluss hinter sich, schob sich durch die Menge vor dem Metropole, folgte der Northumberland Avenue zum Trafalgar Square, wo sich die Leute um von Pferden gezogene Omnibusse drängten, wo Polizisten sie vergeblich zum Weitergehen zu bewegen suchten, wo Kutscher lautstark ihre Dienste anboten, wo Peitschen knallten, Pferde äpfelten und Reklametafeln verkündeten:

SWANBILL KORSETTS FÜR DIE DRITTE FIGUR
RAUCHEN SIE DE JOY:
Schon eine einzige Zigarette schafft
schnelle Linderung bei schweren Anfällen von
Asthma, Husten, Bronchitis und Kurzatmigkeit
HOP BITTERS HOP BITTERS
Weihnachtsstimmung, Glockengeläut
schenk dir was Schönes: schenk dir Zeit –
ROBINSON QUALITÄTS-UHREN.

Unterhalb der beleuchteten Springbrunnen an der Nelson-Säule blieb Edgar stehen und schaute einem Leierkastenmann zu, einem Italiener, um dessen Drehorgel ein kreischender Affe mit einem Zweispitz auf dem Kopf hin und her hüpfte, während sein Herr die Kurbel drehte. Kinder umstanden ihn und klatschten Beifall – Fackelträger und Schornsteinfeger, Lumpensammler, Kinder von Straßenhändlern. Ein Polizist kam stockschwingend heran. »Ihr geht jetzt alle schön nach Hause, und das dreckige Tier da muss weg. Machen Sie Ihre Musik in Lambeth, das hier ist ein Ort für Gentlemen.« Die Kinder trollten sich protestierend. Edgar wandte sich um. Ein anderer Affe, ein grinsender Riese, lauste sich vor einem juwelenbesetzten Spiegel, BROOKE'S SEIFE, DIE MARKE MIT DEM AFFEN: IM HAUSHALT EIN MUSS – Reklame, die an einem vorbeifahrenden Omnibus prangte. Der Schaffner versuchte Fahrgäste anzulocken. Fitzroy Square, rief er, Zum Fitzroy Square, schnell! Das ist zu Hause, dachte Edgar Drake und ließ den Bus vorbeifahren.

Er kehrte dem Platz den Rücken, schob sich in der einbrechenden Dunkelheit durch das Gewimmel von Händlern und Kutschen und folgte der Cockspur Street in das Getöse von Haymarket, die Hände tief in den Jackentaschen vergraben. Inzwischen bereute er es, dass er nicht in den Bus eingestiegen war. Am Ende der Straße, als er in die Narrows kam, wurde es dunkler, und die Häuser rückten näher zusammen.

Er wusste nicht genau, wo er sich befand, nur in welcher Richtung er ging, vorbei an dunklen Backsteinhäusern und Reihenhäusern in verwaschenen Farben, an einzelnen vermummten Gestalten, die heimwärts eilten, an Zwielicht und Schatten und einem versteckten Glimmen in den schmalen Pfützen, die wie Adern zwischen den Pflastersteinen hindurchliefen, an tropfenden Mansardendächern und einer hohen, flackernden Laterne da und dort, die riesenhaft verzerrte Spinnwebschatten warf. Er ging weiter, und es war wieder dunkel, die Straßen wurden schmaler, und er zog die Schultern hoch. Das tat er, weil es kalt war und weil die Häuser es auch taten.

Die Narrows öffneten sich auf die Oxford Street, und der Weg wurde hell und vertraut. Er passierte die Oxford Music Hall und bog in die Newland, die Cleveland, die Howland Street ein, noch ein, zwei Blocks und dann nach rechts in eine schmale Gasse, so schmal, dass man sie, sehr zum Kummer ihrer Anwohner, auf dem neuesten Stadtplan von London vergessen hatte.

Franklin Mews 14 war das vierte Haus in der Reihe, ein Backsteinbau, nahezu identisch mit dem von Mr. Lillypenny, dem Blumenhändler, der in Nummer 12 wohnte, und dem von Mr. Bennett-Edwards, dem Polsterer in Nummer 16. Die Häuser hatten eine durchgehende Backsteinfassade, die Eingänge befanden sich zu ebener Erde. Ein kurzer Weg überspannte den offenen Raum zwischen dem eisernen Tor und der Haustür, und von hier führte eine Eisentreppe in den Keller hinab, wo Edgar seine Werkstatt hatte. Blumentöpfe hingen am Zaun und an den Fenstern. In einigen blühten trotz der Herbstkälte noch Astern, andere waren nur noch halb mit Erde gefüllt und jetzt vom Nebel beschlagen, der das Flackern der Außenlaterne reflektierte. Katherine muss sie angelassen haben, dachte Edgar.

An der Tür machte er sich mit den Schlüsseln zu schaffen, zögerte seine Rückkehr jetzt bewusst hinaus. Er drehte sich noch einmal zur Straße um, die im Dunkeln lag. Das Gespräch im Kriegsministerium schien weit weg, wie ein Traum, und einen Moment lang dachte er, es könnte auch wie ein Traum verblassen, er bräuchte Katherine nicht – noch nicht – davon zu erzählen, solange er daran zweifelte, dass es wirklich stattgefunden hatte. Sein Kopf zuckte unwillkürlich – wieder das Nicken. Das Nicken ist alles, was ich von der Besprechung mitgebracht habe.

Er öffnete die Tür. Katherine wartete im Wohnzimmer auf ihn und las im gedämpften Licht einer Lampe die Zeitung. Es war kalt im Zimmer, und sie trug ein dünnes Tuch aus besticktem weißem Wollstoff um die Schultern. Er schloss die Tür leise, blieb stehen und hängte Hut und Jacke an den Garderobenständer, schweigend, er brauchte seine späte Rückkehr nicht groß kundzutun, besser, er schlüpfte leise ins Zimmer. Vielleicht kann ich so tun, als sei ich schon eine Weile hier, dachte er, aber er wusste, das würde nicht gehen, und er wusste auch, dass sie nicht mehr am Lesen war.

Katherine saß am Fenster und sah auf ihre Zeitung hinab. Es waren die *Illustrated London News*, und später sagte sie ihrem Mann, dass sie einen Artikel mit der Überschrift »Empfang im Metropole« gelesen hatte, der den Klang eines neuen Klaviers beschrieb, ohne jedoch die Marke, geschweige denn den Stimmer zu erwähnen. Sie blätterte noch eine Weile in der Zeitung, schweigend, denn sie war eine Frau von untadeliger Haltung, und mit verspäteten Ehemännern verfuhr man so am besten. Die meisten ihrer Freundinnen hielten es anders. Du machst es ihm zu leicht, sagten sie oft zu ihr, aber sie zuckte nur die Schultern. Sollte er einmal nach Hause kommen und nach Gin oder billigem Parfüm riechen, dann werde ich böse. Aber Edgar kommt zu spät, weil er so in seine Arbeit vertieft ist oder weil er sich auf dem Rückweg von einem neuen Auftraggeber verlaufen hat.

»Guten Abend, Katherine«, sagte er.

»Guten Abend, Edgar. Du kommst fast zwei Stunden zu spät.«

Er war dieses Ritual gewöhnt, die harmlosen Ausreden, die Bagatellisierungen: Ich weiß, Liebes, Liebste, es tut mir Leid, ich musste die Saiten fertig machen, damit ich sie morgen nachstimmen kann, oder Es ist ein Eilauftrag, oder Ich bekomme eine Zulage, oder Ich habe mich auf dem Heimweg verlaufen, das Haus liegt in der Nähe von Westminster, und ich habe den falschen Omnibus genommen, oder Ich wollte einfach noch spielen, es war ein seltener Erard von 1835, sehr schön natürlich, er gehört der Familie von Mr. Vicento, dem italienischen Tenor, oder Er gehört Lady Neville, einzigartig, 1827, ich wünschte, du könntest mitkommen und auch darauf spielen. Wenn er log, dann nur, indem er eine Ausrede gegen eine andere austauschte: Dass es ein Eilauftrag gewesen sei, dabei war er stehen geblieben, um sich ein Straßentheater anzusehen, dass er die falsche Straßenbahn genommen habe, dabei hatte er noch länger auf dem Flügel des italienischen Tenors gespielt. »Ich weiß, tut mir Leid, ich habe noch an dem Farrell-Auftrag gearbeitet«, und das genügte, sie faltete die *Illustrated London News* zusammen, er ging durchs Zimmer und setzte sich neben sie, und sein Herz klopfte stürmisch. Sie merkte, dass etwas anders war als sonst. Er wollte sie küssen, aber sie schob ihn weg und versuchte ein Lächeln zu verbergen. »Du kommst zu spät, Edgar, das Fleisch ist verbraten, lass das, glaub nur nicht, du kannst so spät kommen und es dann mit Zärtlichkeiten wieder gutmachen.« Sie wandte sich ab, und er schlang die Arme um ihre Taille.

»Ich dachte, du bist mit dem Farrell-Auftrag fertig«, sagte sie.

»Nein, das Klavier ist in einem beklagenswerten Zustand, und Mrs. Farrell besteht darauf, dass ich es auf ›Konzertqualität‹ stimme.« Er sprach eine Oktave höher, um die Dame nachzuahmen. Katherine musste lachen, und er küsste sie auf den Hals.

»Sie glaubt ja, ihr kleiner Roland wird ein zweiter Mozart.«

»Ja, heute hat sie es wieder gesagt, und ich musste mir auch noch von dem Schlingel vorspielen lassen.«

Katherine versuchte eine ernste Miene aufzusetzen. »Armer Liebling. Ich kann dir einfach nicht lange böse sein.« Edgar lächelte und entspannte sich ein wenig. Wie schön sie noch ist, dachte er. Die goldenen Locken, die ihn so entzückt hatten, als er sie zum ersten Mal sah, waren ein wenig verblasst, aber sie trug ihr Haar wie früher offen, und in der Sonne nahm es wieder die alte Farbe an. Sie hatten sich kennen gelernt, als er noch Lehrling war und das Broadwood-Klavier ihrer Familie reparierte. Das Klavier selbst hatte ihn nicht weiter beeindruckt – ein ziemlich billiges Instrument –, wohl aber die zarten Hände, die es spielten, und die geschmeidige Gestalt neben ihm an der Klaviatur, deren Gegenwart ihn auch jetzt erregte. Er beugte sich erneut zu ihr und wollte sie küssen. »Lass das«, kicherte sie, »jetzt nicht, und pass auf das Sofa auf, der Damast ist neu.«

Edgar lehnte sich zurück. Sie ist gut gelaunt, dachte er, vielleicht sollte ich es ihr gleich sagen. »Ich habe einen neuen Auftrag«, begann er.

»Den Bericht hier musst du lesen, Edgar.« Katherine strich ihr Kleid glatt und griff nach den *News*.

»Ein 1840er Erard. Er scheint in einem furchtbaren Zustand zu sein. Aber die Bezahlung ist hervorragend.«

»Ja?« Sie stand auf und trat an den Esstisch. Sie fragte ihn weder, wem der Flügel gehörte, noch, wo er stand. Solche Fragen kamen nur noch selten, denn die Antwort war in den letzten achtzehn Jahren immer die Gleiche gewesen: bei der alten Mrs. Soundso in der Soundso-Straße in London. Edgar war froh darüber; er würde ihr den Rest noch früh genug erzählen. Er war ein geduldiger Mensch, keiner, der etwas zu erzwingen versuchte, denn das Einzige, was dabei herauskam, waren überspannte Klaviersaiten und verärgerte Ehefrauen. Außerdem hatte er gerade einen Blick auf die *Illustrated London News* geworfen, wo unter dem Bericht über den Empfang im Metropole ein Artikel über »Die Gräueltaten der Dacoits« stand, verfasst von einem Offizier des »3. Ghurka-Regiments«. Es war ein kurzer Beitrag, die detaillierte Beschreibung eines Gefechts mit bewaffneten Banditen, die ein befreundetes Dorf geplündert hatten, das Übliche über Befriedungsbemühungen in den Kolonien, und Edgar hätte ihn gar nicht beachtet, hätte nicht der Titel »Birmanische Skizzen« gelautet. Er kannte die Kolumne – sie kam fast jede Woche –, hatte sie aber kaum je gelesen. Bis jetzt. Er riss den Artikel heraus und schob die Zeitung unter einen Zeitschriftenstapel auf dem kleinen Tisch. Katherine sollte ihn nicht sehen. Im Esszimmer hörte er Besteck klappern, und der Geruch von gekochten Kartoffeln zog herüber.

Am nächsten Morgen saß er an einem kleinen, für zwei Personen gedeckten Tisch. Katherine machte Tee und Toast und stellte Butter und Marmelade hin. Ihr Mann schwieg. Sie ging in der Küche hin und her und füllte die Stille mit ihrem Geplauder über den nicht endenden Herbstregen, über Politik, über die neuesten Nachrichten. »Hast du von dem Omnibusunglück gestern gehört, Edgar? Von dem Empfang für den deutschen Baron? Von der jungen Mutter im East End, die wegen Mordes an ihren Kindern eingesperrt worden ist?«

»Nein.« Er war zerstreut, in Gedanken woanders. »Nein, erzähl.«

»Grauenhaft, einfach grauenhaft. Ihr Mann, ein Kohlenfahrer, glaube ich, hat die Kinder gefunden, zwei Jungen und ein Mädchen, im Bett zusammengerollt. Er hat die Polizei geholt, und man hat die Mutter verhaftet. Die Arme. Und der arme Mann, er glaubt nicht, dass sie's gewesen ist – stell dir das vor, Frau und Kinder zu verlieren. Und sie sagt, sie hätte ihnen nur ein rezeptfreies Mittel zum Schlafen gegeben. Der Hersteller von dem Mittel gehört verhaftet, finde ich. Ich glaube ihr jedenfalls, du nicht?«

»Doch, natürlich, Liebes.« Er führte die Tasse zum Mund und pustete in den Dampf.

»Du hörst ja gar nicht zu.«

»Doch, doch, furchtbar ist das.« Und er hatte zugehört, er sah die drei Kinder vor sich, bleich, wie Mäusejunge, die Augen noch geschlossen.

»Ach ja, ich sollte so etwas besser gar nicht lesen, ich weiß«, sagte sie. »Das setzt mir so zu. Reden wir von etwas anderem. Wirst du heute mit dem Farrell-Auftrag fertig?«

»Nein, ich gehe erst in ein paar Tagen wieder hin. Um zehn habe ich einen Termin bei einem Abgeordneten in Mayfair. Und vorher muss ich noch etwas in der Werkstatt fertig machen.«

»Versuch doch, heute Abend pünktlich zu sein. Du weißt, ich warte nicht gern.«

»Ja.« Er nahm ihre Hand. Etwas übertrieben, fand sie, vergaß es aber gleich wieder.

Das Dienstmädchen, ein junges Ding aus Whitechapel, war nach Hause zurückgekehrt, um ihre schwindsüchtige Mutter zu pflegen, und so stand Katherine auf, ging nach oben und räumte das Schlafzimmer selbst auf. Tagsüber blieb sie meist daheim und half bei der Hausarbeit, empfing Edgars Kunden, nahm Aufträge entgegen und plante Einladungen, eine Aufgabe, die ihr Mann ihr nur zu gern überließ, denn zwischen Saiten und Hämmern hatte er sich schon immer wohler gefühlt. Sie hatten keine Kinder, allerdings nicht deshalb, weil sie es nicht versucht hätten. Sie waren noch immer ineinander verliebt, und Katherine wunderte sich manchmal darüber, wenn sie sah, wie ihr Mann geistesabwesend durchs Haus wanderte. Anfangs hatte ihre denkwürdige Kinderlosigkeit, wie Katherines Mutter es nannte, beide bekümmert, aber dann hatten sie sich daran gewöhnt, und Katherine fragte sich oft, ob sie einander dadurch nicht noch näher gekommen waren. Ich habe schon genug damit zu tun, mich um Edgar zu kümmern, gestand sie ihren Freundinnen manchmal mit einer gewissen Erleichterung.

Nachdem sie gegangen war, trank er seinen Tee aus und stieg dann die steile Treppe zu seiner Werkstatt hinab. Er arbeitete selten zu Hause. Ein Klavier oder einen Flügel durch Londons Straßen zu transportieren konnte verheerend sein; wesentlich einfacher war es, wenn er sein ganzes Werkzeug mitnahm. Er benutzte die Werkstatt hauptsächlich für seine eigenen Arbeiten. Die wenigen Male, die er ein Klavier hierher brachte, hatte man es mit Seilen zwischen Straße und Haus hinunterlassen müssen. Die Werkstatt war klein und niedrig, ein Labyrinth aus verstaubten Klavierskeletten, Werkzeugen, die an der Wand und von der Decke hingen wie Fleisch in einer Metzgerei, verblassten Konstruktionszeichnungen von Klavieren und an die Wand genagelten Bildern von Pianisten. Ausgemusterte Tasten füllten die Regale wie Reihen von Zahnprothesen. Katherine hatte die Werkstatt einmal einen »Elefantenfriedhof« genannt, und er hatte sie gefragt, ob sie damit die massigen Brustkörbe ausgeweideter Flügel meinte oder die Filzballen, die sich wie Leder anfühlten, und sie hatte geantwortet, du bist poetisch veranlagt, Edgar, ich habe nur das Elfenbein gemeint.

Unten wäre er beinahe über eine ausrangierte Mechanik gestolpert, die an der Wand lehnte. Neben der Schwierigkeit des Transports war dies ein weiterer Grund, weshalb er keine Kunden in seine Werkstatt ließ. Wer an schimmernde Klaviere in blumengeschmückten Wohnzimmern gewöhnt war, den irritierte es immer ein wenig, ins Innere eines Klaviers zu schauen und sich klarzumachen, dass etwas so Mechanisches so himmlische Klänge hervorbringen konnte.

Durch ein Halbfenster unter der Decke fiel schwaches Licht in den Raum. Edgar ging zu einem kleinen Schreibtisch und entzündete eine Lampe. Am Abend zuvor hatte er das Päckchen, das er im Kriegsministerium bekommen hatte, unter einem moderigen Stapel gedruckter Stimmanweisungen versteckt. Er öffnete den Umschlag. Eine Kopie des Briefes von Colonel Fitzgerald war darin, eine Landkarte und ein Vertrag, der seine Aufgaben festlegte, außerdem eine Broschüre, die man ihm auf Doktor Carrolls Wunsch mitgegeben hatte. Ihr Titel, fett gedruckt und in Großbuchstaben, lautete: ALLGEMEINE GESCHICHTE BIRMAS UNTER BESONDERER BERÜCKSICHTIGUNG DER ANGLO-BIRMANISCHEN KRIEGE UND DER BRITISCHEN ANNEXIONEN. Edgar setzte sich und begann zu lesen.

Die Geschichte war ihm bekannt. Die anglo-birmanischen Kriege waren bemerkenswert sowohl ihrer Kürze als auch der großen Gebiete wegen, die den birmanischen Königen nach jedem Sieg der Briten entrissen worden waren: die Küstenstaaten Arakan und Tenasserim nach dem ersten, Rangun und Unterbirma nach dem zweiten, Oberbirma und die Shan-Staaten nach dem dritten. Von den beiden ersten Kriegen, die 1826 und 1852 endeten, hatte Edgar in der Schule gehört, über den dritten hatten im vergangenen Jahr die Zeitungen berichtet, und erst im Januar war die letzte Annexion verkündet worden. Doch von den Grundzügen der Geschichte abgesehen, war ihm das meiste neu: dass der zweite Krieg angeblich wegen der Entführung zweier britischer Kapitäne ausgebrochen war, dass der dritte teilweise auf Spannungen zurückging, zu denen es gekommen war, als britische Emissäre sich weigerten, zur Audienz beim birmanischen König die Schuhe auszuziehen. Andere Kapitel handelten von der Geschichte der Könige, eine Schwindel erregende Genealogie, die durch Polygynie und die offenbar recht gängige Praxis der Ermordung jeglicher Verwandter, die Anspruch auf den

Thron hätten erheben können, weiter kompliziert wurde. Die neuen Wörter verwirrten Edgar, Namen mit seltsamen Silben, die er nicht aussprechen konnte, und so konzentrierte er sich auf die Geschichte Thibaws, des letzten Königs, der nach der Eroberung Mandalays durch britische Truppen entthront und nach Indien verbannt worden war. Laut Darstellung des Militärs war er ein schwacher, unfähiger Führer gewesen, der unter der Fuchtel seiner Frau und seiner Schwiegermutter stand, und seine Regierung hatte unter zunehmender Gesetzlosigkeit in den entlegeneren Gebieten gelitten, das bezeugten ständige Überfälle bewaffneter Banden, der *dacoits*, von denen auch schon in dem Artikel, den Edgar aus den *Illustrated London News* herausgerissen hatte, die Rede gewesen war.

Er hörte Katherines Schritte über sich und hielt inne, um die Papiere notfalls schnell in den Umschlag zurückzuschieben. Oben an der Treppe verharrten die Schritte.

»Edgar, es ist fast zehn!«, rief Katherine.

»O Gott! Ich muss los.« Er blies die Lampe aus, steckte die Papiere in den Umschlag und schob ihn in den Stapel zurück, eine Vorsichtsmaßnahme, die ihn selbst überraschte. Oben stand Katherine mit seinem Mantel und seiner Werkzeugtasche.

»Heute komme ich pünktlich, ich verspreche es dir«, sagte er und schlüpfte in die Ärmel. Er küsste sie auf die Wange und trat in die Kälte hinaus.

Den Rest des Vormittags stimmte er den Broadwood-Flügel des Abgeordneten, der sich im Nebenzimmer mit dröhnender Stimme über den Bau eines neuen Krankenhauses für geistesgestörte Angehörige der oberen Zehntausend ausließ. Er machte früh Schluss; er hätte noch mehr Zeit auf die Feinstimmung verwenden können, aber auf dem Instrument schien selten jemand zu spielen. Zudem war die Akustik in dem Salon schlecht und die Politik des Abgeordneten abscheulich.

Es war früher Nachmittag, als er ging. Die Straßen waren voller Menschen. Dicke, tief hängende Wolken kündigten Regen an. Er schob sich durch die Menge, überquerte die Straße und machte einen Bogen um eine Gruppe von Arbeitern, die mit Spitzhacken das Pflaster aufrissen und den Verkehr aufhielten. Rings um die wartenden Kutschen riefen Zeitungsverkäufer und fliegende Händler ihre Ware aus, und zwei Jungen kickten einen Ball zwischen den Leuten hin und her und rannten davon, als er gegen eine Kutsche flog. Es begann zu nieseln.

In der Hoffnung, einen Omnibus zu erreichen, ging Edgar ein paar Minuten, aber das Nieseln wuchs sich zu starkem Regen aus, und er stellte sich im Eingang einer Gastwirtschaft unter. Ihr Name war in das Mattglas der Tür eingeätzt, und Herren im Anzug und rosa gepuderte Damen wischten mit dem Rücken Silhouetten in die beschlagenen Scheiben. Er schlug seinen Kragen höher und blickte in den Regen hinaus. Ein paar Kutscher ließen ihre Wagen auf der anderen Straßenseite stehen und rannten mit der Jacke über dem Kopf auf das Lokal zu. Edgar trat zur Seite, um sie vorbeizulassen, und als die Tür aufging, drangen Schwaden von Parfüm-, Schweiß- und Gingeruch nach draußen, und man hörte Betrunkene singen. Die Tür schwang wieder zu, und er beobachtete weiter die Straße. Die Broschüre kam ihm wieder in den Sinn.

In der Schule hatte er sich nicht besonders für Geschichte und Politik interessiert, die Geisteswissenschaften und natürlich die Musik waren ihm lieber gewesen. Seine politischen Sympathien galten, so weit überhaupt vorhanden, Gladstone und der Unterstützung der Homerule durch die Liberalen, was allerdings nicht unbedingt ernsthaftem Nachdenken entsprang. Er hegte ein eher instinktives Misstrauen gegen die Militärs; die Arroganz, die sie in die Kolonien trugen und von dort wieder mitbrachten, gefiel ihm nicht. Und die weit verbreitete Charakterisierung des Orientalen als faul und unfähig bereitete ihm Unbehagen. Man braucht sich nur die Geschichte des Klaviers anzusehen, pflegte er zu Katherine zu sagen, dann weiß man, dass das nicht stimmt.

Die Mathematik der temperierten Stimmung hatte Denker von Galileo bis Pater Marin Mersenne beschäftigt, den Verfasser der klassischen *Harmonie universelle*. Aber erstaunlicherweise war es ein chinesischer Prinz namens Tsai-Ju gewesen, der als Erster die richtigen Zahlen veröffentlicht hatte. Soviel Edgar von östlicher Musik wusste, bedurfte die Musik Chinas, in der die Harmonie kaum eine Rolle spielte, im Grunde keiner temperierten Stimmung. Dritten gegenüber sprach er allerdings selten davon. Er mochte Streitgespräche nicht, und er hatte genug Erfahrung, um zu wissen, dass kaum jemand die schöne Zweckmäßigkeit einer solchen Neuerung zu würdigen wusste.

Der Regen ließ ein wenig nach, und der Klavierstimmer setzte seinen Weg fort. Bald kam er in eine breitere Straße, auf der Busse und Droschken fuhren. Es ist noch früh, dachte er, Katherine wird sich freuen.

Er steigt in einen Omnibus und zwängt sich zwischen einen beleibten Herrn in einem dicken Mantel und eine unablässig hustende junge Frau mit aschfahlem Gesicht. Mit einem Ruck setzen die Pferde den Bus in Bewegung. Edgar schaut aus dem Fenster, aber der Bus ist so voll, dass er nicht sehen kann, wie die Straßen vorübergleiten.

Dieser Augenblick wird bleiben.

Er öffnet die Tür, und sie sitzt in der Sofaecke, am Rand eines halb runden Damastüberwurfs, der die Polster bedeckt. Es ist wie gestern, nur die Lampe brennt nicht, der Docht ist schwarz, er müsste gekürzt werden, aber das Dienstmädchen ist in Whitechapel. Einzig durch die Vorhänge aus Nottingham-Spitze fällt schräges Licht ins Zimmer und fängt sich in schwebenden Staubpartikeln. Sie sitzt zum Fenster gewandt, sie muss seine Umrisse draußen gesehen haben. Sie hält ein Taschentuch in der Hand, hat sich hastig die Wangen abgewischt, aber man sieht noch Tränenspuren.

Papiere liegen auf dem Mahagonitisch verstreut, ein geöffnetes braunes Päckchen, noch in der Form der Schriftstücke, die darin waren, mit Zwirn verschnürt, an einem Ende sorgfältig aufgefaltet, als sei der Inhalt heimlich inspiziert worden. Oder als sei das zumindest beabsichtigt gewesen, denn jetzt liegt er offen da, alles andere als heimlich, so wenig wie die Tränen, die verquollenen Augen, die Puderstreifen.

Keiner von beiden regt sich oder sagt etwas. Er hat noch seine Jacke in der Hand, sie sitzt noch auf der Sofakante, die Finger nervös in das Taschentuch geschlungen. Er weiß sofort, warum sie geweint hat. Er hätte es ihr gestern Abend sagen müssen, er hätte wissen müssen, dass die Papiere kommen würden, jetzt erinnert er sich, dass der Colonel sogar davon gesprochen hatte, als er das Kriegsministerium verließ. Wäre er nicht so mit der Tragweite seiner Entscheidung beschäftigt gewesen, hätte er es nicht vergessen. Er hätte sie vorbereiten müssen, die Neuigkeit hätte schonender vermittelt werden können. So wenig Geheimnisse hat Edgar, dass die, die er hat, zu Lügen werden.

Seine Hände zittern, als er seine Jacke aufhängt. Er dreht sich um. Katherine, sagt er. Was hast du, will er fragen, eine gewohnte Frage, aber er kennt die Antwort schon. Er sieht sie an; es gibt an den Fragen, deren Antworten er noch nicht weiß. Wer hat die Unterlagen gebracht, Wann sind sie gekommen, Was steht darin, Bist du böse.

Du hast geweint.

Sie schweigt; jetzt fängt sie leise an zu schluchzen. Ihr Haar fällt auf ihre Schultern herab.

Er rührt sich nicht, weiß nicht, ob er zu ihr gehen soll, es ist anders als gestern Abend, es ist nicht der Moment für Umarmungen. Katherine, ich wollte es dir sagen, gestern Abend hab ich's versucht, aber dann dachte ich, es passt jetzt nicht – er durchquert das Zimmer, schiebt sich zwischen Sofa und Tisch, setzt sich neben sie.

Liebes … Er berührt ihren Arm, sanft, versucht sie zu sich her zu drehen. Katherine, Liebes, ich wollte es dir sagen, bitte sieh mich an, und sie wendet sich ihm langsam zu, sieht ihn an, ihre Augen sind gerötet, sie hat lange geweint. Er wartet, dass sie etwas sagt, er weiß nicht, wie viel sie weiß, wer die Dokumente gebracht hat, wie viel man ihr gesagt hat. Was war denn? Sie antwortet nicht. Bitte, Katherine. Du weißt doch, was war, Edgar. Ich weiß es, und ich weiß es nicht. Wer hat die Papiere gebracht? Spielt das eine Rolle? Katherine, Liebes, sei nicht böse, ich wollte es dir sagen, Bitte, Katherine –

Ich bin nicht böse, Edgar.

Er holt ein Taschentuch hervor. Sieh mich an. Er führt das Taschentuch an ihre Wange.

Heute Vormittag war ich böse, als er kam. Wer? Ein Soldat, vom Kriegsministerium. Er hat nach dir gefragt und das hier abgegeben. Sie deutete auf die Papiere. Und was hat er gesagt? Ganz wenig, nur dass du die Unterlagen für deine Vorbereitungen brauchst und dass ich stolz auf dich sein soll, weil du etwas so Wichtiges machst, und als er das gesagt hat, wusste ich immer noch nicht, wovon er redet. Was meinen Sie? Er hat nur gesagt, Sie haben einen mutigen Mann, Mrs. Drake, wissen Sie das, und ich musste fragen, warum. Ich kam mir so dumm vor, Edgar. Er war überrascht und hat gelacht und nur gesagt, dass Birma weit weg ist. Ich wollte schon fragen, was das heißen soll, ich wollte schon sagen, dass er sich wohl im Haus, in der Person geirrt hat, aber dann habe ich mich nur bedankt, und er ist gegangen. Und du hast sie gelesen? Ein paar, einen Teil nur, genug. Sie schwieg. Wann war das? Heute Vormittag, ich weiß, ich sollte deine Post nicht lesen, ich hab das Päckchen auf dem Tisch liegen lassen, es war ja nicht für mich, ich bin nach oben und wollte an unserem Bettüberwurf weiterarbeiten, aber ich konnte mich nicht konzentrieren, ich hab mich dauernd gestochen, ich musste daran denken, was der Soldat gesagt hat, und ging wieder hinunter, und dann saß ich fast eine Stunde hier und hab überlegt, ob ich das Päckchen aufmachen soll, und hab mir gesagt, es ist nicht wichtig, aber ich wusste, das stimmt nicht, und ich dachte an gestern

Abend. Gestern Abend. Gestern Abend warst du anders. Du hast es schon gewusst. Da noch nicht, aber heute früh hab ich's gewusst, ich kenne dich einfach zu gut.

Er nimmt ihre Hände.

Lange sitzen sie so da, ihre Knie berühren sich, Katherines Hände liegen in seinen. Ich bin nicht böse, sagt sie noch einmal. Du darfst ruhig böse sein. Ich *war* böse, der Zorn kam und ging, hättest du's mir nur gesagt, Birma ist mir egal, nein das stimmt nicht, Birma ist mir nicht egal, ich wollte nur … Ich hab mich nur gefragt, warum du es mir nicht gesagt hast, vielleicht dachtest du ja, ich würde dich davon abhalten, das war das Schlimmste, ich bin stolz auf dich, Edgar.

Die Worte bleiben vor ihnen in der Luft hängen. Er lässt ihre Hände los, und sie fängt wieder an zu weinen. Sie wischt sich die Augen. Du lieber Himmel, ich sehe ja fein aus. Ich kann es mir immer noch anders überlegen, sagt Edgar.

Nein, das ist es nicht, du sollst es dir gar nicht anders überlegen. Du willst also, dass ich fahre? Nein, aber zugleich weiß ich auch, dass du fahren solltest, ich hab damit gerechnet. Du hast mit einem verstimmten Erard in Birma gerechnet? Das nicht, aber *damit*, mit etwas Neuem, Es ist eine schöne Vorstellung, dass durch Musik Frieden geschaffen wird, Was du dort wohl spielen wirst? Ich stimme nur einen Flügel, ich bin kein Pianist, ich fahre, weil ich einen Auftrag habe. Aber es ist ein anderer Auftrag als sonst, und nicht nur, weil du dafür weg musst. Ich verstehe nicht. Es ist etwas anderes, anders als deine sonstigen Projekte, eine Verpflichtung, etwas Ehrenvolles.

Und was ich bisher gemacht habe, ist nicht ehrenvoll? Das hab ich nicht gesagt. Doch. Ich beobachte dich, Edgar, manchmal ist es, als wärst du mein Kind, ich bin stolz auf dich, du hast Fähigkeiten, die andere nicht haben, du hörst Klänge, die andere Menschen nicht hören, du bist technisch geschickt, du machst Musik schön, das genügt. So hört sich das aber nicht an.

Edgar, bitte, jetzt bist *du* böse. Ich will ja nur deine Gründe wissen, Das hast du mir nie gesagt, Trotzdem ist es eine Arbeit wie jede andere, Ich bin und bleibe Mechaniker, wir sollten die Kirche im Dorf lassen und für Turners Gemälde nicht den Mann loben, der seine Pinsel herstellt.

Jetzt redest du, als wüsstest du nicht, ob du fahren sollst. Ich weiß es auch nicht, aber jetzt sagt meine Frau, ich soll fahren. Um etwas zu beweisen. So hab ich das doch nicht gemeint. Es ist eine ganz normale Arbeit, Katherine. Das glaubst du doch selbst nicht. Ich hatte auch schon andere komische Aufträge. Aber dieser ist anders, es ist der einzige, den du geheim gehalten hast.

Draußen sinkt die Sonne langsam hinter die Dächer, und es wird plötzlich dunkler im Zimmer.

Das hätte ich nicht von dir erwartet, Katherine. Was hast du denn erwartet? Ich weiß auch nicht, ich habe so etwas ja noch nie gemacht. Du hast erwartet, dass ich weine, so wie jetzt, dass ich dich anflehe hier zu bleiben, weil eine Frau das eben so macht, wenn sie ihren Mann verliert, dass ich Angst habe, wenn du weg bist, weil du dich dann nicht um mich kümmern kannst, dass ich Angst habe, dich zu verlieren. Das stimmt nicht, Katherine, das ist nicht der Grund, warum ich's dir nicht gesagt habe. Du hast gedacht, ich würde mich fürchten, du hast eine Seite aus den *Illustrated London News* herausgerissen, wegen eines Artikels über Birma.

Ein langes Schweigen trat ein. Es tut mir Leid, das ist eben alles so neu für mich. Ja, für mich auch.

Ich finde, du solltest fahren, Edgar, Ich wünschte, *ich* könnte hin, Es muss so schön sein, die Welt zu sehen. Du wirst viel zu erzählen haben, wenn du zurückkommst.

Es ist ein ganz normaler Auftrag.

Das sagst du immer wieder, aber du weißt selbst, dass es nicht so ist.

Das Schiff fährt erst in vier Wochen, bis dahin ist noch viel Zeit.

Es gibt eine Menge vorzubereiten.

Es ist sehr weit, Katherine.
Ich weiß.

Die nächsten Tage vergingen schnell. Edgar beendete den Farrell-Auftrag und lehnte einen neuen ab, bei dem er einen schönen 1870er Streicher-Flügel mit einer alten Wiener Mechanik hätte stimmen sollen.

Immer wieder kamen nun Offiziere des Kriegsministeriums mit weiteren Unterlagen: Informationsmaterial, Tabellen, Listen der Dinge, die er nach Birma mitnehmen sollte. Nach den Tränen des ersten Tages schien Katherine sich mehr und mehr für die Mission zu begeistern. Edgar war dankbar dafür; er hatte befürchtet, sie würde sich nicht so schnell wieder beruhigen. Zudem war er noch nie gut organisiert gewesen; seine Frau zog ihn gern damit auf, dass die Bestellung der genau richtigen Klaviersaiten ein Chaos in allen anderen Belangen seines Lebens vorauszusetzen schien. Meist kam tagsüber, wenn er nicht da war, ein Soldat und gab ein Päckchen mit Papieren ab. Katherine nahm sie entgegen, las sie und ordnete sie auf seinem Schreibtisch in drei Stapeln: Formulare, die ausgefüllt und zurückgeschickt werden mussten, Schriften zur Geschichte Birmas und Dokumente, die sich speziell auf seine Mission bezogen. Wenn er nach Hause kam, gerieten die Stapel binnen weniger Minuten durcheinander, als hätte er etwas darin gesucht. Dieses Etwas waren, wie Katherine wusste, nähere Angaben zu dem Klavier, aber es kamen keine, und nach drei oder vier Tagen empfing sie ihn schon mit den Worten: »Heute sind noch mehr Unterlagen gekommen, viele militärische Informationen, aber nichts über das Klavier.« Er sah enttäuscht drein, doch die Ordnung auf seinem Schreibtisch blieb gewahrt, und er zog sich mit einem Schriftstück, das zuoberst auf einem der Stapel lag, in seinen Sessel zurück.

Wenn sie später hereinkam, war er mit den Papieren auf dem Schoß eingeschlafen.

Sie wunderte sich über die Menge der Dokumente, die –

offenbar alle auf Anweisung des Oberstabsarztes – bei ihnen abgegeben wurden, sie las sie begierig und schrieb sogar Passagen aus einer von Carroll selbst verfassten Geschichte der Shan ab. Die langweilige Lektüre, die sie erwartet hatte, erwies sich als ungemein spannend, und so fasste sie Vertrauen zu dem Mann, in dessen Obhut sie Edgar gab, wie sie es empfand. Sie hatte das Dokument auch Edgar empfohlen, aber er hatte gemeint, er wolle noch warten, Ich brauche etwas, womit ich mich beschäftigen kann, wenn ich allein bin. Ansonsten sprach sie selten mit ihm über das, was sie gelesen hatte. Die Geschichten und Schilderungen der Menschen faszinierten sie; schon als Kind hatte sie sich für ferne Länder begeistert. Doch obwohl sie sich immer wieder bei Träumereien über das Gelesene ertappte, war sie froh, die Reise nicht selbst machen zu müssen. Das Ganze komme ihr vor, so vertraute sie einer Freundin an, wie ein einziges großes, dummes Spiel für Jungen, die nicht erwachsen geworden seien, wie in den Geschichten aus *Boy's Own* oder den Cowboyheften aus Amerika. »Und trotzdem lässt du ihn gehen?«, fragte die Freundin. »Edgar hat solche Spiele nie gespielt«, antwortete Katherine. »Vielleicht ist es ja noch nicht zu spät. Außerdem habe ich ihn noch nie so aufgeregt gesehen, so entschlossen. Fast wieder wie ein junger Mann.«

Es kamen auch Päckchen, die Edgar in Colonel Fitzgeralds Auftrag dem Oberstabsarzt übergeben sollte. Sie sahen aus, als wären Noten darin, und Edgar wollte sie öffnen, doch Katherine schimpfte und ließ es nicht zu. Sie waren ordentlich in braunes Papier verpackt, und er hätte sie bestimmt durcheinander gebracht. Zum Glück standen die Namen der Komponisten darauf, und er gab sich damit zufrieden, dass im Falle eines Schiffbruchs wenigstens Liszt ihm Gesellschaft leisten würde. Dieser Musikgeschmack, sagte er, gebe ihm Vertrauen in seine Mission.

Seine Abreise war auf den 26. November festgesetzt, einen Monat nach dem Tag, an dem er den Auftrag angenommen hatte. Sie rückte näher wie ein Wirbelsturm, nicht so sehr der hektischen Vorbereitungen als vielmehr der Ruhe wegen, die unweigerlich darauf folgen würde. Während Edgar seine Arbeiten zu Ende führte und die Werkstatt aufräumte, packte sie seine Koffer und ergänzte die Liste des Militärs um Dinge, an die nur die Frau eines Erard-Stimmers denken konnte. So kamen zu der wasserdichten, fäulnissicheren Kleidung, dem Abendanzug und einem Sortiment Tabletten und Pülverchen, »damit Sie das tropische Klima genießen können«, eine Salbe für vom Stimmen spröde Finger und eine Ersatzbrille hinzu, weil Edgar sich etwa alle drei Monate auf seine Brille setzte. Auch einen Frack packte sie ein. »Für den Fall, dass man dich bittet zu spielen«, sagte sie, doch ihr Mann küsste sie auf die Stirn und packte ihn wieder aus. »Du schmeichelst mir, Liebes, aber ich bin kein Pianist. Bitte setz mir keine Flausen in den Kopf.«

Sie packte den Frack trotzdem ein. Sie war solche Proteste gewöhnt. Schon als Kind hatte Edgar eine musikalische Neigung bei sich entdeckt, zum Komponieren aber fehlte ihm das Talent, wie er später betrübt feststellte. Sein Vater war Schreiner und ein leidenschaftlicher Musikliebhaber gewesen, der Instrumente aller Formen und Klangfarben gesammelt und gebaut und die Märkte nach seltenen volkstümlichen Instrumenten des Kontinents durchstöbert hatte. Als er merkte, dass sein Sohn zu schüchtern war, um vor Gästen zu spielen, hatte er seinen Ehrgeiz auf Edgars Schwester konzentriert, ein zartes Mädchen, das später einen Sänger der D'Oyly Carte Company heiratete, der in den Operetten von Gilbert und Sullivan auftrat. Während sie nun stundenlang Klavierunterricht hatte, verbrachte Edgar die Tage mit seinem Vater, einem Mann, von dem ihm vor allem die großen Hände in Erinnerung blieben. Zu groß für Feinarbeit, pflegte er zu sagen. Und so wurde es Edgars Aufgabe, die Instrumente aus der wachsenden Sammlung seines Vaters zu reparieren, von denen zur Freude des Jungen die meisten in einem beklagenswerten Zustand waren. Später, nachdem er Katherine kennen gelernt und sich in sie verliebt hatte, war es ihm eine ebenso große

Freude gewesen, sie spielen zu hören, und als er ihr seinen Antrag machte, hatte er ihr das auch gesagt. Du willst mich doch nicht nur deshalb heiraten, hatte sie erwidert, weil du jemanden brauchst, der die Instrumente ausprobiert, die du reparierst? Dabei hatte sie ihm ganz leicht die Hand auf den Arm gelegt, und er, ein junger Mann, den diese Berührung erröten ließ, hatte geantwortet, Keine Sorge, du brauchst überhaupt nicht zu spielen, wenn du nicht willst. Deine Stimme ist Musik genug.

Sein Werkzeug packte er selbst ein. Da er noch immer nichts Näheres über das Klavier wusste, ging er in das Geschäft, aus dem es stammte, und unterhielt sich mit dem Besitzer lange über die Besonderheiten des Instruments, darüber, in welchem Umfang es umgebaut worden und was noch an Originalteilen vorhanden war. Er hatte nicht viel Platz und konnte nur Werkzeug und Ersatzteile mitnehmen, die speziell für das Klavier geeignet waren, und auch die füllten schon einen halben Koffer.

Eine Woche vor seiner Abreise gab Katherine einen kleinen Abschiedstee für ihren Mann. Er hatte nur wenige Freunde, und die meisten von ihnen waren ebenfalls Klavierstimmer. Mr. Wiggers, der auf Broadwood spezialisiert war, Mr. d'Argences, der Franzose, dessen Leidenschaft Wiener Klaviere waren, und Mr. Poffy, der gar kein richtiger Klavierstimmer war, weil er hauptsächlich Orgeln reparierte. Es ist schön, hatte Katherine einmal zu Edgar gesagt, Freunde aus so unterschiedlichen Bereichen zu haben. Dabei vertraten sie bei weitem nicht das gesamte Spektrum jener, die mit Klavieren zu tun hatten. Allein im Londoner Adressbuch fanden sich zwischen Kerzengießern und Klempnern Klavierbauer und Klaviermechanikbauer, Bodenmacher, Hammerkopfmacher, Hammer- und Dämpferfilzhersteller, Hammerleistenmacher, Elfenbeinbleicher, Elfenbeinschneider, Tastenhersteller, Kleinteilehersteller, Klaviersaitenmacher und Klavierstimmer. Nicht anwesend war Mr. Hastings, ebenfalls ein Erard-Spezialist, der Edgar die kalte Schulter zeigte, seit an dessen Tür ein Schild mit der Aufschrift hing: »Zurzeit in Birma zwecks Stimmung im Dienste Ihrer Majestät. Für kleinere Stimmungen, die nicht bis zu meiner Rückkehr warten können, wenden Sie sich bitte an Mr. George Hastings.«

Die Gesellschaft war ganz aus dem Häuschen über Edgars Auftrag und stellte bis spät am Abend Vermutungen darüber an, was mit dem Klavier nicht in Ordnung sein könnte. Katherine langweilte sich und ging schließlich zu Bett, wo sie noch in dem Buch *The Burman* las, einem wunderbaren ethnographischen Werk, dessen Autor, ein Journalist namens Scott, vor kurzem in den Birma-Ausschuss berufen worden war. Als Pseudonym hatte er sich den birmanischen Namen Shway Yoe – goldene Wahrheit – zugelegt. Katherine tat das zwar als einen weiteren Beweis dafür ab, dass der Krieg nichts weiter als ein »Jungenspiel« sei, aber es gefiel ihr trotzdem nicht, und bevor sie einschlief, nahm sie sich vor, Edgar zu sagen, er solle nur nicht mit einem lächerlichen neuen Namen wiederkommen.

So vergingen die Tage. Katherine hatte erwartet, dass die Reisevorbereitungen in letzter Minute noch viel Aufregung verursachen würden, doch dann wachten sie drei Tage vor seiner Abreise am Morgen auf, und es gab nichts mehr zu tun. Die Koffer waren gepackt, das Werkzeug gesäubert und geordnet, die Werkstatt abgeschlossen.

Edgar und Katherine gingen zur Themse, wo sie sich am Embankment niederließen und den Schiffen zuschauten. Der Himmel hatte eine besondere Klarheit, und mit derselben Klarheit spürte der Klavierstimmer Katherines Hand in seiner. Jetzt fehlt nur noch Musik, um diesen Moment vollkommen zu machen, dachte er. Schon von Kindheit an hatten Musik und Gefühl für ihn eine untrennbare Einheit gebildet. Katherine hatte davon in einem Brief erfahren, den er ihr schrieb, kurz nachdem er zum ersten Mal in ihrem Elternhaus gewesen war. Er schilderte darin seine Gefühle mit den Worten »wie das Allegro con brio in Haydns Sonate Nr. 37 D-Dur.« Damals hatte sie gelacht und sich gefragt, ob er es ernst meinte oder ob das einer von den

Scherzen war, die nur Klavierstimmer-Lehrlinge lustig fanden. Ihre Freundinnen hielten es für einen Scherz, wenn auch einen seltsamen, und sie stimmte ihnen zu, doch später kaufte sie sich die Noten der Sonate und spielte sie, und aus dem frisch gestimmten Klavier stiegen Klänge von so übermütiger Vorfreude auf, dass sie an Schmetterlinge denken musste, nicht solche, die dem Frühling folgen, sondern die flatternden Schatten im Bauch junger Verliebter.

Als sie so nebeneinander saßen, erklangen in Edgars Kopf Bruchstücke von Melodien, wie ein Orchester, das die Instrumente stimmt, und allmählich übernahm eine von ihnen die Führung und die anderen folgten. Er summte. »Clementi, fis-moll-Sonate«, sagte Katherine, und er nickte. Er hatte ihr einmal gesagt, dass er bei dieser Musik immer an einen Seemann denken müsse, der auf dem Meer verschollen sei. Seine Liebste warte an Land auf ihn. Wellen und Möwen seien das Orchester.

Sie lauschten.

»Kommt er zurück?«

»In dieser Version schon.«

Vor ihren Augen wurden Kisten aus den kleineren Flussschiffen gelöscht. Möwen kreisten in der Luft, tauschten Rufe aus und warteten auf weggeworfene Essensreste. Edgar und Katherine standen auf und schlenderten am Ufer entlang. Als sie sich vom Fluss abwandten und den Heimweg antraten, schlangen sich Edgars Finger um die seiner Frau. Ein Klavierstimmer ist ein guter Ehemann, hatte sie nach der Rückkehr von ihrer Hochzeitsreise zu ihren Freundinnen gesagt. Er kann gut zuhören, und seine Berührung ist zarter als die des Pianisten: Nur der Stimmer kennt das Klavier von innen. Die jungen Frauen hatten gekichert über den schockierenden Hintersinn dieser Worte. Jetzt, achtzehn Jahre später, wusste sie, wo die Schwielen an seinen Händen saßen und woher sie kamen. Er hatte sie ihr einmal erklärt, wie jemand, der Geschichten zu den Tätowierungen auf seiner Haut erzählt: Die hier, die innen am Daumen entlangläuft, kommt von einem

Schraubenzieher, Die Kratzer am Handgelenk stammen vom Gehäuse, ich stütze beim Stimmen oft so den Arm auf, wenn ich die Tasten anschlage, die Schwielen innen am rechten Zeige- und Ringfinger kommen vom Drehen der Stimmnägel, bevor ich die Regulierzange benutze, den Mittelfinger gebrauche ich dabei nicht, ich weiß auch nicht, warum, eine alte Gewohnheit, Abgebrochene Fingernägel kommen von den Saiten, sie sind ein Zeichen von Ungeduld.

Sie gehen nach Hause. Jetzt reden sie über belanglose Dinge – wie viele Paar Socken er mitnimmt, wie oft er schreiben wird, was für Mitbringsel er kaufen soll, wie er sich vor Krankheiten schützen kann. Dann tritt beklommenes Schweigen ein; man rechnet nicht damit, dass derlei Trivialitäten einen Abschied belasten. In Büchern oder im Theater ist das anders, denkt Edgar, und es drängt ihn, von Sendung zu sprechen, von Pflicht, von Liebe. Zu Hause angekommen, schließen sie die Tür, und er lässt Katherines Hand nicht los. Wo die Sprache versagt, springt die Berührung ein. Noch immer fragt sich Edgar manchmal, ob man nur miteinander schläft, um die Leere zwischen den Worten zu füllen.

Noch drei Tage, dann zwei, und er kann nicht schlafen. Er steht früh auf und geht spazieren, schält sich aus dem warmen Nest der Laken. Sie dreht sich um, im Schlaf, im Traum vielleicht, Edgar? Und er, Schlaf weiter, Liebes, und das tut sie, kuschelt sich wieder in die Decken, gibt beruhigende Laute von sich. Er setzt die Füße auf den Boden, der kalte Kuss von Holz auf Fußsohlen, und durchquert das Zimmer. Zieht sich rasch an. Die Schuhe nimmt er in die Hand, um Katherine nicht aufzuwecken, dann schlüpft er leise hinaus und geht die teppichbelegte Treppe hinunter zur Haustür.

Es ist kalt draußen, und die Straße ist dunkel, bis auf eine Ansammlung Blätter, von einem Windstoß aufgewirbelt, der sich in die Franklin Mews verirrt hat, sich um sich selbst dreht, sich überschlägt, wieder aus der schmalen Straße hinausweht. Die Nacht ist sternenlos. Edgar schlägt seinen Kragen hoch und zieht sich den Hut tief in die Stirn. Er folgt dem zurückweichenden Wind, und er geht. Durch leere Straßen, über Kopfsteinpflaster, vorbei an Reihenhäusern, Fenstern mit zugezogenen Vorhängen – wie im Schlaf geschlossene Augen. Er nimmt Bewegung wahr, streunende Katzen vielleicht, vielleicht Menschen. Es ist dunkel, die Straßen hier haben noch keinen Strom, und er bemerkt die Lampen, die Kerzen, versteckt in den Tiefen der Häuser. Er zieht den Mantel enger um sich und geht, und die Nacht weicht unmerklich der Dämmerung.

Noch zwei Tage und dann noch einer. Sie begleitet ihn, spürt sein Wachsein am frühen Morgen im Voraus, und zusammen gehen sie durch die Weite des Regent's Park. Meist sind sie allein. Sie halten sich an den Händen, und der Wind fegt die breiten Wege entlang, kräuselt die Pfützen, zerrt an den nassen Blättern, die das Gras bedecken. Sie halten inne und setzen sich im Schutz einer Laube nieder, beobachten die wenigen Menschen, die sich in den Regen hinausgewagt haben, unter schwankenden Schirmen versteckt: alte Männer, allein unterwegs, Paare, Mütter, die aufgeregt hüpfende Kinder durch den Park führen, vielleicht zum Zoo, Mami, was gibt es da alles? »Schschsch! Benimm dich, da gibt es bengalische Tiger und birmanische Tigerpythons, die fressen unartige Kinder auf.«

Sie gehen durch den dämmernden Park, von dessen Blumen der Regen tropft. Die Wolken hängen tief, die Blätter sind gelb. Sie nimmt seine Hand, führt ihn fort von der langen Promenade über die weiten, smaragdgrünen Rasenflächen, zwei winzige, durch das Grün wandernde Gestalten. Er fragt nicht, wohin sie gehen, lauscht nur dem Saugen der Nässe an den Sohlen – hässliche Laute. Der Himmel ist grau, tief hängende Wolken, keine Sonne.

Sie führt ihn zu einer kleinen Laube, es ist trocken dort, und er streicht ihr das nasse Haar aus dem Gesicht. Ihre Nase ist kalt. Er wird es in Erinnerung behalten.

Der Tag geht unmerklich in die Nacht über.

Dann kommt der 26. November 1886.

Eine Kutsche hält am Royal-Albert-Dock. Zwei Männer in untadelig gebügelten Uniformen kommen daraus hervor und halten einem Mann und einer Frau mittleren Alters die Tür auf. Vorsichtig steigen die beiden aus, als seien sie zum ersten Mal in einem Militärfahrzeug gefahren, die Stufen sind höher und die Schwellen breiter, um dem Gefährt auf unebenem Gelände Halt zu geben. Einer der Soldaten zeigt auf das Schiff, der Mann schaut hinüber und wendet sich dann wieder seiner Frau zu. Sie stehen nebeneinander, und er küsst sie flüchtig. Dann dreht er sich um und folgt den Soldaten zum Schiff. Jeder trägt einen Koffer, er selbst eine kleinere Tasche.

Es wird wenig Aufhebens gemacht, keine Flaschen zerschellen am Bug – ein Brauch, der jenen vorbehalten ist, die Schiffe taufen, und den Betrunkenen, die am Pier schlafen und manchmal auf den Rummelplätzen flussabwärts angespült werden. Die Passagiere stehen an Deck und winken den Menschen auf dem Pier zu, die zurückwinken.

Die Maschinen beginnen zu dröhnen.

Als das Schiff ablegt, schließt sich der Nebel über dem Fluss. Wie ein Vorhang schiebt er sich vor die Gebäude, die Piers und alle die gekommen sind, um den Dampfer zu verabschieden. In der Flussmitte werden die Nebelschwaden dichter und kriechen über das Deck, so dass sich selbst die Passagiere nicht mehr sehen.

Langsam, einer nach dem anderen, gehen sie hinein, und Edgar Drake bleibt allein zurück. Der Nebel perlt auf seiner Brille, und er nimmt sie ab und wischt sie an seiner Weste trocken. Sein Blick versucht den Nebel zu durchdringen, der aber nichts von den vorbeigleitenden Ufern preisgibt. Der Schiffsschornstein liegt hinter Nebelschleiern, und der Klavierstimmer kommt sich vor, als würde er im leeren Raum schweben. Er streckt die Hand aus und schaut zu, wie sie von weißen Wirbeln aus winzigen Tröpfchen eingehüllt wird.

Weiß. Wie ein sauberes Blatt Papier, wie unbearbeitetes Elfenbein, alles ist weiß, als die Geschichte beginnt.

III

30. November 1886

Liebe Katherine,

Es ist jetzt fünf Tage her, seit ich aus London abgereist bin. Entschuldige, dass ich nicht eher geschrieben habe, aber Alexandria ist seit Marseille unsere erste Möglichkeit, Post aufzugeben, und ich wollte lieber noch warten, statt Dir Briefe zu schicken, in denen nichts Neues steht.

Meine liebe, geliebte Katherine, wie soll ich Dir die letzten Tage beschreiben? Und wie sehr wünschte ich, Du wärst auf dieser Reise bei mir und könntest alles sehen, was ich sehe! Erst gestern ist an der Steuerbordseite des Schiffes eine neue Küste aufgetaucht, und ich habe einen Matrosen gefragt, was das sei. »Afrika«, sagte er ganz überrascht. Ich kam mir natürlich dumm vor, aber ich konnte meine Aufregung kaum bezwingen. Die Welt ist so klein und doch so groß.

Es gibt viel zu schreiben, aber als Erstes möchte ich Dir von der Reise bisher erzählen, angefangen bei unserem Abschied. Die Fahrt von London nach Calais verlief ruhig. Der Nebel war dicht, und wenn er sich einmal hob, konnte man gerade einen Moment lang die Wellen sehen. Die Überfahrt dauerte nur ein paar Stunden. Es war schon dunkel, als wir in Calais ankamen, und wir wurden mit einer Kutsche zum Bahnhof gebracht, wo wir in den Zug nach Paris stiegen. Du weißt ja, dass ich immer davon geträumt habe, einmal die Wahlheimat Sébastien Erards zu sehen, aber kaum waren wir da, saß ich schon in einem anderen Zug Richtung Süden. Frankreich ist wirklich ein schönes Land – goldene Weiden, Weinberge und sogar Lavendelfelder (berühmt für ihr Parfüm – ich bringe Dir welches mit, wenn ich zurückkomme), aber von den Leuten habe ich wenig Positives zu berichten: Keiner der Franzosen, denen ich begegnet bin, hatte je von Sébastien Erard oder seiner großen Erfindung, der Repetitionsmechanik, gehört. Auf meine Fragen haben sie mich nur angesehen, als wäre ich nicht ganz bei Trost.

In Marseille gingen wir an Bord eines anderen Schiffes derselben Reederei, und bald dampften wir übers Mittelmeer. Könntest Du nur sehen, wie schön dieses Gewässer ist! Ein solches Blau habe ich noch nie gesehen. Am nächsten kommt ihm vielleicht der frühe Abendhimmel oder der Saphir. Der Photoapparat ist zwar eine wunderbare Erfindung, aber ich wünschte, man könnte damit auch die Farben festhalten, dann könntest Du sehen, was ich meine. Du musst einmal in die National Gallery gehen und Dir Turners *The Fighting Téméraire* ansehen; ich wüsste kein ähnlicheres Blau.

Es ist so warm, dass ich den kalten englischen Winter schon vergessen habe. Am ersten Tag war ich die meiste Zeit auf Deck und habe mir einen tüchtigen Sonnenbrand geholt. Ich darf nicht vergessen, meinen Hut aufzusetzen.

Nach dem ersten Tag fuhren wir durch die Straße von Bonifacio zwischen Sardinien und Korsika. Man konnte die italienische Küste sehen. Sie wirkt ganz ruhig und friedlich, und man kann sich kaum vorstellen, dass die stürmische Geschichte Italiens in diesen Hügeln ihren Anfang genommen, dass dieses Land Verdi, Vivaldi, Rossini und vor allem Cristofori hervorgebracht hat.

Wie soll ich Dir meine Tage beschreiben? Wenn ich nicht einfach auf Deck sitze und aufs Meer hinausschaue, lese ich stundenlang in den Unterlagen über Anthony Carroll. Seltsam, dass dieser Mann, der mich jetzt seit Wochen beschäftigt, nicht einmal meinen Namen weiß. Aber jedenfalls hat er ungewöhnliche Vorlieben. Ich habe eines der Notenpakete aufgemacht, die ich ihm mitbringen soll, und darin waren Liszts Klavierkonzert Nr. 1, Schumanns Toccata C-dur und anderes mehr. Es sind auch Noten dabei, die ich nicht kenne, und wenn ich versuche, sie zu summen, kann ich keinerlei Melodie ausmachen. Ich muss ihn danach fragen, wenn ich da bin.

Morgen laufen wir Alexandria an. Die Küste ist schon ganz nah, und in der Ferne sieht man Minarette. Heute Morgen sind wir an einem kleinen Fischerboot vorbeigekommen. Der Fischer stand darin und schaute zu uns herauf. Das Netz hing schlaff in seinen Händen, und wir waren so nahe, dass ich das getrocknete Salz auf seiner Haut sehen konnte. Und vor weniger als einer Woche war ich noch in London! Leider bleiben wir nur kurz, und ich werde nicht genug Zeit haben, die Pyramiden zu besichtigen.

Ich möchte Dir noch so viel erzählen ... der Mond ist fast voll, und ich gehe nachts oft an Deck und schaue hinauf. Die Orientalen sehen ein Kaninchen im Mond, wie ich gehört habe, aber ich selbst sehe nur einen blinzelnden Mann mit vor Staunen und Überraschung weit offenem Mund. Ich glaube, ich weiß jetzt auch, warum er so schaut. Wenn schon von einem Schiff aus alles so wunderbar ist, wie muss es dann erst für den Mond sein. Vorletzte Nacht konnte ich vor Hitze und Aufregung nicht schlafen und ging an Deck. Ich sah aufs Meer hinaus, und plötzlich, keine hundert Meter vom Schiff entfernt, fing das Wasser ganz allmählich an zu schimmern. Erst glaubte ich, die Sterne spiegeln sich im Wasser, aber dann schien die Erscheinung eine Form anzunehmen, sie leuchtete wie tausend kleine Feuer, wie die Londoner Straßen bei Nacht. Immer heller wurde sie, und ich dachte schon, es sei ein seltsames Meerestier, aber sie war fast eine Meile lang, und als wir vorbei waren und ich mich noch einmal umdrehte und sie im Wasser suchte, war sie verschwunden. Letzte Nacht kam das Lichttier wieder, und ich erfuhr von einem Naturforscher, der an Deck gekommen war, um den Himmel zu betrachten, dass es kein Seeungeheuer war, sondern eine Ansammlung von Millionen mikroskopisch kleiner Wesen. Der Mann nannte sie »Diatomeen« und sagte, dass ganz ähnliche Lebewesen dem Roten Meer seine berühmte Farbe geben. Was für eine seltsame Welt ist das, Katherine, in der das Unsichtbare ein Gewässer erleuchten und das Meer rot färben kann.

Ich muss schließen, Liebes. Es ist spät, ich vermisse Dich schrecklich, und ich hoffe, Du bist nicht einsam. Bitte mach Dir meinetwegen keine Sorgen. Offen gestanden hatte ich ein wenig Angst, als ich abfuhr, und manchmal, wenn ich im Bett liege, frage ich mich, warum ich mich überhaupt auf diese Reise begeben habe. Aber ich weiß es noch immer nicht. Ich denke an das, was Du mir in London gesagt hast: dass es eine so vornehme Aufgabe sei, dass es meine Pflicht meinem Land gegenüber sei. Aber das kann nicht sein: Ich habe mich als junger Mann nicht zum Militärdienst gemeldet, und ich interessiere mich auch kaum für unsere Außenpolitik. Du wurdest böse, als ich sagte, es sei meine Pflicht dem Klavier und nicht der Krone gegenüber, aber ich bin nach wie vor fest davon überzeugt, dass Dr. Carroll das Richtige tut, und vielleicht ist es meine Pflicht, ihm *um der Musik willen zu helfen*. Gewiss gründet sich meine Entscheidung zum Teil auf mein Vertrauen zu Dr. Carroll, auf das Gefühl, eine Mission mit ihm zu teilen, und auf sein Bestreben, Musik, die ich schön finde, dorthin zu bringen, wohin andere nur Gewehre gebracht haben. Ich weiß allerdings, dass solche Empfindungen im Angesicht der Realität oft verblassen. Ich vermisse Dich sehr, und ich hoffe, das Ganze ist kein aussichtsloses Unterfangen. Du weißt, dass ich kein Mensch bin, der unnötige Risiken eingeht. Geschichten vom Krieg und vom Dschungel machen mir vielleicht mehr Angst als Dir.

Warum halte ich mich bei meinen Ängsten und Bedenken auf, wo ich Dir so viel Schönes zu erzählen habe? Wahrscheinlich, weil ich diese Gedanken sonst niemandem mitteilen kann. Im Grunde bin ich schon jetzt auf eine Weise glücklich, wie ich es noch nie erlebt habe. Wenn Du nur bei mir sein könntest.

Mein Liebes, ich schreibe Dir bald wieder.

Dein getreuer Mann
Edgar

Er gab den Brief in Alexandria auf, wo das Schiff bei einem kurzen Zwischenaufenthalt neue Passagiere an Bord nahm, Männer in fließenden Gewändern, deren Sprache tief aus ihrer Kehle hervorzukommen schien. In den wenigen Stunden konnte man nur kurz über die Docks spazieren, inmitten des Geruchs von trocknendem Tintenfisch und der Düfte, die aus den Säcken der Gewürzhändler aufstiegen. Bald waren sie wieder unterwegs, durch den Suezkanal und in ein anderes Meer.

IV

In dieser Nacht, als das Schiff langsam durch das Rote Meer dampfte, fand Edgar keinen Schlaf. Anfangs versuchte er, ein Schriftstück des Kriegsministeriums zu lesen, eine schwülstige Darstellung der Feldzüge im dritten anglo-birmanischen Krieg, legte es aber gelangweilt wieder weg. Es war stickig in der Kabine, das kleine Bullauge ließ kaum Seeluft herein. Schließlich zog er sich an und ging durch den langen Flur zu dem Niedergang, der an Deck führte.

Draußen war es kühl, der Himmel war klar, der Mond voll. Wochen später, als Edgar die Mythen kennt, wird er wissen, warum dies von Bedeutung ist. Die Engländer nennen die schmale, bleiche Lichtsichel »Neumond«, bei den Shan, den Wa oder den Ya-O aber kann einem jedes Kind sagen, dass der Vollmond das Neue ist, weil er frisch und glänzend ist wie die Sonne; der Neumond dagegen ist alt und schwach und stirbt bald. Und so kennzeichnet der Vollmond Anfänge, Zeiten, in denen Veränderungen einsetzen und man genau auf Vorzeichen achten muss.

Aber noch viele Tage vergehen, bis Edgar in Birma ankommt, und er kennt die Omen der Shan noch nicht. Er weiß noch nicht, dass es vier Arten von Vorzeichen gibt, die des Himmels, die des Vogelflugs, die des pickenden Geflügels und die des Gangs der vierfüßigen Tiere. Er kennt noch nicht die Bedeutung von Kometen, Halos und Meteoritenschauern, weiß nicht, dass die Richtung, in der ein Kranich fliegt, ein Omen ist, dass man in Hühnereiern nach Vorzeichen suchen muss, im Schwärmen der Bienen und nicht nur darin, dass eine Eidechse, eine Ratte oder eine Spinne auf einen Menschen fällt, sondern auch darin, wohin genau sie fällt. Dass ein verheerender Krieg das Land verwüsten wird, wenn sich das Wasser eines Teichs rot färbt; ein solches Omen hatte die Zerstörung Ayuthayas prophezeit, der alten Hauptstadt Siams. Dass ein Mann sterben wird, wenn er etwas in die Hand nimmt und es zerbricht ohne erkennbaren Grund oder wenn sein Turban von allein herabfällt.

Solche Auguren brauchen für Edgar Drake nicht befragt zu werden, noch nicht. Er trägt keinen Turban, und selten reißen beim Stimmen oder Reparieren Saiten, und als er so auf Deck stand, reflektierte das Meer den Mondschein mit glitzerndem Silber auf Blau.

Die Küstenlinie war noch zu sehen und sogar das ferne Blinken eines Leuchtturms. Der Himmel war klar und von Sternen übersät. Er sah aufs Meer hinaus, in dessen Wellen ihr Licht aufblitzte.

Am folgenden Abend saß er in der Messe, am Ende eines langen Tisches mit einem frischen weißen Tischtuch. Der Kronleuchter über ihm verriet die Bewegung des Schiffes. Sehr luxuriös, hatte Edgar an seine Frau geschrieben, man hat hier an nichts gespart. Er saß allein und lauschte einem angeregten Gespräch zweier Offiziere über eine Schlacht in Indien. Die beiden waren zwar nicht dabei gewesen, taten aber hitzig ihre Meinung dazu kund. Drakes Gedanken wanderten von indischen Schlachten fort nach Birma, zu Carroll, zum Klavierstimmen, zu Klavieren allgemein, nach Hause.

»Sie sind der Klavierstimmer?« Die Stimme holte ihn auf das Schiff zurück.

Edgar drehte sich um. Ein hoch gewachsener Mann in Uniform stand hinter seinem Stuhl. »Ja«, sagte er, schluckte, stand auf und streckte die Hand aus. »Drake. Und Sie, Sir?«

»Tideworth«, sagte der Mann mit einem schönen Lächeln. »Ich bin von Marseille bis Bombay Kapitän des Schiffes.«

»Ach, natürlich, Ihren Namen kenne ich ja. Es ist mir eine Ehre, Sie kennen zu lernen.«

»Die Ehre ist ganz auf meiner Seite, Mr. Drake. Verzeihen Sie, dass ich Sie nicht früher begrüßen konnte. Ich freue mich seit Wochen darauf, Ihre Bekanntschaft zu machen.«

»*Meine* Bekanntschaft?«, fragte Edgar. »Wie das?«

»Ich hätte es gleich dazusagen sollen, als ich mich vorgestellt habe: Ich bin ein Freund von Anthony Carroll. Er hat mir geschrieben, dass Sie mit meinem Schiff reisen werden. Er kann es kaum erwarten, Sie kennen zu lernen.«

»Das beruht ganz auf Gegenseitigkeit. Er ist ja mein Auftrag.« Er lachte.

»Der Kapitän nickte zu den Stühlen hin. »Setzen wir uns doch«, sagte er. »Ich wollte Sie nicht beim Essen stören.«

»Sie stören nicht, Kapitän, ich bin satt. Sie meinen es viel zu gut mit uns.« Sie setzten sich an den Tisch. »Dr. Carroll hat sich also über mich geäußert? Was schreibt er denn?«

»Nicht viel. Ich glaube, man hat ihm nicht einmal Ihren Namen mitgeteilt. Aber er schreibt, Sie seien ein guter Klavierstimmer und es sei ihm außerordentlich wichtig, dass Sie wohlbehalten ans Ziel kommen. Er meinte auch, Sie könnten auf dieser Reise nicht ganz auf der Höhe sein und ich solle mich um Sie kümmern.«

»Das ist nett von ihm, aber ich komme ganz gut zurecht. Obwohl, ohne indische Schlachten auf dem Buckel« – er nickte zu den beiden Offizieren hin – »bin ich hier kein sehr guter Gesprächspartner.«

»Ach, das sind meistens ziemliche Langweiler«, antwortete der Kapitän mit gesenkter Stimme, eine unnötige Vorsichtsmaßnahme, denn die Offiziere waren betrunken und hatten ihn noch gar nicht bemerkt.

»Wie auch immer – ich hoffe, ich halte Sie nicht von Ihren Pflichten ab.«

»Ganz und gar nicht, Mr. Drake. Man ruft mich, wenn ich gebraucht werde. Die Fahrt verläuft ruhig; wenn nichts dazwischenkommt, müssten wir in sechs Tagen in Aden sein. Sagen Sie, gefällt Ihnen die Reise denn?«

»Und wie. Ich bin übrigens zum ersten Mal außerhalb von England. Es ist alles noch schöner, als ich es mir vorgestellt habe. Ich kenne den Kontinent hauptsächlich über seine Musik, seine Klaviere.« Der Kapitän schien verwirrt, und Edgar fügte verlegen hinzu: »Ich bin Spezialist für Erard-Klaviere. Ein französisches Fabrikat.«

Der Kapitän sah ihn neugierig an. »Und die Fahrt nach Alexandria? Klaviere wird es dort nicht geben.«

»Nein, das nicht.« Er lachte. »Aber dafür einen überwältigenden Blick. Ich war stundenlang auf Deck. Ich komme mir wieder vor wie ein junger Mann. Das verstehen Sie sicher.«

»Natürlich. Ich weiß noch, wie ich zum ersten Mal diese Route gefahren bin. Ich habe sogar Gedichte darüber geschrieben, alberne Oden über das Segeln am Rand zweier Kontinente, jeder riesig und leer, Sand über Hunderte von Meilen und sagenumwobene Städte, jeder himmelwärts strebend, der Levante entgegen, dem Kongo. Na, Sie wissen schon. Die Seefahrt hat für mich zwar nichts von ihrem Reiz verloren, aber die Poesie habe ich zum Glück längst aufgegeben. Sagen Sie, haben Sie schon andere Passagiere kennen gelernt?«

»Ach, ich bin kein sehr kontaktfreudiger Mensch, die meiste Zeit genieße ich einfach nur die Fahrt. Das ist alles so neu für mich.«

»Schade – die Passagiere sind immer eine ganz außergewöhnliche Gesellschaft. Ohne sie wäre ich vielleicht sogar diesen Blick irgendwann Leid.«

»Außergewöhnlich? Inwiefern?«

»Tja, wenn ich die Zeit dazu hätte, ich könnte Ihnen stundenlang von meinen Passagieren erzählen. Schon wo sie an Bord kommen, ist exotisch genug. Nicht nur in Europa und Asien, sondern in jedem der zahllosen Häfen, die wir an der Mittelmeerküste, also in Nordafrika und Arabien, anlaufen. Man nennt diese Route die Weltachse. Und dann die Geschichten! Ich brauche mich nur hier im Raum umzusehen… Zum Beispiel…« Er beugte sich näher zu Edgar. »Sehen Sie den alten Herrn und die weißhaarige Dame an dem Tisch dort hinten?«

»Ja, ihn habe ich schon gesehen. Vermutlich der Älteste hier auf dem Schiff.«

»Er heißt William Penfield. Ehemaliger Offizier bei der Ostindischen Kompanie. ›Bloody Bill‹ wurde er genannt. Vielleicht der höchstdekorierte und gewalttätigste Soldat, der je in den Kolonien gedient hat.«

»Dieser alte Mann?«

»Genau der. Wenn Sie nächstes Mal in seine Nähe kommen, sehen Sie sich seine linke Hand an. In einem Gefecht bei seinem ersten Einsatz hat er zwei Finger verloren. Seine Leute haben Witze darüber gemacht und gesagt, er hätte für jeden Finger tausend Menschen getötet.«

»Schrecklich.«

»Das ist noch längst nicht alles, aber ich will Ihnen Einzelheiten ersparen. Der junge Mann links von ihm, der mit den dunklen Haaren, der wird ›Teak-Harry‹ genannt; ich weiß gar nicht, wie er richtig heißt. Ein Armenier aus Baku. Sein Vater war Holzkaufmann und hat mit gecharterten Frachtschiffen sibirisches Holz von der Nordküste des Kaspischen Meeres an die Südküste transportiert. Eine Zeit lang soll er die gesamten persischen Holzimporte kontrolliert haben. Vor zehn Jahren wurde er ermordet, und die Familie ist geflohen, teils in die Türkei, teils nach Europa. Teak-Harry ging nach Osten, auf den indochinesischen Markt. Gilt als Schwadroneur und Abenteurer. Es gibt sogar Gerüchte, er hätte Garniers Expedition zur Quelle des Mekong finanziert. Beweisen lässt sich das nicht, aber wenn es stimmt, dann behandelt er die Sache sehr diskret, um seine britischen Frachtverträge nicht zu gefährden. Wahrscheinlich wird er mit Ihnen bis Rangun reisen, nach Mandalay fährt er dann mit einem Schiff seiner Firma. Er besitzt eine Villa, nein, einen Palast, um den ihn selbst die Könige von Ava beneidet hätten. Was sie offenbar auch getan haben. Thibaw soll zweimal versucht haben, ihn zu beseitigen, aber er konnte beide Male entkommen. Vielleicht sehen Sie in Mandalay sein Domizil. Teakholz ist sein Leben. Nicht leicht, sich mit ihm zu unterhalten, wenn man nicht vom Fach ist.« Der Kapitän nahm sich kaum Zeit zum Luftholen. »Der Dicke hinter ihm ist Franzose, Jean-Baptiste Valérie, Professor für Sprachwissenschaft an der Sorbonne. Spricht angeblich siebenundzwanzig Sprachen, drei davon als einziger Weißer, die Missionare eingeschlossen.«

»Und der Mann neben ihm, der mit den Ringen? Ein sehr auffälliger Typ.«

»Ah, das ist Nader Modarress, ein persischer Teppichhändler, auf Bakhtiaris spezialisiert. Schon zweimal hat er diese Reise mit einer Geliebten gemacht – erstaunlich, dabei hat er in Bombay so viele Ehefrauen, dass er gar nicht zum Teppichverkaufen kommt. Er reist in der königlichen Kabine, die kann er sich immer leisten. Sie haben sicher gesehen, dass er an jedem Finger goldene Ringe trägt – schauen Sie sich die einmal genauer an: Jeder ist mit herrlichen Steinen besetzt.«

»Er ist mit einem anderen Herrn an Bord gekommen, einem großen Blonden.«

»Sein Leibwächter. Ein Norweger, glaube ich. Ich bezweifle allerdings, dass er ihm viel nützt. Die meiste Zeit raucht der Mann mit den Heizern Opium. Eine üble Angewohnheit, aber dann geben sie wenigstens Ruhe. Modarress hat noch jemanden dabei, einen bebrillten russischen Dichter, den er angeheuert hat, um sich von ihm Oden an seine Frauen schreiben zu lassen; er gibt sich gern als Romantiker, hat aber Schwierigkeiten mit den Adjektiven. Ach, entschuldigen Sie, ich klatsche hier drauflos wie ein Schulmädchen. Kommen Sie, schnappen wir ein bisschen frische Luft, bevor ich wieder an die Arbeit muss.«

Sie standen auf, gingen an Deck und traten an die Reling. Am Bug stand eine einzelne Gestalt in einem langen weißen, im Wind flatternden Gewand.

»Ich glaube, der Mann hat sich seit Alexandria nicht von der Stelle bewegt«, sagte Edgar.

»Das ist wohl unser seltsamster Passagier. Wir nennen ihn den Mann mit der einen Geschichte. Er fährt auf dieser Route schon so lange ich mich zurückerinnern kann, immer allein, immer unter Deck. Ich weiß weder, wer seine Passage bezahlt, noch, was er von Beruf ist. Er kommt in Alexandria an Bord und fährt bis Aden. Auf der Rückfahrt habe ich ihn noch nie gesehen.«

»Und warum wird er der Mann mit der einen Geschichte genannt?«

Der Wind peitschte die weißen Schaumkronen hoch. »Das ist ein alter Name«, sagte der Kapitän und lachte leise. »Auf den wenigen Fahrten, auf denen er zu sprechen beliebt, erzählt er immer dieselbe Geschichte. Ich habe sie einmal gehört und nie wieder vergessen. Er macht keine Konversation. Er fängt an, seine Geschichte zu erzählen, und hört nicht wieder auf, bis sie zu Ende ist. Es ist geradezu unheimlich, wie ein Phonograph. Die meiste Zeit schweigt er, aber wer seine Geschichte einmal gehört hat … der ist danach nicht mehr derselbe.«

»Er spricht Englisch?«

»Ein sehr gewähltes Englisch sogar. Das Englisch eines Märchenerzählers.«

»Und wovon handelt seine Geschichte?«

»Ach, Mr. Drake, das müssen Sie selbst herausfinden, wenn es Ihnen so bestimmt ist. Das kann nur er selbst sagen.«

Und wie auf ein Stichwort ertönte ein Ruf aus der Kombüse. Edgar hatte noch mehr Fragen, zu Anthony Carroll, zu dem Mann mit der einen Geschichte, aber der Kapitän wünschte ihm schnell gute Nacht und verschwand im Speisesaal. Edgar blieb allein zurück und atmete den Duft des Meeres ein, der schwer war von Salz und Vorahnung.

Am nächsten Morgen drückte die Hitze gegen das Bullauge, und Edgar wachte in aller Frühe auf. Er zog sich an und ging den langen Flur hinunter und an Deck. Es war bereits hell, und er spürte die Sonne schon, obgleich sie noch kaum über die Hügel im Osten aufgestiegen war. Das Meer dehnte sich weit, und beide Küsten waren noch schwach zu sehen. Weiter achtern zeichnete sich an der Reling eine Gestalt in flatternden Gewändern gegen die Sonne ab.

Edgar hatte sich angewöhnt, jeden Morgen über das Deck zu schlendern, bis es zu warm wurde. Auf einem solchen Gang hatte er zum ersten Mal gesehen, wie der Mann seinen Gebetsteppich entrollte und mit anderen zusammen betete. Jeden Tag lagen die Teppiche in einem anderen Winkel zum Bug, ein auf Mekka ausgerichteter Kompass. Edgar ging an dem Mann vorbei, sprach ihn aber nicht an.

An diesem warmen Morgen, als er seine übliche Runde machte und sich der weiß gekleideten Gestalt näherte, wich plötzlich alle Kraft aus seinen Beinen.

Ich habe Angst, dachte er und versuchte sich einzureden, dass dieser Morgenspaziergang nicht anders verlaufe als an den Tagen zuvor, aber er wusste, dass es nicht so war. Der Kapitän hatte so leichthin von dem Mann gesprochen, wie es gar nicht zu dem hoch gewachsenen, ruhigen Seemann passte. Einen Moment lang glaubte Edgar, er hätte sich alles nur eingebildet, der Kapitän hätte sich schon im Speisesaal von ihm verabschiedet und er sei allein an Deck gegangen. Oder aber der Kapitän hatte gewusst, dass sie einander begegnen würden, ein neuer Passagier und ein Märchenerzähler, Vielleicht ist das gemeint mit der Anziehungskraft von Geschichten.

Plötzlich stand Edgar neben dem Mann. »Schöner Morgen, nicht wahr, Sir?«

Der alte Mann nickte. Sein Gesicht war dunkel, der Bart von der Farbe seiner Gewänder. Edgar wusste nicht, was er sagen sollte, aber er zwang sich, bei ihm stehen zu bleiben. Der Mann schwieg. Die Wellen schlugen gegen den Bug des Schiffes, doch das Geräusch ging im Dröhnen der Maschinen unter.

»Sie sind zum ersten Mal auf dem Roten Meer«, sagte der Mann. Er sprach mit tiefer Stimme und einem fremden Akzent.

»Ja, ich bin auch zum ersten Mal von England weg –«

»Ich muss Ihren Mund sehen, wenn Sie sprechen«, unterbrach ihn der alte Mann, »ich bin taub.«

Edgar wandte sich ihm zu. »Verzeihung, ich wusste nicht …«

»Wie heißen Sie?«, fragte der alte Mann.

»Drake … hier … « Er zog eine der Karten hervor, die er eigens für die Reise hatte drucken lassen.

Edgar Drake
Klavierstimmer – Erard-Spezialist
14 Franklin Mews
London

Plötzlich war es ihm peinlich, die kleine Karte mit den verschnörkelten Buchstaben in der runzligen Hand des alten Mannes zu sehen. Der Mann betrachtete sie nachdenklich: »Ein englischer Klavierstimmer. Ein Mensch, der den Klang kennt. Möchten Sie eine Geschichte hören, Mr. Edgar Drake? Die Geschichte eines tauben alten Mannes?«

Es ist eine Geschichte von Schiffbruch, von einem Fest und einer Frau, die vom Himmel kam.

Vor dreißig Jahren, als ich noch sehr viel jünger und noch nicht von den Gebrechen des Alters geplagt war, arbeitete ich als Matrose auf dieser Route, zwischen Sues und der Straße von Bab al-Mandab. Unser Schiff fuhr einen Zickzack-Kurs zwischen den Küsten des Roten Meeres. Heute pflügen die Dampfer ohne Aufenthalt in gerader Linie durchs Meer, damals aber fuhren wir unter Segeln und ankerten in dutzenden kleiner Häfen an der nordafrikanischen und der arabischen Küste, in Städten mit Namen wie Fariz und Gomaina, Tektozu und Wiviniv. Viele von ihnen liegen heute im Sand begraben. Wir trieben dort Handel mit Nomaden, die Teppiche und Gefäße aus verlassenen Wüstenstädten verkauften. Auf dieser Route waren wir unterwegs, als unser Schiff in einen Sturm geriet. Es war alt und hätte gar nicht mehr fahren dürfen. Wir refften die Segel und legten die Masten um, aber der Rumpf sprang leck, und die Wucht des Wassers spaltete das Schiff. Als der Rumpf entzweibrach, stürzte ich und schlug mit dem Kopf auf, und dann wurde es schwarz um mich.

Als ich wieder zu mir kam, lag ich an einem Sandstrand, allein zwischen Wrackteilen, an die ich mich glücklicherweise geklammert haben musste. Erst konnte ich mich nicht bewegen und glaubte schon, ich sei gelähmt, aber dann merkte ich, dass mich nur das Tuch meines Turbans behinderte. Er schien sich geöffnet und um meinen Körper geschlungen zu haben wie bei einem Wickelkind oder den Mumien, die in Ägypten aus dem Sand gegraben werden. Es dauerte lange, bis ich wieder ganz bei mir war. Ich war übel zugerichtet, und beim Atmen fuhr mir ein stechender Schmerz durch die Rippen. Meine Haut war von Meersalz überzogen, Kehle und Zunge ausgedörrt und geschwollen. Hellblaues Wasser plätscherte gegen meine Füße und gegen ein Stück des Rumpfes, an dem noch die ersten drei arabischen Schriftzeichen des Schiffsnamens zu erkennen waren.

Schließlich löste ich das Tuch und wickelte es mir wieder locker um den Kopf. Dann stand ich auf. Das Land ringsum war flach, doch in der Ferne sah ich kahle Berge. Wie jeder, der in der Wüste aufgewachsen ist, konnte ich nur an eines denken: Wasser. Von unseren Fahrten wusste ich, dass es an der Küste viele kleine Flussmündungen gibt – Brackwasser meist –, aber manche, wie die Nomaden wussten, mit Süßwasserströmungen darin, von Quellen oder dem Schnee auf fernen Berggipfeln. Ich beschloss also, die Küste entlangzuwandern, in der Hoffnung, solch einen Fluss zu finden. Wenigstens konnte ich mich am Meer orientieren, und vielleicht, ganz vielleicht würde ich ja ein vorbeifahrendes Schiff sehen.

Nach einer Weile ging über den Bergen die Sonne auf, und

das bedeutete, dass ich in Afrika war, eine simple Erkenntnis, die mir jedoch nur langsam kam. Wir alle haben uns schon einmal verirrt, aber es kommt selten vor, dass wir nicht wissen, zu welchem Erdteil die sandige Küste gehört, an der wir dahinwandern. Dass ich mich in Afrika befand, hätte mir vielleicht Angst machen sollen, vor allem, wenn ich gewusst hätte, was später geschah. Weder sprach ich die Sprache, noch kannte ich das Land so, wie ich Arabien kannte. Aber irgendetwas flößte mir Mut ein, meine Jugend vielleicht, vielleicht der strahlende Glanz der Sonne.

Ich war noch keine Stunde gegangen, als der Strand eine Biegung machte, an der eine schmale Meerzunge ins Land schnitt. Ich probierte das Wasser. Es war noch salzig, doch neben mir am Boden lag ein Zweig, flussabwärts angespült, mit einem einzelnen dürren Blatt daran, das im Wind zitterte. Durch meine Reisen und den Handel kannte ich mich ein wenig in Botanik aus, denn wenn wir in Fariz und Gomaina ankerten, kauften wir von den Nomaden Kräuter. Und an dem kleinen Blatt erkannte ich eine Pflanze, die bei uns *belaidour*, bei den Berbern *adil-ououchchn* heißt. Der Tee, der aus ihr bereitet wird, bringt dem, der ihn trinkt, Träume von der Zukunft, und ihre Früchte machen die Augen der Frauen groß und dunkel. In dem Moment dachte ich jedoch wenig an Tee und umso mehr an Botanik. Denn *belaidour* ist teuer, weil es nicht am Roten Meer wächst, sondern in den bewaldeten Bergen viele Meilen weiter westlich. Das weckte die schwache Hoffnung in mir, dass einmal Menschen hier gewesen waren und dass es somit auch Wasser gab.

Mit nichts als dieser Hoffnung wandte ich mich also landeinwärts, folgte der Bucht in Richtung Süden und betete, dass ich den Ursprung des *belaidour* finden würde und damit das Wasser, das jene getrunken hatten, die mit der Pflanze handelten.

Ich ging den ganzen Tag, bis in die Nacht hinein. Ich erinnere mich noch, wie der Mond über den Himmel wanderte. Es war noch nicht ganz Halbmond, aber der wolkenlose Himmel bot keinen Schutz vor dem Licht, das auf Wasser und Sand lag. Irgendwann muss ich mich hingelegt haben, um auszuruhen, und eingeschlafen sein.

Ich wachte davon auf, dass ich mit einem Stock sanft angestoßen wurde, und als ich die Augen aufschlug, sah ich zwei Jungen vor mir, nur im Lendenschurz und mit einer Kette um den Hals. Der eine hockte sich vor mich hin und sah mich fragend an, der andere, offenbar der Jüngere, blieb hinter ihm stehen und schaute ihm über die Schulter. Viele Atemzüge lang verharrten wir so, keiner bewegte sich, wir sahen uns nur an. Der Junge, der vor mir kauerte, hielt seine Knie umfasst und blickte mir keck und neugierig in die Augen. Ich lag auf dem Rücken, er war rechts von mir. Langsam setzte ich mich auf und sah ihn dabei unverwandt an. Dann hob ich die Hand und grüßte ihn in meiner Sprache.

Der Junge regte sich nicht. Seine Augen zuckten zu meiner Hand hin, verweilten dort einen Moment und kehrten dann wieder zu meinem Gesicht zurück. Der andere sagte etwas in einer Sprache, die ich nicht verstand, und der Ältere nickte, ohne den Blick von mir zu wenden. Er streckte die freie Hand nach hinten, und der Jüngere nahm einen ledernen Trinksack von seiner Schulter und legte ihn in die erhobene Hand. Der Ältere löste die dünne Lederschnur an der Öffnung und gab ihn mir. Während ich ihn zum Mund führte, sah ich den Jungen weiter an, dann schloss ich die Augen und trank.

Ich hätte zehn solcher Säcke austrinken können, so durstig war ich. Doch die Hitze gebot Mäßigung; ich wusste weder, woher das Wasser stammte, noch wie viel davon übrig war. Als ich getrunken hatte, setzte ich den Sack ab und gab ihn dem älteren Jungen zurück, der ihn, ohne hinzusehen, wieder zuband. Dann stand er auf, reichte ihn dem anderen Jungen und sprach mich mit lauter Stimme an. Ich verstand ihn zwar nicht, aber der Befehlston eines Kindes, das Verantwortung trägt, ist überall der gleiche. Ich wartete. Er wiederholte seine Worte, noch lauter diesmal. Ich zeigte auf meinen Mund und schüttelte den Kopf, so wie ich heute auf meine Ohren zeige. Denn damals war ich noch nicht taub – doch davon später.

Wieder redete der Junge auf mich ein, laut und scharf, verärgert offenbar, denn er stieß seinen Stock auf die Erde. Ich wartete noch ein wenig und erhob mich dann langsam, um ihm zu zeigen, dass ich es aus eigenem Antrieb tat und nicht seines Geschreis wegen. Ich wollte mich nicht von einem Jungen herumkommandieren lassen.

Nachdem ich aufgestanden war, konnte ich die Landschaft ringsum in Augenschein nehmen. Ich war am Wasser eingeschlafen, keine dreißig Schritte entfernt glitt blitzend ein Bach über die Kiesel und sprudelte in die Bucht. An seiner Mündung spross ein Büschel bleicher Pflanzen aus den Felsen. Ich blieb stehen und trank aus dem Bach. Die Jungen warteten schweigend, dann gingen wir weiter, einen Hang hinauf, an dem zwei Ziegen das Gras abrupften. Die Jungen trieben sie vorwärts, und wir folgten einem ausgetrockneten Bachbett, das offenbar bei Regen den Fluss speiste.

Es war noch früh am Tag, aber schon heiß, und zu beiden Seiten des sandigen Weges ragten Felswände auf, die die Hitze und das Geräusch unserer Schritte verstärkten. Die Zurufe der Jungen an die Ziegen hallten von ihnen wider, seltsame Laute, an die ich mich sehr deutlich erinnere. Jetzt, da ich alt bin, frage ich mich, ob das an einer physikalischen Besonderheit der Schlucht lag oder daran, dass ich in weniger als zwei Tagen nicht mehr würde hören können.

Wir gingen mehrere Meilen durch die Schlucht, bis die Ziegen an einer Biegung, wie wir schon hundert andere passiert hatten, einen Seitenpfad zwischen den Wänden der Schlucht hinaufsprangen. Die Jungen kletterten flink hinterher; ihre Sandalen fanden noch an den unwahrscheinlichsten Stellen in der sandigen Wand Halt. Ich gab mir Mühe, Schritt zu halten, aber ich rutschte ab, schürfte mir das Knie auf, ehe ich den Fuß fest aufsetzen konnte, und mühte mich unbeholfen den Weg hinauf, den sie so behände zurückgelegt hatten. Oben angelangt, blieb ich stehen, um mein Knie zu untersuchen. Es war eine kleine, oberflächliche Wunde, die in der Sonne schnell verschorfen würde. Ich erinnere mich daran nicht deshalb, sondern der Dinge wegen, die dann geschahen. Denn als ich wieder aufsah, rannten die Jungen einen weiten Abhang hinunter und trieben die Ziegen vor sich her. Unten bot sich mir der überwältigendste Anblick, den ich je gesehen habe. Wäre ich mit Blindheit statt mit Taubheit geschlagen worden, ich wäre es zufrieden gewesen. Denn nichts, nicht einmal die tosende Brandung des Bab al-Mandab, kam der Szene gleich, die sich vor mir ausbreitete. Der Hang lief in eine weite Wüstenfläche aus, die sich bis zu dem von Sandstürmen verdüsterten Horizont erstreckte. Und aus dem dichten Dunst, dessen Stille das Toben Lügen strafte, das jeder kennt, der einmal in einen solchen Sturm geraten ist und seine Schrecken erlebt hat, kamen unzählige Karawanen hervor, aus allen Himmelsrichtungen, lange, dunkle Züge von Pferden und Kamelen, alle aus den Staubwolken auftauchend, die durch das Tal fegten, alle einem Zeltlager am Fuß des Hügels zustrebend.

Hunderte von Zelten müssen schon da gewesen sein, Tausende vielleicht, wenn man die der nahenden Karawanen mitzählte. Von meinem Aussichtspunkt auf dem Hügel konnte ich sie überblicken. Einige erkannte ich an ihren Formen: die spitzen weißen der Borobodo, die oft in die Häfen kamen, in denen wir Kamelhäute tauschten, die breiten, flachen der Yu, eines Kriegerstammes, der den Südrand des Sinai unsicher machte und bei den Ägyptern für seine Überfälle auf Kaufleute berüchtigt war. So wild waren diese Menschen, dass Schiffe oft lieber nicht vor Anker gingen, wenn ihre Zelte an Land gesichtet wurden. Die Rebez, ein arabisches Volk, das Gruben im Sand aushebt, Häute als Dach darüber legt und lange Pfähle an der Schwelle seiner Wohnstätten aufpflanzt – der Pfahl ist sein Abzeichen und dient zugleich als Markierung für den Fall, dass ein Heim und seine Bewohner unter Treibsand begraben werden. Die anderen Zeltformen waren mir größtenteils fremd, was bedeuten konnte, dass diese Menschen weiter aus dem Inneren Afrikas kamen.

Vom Fuß des Hügels her ertönte ein durchdringender Pfiff. Auf halbem Wege zwischen mir und der Zeltstadt schwenkte der Ältere der beiden Jungen seinen Stab und rief mir etwas zu. Ich setzte mich in Trab, und bald hatte ich die Jungen erreicht. Zusammen legten wir das letzte Stück des Weges zurück. Wir kamen an einigen anderen Jungen vorbei, die mit Steinen und Stöcken spielten, und meine Freunde riefen ihnen einen Gruß zu. Ich bemerkte, dass sie die Hälse reckten und immer wieder auf mich zeigten. Wahrscheinlich bot ich einen recht ungewöhnlichen Anblick. Wir erreichten die ersten Zelte, vor denen Kamele angebunden waren. Durch die Eingänge sah ich Feuerschein, aber niemand kam heraus, um uns zu begrüßen. Immer mehr Zelte passierten wir, und während ich meinen Führern folgte, ohne zu wissen, wohin, belebten sich die Gassen zwischen den Zelten zusehends. Ich kam an Nomaden vorbei, deren Gesichter unter ihren Kapuzen nicht zu erkennen waren, an dunkelhäutigen, mit kostbaren Fellen geschmückten Afrikanern, an verschleierten Frauen, die mich ansahen und schnell die Augen niederschlugen, wenn sich unsere Blicke kreuzten. Mein Erscheinen war eine kleine Sensation. Zweimal hörte ich Männer Arabisch sprechen, aber die Scham über mein abgerissenes Äußeres und die Eile der Jungen erlaubten mir nicht, bei ihnen stehen zu bleiben. Wir passierten mehrere Lagerfeuer, an denen sich die Umrisse von Musikanten abzeichneten. Die Lieder, die sie spielten, kannte ich nicht. Die Jungen blieben einen Moment stehen und sahen den Sängern zu, und der Ältere flüsterte den Text mit. Dann tauchten wir wieder in die Gassen aus Zelten und Sand ein. Endlich kamen wir an ein großes, rundes Zelt mit leicht geneigtem Dach und einer Öffnung in der Mitte, aus der Rauchschleier dem Feuerschein in den Nachthimmel folgten. Die Jungen banden ihre Ziegen an einen Pfosten, an dem bereits zwei Kamele standen, hoben die Zeltklappe und bedeuteten mir einzutreten.

Noch ehe ich meine neuen Gastgeber am Feuer bemerkte, nahm ich den würzigen Duft des Fleisches wahr, das an einem Spieß in der Mitte briet, ein Zeichen dafür, wie hungrig ich war. Es war eine Ziegenkeule, aus deren brutzelnder Oberfläche Blutstropfen austraten und ins Feuer fielen. Die beiden Jungen zeigten auf mich und sprachen sehr schnell zu einer verhutzelten alten Frau, die nahe der Zeltwand auf einem von dünner Kamelhaut bedeckten erhöhten Lager ruhte. Ein feiner, durchsichtiger Schal war eng um ihren Kopf geschlungen und verlieh ihr das Aussehen einer dunklen Wüstenschildkröte. Sie hatte eine lange Pfeife im Mund und paffte nachdenklich vor sich hin. Nachdem die Jungen geendet hatten, schwieg sie noch eine Weile und gab ihnen dann eine knappe Antwort. Sie verbeugten sich und sprangen auf die andere Seite des Zeltes, setzten sich auf einen Teppich, zogen die Knie hoch und sahen mich an. Noch mehr Menschen waren in dem Zelt, zehn stumme Gesichter vielleicht.

»Du kommst von weit her«, sagte die alte Schildkrötenfrau.

Ich erschrak. »Ihr sprecht Arabisch?«, fragte ich zurück.

»Genug für den Handel. Bitte setz dich.« Sie nickte einem Mädchen zu, das an der Tür saß. Es sprang auf, holte einen kleinen Teppich und legte ihn für mich auf den Sand. Ich nahm Platz.

»Meine Enkelkinder sagen, sie haben dich nicht weit von der Küste des Roten Meeres gefunden.«

»Ja. Sie haben mir zu trinken gegeben und mir damit das Leben gerettet.«

»Wie bist du dorthin gekommen?«

»Durch Zufall. Ich fuhr auf einem Schiff von Sues nach Bab al-Mandab, als wir in einen Sturm gerieten und Schiffbruch erlitten. Was aus meinen Kameraden geworden ist, weiß ich nicht; ich fürchte, sie sind tot.«

Die Schildkrötenfrau wandte sich den anderen zu und sprach zu ihnen. Nicken und hastiges Flüstern antworteten ihr.

Ich fragte: »Wo bin ich?«

Die alte Frau schüttelte den Kopf. Ich bemerkte, dass sie auf einem Auge schielte. Eine solche Entstellung ist oft verwirrend, bei ihr aber vermittelte sie einen Eindruck von Wachsamkeit. Es sah aus, als würde sie, während sie mich musterte, zugleich auch die anderen beobachten. »Das ist eine gefährliche Frage«, sagte sie. »Manche meinen schon jetzt, der Ruf der Erscheinung habe sich zu weit verbreitet und sie werde nicht wiederkehren, wenn zu viele Menschen kommen. Du hast Glück, dass du an mich geraten bist. Andere hier hätten dich getötet.«

Bei diesen Worten wurde meine Erleichterung darüber, auf zivilisierte Menschen gestoßen zu sein, von Angst überdeckt, so sehr, dass mir übel wurde. »Ich verstehe nicht«, sagte ich.

»Frag nicht zu viel. Du bist in einem günstigen Moment gekommen. Die Bantu-Astrologen sagen, dass sie morgen erscheinen könnte. Und sie wird singen. Und dann wird deine Frage beantwortet werden.« Mit diesen Worten führte sie wieder ihre Pfeife zum Mund und wandte erst das eine, dann das andere Auge dem Feuer zu. Für den Rest des Abends sprach niemand mehr mit mir. Ich ließ mir die gebratene Ziegenkeule schmecken und trank süßen Nektar, dann schlief ich am Feuer ein.

Als ich am nächsten Tag erwachte, war das Zelt leer. Ich betete, dann hob ich die Zeltklappe und trat in die Hitze hinaus. Die Sonne stand im Zenit. Erschöpft, wie ich war, hatte ich bis zum Mittag geschlafen. Die Kamele waren noch vor dem Zelt angebunden, aber die Ziegen waren weg. Ich ging wieder hinein. Ich hatte kein Wasser, um mich zu waschen, aber ich faltete und glättete meinen Turban, so gut ich konnte. Dann trat ich wieder ins Freie.

Die Wege waren ziemlich leer, alles schien die Sonne zu meiden. Ich sah einige Männer, die ihre Kamele sattelten, um auf die Jagd zu gehen, und nicht weit von ihnen eine Gruppe leuchtend blau gekleideter Mädchen, die Getreide mahlten. Am Rand des Lagers waren die Neuankömmlinge damit beschäftigt, ihre Zelte vom Rücken der stoischen Kamele abzuladen und zu entrollen; einige von ihnen mussten bei Tagesanbruch eingetroffen sein. Ich ging bis an den Rand der Zeltstadt. Sie endete abrupt an einer Linie, die all die Stämme als rituelle Barriere zwischen dem Lager und der Wüste in den Sand gezogen hatten. Nichts unterbrach die Sandfläche. Ich dachte an die Worte der alten Frau. Vor langer Zeit, als ich noch ein Kind war, hatte mein Bruder mich einmal mit nach Aden genommen, und wir hatten bei einem Beduinenstamm übernachtet. Die Beduinen sprachen zwar einen eigenen Dialekt, aber einiges davon verstand ich, denn ich hatte einen großen Teil meiner Kindheit in Basaren zugebracht, wo sich die Jungen eine erstaunliche Sammlung an Sprachen zulegen. Ich weiß noch, wie wir mit der Familie am Feuer saßen und dem Großvater lauschten, der von einem Stammestreffen erzählte. Im Schein des Feuers beschrieb er bis ins Kleinste die Gewänder der verschiedenen Stämme, ihre Sitten und Gebräuche, ihre Tiere, die Farbe ihrer Augen. Ich war wie gebannt, doch irgendwann in der Nacht, noch ehe er geendet hatte, schlief ich ein und wachte erst wieder auf, als mein Bruder mich anstieß und wir ins Zelt krochen. Als ich jetzt am Rand der Wüste stand, stieg die Geschichte des alten Mannes wieder in mir auf, ein Gefühl nur, wie die Erinnerung an einen Traum.

In der Ferne sah ich hinter einer Düne ein rotes Tuch im Wind flattern, ganz kurz nur, so wie man einen Vogel vorbeifliegen sieht. Aber ein solcher Anblick ist in der Wüste ungewöhnlich, und ich trat über die Linie, die ich einem Aberglauben zuschrieb, als das Werk Ungläubiger abtat. Heute bin ich mir nicht mehr so sicher. Ich stieg die Düne hinauf und auf der anderen Seite wieder hinunter. Niemand war zu sehen. Plötzlich spürte ich, dass jemand hinter mir war, und drehte mich um. Es war eine Frau. Sie war fast eine Handbreit kleiner als ich und sah hinter einem roten Schleier hervor zu mir auf. Ihre Haut war so dunkel, dass ich glaubte, sie müsse einem der äthiopischen Stämme angehören, doch dann grüßte sie mich: »Salaam aleikum.«

»Wa-aleikum al-salaam«, erwiderte ich, während ich ihren Akzent einzuordnen versuchte. »Woher kommst du?«

»Aus demselben Land wie du«, antwortete sie.

»Du bist weit fort von zu Hause.«

»Du auch.«

Ich stand stumm da, betört von der Sanftheit ihrer Worte, der Schönheit ihrer Augen. »Was machst du hier allein in der Wüste?«, fragte ich.

Lange Zeit schwieg sie. Meine Augen wanderten ihren Schleier hinab und über ihren Körper. Er war in schwere rote Gewänder gehüllt, die nichts von der Gestalt darunter preisgaben. Sie fielen bis auf den Boden, und der Wind hatte bereits eine Sandschicht über den Saum geweht, so dass es aussah, als sei die Frau aus den Dünen aufgestiegen. Endlich sprach sie wieder. »Ich muss Wasser holen«, sagte sie und blickte auf den Tonkrug hinab, den sie auf der Hüfte trug. »Ich habe Angst, mich in der Wüste zu verirren. Kommst du mit?«

»Ich weiß nicht, wo es Wasser gibt«, wandte ich ein, aufgewühlt von der Kühnheit ihrer Frage ebenso wie von ihrer Nähe.

»Aber ich«, sagte sie.

Doch keiner von uns regte sich. Augen von der Farbe der ihren hatte ich noch nie gesehen – nicht dunkelbraun wie die der Frauen in meiner Heimat, sondern weicher, heller, wie Sand. Ein leichter Wind umtanzte uns und bewegte ihren Schleier, und ich erhaschte einen Blick auf ihr Gesicht, das auf rätselhafte Weise fremd war, doch dann zwinkerte ich, und es war wieder verborgen.

»Was machst du hier?«, fragte ich.

»Komm«, sagte sie. Eine Bö peitschte den Sand ringsum auf und trieb ihn wie mit tausend Nadeln gegen meine Haut.

»Vielleicht sollten wir besser umkehren«, sagte ich, »sonst verirren wir uns im Sturm.«

Doch sie ging weiter.

Ich holte sie ein. Der Wind wurde stärker. »Kehren wir um. Es ist zu gefährlich allein hier draußen.«

»Wir können nicht zurück«, sagte sie. »Wir sind nicht von hier.«

»Aber der Sturm –«
»Bleib bei mir.«
»Aber –«
Sie wandte sich um. »Du hast Angst.«
»Nein, das nicht, aber ich kenne die Wüste. Wir können später wiederkommen.«
»Ibrahim«, sagte sie.
»So heiße ich.«
»Ibrahim«, wiederholte sie und trat zu mir.
Meine Hände hingen schlaff herab. »Du kennst meinen Namen.«
»Still«, sagte sie. »Der Sandsturm hört gleich auf.«
Und plötzlich legte sich der Wind. Feine Sandkörnchen erstarrten in der Luft wie winzige Planeten. Reglos hingen sie im leeren Raum, färbten den Himmel weiß, den Horizont, löschten alles außer der Frau aus.
Sie trat wieder zu mir und stellte den Krug auf den Boden. »Ibrahim«, sagte sie noch einmal und hob den Schleier von ihrem Gesicht.
Nie zuvor hatte ich etwas so Schönes und zugleich so Hässliches gesehen. Aus Frauenaugen blickte sie mich an, doch ihr Mund zitterte wie eine Fata Morgana, es waren nicht Mund und Nase einer Frau, sondern die eines Tieres, seine Haut, nein, ihre Haut, flaumweich. Ich konnte nicht sprechen, und wieder ertönte ein Heulen, und der Sand setzte sich von neuem in Bewegung, wirbelte um uns her, und ich sah sie nur noch verschwommen. Ich hob die Hände an die Augen.
Und wieder erstarrte der Sand.
Vorsichtig senkte ich die Hände. Ich war allein, ringsum nichts als Sand. Meine Augen wussten weder, worauf sie sich richten sollten, noch wo Himmel oder Erde waren. »Salaam«, flüsterte ich.
Und dann, von irgendwoher, hörte ich Frauengesang.
Er begann leise, und erst erkannte ich ihn nicht als Singen. Er

war tief und süß, ein Gesang wie Wein, verboten, berauschend, anders als alles, was ich je gehört hatte. Den Text verstand ich nicht, und die Melodie war ganz und gar fremdartig. Und doch hatte sie etwas so Intimes, dass ich mich nackt fühlte, mich schämte.

Das Wehklagen schwoll an, und wieder wirbelte der Sand um mich herum. Durch ihn hindurch sah ich flüchtige Bilder, kreisende Vögel, das Lager, die Zeltstadt, die rasch untergehende Sonne, splitternd, die Wüste zu einer riesigen Flamme entzündend, die über die Dünen lief und alles einhüllte, dann zurückwich und nur noch einzelne Lagerfeuer übrig ließ. Dann war es plötzlich Nacht, und um die Feuer versammelten sich Reisende, Tänzer, Musikanten, Trommler, tausend Instrumente erklangen, schwollen an, lauter, durchdringend, und vor mir spielte ein Schlangenbeschwörer auf seinem Ud, den Kopf in Ekstase zurückgeworfen, und seine Schlangen krochen an seinen Beinen empor, wanden sich, flochten sich ineinander, gruben sich in seinen Leib, weideten ihn aus. Mädchen tanzten, die eingeölten, parfümierten Körper schimmernd im Feuerschein, und ich starrte auf einen Riesen, dessen Haut Narben wie Sterne trug und mit Geschichten tätowiert war, und die Narben wurden zu Männern, die in Eidechsenleder gekleidet waren, und zu Kindern aus Ton, und sie tanzten, und die Kinder fielen in Scherben. Und dann wurde es wieder Tag, und die Bilder verschwanden. Nur noch der Sand und der Schrei waren da, und plötzlich wurde es still. Ich hob die Hand vor mein Gesicht und rief: »Wer bist du?« Aber ich hörte meine Stimme nicht mehr.

Ich spürte eine Hand auf meiner Schulter, und als ich die Augen aufschlug, lag ich am Strand, die Beine halb im Wasser. Ein Mann kauerte neben mir. Sein Mund bewegte sich, aber ich hörte ihn nicht sprechen. Noch andere Männer standen in der Nähe und sahen zu mir her. Wieder sprach der Mann, und wieder hörte ich nichts, nicht seine Stimme, nicht das Plätschern der Wellen an meinen Beinen. Ich zeigte auf meine Ohren und schüttelte den Kopf. »Ich höre nichts«, sagte ich. »Ich bin taub.«

Einer der Männer kam heran, und die beiden halfen mir auf. Ein kleines Boot lag am Strand, den Bug in den Sand gegraben, das Heck auf den Wellen schaukelnd. Die beiden führten mich hin, und wir stiegen ein. Wenn sie sprachen, hörte ich nichts. Sie paddelten aufs Rote Meer hinaus, zu einem wartenden Schiff, an dessen Abzeichen ich einen Kauffahrer aus Alexandria erkannte.

Während seiner ganzen Erzählung hatte der alte Mann Edgar unverwandt angesehen. Jetzt sah er aufs Wasser hinaus. »Ich habe diese Geschichte vielen erzählt«, sagte er, »denn ich will einen Menschen finden, der das Lied, das mich taub gemacht hat, ebenfalls gehört hat.«

Edgar berührte ihn leicht am Arm, damit er sich umdrehte und auf seinen Mund sah. »Woher wissen Sie, dass es kein Traum war? Dass Sie sich bei dem Schiffbruch nicht am Kopf verletzt hatten? Von einem Lied wird man nicht taub.«

»Ach, ich wünschte, es wäre ein Traum gewesen. Aber das kann nicht sein. Der Mond hatte gewechselt, und nach dem Kalender, den ich am nächsten Morgen beim Frühstück auf dem Schiff sah, waren seit dem Schiffbruch zwanzig Tage vergangen. Aber das wusste ich da schon, denn als ich mich am Abend auszog und zu Bett ging, hatte ich gesehen, wie abgetragen meine Sandalen waren. Dabei hatte ich sie in Rewiz, unserem letzten Anlaufhafen vor dem Unglück, neu gekauft.

Außerdem glaube ich nicht, dass ich durch das Lied taub geworden bin. Nachdem ich etwas so Schönes gehört hatte, haben meine Ohren wahrscheinlich einfach aufgehört, Geräusche wahrzunehmen, weil sie wussten, dass sie nie wieder etwas so Vollkommenes vernehmen würden. Ich weiß nicht, ob das für einen Saitenstimmer einen Sinn ergibt.«

Die Sonne stand jetzt hoch am Himmel, und Edgar Drake spürte die Hitze im Gesicht. Der alte Mann fuhr fort: »Meine einzige Geschichte ist zu Ende, andere Geschichten habe ich nicht zu erzählen, denn so wie es nach dem Lied keine Geräusche mehr für mich geben kann, so kann es nach dieser keine anderen Geschichten mehr geben. Und jetzt müssen wir hinein, denn die Sonne kann selbst den Gesunden in den Wahnsinn treiben.«

Sie dampften durchs Rote Meer. Das Wasser wurde heller, und sie durchquerten die Straße von Bab al-Mandab, an deren Küsten die Wellen des Indischen Ozeans spülten. In Aden gingen sie vor Anker. Der Hafen war voll von Schiffen aus aller Welt, in deren Schatten winzige arabische Dhaus unter Lateinsegeln dahinschossen. Edgar Drake stand auf Deck und betrachtete den Hafen und die Menschen in ihren langen Gewändern, die zwischen Schiffsrumpf und Kai hin und her liefen. Er sah den Mann mit der einen Geschichte nicht von Bord gehen, doch als er zum Bug schaute, wo der Mann immer gestanden hatte, war er nicht mehr da.

V

Die Reise verläuft jetzt schneller. Nach zwei Tagen kommt die Küste in Sicht, ganz allmählich: bewaldete Inseln, wie Splitter des Festlandes. Sie sind grün und dunkel, das dichte Laub gibt nichts preis, und Edgar fragt sich, ob sie bewohnt sind. Er spricht einen Mitreisenden darauf an, einen Verwaltungsbeamten im Ruhestand, und erfährt, dass auf einer der Inseln ein Tempel steht, den der Mann Elefanta nennt; die Hindus beten dort einen »vielarmigen Elefanten« an.

»Ein seltsamer Ort, voller Aberglauben«, sagt der Mann, doch Drake schweigt. In London hat er einmal bei einem reichen indischen Bankier, dem Sohn eines Maharadschas, einen Erard gestimmt. Der Inder zeigte ihm einen Schrein mit einem vielarmigen Elefanten auf einem Bord über dem Flügel. Er lauscht der Musik, sagte er, und Edgar hatte Gefallen gefunden an dieser Religion, deren Götter die Musik lieben und in der man ein Klavier zum Beten benutzen kann.

Schneller. Das Gewimmel der kleinen Fischerboote, Lorchas, Fähren, Flöße, Dschunken und Dhaus an der Hafeneinfahrt von Bombay teilt sich vor dem turmhohen Bug des Dampfers. Langsam läuft er in den Hafen ein, zwängt sich zwischen zwei kleinere Handelsschiffe am Kai. Die Passagiere gehen von Bord. Kutschen der Reederei warten auf sie und bringen sie zum Bahnhof. Es bleibt keine Zeit, durch die Straßen zu schlendern, Der Zug wartet, sagt ein uniformierter Vertreter der Reederei, Ihr Schiff hat einen Tag Verspätung, der Wind war so stark. Sie betreten den Bahnhof durch das hintere Tor. Edgar bleibt stehen und beobachtet genau, wie das Gepäck entladen und wieder verladen wird;

sollte sein Werkzeug verloren gehen, ist es nicht zu ersetzen. Am anderen Ende des Bahnhofs, bei den Dritter-Klasse-Waggons, schiebt sich eine Menschenmenge über den Bahnsteig. Jemand fasst Drake am Arm und führt ihn in sein Abteil, und bald sind sie wieder unterwegs.

Noch schneller jetzt. Sie rollen den Bahnsteig entlang, und der Klavierstimmer blickt auf Menschenmassen hinaus, wie er noch nie welche gesehen hat, nicht einmal in den ärmsten Straßen Londons. Der Zug fährt durch Elendsviertel; Kinder stieben dicht vor der Lok auseinander. Edgar drückt das Gesicht an die Scheibe, um das Häusergewirr zu sehen, die abblätternden, schimmelfleckigen Behausungen, Balkone voller Hängepflanzen, Straßen, in denen sich Tausende von Menschen drängen und dem Zug nachschauen.

Der Zug eilte ins Landesinnere Indiens. Nasik, Bhusawal, Jabalpur – die Namen der Städte wurden fremdartiger und melodischer. Sie durchquerten eine weite Hochebene, die Sonne ging auf und wieder unter, und sie sahen keine Menschenseele.

Von Zeit zu Zeit verlangsamte die Lok ihre Fahrt, und sie fuhren kreischend in einen windgepeitschten, einsamen Bahnhof ein. Händler tauchten aus dem Schatten auf, drängten an die Scheiben, hielten Teller mit scharfem Curryfleisch herein, säuerlich riechende Limonen und Betel, Schmuck, Fächer, Ansichtskarten von Schlössern, Kamelen und Hindugottheiten, Obst und staubige Süßigkeiten, Bettlerschalen, gesprungene Töpfe mit schmutzigen Münzen darin. Waren und Stimmen kamen durch die Fenster, Kaufen Sie, Sir, bitte, kaufen Sie, Sir, für Sie, Sir, speziell für Sie, dann setzte sich der Zug wieder in Bewegung, und einige der Händler, meist junge Männer, hielten sich daran fest, lachend, bis der Stock eines Polizisten sie vertrieb. Manche schafften es noch ein Stück und sprangen erst ab, wenn der Zug zu schnell wurde.

Eines Nachts, als sie in einen dunklen kleinen Bahnhof irgendwo südlich von Allahabad einfuhren, wachte Edgar Drake auf. Menschen kauerten in den Lücken zwischen den Häusern entlang der Gleise. Der Bahnsteig war leer, nur ein paar Händler gingen den Zug entlang und spähten hinein, um zu sehen, ob jemand wach war. Einer nach dem anderen blieben sie an Edgars Fenster stehen, Mangos, Sir, für Sie, Schuheputzen gefällig, Sir, reichen Sie ihre Schuhe einfach durchs Fenster, Samosas, ein Leckerbissen, Sir. Ein einsamer Ort für einen Schuhputzer, dachte Edgar Drake. Ein junger Mann kam heran und blieb an seinem Fenster stehen. Er sagte nichts, schaute nur herein und wartete. Schließlich wurde es Edgar unbehaglich unter seinem Blick. Was verkaufen Sie, fragte er. Ich bin ein Gedichte-Wallah, Sir. Ein Gedichte-Wallah. Ja, Sir, geben Sie mir einen Anna, und ich trage Ihnen ein Gedicht vor. Was für ein Gedicht? Welches Sie wollen, Sir, ich kann sie alle, aber für Sie habe ich etwas Besonderes, ein altes Gedicht aus Birma, es heißt dort »Die Geschichte von der Reise des *Leip-bya*«, aber ich nenne es »Der Schmetterlingsgeist«, denn ich habe es selbst bearbeitet. Es kostet nur einen Anna. Sie wissen, dass ich nach Birma fahre? Woher? Ich weiß es, weil ich die Richtung der Geschichten kenne, meine Gedichte sind Töchter der Prophezeiung. Hier ist ein Anna, schnell, der Zug fährt an. Und wirklich setzten sich die Räder ächzend in Bewegung. Machen Sie schnell, sagte Edgar in plötzlicher Panik, es muss doch einen Grund geben, warum Sie an mein Abteil gekommen sind. Der Zug fuhr schneller, und der Wind zerzauste die Haare des jungen Mannes. Es handelt von Träumen, rief er, sie handeln alle von Träumen. Schneller jetzt, und Drake hörte noch andere Stimmen, He, weg da, du blinder Passagier, runter vom Zug, und Edgar wollte ihm etwas zurufen, doch da tauchte ein Polizist mit Turban am Fenster auf, auch er im Laufschritt, ein aufblitzender Stock, dann fielen sie in die Nacht zurück.

Das Land senkte sich und wurde bewaldet, und bald näherte sich ihre Route dem Lauf des Ganges, und sie eilten an den Golf von Bengalen hinab, wie mit dem Fluss um die Wette. Sie passierten die heilige Stadt Benares, wo im Morgengrauen, während die Reisenden schliefen, Männer in das Wasser des Flusses tauchten und beteten. Nach drei Tagen erreichten sie Kalkutta, und wieder stiegen sie in Kutschen um, die sich durch Schwärme von Menschen zu den Docks schoben. Dort ging der Klavierstimmer an Bord eines anderen Schiffes, eines kleineren diesmal, denn nach Rangun reisten weniger Leute.

Wieder dröhnten die Dampfmaschinen, und sie folgten den schlammigen Fluten des Ganges in den Golf von Bengalen hinaus.

Möwen kreisten über ihnen. Die Luft war feucht und schwül. Edgar zog den Stoff seines Hemdes von seiner Haut und fächelte sich mit dem Hut Kühlung zu. Im Süden türmten sich Gewitterwolken. Bald verschwand Kalkutta vom Horizont. Die braunen Wasser des Ganges verblassten, wirbelten in Sedimentspiralen ins Meer.

Aus seinem Reiseplan wusste Edgar, dass es bis Rangun nur noch drei Tage waren. Er begann wieder zu lesen. Seine Tasche war voll gepackt mit Papieren, teils von Katherine, teils vom Kriegsministerium. Er las militärische Informationen und Zeitungsausschnitte, persönliche Berichte und Beiträge von Journalisten. Er studierte Landkarten und versuchte ein paar birmanische Wendungen zu lernen. Auf einem der Umschläge stand »An den Klavierstimmer, erst bei Ankunft in Mae Lwin zu öffnen. A. C.«. Seit seiner Abreise aus England war er versucht gewesen hineinzuschauen, hatte es aber aus Respekt vor dem Doktor nicht getan; Carroll musste gute Gründe dafür haben, dass er ihn um Geduld bat. Zwei längere Schriftstücke behandelten Grundzüge der Geschichte Birmas und der Shan. Das erste hatte er schon in seiner Werkstatt in London gelesen und nahm es sich jetzt noch einmal vor; die vielen fremden Namen darin schüchterten ihn ein. Das zweite, von Anthony Carroll selbst verfasst, hatte Katherine ihm besonders ans Herz gelegt, wie er sich jetzt erinnerte. Er wunderte sich, dass er nicht früher daran gedacht hatte, und nahm es mit ins Bett. Schon bei den ersten Zeilen merkte er, wie sehr es sich von den anderen unterschied.

Allgemeine Geschichte der Shan-Völker unter besonderer Berücksichtigung der politischen Umstände der Revolte in den Shan-Staaten

November 1886, vorgelegt von Oberstabsarzt Anthony Carroll,
Mae Lwin, Südliche Shan-Staaten

(Anmerkung des Kriegsministeriums: Es wird darauf hingewiesen, dass der Gegenstand dieses Berichts raschen Veränderungen unterliegt. Interessierten wird empfohlen, sich die jeweils aktuellste Fassung zu besorgen, die auf Anforderung beim Kriegsministerium erhältlich ist.)

Allgemeine Geschichte der Shan

Würde man einen Birmanen nach der Geographie seines Landes fragen, würde er vielleicht zunächst die *nga-hlyin* beschreiben, die vier unter der Erde lebenden Riesen. In offiziellen Darstellungen ist für solch komplexe Dinge bedauerlicherweise kein Raum, doch ohne einen kurzen Blick auf die Physiognomie ihrer Heimat ist die Geschichte der Shan nicht zu verstehen. Was gemeinhin als »die Shan-Staaten« bezeichnet wird, ist eine ausgedehnte Hochebene, die vom staubigen zentralen Tal des Irrawaddy ostwärts verläuft. Es ist ein weites, grünes, elysisches Plateau, das sich im Norden bis an die Grenze von Yünnan und im Osten bis Siam erstreckt. Mächtige Flüsse durchschneiden es und winden sich südwärts wie der Schwanz des Himalaja-Drachens. Der größte von ihnen ist der Salween. Die Bedeutung dieser Geographie für die Geschichte (und damit auch für die gegenwärtige politische

Lage) liegt sowohl in der Nähe der Shan zu anderen Rassen des Hochlandes als auch in ihrer Isoliertheit von den Tiefland-Birmanen. An dieser Stelle bedarf die mitunter verwirrende Terminologie einer Klärung: »Birmanen« bezeichnet eine ethnische Gruppe, »birmanisch« Königtum und Regierung Birmas wie auch die Sprache. Diese Unterscheidung verwischt sich zuweilen, kann aber durchaus ins Gewicht fallen: Nicht alle birmanischen Könige waren Birmanen, aber alle birmanischen Könige hatten nicht-birmanische Untertanen, unter vielen anderen auch Kachin, Karen und Shan, die einst eigene Königreiche innerhalb der jetzigen Grenzen »Birmas« hatten. So zerstritten diese Stämme untereinander sind, so sehr verabscheuen sie jegliche Fremdherrschaft. Wie dieser Bericht deutlich machen wird, hat die Revolte der Shan gegen die britische Herrschaft ihre Wurzeln in einer Revolte gegen einen birmanischen König.

Die Shan, die sich auch Tai oder Thai nennen, haben ein gemeinsames historisches Erbe mit ihren östlichen Nachbarn, den Siamesen, den Lao und den Yünnanesen. Die Shan glauben, dass ihre Vorfahren in Südchina zu Hause waren, und obwohl einige Gelehrte Zweifel daran hegen, spricht doch vieles dafür, dass sich bis zum zwölften Jahrhundert, der Zeit der Mongolenstürme, eine Reihe von Tai-Thai-Königreichen südlich des chinesischen Königreichs Nanchao etabliert hatte. Dazu gehörten das legendäre yünnanesische Königreich Xipsongbanna, dessen Name »Reich der tausend Reisfelder« bedeutet, das siamesische Sukhotai-Reich und – für den Gegenstand dieser Abhandlung von größerer Bedeutung – zwei Königreiche innerhalb der gegenwärtigen Grenzen Birmas: das Königreich Tai Mao im Norden und das Königreich Ava in der Gegend des heutigen Mandalay. Die Macht dieser Reiche war beträchtlich: Über mehr als drei Jahrhunderte beherrschten die Shan weite Teile Birmas, vom Fall der großen birmanischen Hauptstadt Pagan (deren ausgedehnte, verwitterte Tempelanlagen noch heute einsame Wacht an den Ufern des Irawadi halten) Ende des dreizehnten Jahrhunderts bis 1555, als der birmanische Staat Pegu das Shan-Reich in Ava verdrängte und eine dreihundertjährige Herrschaft begründete, die in das letzte Königreich Birmas überging.

Nach dem Untergang des Shan-Königreichs Ava 1555 und der Verwüstung des Königreichs Tai Mao durch chinesische Eindringlinge im Jahre 1604 splitterten sich die Shan in kleine Fürstentümer auf, wie Scherben einer einst schönen Porzellanvase. Diese Fragmentierung kennzeichnet die Shan-Staaten bis auf den heutigen Tag. Doch bei aller Uneinigkeit gelang es den Shan hin und wieder, sich gegen den gemeinsamen birmanischen Feind zusammenzuschließen, insbesondere zu dem berühmten Shan-Aufstand in Hanthawaddy 1564 oder, in jüngerer Zeit, zu einer Rebellion im Gefolge der Hinrichtung eines beliebten Stammesführers in der Shan-Stadt Hsenwi in Nordbirma. Diese Ereignisse mögen weit zurückliegen, ihre Bedeutung ist jedoch nicht zu unterschätzen, denn in Kriegszeiten verbreiten sich solche Legenden über die Hochebene wie Feuer über ausgedörrtes Land, steigen mit dem Rauch der Lagerfeuer auf, an denen sie erzählt werden, fließen von den flüsternden Lippen der Alten im Kreise großäugiger Kinder.

Ergebnis dieser Zersplitterung war die Herausbildung einzigartiger politischer Strukturen, auf die näher eingegangen werden soll, weil sie in der gegenwärtigen Situation eine wichtige Rolle spielen. Die Shan-Fürstentümer (von denen es um 1870 einundvierzig gab) waren die höchste politische Einheit in einem streng hierarchischen System lokaler Herrschaft. Ein solches Fürstentum, von den Shan *muang* genannt, wurde von einem *sawbwa* (birmanische Transkription, die ich im Folgenden beibehalten werde) regiert. Unmittelbar nach ihm folgten eine Reihe von Untereinheiten – vom Bezirk über eine Gruppe von Dörfern bis hin zum einzelnen Weiler –, die letztlich alle dem *sawbwa* unterstanden. Diese Fragmentierung der Macht führte zu zahlreichen vernichtenden Kriegen im Shan-Hochland und verhinderte eine Einigung, durch die man das Joch der birmanischen Herrschaft hätte abschütteln können. Und hier erhält die Analogie der zerbrochenen Vase ihren Sinn: So wie die Porzellanscherben kein Wasser mehr aufnehmen können, so konnten die Teilregierungen wenig tun, um der wachsenden Anarchie Herr zu werden. Als Folge davon suchen Banden von *dacoits* (ein hindustanisches Wort für Banditen) das Shan-Land heim – für die Verwaltung der Region eine schwierige Situation, wenn auch von anderer Art als der organisierte Widerstand der Limbin-Konföderation, mit der sich der vorliegende Bericht im Folgenden befasst.

Die Limbin-Konföderation, Twet Nga Lu und die derzeitige Lage

1880 formierte sich unter den Shan eine Bewegung gegen die birmanische Herrschaft, die bis heute existiert. (Damals stand nur Unterbirma unter englischer Herrschaft; Oberbirma und Mandalay wurden noch vom birmanischen König regiert. In jenem Jahr weigerten sich die *sawbwas* von Mongnai, Lawksawk, Mongpawn und Mongnawng, zur alljährlichen Huldigung am Neujahrs tag vor dem birmanischen König Thibaw zu erscheinen. Thibaw entsandte Truppen, denen es jedoch nicht gelang, die hochmütigen *sawbwas* gefangen zu nehmen. 1882 nahm der Widerstand gewalttätige Formen an: Der Fürst von Kengtung überfiel den birmanischen Residenten in Kengtung und tötete ihn. Durch seine Kühnheit ermutigt, gingen der *sawbwa* von Mongnai und seine Verbündeten zum offenen Aufstand über. Im November 1883 griffen sie die birmanische Garnison in Mongnai an und töteten vierhundert Mann. Doch ihr Erfolg war von kurzer Dauer. Die Birmanen schlugen zurück und zwangen die aufständischen Shan-Führer zur Flucht nach Kengtung, ans andere Ufer des Salween, dessen tiefe Schluchten und dichte Sumpfdickichte sie vor weiterer Verfolgung schützten.

Die Rebellion richtete sich zwar gegen die birmanische Regierung, ihr Ziel aber war nicht die Unabhängigkeit der Shan, eine historische Tatsache, die häufig missverstanden wird. Die Shan-*sawbwas* wussten, dass die Shan-Staaten ohne eine starke

Zentralmacht immer wieder von Kriegen heimgesucht würden. Es ging ihnen vor allem darum, Thibaw zu stürzen und einen Fürsten auf den Thron zu heben, der die *thathameda*-Steuer abschaffen würde, eine in ihren Augen ungerechte Landsteuer. Ihre Wahl fiel auf einen Birmanen, den man den Limbin-Prinzen nannte, einen verstoßenen Angehörigen des Hauses Alaungpaya, der herrschenden Dynastie. Die Widerstandsbewegung wurde unter der Bezeichnung Limbin-Konföderation bekannt. Im Dezember 1885 traf der Limbin-Prinz in Kengtung ein. Obgleich die Konföderation seinen Namen trägt, lässt einiges darauf schließen, dass er nur ein Strohmann ist und dass die eigentliche Macht bei den Shan-*sawbwas* liegt.

Während der Limbin-Prinz auf einsamen Pfaden ins Hochland unterwegs war, brach zwischen Oberbirma und England erneut ein Krieg aus, der dritte und letzte anglo-birmanische Krieg. Die Niederwerfung der Birmanen bei Mandalay durch unsere Truppen war zwei Wochen vor der Ankunft des Limbin-Prinzen in Kengtung abgeschlossen, doch wegen des ausgedehnten, unwegsamen Geländes zwischen Kengtung und Mandalay erfuhr die Konföderation erst Mitte Dezember davon. Wir hatten gehofft, sie würde ihren Widerstand nun aufgeben und sich unserer Herrschaft unterwerfen, doch stattdessen änderte sie ihre Ziele und erklärte der britischen Krone den Krieg, um die Unabhängigkeit der Shan zu erreichen. Es heißt, die Natur verabscheut das Vakuum, und das Gleiche kann man auch von der Politik sagen. Der Rückzug der Limbin-Konföderation nach Kengtung 1883 hatte in vielen der mächtigen Shan-*muangs* leere Throne hinterlassen, die von lokalen Kriegsherren schnell wieder besetzt wurden. Besonderes Augenmerk unter diesen Usurpatoren verdient ein Krieger namens Twet Nga Lu, der zum De-facto-Herrscher von Mongnai wurde. Er stammt aus Kengtawng (nicht zu verwechseln mit Kengtug; man fragt sich manchmal, ob die Shan ihre Städte eigens so genannt haben, um die Engländer zu verwirren), einem Unterstaat von Mongnai, und ist ein aus seinem Kloster verstoßener Mönch, der zum Banditen geworden und in der ganzen Region wegen seiner Gewalttätigkeit berüchtigt ist, die ihm den Spitznamen »Räuberhauptmann« eingebracht hat. Bevor sich der *sawbwa* von Mongnai nach Kengtung zurückzog, hatte Twet Nga Lu Mongnai mehrfach angegriffen. Da er damit wenig Erfolg hatte, änderte er seine Taktik und verlegte seine Aktivitäten vom Schlachtfeld ins Bett, heiratete die Witwe eines Bruders des *sawbwa* und sicherte sich damit eine Machtposition. Als der *sawbwa* nach Kengtung floh, unterwarf Twet Nga Lu mit Unterstützung birmanischer Beamter Mongnai vollends.

Twet Nga Lu und die anderen De-facto-Usurpatoren regierten bis Anfang dieses Jahres, 1886, dann unternahmen Limbin-Truppen eine Offensive und eroberten einen großen Teil ihres Landes zurück. Twet Nga Lu flüchtete in seine Heimat, wo er weiterhin einen Feldzug der Gewalt führt und mit seinen Truppen reihenweise niedergebrannte Dörfer hinterlässt. Die Fehde zwischen ihm und dem Mongnai-*sawbwa* ist eines der größten Hindernisse auf dem Weg zum Frieden. Während der *sawbwa* die Achtung seiner Untertanen genießt, ist Twet Nga Lu nicht nur für seine Grausamkeit bekannt, sondern auch als Herr der Tätowierung und der Amulette: In sein Fleisch sollen Hunderte von Amuletten eingebettet sein, die ihn unbesiegbar machen und deretwegen er gefürchtet und verehrt wird. (Dazu eine kurze Anmerkung: Das Amulett spielt in der birmanischen und der Shan-Kultur eine wichtige Rolle. Es kann sich dabei um alles Mögliche handeln, vom kleinen Edelstein oder einer Muschel bis hin zur Buddhaskulptur, und es wird mit einem flachen Einschnitt unter der Haut platziert. Eine besonders erschreckende Variante findet sich unter den Fischern: Dort werden Steine und Schellen in die männlichen Genitalien implantiert. Nachforschungen des Autors über Zweck und Funktion dieses Brauchs blieben bislang ohne Ergebnis.)

Zur Zeit dieses Berichts gewinnt die Limbin-Konföderation zunehmend an Macht, Twet Nga Lu befindet sich weiterhin auf freiem Fuß, und sein Terrorregiment hinterlässt seine Spuren in Form von eingeäscherten Städten und niedergemetzelten Dorfbewohnern. Alle Bemühungen, in Verhandlungen mit ihm einzutreten, waren bisher vergeblich. Von meinem Posten im Fort von Mae Lwin aus war ich nicht in der Lage, Kontakt mit der Limbin-Konföderation aufzunehmen, und meine Versuche, mit Twet Nga Lu in Verbindung zu treten, sind ebenfalls gescheitert. Bis zum gegenwärtigen Zeitpunkt liegen von britischer Seite nur wenige bestätigte Berichte von Sichtungen des Kriegsherrn vor, und es wurde sogar die Frage aufgeworfen, ob der Mann überhaupt existiert oder ob es sich um eine Legende handelt, geboren aus der Summe des Terrors Hunderter voneinander unabhängiger *dacoit*-Überfälle. Jedenfalls wurde ein Kopfgeld auf den Räuberhauptmann ausgesetzt, ob tot oder lebendig, einer von zahlreichen Versuchen, das Shan-Hochland zu befrieden.

Edgar Drake las den Bericht ohne Unterbrechung durch. Es waren noch einige Notizen von Carrolls Hand dabei, alle ganz ähnlich, völkerkundliche und naturgeschichtliche Exkurse. Bei einem von ihnen, einer Übersicht über die Handelswege, hatte der Doktor oben auf die erste Seite geschrieben: »Bitte beifügen, zur Information des Klavierstimmers über die Geographie des Landes.« Das Schriftstück enthielt zwei Anhänge, einen über die Zugänglichkeit bestimmter Gebirgspfade für Artillerie, der andere war ein Kompendium essbarer Pflanzen »für den Fall, dass sich jemand ohne Nahrung verirrt«, mit Skizzen von Blumenpräparaten und dem Namen jeder Pflanze in fünf verschiedenen Stammessprachen.

Die Berichte des Doktors unterschieden sich auffallend von den offiziellen militärischen Dokumenten, und Edgar fragte sich, ob die Vorbehalte der Militärs ihm gegenüber nicht auch darauf zurückzuführen waren. Die meisten Offiziere entstammten ja dem Landadel und hatten die feinsten Schulen besucht, und Edgar konnte sich vorstellen, welche Ressentiments sie gegen einen

Mann hegten, der zwar aus bescheidenen Verhältnissen kam, aber weit gebildeter war als sie. Vielleicht mag ich ihn auch deshalb schon jetzt, dachte er. Nach seinem Schulabschluss war Edgar von zu Hause fortgegangen und hatte bei einem Klavierstimmer in der City gewohnt und gearbeitet, einem verschrobenen alten Mann, der den Standpunkt vertrat, ein guter Klavierstimmer müsse nicht nur über sein Instrument Bescheid wissen, sondern sich auch in »Physik, Philosophie und Poesie« auskennen, und so hatte Edgar, der nie eine Universität besucht hatte, sich bis zu seinem zwanzigsten Geburtstag eine umfassendere Bildung erworben als mancher Student.

Und das ist nicht die einzige Ähnlichkeit, dachte er. Unsere Berufe gleichen sich in vieler Hinsicht, besonders darin, dass sie, was selten vorkommt, die Grenzen zwischen den Gesellschaftsschichten überschreiten – jeder wird krank, und ein Konzertflügel verstimmt sich ebenso wie ein Wirtshausklavier. Edgar fragte sich, was das für den Doktor bedeuten mochte, denn er hatte früh erfahren, dass gebraucht werden und akzeptiert werden nicht dasselbe sind. Er kam oft in Häuser der Oberschicht, wo ihn die Besitzer teurer Klaviere in Gespräche über Musik verwickelten, ohne dass er sich dort willkommen fühlte. Und diese ausgeprägte Fremdheit empfand er auch in umgekehrter Richtung, den Schreinern, Schmieden und Lastträgern gegenüber, die er häufig für seine Arbeit verpflichtete. Er hatte Katherine kurz nach ihrer Heirat von diesem Gefühl des Nicht-Dazugehörens erzählt, als sie eines Morgens an der Themse spazieren gegangen waren. Sie hatte nur gelacht und ihn geküsst, und ihre Wangen waren von der Kälte gerötet gewesen, ihre Lippen warm und feucht. Er erinnerte sich daran fast so deutlich wie an ihre Worte: Wo du hingehörst, Edgar? Darüber magst du denken, wie du willst, Hauptsache, du gehörst mir. Was seine Bekannten anbelangte, so fand er Freundschaft in gemeinsamen Interessen, und so ging es ihm jetzt, während er Richtung Rangun dampfte, auch mit dem Doktor.

Wie bedauerlich, dass Carroll nichts über das Klavier selbst schreibt, dachte er, denn eigentlich ist doch das Instrument der Held des ganzen Unternehmens; dass es bisher nirgends auftaucht, ist eindeutig ein Versäumnis. Der Gedanke belustigte ihn: Carroll nötigte den Militärs die Lektüre seiner naturgeschichtlichen Abhandlungen auf – sollten sie gerechterweise nicht auch gezwungen werden, sich über das Klavier zu informieren? Von schöpferischem Impetus gepackt und in dem wachsenden Gefühl einer gemeinsamen Mission mit dem Doktor stand er auf, nahm Tintenfass, Feder und Papier, entzündete eine neue Kerze, denn die erste war heruntergebrannt, und begann zu schreiben.

Sehr geehrte Herren,

ich schreibe Ihnen diese Zeilen an Bord des Dampfers nach Rangun. Es ist der vierzehnte Tag meiner Reise, und die Ausblicke, die unsere Route bietet, wie auch die höchst aufschlussreichen Unterlagen, die mir Ihre Dienststelle zur Verfügung gestellt hat, sind überaus anregend für mich. Bei der Lektüre fiel mir allerdings auf, dass der eigentliche Mittelpunkt und Zweck unseres Unternehmens, nämlich das Klavier, darin kaum Erwähnung findet. Im Interesse der Geschichte wie auch der Allgemeinbildung der Angehörigen des Kriegsministeriums erachte ich es deshalb für notwendig, die Geschichte dieses Instruments aufzuzeichnen. Bitte zögern Sie nicht, meinen Bericht nach Belieben weiterzugeben. Sollten Sie weitere Informationen wünschen, meine Herren, würde ich mich glücklich schätzen, sie Ihnen zukommen zu lassen.

Die Geschichte des Erard-Flügels

Man könnte eine Abhandlung über das Erard-Piano auf zweierlei Weise beginnen: mit der Geschichte des Klaviers an sich und mit der Sébastien Erards. Erstere ist jedoch lang und verworren –

faszinierend, gewiss, aber eine zu schwierige Aufgabe für meine Feder, denn ich bin Klavierstimmer mit einem Hang zur Geschichte und nicht Historiker mit einem Hang zum Stimmen. Nur so viel sei gesagt: Das Klavier hat seit seiner Erfindung durch Cristofori im siebzehnten Jahrhundert große Veränderungen erfahren, und der Erard, Gegenstand dieses Schreibens, ist wie alle modernen Flügel dieser außergewöhnlichen Tradition verpflichtet.

Sébastien Erard war Deutscher und stammte aus Straßburg, ging jedoch 1768 im Alter von sechzehn Jahren nach Paris und begann eine Lehre bei einem Cembalobauer. Der junge Mann war, schlicht gesagt, ein Genie, und schon bald brach er die Lehre ab und eröffnete eine eigene Werkstatt. Die anderen Pariser Klavierbauer fühlten sich durch sein Talent bedroht, und nachdem er ein *clavecin mécanique* erfunden hatte, ein Cembalo mit zahlreichen Registern, mit Kielen aus Federn und Rindsleder, die von einem sinnreichen, völlig neuartigen Pedalmechanismus betätigt wurden, riefen sie zum Boykott seiner Werkstatt auf. Seine Erfindung war jedoch so bahnbrechend, dass die Herzogin von Villeroi den jungen Erard unter ihre Fittiche nahm. Er begann Pianofortes zu bauen, und die adligen Freunde der Herzogin begannen, sie zu kaufen. Diesmal erregte er den Zorn der Importeure, die eine Konkurrenz für ihre englischen Klaviere befürchteten. Ein Versuch ihrerseits, ihn in seinem Haus zu überfallen, wurde von den Soldaten Ludwigs XVI. vereitelt. Erards Renommee war so groß, dass der König ihm eine uneingeschränkte Handelsgenehmigung erteilte.

Trotz der Unterstützung des Königs richtete Erard nach einiger Zeit den Blick ins Ausland und reiste um 1785 nach London, wo er in der Great Marlborough Street eine zweite Werkstatt eröffnete. Dort hielt er sich auf, als am 14. Juli 1789 die Bastille gestürmt wurde und auch als drei Jahre später die Säuberungen der Schreckensherrschaft Frankreich erschütterten, Ereignisse, die Ihnen zweifellos bestens bekannt sind. Tausende von Angehörigen der Bourgeoisie verließen das Land oder wurden zum Tod durch die Guillotine verurteilt. Eines aber wissen nur wenige: dass nämlich Flüchtlinge und Hingerichtete unzählige Kunstwerke hinterließen, darunter auch Musikinstrumente. Man kann über den Geschmack der Franzosen sagen, was man will, aber man sollte nicht vergessen, dass es selbst in den Wirren der Revolution, als Gelehrte und Musiker ihr Leben ließen, Menschen gab, die für den Schutz der Musik eintraten. Ein provisorischer Kunstausschuss wurde ins Leben gerufen, und Antonio Bartolomeo Bruni, ein mittelmäßiger Geiger der Comédie Italienne, wurde zum Inventardirektor ernannt. Vierzehn Monate lang sammelte er die Instrumente der Verurteilten. Über dreihundert kamen zusammen, und jedes hat seine eigene tragische Geschichte. Antoine de Lavoisier, der große Chemiker, und sein französischer Zimmerman-Flügel fielen dem Terror zum Opfer, und zahllose andere Klaviere, die noch heute gespielt werden, haben Ähnliches durchgemacht. Von diesen dreihundert waren vierundsechzig Pianofortes, die französischen darunter in der Mehrzahl Erards, zwölf an der Zahl. Ob es nun dem Geschmack Brunis oder dem der Opfer zuzuschreiben ist: Möglicherweise hat diese traurige Ehre den Ruf Erards als bester Klavierbauer am dauerhaftesten begründet. Bezeichnenderweise wurden weder Sébastien noch sein Bruder Jean Baptiste, der in Paris geblieben war, jemals vor Gericht gestellt, obwohl sie Schützlinge des Königs gewesen waren. Von elf der zwölf Pianofortes kennt man den Verbleib; alle, die sich heute in England befinden, habe ich gestimmt.

Sébastien Erard lebt natürlich nicht mehr, 1831 ist er gestorben, aber seine Werkstatt in London wird weitergeführt. Der Rest der Geschichte handelt von technischer Schönheit, und wenn Sie den Mechanismus dessen, was ich beschreibe, auch nicht verstehen können, so sollten Sie ihn zumindest würdigen, so wie ich die Funktionsweise Ihrer Kanonen würdige, ohne die chemischen Eigenschaften der Gase zu verstehen, die sie abfeuern. Erards Erfindungen haben den Klavierbau revolutioniert. Die

Repetitionsmechanik mit doppelter Auslösung, der *mécanisme à étrier*, bei dem die Hämmer einzeln statt wie bei den Broadwood-Klavieren in Sechsergruppen an der Hammerleiste angebracht sind, der Saitenhalter und der Stimmstock, das alles ist Erards Erfindung. Napoleon hat einen Erard gespielt, Erard hat Haydn einen Flügel zum Geschenk gemacht, Beethoven hat sieben Jahre lang einen Erard gespielt.

Ich hoffe, meine Ausführungen werden dazu beitragen, Wertschätzung und Verständnis Ihres Stabs für das schöne Instrument, das sich nunmehr am äußersten Rand unseres Empires befindet, zu vermehren. Eine solche Schöpfung verdient nicht nur Beachtung und Respekt – man sollte sie behandeln wie ein Kunstwerk im Museum. Die Arbeit des Klavierstimmers ist der Qualität des Instruments würdig und, so steht zu hoffen, der erste Schritt zu fortgesetzter Fürsorge für das Instrument.

Ihr ergebener Diener
Edgar Drake
Klavierstimmer
Erard-Spezialist

Als er fertig war, las er den Brief noch einmal durch und drehte dabei die Feder zwischen den Fingern. Er dachte einen Moment nach, strich »behandeln« durch und schrieb »schützen« darüber. Immerhin waren die Adressaten Militärs. Dann faltete er den Brief zusammen und steckte ihn in einen Umschlag, den er in seiner Tasche verwahrte, um ihn in Rangun aufzugeben. Schließlich wurde er schläfrig.

Hoffentlich lesen sie den Brief, dachte er beim Einschlafen und lächelte vor sich hin. Er konnte nicht wissen, wie viele Male man ihn lesen, untersuchen, Entschlüsselungsexperten vorlegen, gegen das Licht halten und sogar unter einem Mikroskop betrachten würde. Denn wenn ein Mensch verschwindet, klammern wir uns an alles, was er hinterlässt.

VI

Es war Morgen, als Land in Sicht kam, ein hoher, roter, gemauerter Leuchtturm. »Das Alguada-Riff«, sagte ein älterer Schotte hinter Edgar zu seinem Begleiter. »Verdammt schwierig zu navigieren. Ein Schiffsfriedhof.« Edgar wusste aus den Karten, dass sie sich nur zwanzig Meilen südlich von Cape Negrais befanden und bald Rangun erreichen würden.

Nach einer knappen Stunde passierte das Schiff Bojen, die die Sandbänke im Mündungsbereich des Rangun markierten, eines von hunderten von Flüssen, die das Irrawaddy-Delta entwässern. Sie kamen an mehreren ankernden Schiffen vorbei, Kauffahrern, die die Hafengebühren umgehen wollten, wie der Schotte erklärte. Der Dampfer wandte sich nordwärts, und die Sandbänke gingen in flache, bewaldete Küsten über. Die Fahrrinne war hier tiefer, aber immer noch fast zwei Meilen breit, und ohne die großen roten Obelisken zu beiden Seiten der Mündung hätte Edgar nicht gewusst, dass sie landeinwärts fuhren.

Mehrere Stunden dampften sie den Fluss hinauf. Das Land war flach und eintönig, doch als sie eine Reihe kleiner Pagoden mit abblätterndem Kalkanstrich passierten, schlug Edgars Herz plötzlich schneller. Weiter flussaufwärts drängten sich Elendshütten am Ufer, vor denen Kinder spielten. Der Fluss verengte sich, so dass die sandigen Ufer mit ihrer dichter werdenden Vegetation deutlicher zu sehen waren. Das Schiff steuerte einen gewundenen Kurs, zwischen Sandbänken und scharfen Biegungen hindurch. Nach einer dieser Biegungen kamen in der Ferne Boote in Sicht. Ein Murmeln lief über das Deck, und mehrere Passagiere strebten den Treppen zu, um ihre Kabinen aufzusuchen.

»Sind wir da?«, fragte Edgar den Schotten.

»Ja, bald. Schauen Sie, da hinten.« Der Mann zeigte auf eine Pagode, die sich auf einem fernen Hügel erhob. »Das ist die Shwedagon-Pagode. Sie haben sicher davon gehört.«

Edgar nickte. Schon bevor er den Erard-Auftrag erhielt, hatte er in einer Zeitschrift eine Beschreibung dieses prächtigen Tempels gelesen. Die Frau eines Ranguner Richters hatte sie geschrieben und mit Adjektiven wie »vergoldet«, »golden«, »funkelnd« gespickt. Er hatte erwartet, dass darin auch eine Orgel oder deren buddhistisches Gegenstück vorkommen würde, denn er nahm an, dass ein so bedeutender Ort der Anbetung Musik benötige. Es war jedoch nur von »Gold und schimmernden Juwelen« und den »eigenartigen Gebräuchen der Birmanen« die Rede gewesen, und so hatte er die Zeitschrift gelangweilt weggelegt. Erst jetzt kam ihm der Artikel wieder in den Sinn. Von fern wirkte der Tempel klein, wie glitzerndes Flitterwerk.

Das Schiff verlangsamte seine Fahrt. Immer häufiger tauchten zwischen dem Laubwerk Behausungen auf. Nach einer Weile sah Edgar zu seiner Überraschung Arbeitselefanten durchs Wasser stampfen, das in braunen Rinnsalen an ihnen hinabrann. Von ihren Führern gelenkt, die hoch auf ihrem Nacken ritten, zogen sie riesige Baumstämme aus dem Wasser und schichteten sie am Ufer auf. Als das Schiff näher kam, sah man sie deutlicher. Edgar konnte kaum glauben, wie stark die Tiere waren, wie sie die Stämme aus dem Wasser schwangen, als seien sie federleicht.

Immer mehr andere Schiffe tauchten jetzt auf, die in alle Himmelsrichtungen fuhren: doppelstöckige Dampfer, ramponierte Fischerboote mit runden birmanischen Schriftzügen, kleine Ruderboote und schmale Skiffs, zerbrechlich und kaum groß genug für eine Person, und noch andere Wasserfahrzeuge mit fremdartig geformtem Rumpf und Segel. Nahe dem Ufer wurden sie von einem seltsamen Boot mit einem großen Segel überholt, das über zwei kleineren flatterte.

Sie näherten sich jetzt rasch den Docks, und eine Reihe europäischer Verwaltungsgebäude kam in Sicht, stattliche Backsteinbauten mit schimmernden Säulen.

Der Dampfer fuhr auf eine überdachte Anlegestelle zu, die durch eine lange, mit Scharnieren versehene Plattform mit dem Ufer verbunden war. Eine Schar Träger wartete dort. Die Schrauben drehten sich rückwärts, und die Fahrt verlangsamte sich. Ein Decksmann warf ein Tau zum Kai hinüber, wo es aufgefangen und um zwei Poller geschlungen wurde. Die Träger waren nackt bis auf ein zwischen den Beinen hindurchgeführtes und um die Hüften gewundenes Tuch. Sie riefen nach einer Laufplanke, und nachdem das Brett mit Getöse auf dem Deck aufgeschlagen war, kamen sie auf das Schiff, um den Passagieren mit dem Gepäck zu helfen. Edgar stand unter dem Sonnensegel und beobachtete sie. Sie waren klein und hatten sich zum Schutz vor der Sonne Tücher um den Kopf gebunden. Ihre Haut war voller verschlungener Tätowierungen, die sich über den ganzen Oberkörper zogen, an den Schenkeln wieder auftauchten und bis zu den Knien hinabreichten.

Edgar sah sich nach den anderen Passagieren um. Die meisten standen müßig auf Deck und unterhielten sich, und manche zeigten auf die Verwaltungsgebäude und gaben ihre Kommentare dazu ab. Er wandte sich wieder den Trägern zu. Ihre Tätowierungen veränderten die Form, wenn ihre sehnigen Arme sich unter den Lederkoffern der Passagiere spannten. An Land stand wartend eine Gruppe von Leuten neben dem wachsenden Gepäckstapel im Schatten der Bäume. Hinter ihnen entdeckte Edgar an einem niedrigen Tor die Khakiuniformen britischer Soldaten, und hinter den Soldaten, unter einer Reihe ausladender Banyanbäume, die das Ufer säumten, bewegten sich Schatten.

Schließlich hatten die tätowierten Männer das Gepäck entladen, und die Passagiere gingen über die Laufplanke zu den wartenden Kutschen, die Damen unter Sonnenschirmen, die Herren mit Zylinderhüten oder Tropenhelmen auf dem Kopf. Edgar balancierte hinter dem Schotten, mit dem er sich am Morgen unterhalten hatte, über das schwankende Brett. Laut Reiseplan sollte er von Soldaten abgeholt werden, mehr hatte nicht darin gestanden. Einen Moment lang stieg Panik in ihm auf, Vielleicht wissen sie gar nicht, dass ich angekommen bin.

Die Schatten hinter den Wachposten regten sich, wie ein erwachendes Tier. Mit seinem Taschentuch wischte er sich den Schweiß von der Stirn.

»Mr. Drake!«, rief ihm jemand aus der Menge zu. Edgar schaute in die Richtung, aus der die Stimme kam. Ein Trupp Soldaten stand im Schatten. Er sah einen erhobenen Arm. »Hier, Mr. Drake!«

Er schob sich zwischen den Passagieren und Dienern durch, die sich um das Gepäck drängten. Ein junger Soldat trat vor und hob die Hand. »Willkommen in Rangun, Mr. Drake. Gut, dass Sie mich gesehen haben, Sir. Ich hätte gar nicht gewusst, wie ich Sie erkennen soll. Captain Dalton, Herefordshire-Regiment.«

»Guten Tag. Die Familie meiner Mutter stammt aus Hereford.«

Der Soldat strahlte. »So ein Zufall!« Er war jung, braun gebrannt und breitschultrig, sein blondes Haar war schräg nach hinten gekämmt.

»Ja, allerdings«, sagte der Klavierstimmer und wartete darauf, dass der junge Mann etwas erwiderte. Aber er lachte nur, wenn nicht über den kleinen Zufall, so darüber, dass er kürzlich zum Hauptmann befördert worden war und nun voll Stolz seinen Rang nennen konnte. Und Edgar erwiderte sein Lächeln, denn ihm war, als hätte ihn die Reise nach fünftausend Meilen plötzlich wieder nach Hause geführt.

»Hatten Sie eine angenehme Reise?«

»Ja, sehr angenehm.«

»Es macht Ihnen doch nichts aus, einen Moment zu warten? Wir haben noch anderes Gepäck ins Hauptquartier zu bringen.«

Als alles beisammen war, rief einer der Soldaten Träger heran, die sich die Koffer auf die Schultern luden und an den Wachen vorbei zum Tor und auf die Straße gingen, wo die Kutschen warteten.

Später schrieb Edgar an Katherine, dass es ihm auf den wenigen Metern vom Tor bis zu den Kutschen vorgekommen sei, als wäre Birma eine Bühne, über der sich der Vorhang hebt. Als er den Fuß auf die Straße setzte, war er sofort von Menschen umringt. Er drehte sich um. Körbe mit Essen wurden ihm entgegengestreckt, Frauen mit weiß bemalten Gesichtern und Blumengirlanden in den Händen sahen ihn an, zu seinen Füßen drückte sich ein junger Bettler an sein Bein, eine jammervolle Gestalt mit grindiger Haut und nässenden Wunden. Edgar wandte sich wieder um und wäre fast mit einigen Männern zusammengestoßen, die zwischen langen Stangen hängende Gewürzkisten trugen. Die Soldaten schoben sich durchs Gewühl, und ohne das Gezweig der riesigen Banyanbäume hätte man von den Bürogebäuden aus eine Reihe Khakiuniformen durch das Mosaik der Menschen ziehen sehen, gefolgt von einem einzelnen Mann, der so langsam ging, als hätte er sich verirrt. Auf ein Husten hin drehte er sich um. Ein Betelverkäufer spuckte ihm vor die Füße, und Edgar fragte sich, ob das eine Drohung oder vielleicht nur Reklame war. Dann sagte einer der Soldaten »Nach Ihnen, Mr. Drake«, denn sie waren an der Kutsche angelangt. Er zog den Kopf ein und stieg hinein, und so schnell, wie sich diese Welt vor ihm aufgetan hatte, entschwand sie wieder. Die Straße wich augenblicklich zurück.

Drei der Soldaten nahmen an seiner Seite und ihm gegenüber Platz. Ein Scharren auf dem Dach verriet, dass das Gepäck aufgeladen wurde. Der Fahrer stieg auf den Kutschbock, Rufe ertönten, und eine Peitsche knallte. Die Kutsche setzte sich in Bewegung.

Edgar saß in Fahrtrichtung, aber das Fenster war so angebracht, dass man schlecht hinaussehen konnte. Die Bilder glitten in rascher Folge vorüber, wie die Seiten eines Daumenkinos, jedes einzelne überraschend, vom Fenster eingerahmt. Der junge Hauptmann ihm gegenüber lächelte noch immer.

Langsam bahnten sie sich ihren Weg durch die Menge und gewannen erst Fahrt, als die Händler zurückblieben. Vor einem der Verwaltungsgebäude, die die Straße säumten, standen einige schnurrbärtige Engländer in dunklen Anzügen ins Gespräch vertieft, hinter ihnen zwei wartende Sikhs. Die Schotterstraße war erstaunlich glatt, und bald bogen sie in eine schmale Seitenstraße ein. Die weißen Fassaden der offiziellen Bauten wichen kleineren Häusern, auch sie im europäischen Stil, mit matten tropischen Pflanzen auf den Terrassen und der gleichen dunklen Schimmelpatina an den Wänden, die Edgar in Indien so oft gesehen hatte. Sie kamen an einer voll besetzten Garküche vorbei, in der Dutzende junger Männer auf Schemeln an niedrigen Tischen voller Töpfe und Stapeln von Gebratenem saßen. Der beißende Rauch siedenden Öls wehte in die Kutsche und brannte Edgar in den Augen. Er blinzelte, und schon war das Lokal verschwunden, und eine Frau mit zwei hin und her schwingenden Körben an einer langen Bambusstange erschien in seinem Blickfeld. Sie trat nahe an die Kutsche heran und spähte aus dem Schatten ihres großen Strohhutes herein. Wie bei einigen Händlerinnen im Hafen war ihr Gesicht mit weißen Kreisen bemalt, wie Monde auf der dunklen Haut.

Edgar wandte sich an den Hauptmann. »Was hat sie da im Gesicht?«

»Die Farbe?«

»Ja. Ich habe das auch bei einigen Frauen auf den Docks gesehen, nur mit anderen Mustern. Eigenartig …«

»Sie nennen es *thanaka*, eine Paste aus geriebenem Sandelholz. Die Frauen benutzen es fast alle, und viele Männer auch. Sogar Babys werden damit bemalt.«

»Und wozu?«

»Soll gegen die Sonne schützen und schön machen. Wir nennen es ›birmanische Schminke‹. Wozu schminken sich englische Damen?« In diesem Moment blieb die Kutsche mit einem Ruck stehen. Stimmen drangen herein.

»Sind wir da?«

»Nein, noch lange nicht. Keine Ahnung, warum wir halten. Moment, ich seh mal nach.« Der Soldat öffnete die Tür, beugte sich hinaus und schloss sie wieder.

»Was ist los?«

»Ein Unfall. Sehen Sie selbst. Auf den Nebenstraßen gibt es jedes Mal Probleme, aber die Sule Pagoda Road wird heute frisch asphaltiert, deshalb mussten wir diese Route nehmen. Könnte ein paar Minuten dauern. Steigen Sie ruhig aus und sehen Sie nach, wenn Sie möchten.«

Edgar streckte den Kopf aus dem Fenster. Vor ihnen lag ein Fahrrad auf der Straße, inmitten von Häufchen grüner Linsen aus zwei umgekippten Körben. Ein Mann, offensichtlich der Radfahrer, untersuchte sein blutendes Knie, während der Linsen-Wallah, ein magerer, weiß gekleideter Inder, verzweifelt die wenigen Linsen einzusammeln versuchte, die den Matsch der Straße noch nicht aufgesogen hatten. Keiner der beiden schien besonders verärgert. Eine große Menschenmenge hatte sich um sie versammelt, scheinbar um zu helfen, hauptsächlich aber der Sensation wegen. Edgar stieg aus.

Die Häuser in der schmalen Straße hatten eine durchgehende Fassade. Vor jedem führten ein paar hohe Stufen zu einer kleinen Veranda hinauf, und auch dort standen Schaulustige. Die Männer hatten einen lose geschlungenen Turban auf dem Kopf und trugen ein rockähnliches Tuch um die Hüften. Die Turbane sahen anders aus als die der Sikhs; wahrscheinlich waren es die *gaungbaungs* – und die Röcke die *longyis* –, von denen Edgar in einem Reisebericht über Birma gelesen hatte. Er erinnerte sich, dass die Röcke bei den Frauen anders genannt wurden: *hta main* – seltsame Silben, mehr gehaucht als gesprochen. Die Gesichter der Frauen waren ausnahmslos mit Sandelholzpaste bemalt: schmale, parallel verlaufende Streifen auf den Wangen, Kreise wie bei der Frau, die sie gerade gesehen hatten, Spiralen oder Linien, die die Nase entlangliefen. Den dunkelhäutigeren Frauen verliehen die Muster ein unheimliches, geisterhaftes Aussehen, und Edgar bemerkte, dass einige auch rot gemalte Lippen hatten, die dem *thanaka* etwas Burleskes gaben. Es wirkte irgendwie beunruhigend, ohne dass er hätte sagen können, warum, doch nachdem sich sein Erstaunen gelegt hatte, fand er es nicht unattraktiv, wie er Katherine in seinem nächsten Brief gestand. Vielleicht nichts für einen englischen Teint, schrieb er, aber schön – *wie ein Kunstwerk*, fügte er mit Nachdruck hinzu. Kein Anlass zu Missverständnissen.

Seine Augen wanderten die Häuser hinauf zu den Balkonen, hängenden Gärten aus Farn und Blumen. Auch dort standen Schaulustige, Kinder zumeist, die dünnen Arme um das schmiedeeiserne Geländer geschlungen. Einige von ihnen riefen ihm etwas zu, kicherten und winkten. Edgar winkte zurück.

Der Radfahrer hatte sein Gefährt inzwischen wieder aufgerichtet und zog den Lenker gerade, der Träger hatte seine Versuche zur Rettung der Linsen eingestellt und mitten auf der Straße angefangen, einen seiner Körbe zu reparieren. Der Kutscher rief ihm etwas zu, die Leute lachten, und er verzog sich schnell an den Straßenrand. Edgar winkte den Kindern noch einmal zu und stieg wieder in die Kutsche. Und weiter ging es, die schmale Straße öffnete sich auf eine breitere, die im Kreis um eine große goldene, mit goldenen Schirmen verzierte Pagode herumlief, der Hauptmann sagte »Sule-Pagode«, und sie kamen an einer Kirche vorbei, dann an den Minaretten einer Moschee, auf der Promenade am Rathaus war wieder ein Markt, dahinter eine von den Briten als Symbol ihres Handels errichtete Statue des Merkur, des römischen Gottes der Kaufleute, der hier jedoch über die Straßenhändler wachte.

Die Straße wurde breiter, und die Kutsche beschleunigte. Bald glitten die Bilder so schnell am Fenster vorbei, dass man nichts mehr erkennen konnte.

Nach einer halben Stunde hielten sie in einer gepflasterten Straße vor einem einstöckigen Haus. Die Soldaten stiegen mit eingezogenem Kopf einer nach dem anderen aus, die Träger kletterten aufs Dach und reichten die Koffer herunter. Edgar atmete tief ein.

Nach der stickigen Luft in der Kutsche war es draußen kühl, obwohl die Sonne, die den Zenit inzwischen überschritten hatte, noch heiß brannte.

Der Hauptmann forderte Edgar mit einer Kopfbewegung auf, zum Haus zu gehen. Am Eingang standen zwei Sikhs mit undurchdringlicher Miene und einem Schwert an der Seite. Edgar nickte ihnen zu und ging schnell hinein. Der Hauptmann verschwand den Gang hinunter und kam mit einem Stapel Papiere zurück.

»Mr. Drake«, sagte er, »offensichtlich haben sich in unseren Plänen einige Änderungen ergeben. Eigentlich sollten Sie hier in Rangun von Captain Nash-Burnham aus Mandalay abgeholt werden, der Doktor Carrolls Projekte kennt. Er war gestern noch hier, zu einer Sitzung über unsere Bemühungen, die *dacoits* in den Shan-Staaten unter Kontrolle zu bringen, aber leider ist das Schiff, mit dem Sie flussaufwärts fahren sollten, gerade in Reparatur, und da er schnell nach Mandalay zurückmusste, hat er ein früheres Schiff genommen.« Dalton hielt inne und blätterte die Papiere durch. »Aber seien Sie unbesorgt. In Mandalay wird genug Zeit für die nötigen Besprechungen sein. Sie werden lediglich etwas später von hier abreisen als geplant, denn der erste Dampfer, auf dem wir eine Kabine für Sie bekommen haben, ein Schiff der Irrawaddy Flotilla Company, geht erst Ende der Woche. Ich hoffe, das ist Ihnen nicht allzu unangenehm.«

»Nein, das dürfte kein Problem sein. Ich sehe mich gern ein paar Tage hier um.«

»Gut. Ich wollte Sie ohnehin einladen, uns morgen auf einer Tigerjagd zu begleiten. Captain Nash-Burnham meinte, das wäre doch ein angenehmer Zeitvertreib für Sie und eine gute Gelegenheit, die Umgebung kennen zu lernen.«

»Aber ich war noch nie auf der Jagd«, protestierte Edgar.

»Macht nichts. Ist immer eine feine Sache. Ja, aber jetzt werden Sie müde sein. Ich schaue dann heute Abend noch einmal vorbei.«

»Ist für den Moment noch etwas geplant?«

»Für heute Nachmittag nicht. Nochmals: Eigentlich wollte Captain Nash-Burnham hier sein. Am besten, Sie ruhen sich in Ihrem Quartier erst einmal aus. Der Träger zeigt es Ihnen.« Er nickte einem wartenden Inder zu.

Drake dankte dem Hauptmann noch einmal und folgte dem Träger zur Tür hinaus. Sie nahmen sein Gepäck und gingen bis ans Ende der Gasse, die dort in eine breitere Straße mündete. Eine Gruppe safrangelb gekleideter junger Mönche kam vorbei. Der Träger beachtete sie nicht.

»Woher kommen sie?«, fragte Edgar, hingerissen von der Schönheit der fließenden Gewänder.

»Wer, Sir?«

»Die Mönche.«

Sie standen an der Straßenecke, und der Träger wandte sich um und zeigte in die Richtung, aus der die Mönche gekommen waren. »Von der Shwedagon-Pagode, Sir. Wer hier in der Gegend nicht Soldat ist, der kommt wegen der Shwedagon-Pagode.«

Edgar stand am Fuße eines Hügels, an dem Dutzende kleiner Pagoden zu der goldenen Pyramide anstiegen, die er vom Schiff aus gesehen hatte. Jetzt ragte sie mächtig vor ihm auf. Auf der Treppe wimmelte es von Pilgern. Edgar hatte zwar gelesen, dass sich die britische Armee im Umkreis der Pagode angesiedelt hatte, aber er hätte nie geglaubt, dass sie so nahe war. Widerstrebend eilte er dem Träger nach, der bereits die Straße überquert hatte und in eine schmale Gasse eingebogen war. Am Ende einer lang gestreckten Kaserne setzte er die Koffer ab und öffnete eine Tür.

Sie führte in einen einfachen Raum, in dem Offiziere untergebracht wurden, die zu Besuch waren. Die Gebäude ringsum seien ebenfalls Garnisonsquartiere, sagte der Träger. Sollten Sie etwas brauchen, Sir, klopfen Sie einfach an irgendeine Tür. Er verbeugte sich und ging. Edgar wartete, bis seine Schritte sich entfernt hatten, dann öffnete er die Tür, ging die Gasse zurück und blieb am Fuß der langen Treppe stehen, die zu dem Tempel hinaufführte. Auf einem Schild stand »Betreten mit Schuhen und Schirm verboten«, und er erinnerte sich, was er über den Ausbruch des dritten anglo-birmanischen Krieges gelesen hatte, als die britischen Abgesandten sich weigerten, in Anwesenheit von Mitgliedern des birmanischen Königshauses ihre Schuhe auszuziehen. Er kniete sich hin und schnürte seine Stiefel auf, nahm sie in die Hand und machte sich auf den langen Weg die Treppe hinauf.

Die Fliesen fühlten sich unter seinen Füßen feucht und kühl an. Links und rechts wurde eine Fülle von Devotionalien feilgeboten: Buddhabilder und -skulpturen, Jasmingirlanden, Bücher und Fächer, Körbe voller Speiseopfer, Stapel duftender Räucherstäbchen, Blattgold und Lotosblüten aus dünner Silberfolie. Die Händler saßen matt im Schatten. Überall stiegen Pilger die Treppen hinauf, Mönche, Bettler und elegante Birmaninnen in ihrem besten Staat. Oben gelangte er unter einem kunstvollen Portikus hindurch auf eine weite Fläche aus weißem Marmor, auf der kleinere Pagoden mit vergoldeten Kuppeln standen. Die Besucher, die im Uhrzeigersinn um das Heiligtum herumwanderten, starrten den hoch gewachsenen Engländer an. Drake folgte dem Menschenstrom, vorbei an Reihen kleinerer Schreine und kniender Gläubiger, die Gebetsschnüre aus großen Samenkapseln durch die Finger gleiten ließen. Im Gehen sah er zu der Pagode auf, dem glockenförmigen Stupa, der in eine von einem zylindrischen Schirm gekrönte Spitze auslief. Er war geblendet vom Glanz des Goldes, dem Widerschein der Sonne auf den weißen Fliesen, der pulsierenden Menge der Gläubigen. Auf halbem Wege um die Pagode herum blieb er stehen, um sich im Schatten auszuruhen, und wischte sich mit seinem Taschentuch das Gesicht ab. Plötzlich hörte er von fern Musik.

Erst wusste er nicht, woher sie kam, denn die Klänge wurden von den Fluchten der Schreine zurückgeworfen und mischten sich mit den Gesängen der Pilger. Er bog in einen kleinen Weg ein, der hinter einer großen Plattform entlangführte, auf der ein Mönch mit einer Gruppe betete, eine hypnotisierende Litanei, nicht auf Birmanisch, wie er später erfuhr, sondern auf Pali. Die Musik wurde lauter, und dann sah er die Musikanten unter den herabhängenden Zweigen eines Banyanbaums.

Sie waren zu viert und blickten auf, zum Zeichen, dass sie ihn bemerkt hatten. Er lächelte und sah sich die Instrumente an: eine Trommel und ein xylophonähnliches Brett, ein Horn mit langem Schwanenhals und eine Harfe. Besonders die Harfe interessierte ihn, denn natürlich war er mit dem Cembalo vertraut, dem Großvater des Klaviers. Es war ein schönes Instrument in der Form eines Schiffes oder auch eines Schwans, die es ermöglichte, dass die Saiten dicht nebeneinander lagen, wie Edgar feststellte. Klug gemacht, dachte er. Die Finger des Mannes glitten langsam darüber hin, die Musik war auf unheimliche Weise dissonant und ließ nur schwer eine Struktur erkennen. Sie schien wie zufällig die Tonleiter auf und ab zu tanzen, und auch bei genauerem Hinhören konnte der Klavierstimmer keine Melodie ausmachen.

Bald gesellte sich noch ein anderer Zuhörer zu ihm, ein elegant gekleideter Birmane mit einem Kind an der Hand. Edgar Drake nickte den beiden zu, und sie lauschten der Musik gemeinsam. Die Anwesenheit des Mannes erinnerte ihn daran, dass der Captain am Abend noch einmal vorbeikommen wollte und er sich noch waschen und umziehen musste. Widerstrebend verließ er die Musikanten. Er vollendete seine Wanderung um die Pagode und schloss sich wieder der Pilgerschar an, die sich am Eingang staute und über die Treppe hinabströmte. Er folgte ihr bis zur Straße hinunter, setzte sich auf die untersten Stufen und zog seine Schuhe wieder an. Um ihn herum streiften Männer und Frauen mühelos ihre Sandalen ab oder schlüpften hinein. Während er sich die Stiefel zuschnürte, versuchte er das Stück nachzupfeifen, das er gerade gehört hatte. Dann stand er auf, und da sah er sie.

Sie stand mit ausgestreckter Hand ungefähr anderthalb Meter

von ihm entfernt und trug ein Baby auf der Hüfte. Ihre Kleider waren zerlumpt, ihre Haut dunkelgelb bemalt. Edgar blinzelte, denn er glaubte ein Gespenst zu sehen. Die Farbe ihrer Haut war ein geisterhaftes Abbild des Goldes der Pagode, ein schwebendes Trugbild, wie man es sieht, wenn man zu lange in die Sonne geschaut hat. Sie fing seinen Blick auf und trat näher, und er sah, dass das Gold keine Farbe war, sondern gelber Staub, der ihr Gesicht, ihre Arme und die bloßen Füße bedeckte. Sie hielt ihm das Baby hin, die gelben Hände fest um das schlafende kleine Wesen geschlossen. Er sah ihr in die flehenden dunklen, gelb umrandeten Augen. Später erfuhr er, dass der Staub Gelbwurz war, von den Birmanen *sa-nwin* genannt, und dass die Frauen sich das Pulver nach der Geburt eines Kindes zum Schutz vor Geistern auf die Haut auftragen. Die Frau vor ihm benutzte es zum Betteln, denn traditionsgemäß soll eine Mutter, die noch *sa-nwin* trägt, vier Tage nach der Entbindung nicht aus dem Haus gehen; tut sie es dennoch, kann es nur bedeuten, dass das Kind krank ist. Doch das wusste Edgar nicht, als er am Fuß der Shwedagon-Pagode stand; er konnte nur die goldene Frau anstarren, bis sie noch einen Schritt näher kam und er die Fliegen am Mund des Kindes und eine große wunde Stelle an seinem Kopf sah. Entsetzt wich er zurück, kramte in seiner Tasche nach ein paar Münzen und drückte sie ihr ohne nachzuzählen in die Hand.

Mit wild klopfendem Herzen wandte er sich ab. Die Pilger um ihn herum setzten ihre Prozession fort, ohne die goldene Frau, die überrascht ihre Münzen zählte, und den großen, schlanken Engländer zu beachten, der sich ein letztes Mal nach dem hoch aufragenden Tempel und der Frau umsah, die Hände in die Taschen schob und schnell davonging.

Am Abend lud Captain Dalton den Klavierstimmer zum Billardspielen mit einigen der Offiziere in den Pegu-Club ein. Edgar schützte Müdigkeit vor und lehnte ab, außerdem habe er seiner Frau schon mehrere Tage nicht mehr geschrieben. Dass ihn das

Bild der Bettlerin verfolgte, dass es ihm unpassend schien, Sherry zu trinken und über den Krieg zu plaudern, während er an sie und das Kind dachte, sagte er nicht.

»Na, zum Billardspielen ist ja noch genug Zeit. Aber ich bestehe darauf, dass Sie morgen mit uns auf die Jagd kommen. Erst letzte Woche hat ein Infanterist bei Dabein einen Tiger gesichtet. Ich will mit Captain Witherspoon und Captain Fogg hin, die beiden sind kürzlich aus Bengalen hierher versetzt worden. Also, kommen Sie mit?« Er stand in der Tür, eine Silhouette gegen das Licht.

»Aber ich war noch nie auf der Jagd, und ich glaube nicht, dass ich –«

»Bitte! Ich will nichts davon hören. Es ist unsere Pflicht. Der Tiger terrorisiert die Leute in den Dörfern. Wir brechen früh auf. Wir treffen uns bei den Kavallerieställen, wissen Sie, wo die sind? Nein, Sie brauchen nichts mitzubringen. Ihren Hut vielleicht, aber Reitstiefel haben wir genug und Gewehre natürlich auch. Jemand mit so geschickten Händen wie Sie muss doch ein guter Schütze sein.«

Auf diese Schmeichelei hin und weil er schon eine Einladung abgelehnt hatte, sagte Edgar zu.

VII

Als Edgar Drake am nächsten Morgen zu den Ställen kam, sattelte der Captain gerade ein Pferd. Fünf weitere Männer standen bei ihm, zwei Engländer und drei Birmanen. Dalton kam unter dem Pferd hervor, unter dem er den Sattelgurt durchgezogen hatte, wischte sich die Hand an der Reithose ab und streckte sie dem Klavierstimmer entgegen. »Schöner Morgen, was, Mr. Drake? Herrlich, wenn der Wind so weit landeinwärts weht. So erfrischend. Das bedeutet, dass die Regenzeit dieses Jahr früher kommen könnte.« Er sah zum Himmel auf, als suchte er dort eine Bestätigung für seine Prognose. Edgar war beeindruckt, wie gut und sportlich er aussah: frisch und braun gebrannt, das Haar zurückgekämmt, die Hemdsärmel über den staubbedeckten Armen hochgekrempelt.

»Darf ich Ihnen Captain Witherspoon und Captain Fogg vorstellen, Mr. Drake? Meine Herren, das ist Mr. Drake, der beste Klavierstimmer Londons.« Er schlug Edgar auf den Rücken. »Guter Mann. Familie stammt aus Hereford.«

Die beiden Männer gaben ihm freundlich die Hand. »Sehr erfreut, Mr. Drake«, sagte Witherspoon. Fogg nickte.

»Moment noch«, sagte Dalton und tauchte wieder unter das Pferd. »Sie kann verdammt störrisch sein, und ich will nicht herunterfallen, wenn ich einen Tiger im Visier habe.« Er sah zu dem Klavierstimmer auf und zwinkerte ihm zu. Alle lachten. Ein Stück entfernt kauerten die Birmanen in ihren weiten, karierten *longyis* auf den Fersen.

Sie saßen auf. Edgar hatte Mühe, das Bein über den Sattel zu schwingen, und der Captain musste ihm helfen. Einer der Birmanen ritt voraus und war bald verschwunden. Dalton führte die kleine Gruppe an und plauderte mit den beiden anderen Captains. Edgar folgte ihnen, und als Letzte kamen die beiden Birmanen, zu zweit auf einem Pferd.

Es war noch früh, und die Sonne hatte den Nebel noch nicht aus den Lagunen aufgesogen. Edgar war überrascht, wie schnell die Stadt in Ackerland überging. Sie begegneten mehreren Ochsenkarren, die nach Rangun unterwegs waren. Die Bauern lenkten ihre Gespanne an den Straßenrand, um sie vorbeizulassen, nahmen sonst aber kaum Notiz von ihnen. In einiger Entfernung stakten Fischer schmale Boote durch die Sümpfe, tauchten aus dem Nebel auf und verschwanden wieder. Silberreiher suchten nahe der Straße nach Nahrung und setzten mit abgezirkelten Bewegungen einen Fuß vor den anderen. Witherspoon fragte, ob man anhalten könne, um sie zu schießen.

»Nicht hier«, antwortete Dalton. »Letztes Mal haben die Dorfbewohner ein Riesentheater gemacht, als wir Vögel geschossen haben. Die Silberreiher spielen in den Mythen um die Entstehung von Pegu eine Rolle. Es bringt Unglück, wenn man sie schießt, mein Freund.«

»Abergläubischer Quatsch«, schnaubte Witherspoon. »Ich dachte, wir erziehen sie dazu, solche Vorstellungen aufzugeben.«

»Eigentlich schon. Aber ich für mein Teil jage lieber einen Tiger, als dass ich mich den ganzen Vormittag mit einem Stammesführer herumstreite.«

»Hm«, machte Witherspoon. Es klang wie ein richtiges Wort, und er schien zufrieden mit seiner Erwiderung. Sie ritten weiter. Die Fischer warfen in Spiralen ihre Netze aus, so dass glitzernde Bögen aus Wassertropfen davonspritzten.

Nachdem sie eine Stunde geritten waren, gingen die Sümpfe allmählich in dünnes Gestrüpp über. Die Sonne schien bereits ziemlich heiß, und der Schweiß rann Drake die Brust hinab. Er war froh, als der Weg nach einer Biegung in einen dichten Wald führte. Die trockene Glut der Sonne wich stickiger Schwüle. Sie waren erst wenige Minuten in dem Wald, als sie auf den Birmanen trafen, der vorausgeritten war. Während sich der Mann mit seinen Landsleuten besprach, sah Edgar sich um. Als Kind hatte er viel über Forschungsreisen im Dschungel gelesen und Stunden damit zugebracht, sich das Gewirr tropfender Blüten und das Gewimmel wilder Tiere auszumalen. Das hier muss eine andere Art von Dschungel sein, dachte er, zu ruhig, zu dunkel. Er spähte in die Tiefe des Waldes, konnte aber nicht weiter als fünf Meter in das Lianendickicht sehen.

Nachdem die Männer ihre Unterredung beendet hatten, ritt einer zu Dalton und erstattete ihm Bericht. Edgar war zu abgelenkt, um zuzuhören. Seine Brille beschlug, und er nahm sie ab und wischte sie an seinem Hemd sauber. Kaum hatte er sie wieder aufgesetzt, beschlug sie von neuem. Er nahm sie wieder ab, und nach dem dritten Mal behielt er sie auf und sah sich den Wald durch die dünne Kondensatschicht an.

»Gut«, rief Dalton schließlich und wendete sein Pferd, dessen Hufe das Unterholz niedertraten. »Unser Führer sagt, er ist ins nächste Dorf geritten und hat die Leute nach dem Tiger gefragt. Erst gestern haben sie ihn gesehen, da hat er der Zuchtsau eines Schweinehirten aus dem Dorf die Kehle aufgerissen. Das ganze Dorf ist in Aufruhr, und einer der Wahrsager meint, es ist derselbe Tiger, der vor zwei Jahren ein kleines Kind getötet hat. Sie organisieren gerade ihre eigene Tigerjagd, um ihn aus dem Dschungel zu vertreiben. Wir können es ruhig ebenfalls versuchen, sagen sie. Zuletzt ist er drei Meilen nördlich von hier gesichtet worden. Unser Führer meint, wir könnten aber auch nach Süden in die Sümpfe, da gibt es jede Menge Wildschweine.«

»Ich bin doch nicht extra so weit geritten, um Schweine zu schießen«, wandte Fogg ein.

»Ganz meine Meinung«, sagte Witherspoon.

»Und Sie, Mr. Drake?«, fragte Dalton. »Was möchten Sie?«

»Ach, ich werde sowieso keinen Schuss abgeben. Ich könnte nicht einmal auf ein gefülltes, glaciertes Schwein schießen, das vor mir auf dem Tisch liegt, geschweige denn auf ein Wildschwein. Entscheiden Sie.«

»Also, ich habe seit Monaten keinen Tiger mehr gejagt«, sagte Dalton.

»Dann sind wir uns ja einig«, sagte Witherspoon.

»Passen Sie nur auf, worauf Sie schießen«, warnte Dalton. »Nicht alles, was sich bewegt, ist ein Tiger. Und Mr. Drake, nehmen Sie sich vor Schlangen in Acht. Bevor Sie einen Stock aufheben, sollten Sie sich überzeugen, dass er keine Giftzähne hat.« Er stieß seinem Pferd die Hacken in die Seiten, und die anderen folgten ihm weiter auf dem gewundenen Pfad durch den Wald.

Die Vegetation wurde dichter, und sie mussten häufig anhalten, damit der erste Reiter den Weg freihauen konnte. Es schien, als wüchsen mehr Pflanzen auf den Bäumen als am Boden, Schlingpflanzen, deren Ranken der Sonne zustrebten. An den größeren Bäumen hingen gezackte Epiphyten, Orchideen, Kannenpflanzen, deren Wurzeln sich im Gewirr der Triebe verloren, das sich gegen den Himmel abzeichnete. Edgar hatte sich immer gern Gärten angesehen, und er tat sich etwas auf seine Kenntnis lateinischer Pflanzennamen zugute, hier aber suchte er vergeblich nach einer Pflanze, die er erkannte. Selbst die Bäume waren fremdartig, wuchtig, mit elefantenartigen Stämmen und Wurzeln, die wie mächtige Strebepfeiler aus der Erde wuchsen, so hoch, dass sich ein Tiger dahinter verstecken konnte.

Nach einer weiteren halben Stunde passierten sie eine kleine, vom Wurzelgeflecht der Bäume umschlossene Ruine. Die Engländer ritten daran vorbei, ohne anzuhalten. Edgar wollte sie fragen, was es damit auf sich habe, aber sie waren zu weit voraus. Er drehte sich zu den bemoosten Steinen um. Auch die Birmanen hinter ihm schienen sich dafür zu interessieren. Einer von ihnen stieg rasch ab und legte einen kleinen Blütenkranz, den er mitgebracht hatte, an der Ruine nieder. Durch das Geflecht der Lianen sah Edgar, wie sich der Mann verbeugte, dann schlossen sich die Ranken wieder, das Bild verschwand, und sein Pferd drängte vorwärts.

Nach einer Wegbiegung wäre er fast mit den anderen zusammengestoßen. Sie hatten unter einem hohen Baum Halt gemacht. Dalton und Witherspoon stritten sich flüsternd.

»Nur ein einziger Schuss«, sagte Witherspoon. »So ein Fell kann man sich doch nicht entgehen lassen. Ich versichere Ihnen, ich kriege ihn mit einem einzigen Schuss.«

»Ich hab Ihnen doch gesagt, der Tiger könnte uns beobachten. Wenn Sie jetzt schießen, verscheuchen Sie ihn nur.«

»Unsinn«, entgegnete Witherspoon. »Aufgescheucht ist er sowieso schon. Drei Jahre hab ich kein gutes Affenfell mehr erbeutet. Das einzig schöne hat mir ein unfähiger Kürschner ruiniert.«

Edgar blickte in den Baum hinauf, um nach dem Gegenstand des Streits Ausschau zu halten. Erst sah er nichts, nur ein Gewirr von Laub und Ranken, doch dann bewegte sich etwas, und das Köpfchen eines jungen Affen schaute hinter einem Epiphyten hervor. Neben Edgar wurde ein Gewehr geladen, dann ertönte wieder Daltons Stimme: »Ich hab gesagt, Sie sollen ihn in Ruhe lassen!« Der Affe schien zu merken, dass Gefahr drohte, richtete sich auf und hüpfte davon. Witherspoon legte an, Dalton rief noch einmal: »Nicht schießen, verdammt noch mal!«, doch in dem Moment, als der Affe sprang, zuckte Witherspoons Finger, Mündungsfeuer blitzte auf, und der Schuss krachte. Eine Sekunde lang herrschte Stille, dann rauschten Blätter und Zweige herab. Und dann hörte Edgar ein anderes Geräusch, direkt über sich, ein leises Fiepen, und als er hochsah, fiel der Affe herab, eine Silhouette vor dem Hintergrund des Laubes und der Himmelssplitter. Ganz langsam schien das Tier zu fallen, sein Schwanz wehte hoch, sein Körper drehte sich um sich selbst, flatternd, vogelgleich. Wie gelähmt sah Edgar es keinen Meter von seinem Pferd entfernt ins Gebüsch stürzen. Ein langes Schweigen trat ein, dann fluchte Dalton und trieb sein Pferd an. Einer der Birmanen sprang aus dem Sattel, hob den Affen auf und hielt ihn Witherspoon hin, der das blutige, schmutzverschmierte Fell kurz untersuchte. Er nickte dem Birmanen zu, und der Affe wurde in einen Segeltuchsack gesteckt. Dann stieß er seinem Pferd die Hacken in die Seiten, und die Gruppe setzte sich wieder in Bewegung. Edgar ritt jetzt hinter den Birmanen und sah, wie die kleine Gestalt in dem Sack gegen die Flanke des Pferdes schwang. Die Schatten des Waldes tanzten über den roten Fleck, der sich auf dem Stoff ausbreitete.

Sie ritten weiter. An einem kleinen Bach mussten sie durch einen Schwarm Stechmücken, und Edgar versuchte sie von seinem Gesicht wegzuscheuchen. Eine landete auf seiner Hand, und er beobachtete fasziniert, wie sie seine Haut erkundete und einen Platz zum Stechen suchte. Sie war viel größer als die Mücken, die er aus England kannte, und hatte getigerte Beine. Ich bin es, der den Tiger erlegt, dachte Edgar und zermalmte sie mit der flachen Hand. Die nächste ließ er stechen und schaute zu, wie sie sich vollsog, dann schlug er sie ebenfalls tot und schmierte sich dabei sein Blut über den Arm.

Der Wald lichtete sich und ging schließlich in Reisfelder über. Sie kamen an mehreren Frauen vorbei, die in gebückter Haltung Setzlinge in den Schlamm pflanzten. Der Weg wurde breiter, und in der Ferne tauchte ein Dorf auf, eine Ansammlung von Bambushütten. Als sie sich näherten, kam ihnen ein Mann entgegen und begrüßte sie. Er trug nichts als einen verschlissenen roten *longyi* und redete aufgeregt auf ihren Führer ein, der für die anderen übersetzte.

»Das ist einer von den Dorfältesten. Er sagt, sie haben den Tiger heute früh gesehen. Männer aus dem Dorf machen bei der Jagd mit. Er bittet uns um Unterstützung, denn sie haben nur ganz wenige Gewehre. Er schickt uns einen Jungen als Führer.«

»Hervorragend«, sagte Dalton. Er konnte seine Erregung kaum bezähmen. »Und ich dachte schon, Witherspoon hätte uns mit seiner Voreiligkeit die Jagd verdorben.«

»Und ich kriege zu dem Affen noch ein schönes Tigerfell dazu«, rief Witherspoon. »Was für ein Tag!«

Selbst Edgar spürte, wie sein Blut in Wallung geriet. Der Tiger war in der Nähe, und er war gefährlich. Edgar hatte nur ein einziges Mal einen Tiger gesehen, im Londoner Zoo, ein mageres, bedauernswertes Tier, dem aufgrund einer Krankheit, die selbst den besten Londoner Tierärzten Rätsel aufgab, die Haare ausfielen. Sein Unbehagen bei der Vorstellung, töten zu müssen – noch verstärkt durch den Tod des jungen Affen –, löste sich in nichts auf. Dalton hat Recht, dachte er, das Dorf braucht uns wirklich. Hinter dem Dorfältesten hatten sich Frauen versammelt, jede mit einem Baby auf der Hüfte. Er spürte etwas an seinem Fuß und schaute hinunter: Ein nackter kleiner Junge machte sich an seinem Steigbügel zu schaffen. »Hallo«, sagte der Klavierstimmer, und der Junge sah zu ihm auf. Sein Gesicht war schmutz- und schleimverschmiert. »Du bist wirklich ein niedlicher kleiner Junge, aber ein Bad könntest du ganz gut gebrauchen.«

Fogg drehte sich zu ihm um. »Na, schon einen Freund gefunden, Mr. Drake?«

»Scheint so«, erwiderte Edgar. »Hier.« Er kramte in seiner Tasche nach einem Anna und warf ihn hinunter. Der Junge haschte nach der Münze, verfehlte sie aber, und sie hüpfte in eine Pfütze am Straßenrand. Der Junge kniete sich hin und tastete mit ängstlicher Miene in dem Wasser herum. Plötzlich bekam er sie zu fassen, zog sie heraus und betrachtete sie triumphierend. Er wischte sie ab und rannte davon, um sie seinen Freunden zu zeigen.

Der Dorfälteste ging ins Dorf zurück und kam nach wenigen Minuten mit einem älteren Jungen wieder, der zu dem Führer aufs Pferd stieg. Sie ritten einen Weg entlang, der vom Dorf weg zwischen den Reisfeldern und dem Dschungel hindurchführte. Die anderen Jungen liefen ihnen johlend nach, und ihre nackten Füße patschten auf den Boden. Am Fuß eines Abhangs ließen sie die Felder hinter sich und ritten über eine abgeholzte

Fläche am Rand des Waldes. Bald trafen sie auf zwei Männer mit nacktem Oberkörper. Einer von ihnen hatte einen schlecht nachgemachten englischen Helm auf dem Kopf und ein Gewehr in der Hand.

»Ein Soldat«, scherzte Witherspoon. »Hoffentlich hat er die Sachen nicht von einem, den er erschossen hat.«

Edgar runzelte die Stirn, Fogg lachte leise. »Keine Sorge. Ausschussware aus unseren Fabriken in Kalkutta gelangt auf den erstaunlichsten Wegen an Orte, an die sich nicht einmal unsere Soldaten wagen.«

Dalton schloss zum Führer auf. »Haben sie den Tiger gesehen?«, fragte Fogg ihn.

»Heute noch nicht, aber er ist zuletzt hier in der Nähe gesichtet worden. Wir sollten unsere Gewehre laden. Sie auch, Drake.«

»Äh, also, ich glaube nicht ...«

»Wenn er angreift, brauchen wir alle verfügbare Feuerkraft. Wo sind eigentlich die Kinder geblieben?«

»Ich weiß es nicht. Ich habe gesehen, wie sie einen Vogel in den Wald gescheucht haben.«

»Na gut, wir wollen hier auch nicht den Weihnachtsmann spielen. Schreiende Kinder um uns herum sind das Letzte, was wir jetzt gebrauchen können.«

»Tut mir Leid, ich wollte nicht –«

Plötzlich hob Witherspoon die Hand. »Schsch!«

Dalton und Edgar sahen zu ihm hin. »Was ist?«

»Ich weiß nicht. Irgendwas im Gebüsch, am Ende der Lichtung.«

»Weiter, ganz vorsichtig.« Dalton trieb sein Pferd an. Sie rückten langsam vor.

»Da, ich seh ihn!«, rief der Führer. Er hob den Arm und zeigte auf das Dickicht. Die Pferde blieben stehen. Sie waren keine zwanzig Meter mehr vom Ende der Lichtung entfernt.

Edgars Herz klopfte wild, als er in die Richtung sah, in die der Führer gezeigt hatte. Es herrschte Stille, alles schien sich zu verlangsamen. Edgar griff nach seinem Gewehr, und sein Finger spannte sich um den Abzug. Witherspoon neben ihm legte an.

Sie warteten. Die Büsche zitterten.

»Verflucht, ich seh nichts! Er könnte überall da drin sein.«

»Nicht schießen, bis Sie sicher sind, dass es der Tiger ist. Sie haben mit dem Affen vorhin schon genug riskiert. Wir haben nur eine einzige Chance, und wir müssen alle gleichzeitig feuern.«

»Da ist er!«

»Ganz ruhig.«

»Halten Sie die Gewehre bereit, verdammt noch mal! Er bewegt sich wieder!« Witherspoon zielte. Im Gebüsch regte sich etwas, ein stetiges Schleichen, und die Zweige zitterten stärker. »Er kommt näher. Nehmen Sie das Gewehr in Anschlag!«

»Gewehr in Anschlag, Sie auch, Mr. Drake. Wir haben nur einen einzigen Schuss. Fogg?«

»Geladen und schussbereit. Sie geben das Kommando, Captain.«

Edgar spürte, wie ihm am ganzen Körper der kalte Schweiß ausbrach. Seine Arme zitterten. Er konnte kaum den Gewehrkolben auf die Schulter heben.

Über ihnen kreiste ein Geier und sah auf die Szene hinab: sieben Männer und fünf Pferde im dürren Gras einer Lichtung, von dichtem Dschungel umgeben, der sich über die Hügel zog. Hinter ihnen kamen Frauen von den Reisfeldern heran, beschleunigten ihre Schritte, rannten.

Edgar stand mit seinem Pferd am Ende der Gruppe. Er drehte sich um und bemerkte die Frauen. Sie schienen etwas zu rufen. Er wandte sich wieder nach vorn und rief: »Captain!«

»Still, Drake, er kommt!«

»Irgendetwas stimmt da nicht, Captain.«

»Ruhe, Drake!«, herrschte Witherspoon ihn an, ohne den Blick von Kimme und Korn zu nehmen.

Doch dann hörten sie die Rufe ebenfalls, und Dalton drehte sich um. »Was ist da los?«

Der Führer sagte etwas, und Edgar blickte zu den Büschen hinüber. Sie zitterten noch stärker als zuvor. Das Unterholz knackte.

Die Frauen schrien.

»Was zum Teufel ist da los?«

»Sagt ihnen, sie sollen still sein, sie verscheuchen uns ja den Tiger!«

»Witherspoon, nehmen Sie das Gewehr runter.«

»Verderben Sie's uns nicht, Dalton.«

»Sie sollen das Gewehr runternehmen, Witherspoon! Da stimmt was nicht.«

Die Frauen kamen näher. Ihr Geschrei übertönte die Stimmen der Männer.

»Verflucht! Stopft ihnen das Maul! Fogg, tun Sie doch was!«

Witherspoon hielt sein Gewehr weiter auf das Dickicht gerichtet. Fogg, der bis jetzt geschwiegen hatte, drehte sich im Sattel um. »Halt!«, schrie er, doch die Frauen liefen mit gerafften *hta mains* weiter.

»Halt, zum Teufel!«

Alles verschwamm, das Laufen, die Rufe, die Sonne.

Edgar wirbelte herum und schaute zum Wald hinüber.

»Da ist er!«, rief Fogg.

»Captain! Die Waffe runter!«, schrie Dalton und trieb sein Pferd auf Witherspoon zu, der sein Gewehr fester fasste und schoss.

Der Rest bleibt erstarrt, eine sonnenübergossene Erinnerung, ein Sichneigen. Da sind Rufe, Schreie, aber am meisten wird dieses Sichneigen Edgar Drake verfolgen, der unmögliche Winkel der Trauer, Mutter zu Kind, die Arme ausgestreckt, vorwärts strebend, zerrend an jenen, die sie zurückhalten wollen. Ein Sichneigen, wie er es noch nie gesehen hat und doch wieder erkennt, von Pietàs, griechischen Vasen mit winzigen, *oi moi* klagenden Figuren.

Lange betrachtet er die Szene, doch es werden Tage vergehen, bis das Grauenvolle des Geschehenen ihn erreicht, ihn vor die Brust schlägt, in ihn eindringt, als sei er mit einem Mal besessen. Es wird bei einer Offiziersfeier in der Residenz des Administrators sein, als er ein Dienstmädchen mit einem Kind auf der Hüfte vorbeigehen sieht. Da wird es kommen, er wird ertrinken, nach Atem ringen, eine Entschuldigung stammeln, als verdutzte Offiziere ihn fragen, ob ihm nicht gut sei, und er, Doch, doch, es ist nichts, ich fühle mich nur ein wenig schwach, das ist alles, dann wird er hinausstolpern, die Treppe hinunter in den Garten, und dort in die Rosen fallen und sich übergeben, Tränen werden ihm in die Augen treten, und er wird weinen, schluchzen, zittern, ein Kummer ohne Maß, so dass er sich später, wenn er daran zurückdenkt, fragen wird, worum er sonst noch getrauert hat.

In diesem Augenblick aber, in der Stille des Tages, regt er sich nicht. Der Junge, die Mutter, das leise Rauschen der Zweige, von einem Wind bewegt, der über die Stille und das Schreien hinwegweht. Sie verharren, er und die anderen bleichen Männer, beobachten die Szene, die Mutter, die den kleinen Jungen schüttelt, ihn küsst, ihm mit ihren blutverschmierten Händen übers Gesicht streicht, über ihr eigenes Gesicht, in gespenstischen Lauten klagend, so fremd und zugleich so vertraut. Bis er ein Rascheln neben sich hört, andere Frauen, die herbeieilen, sich auf die Mutter werfen, sie von dem Jungen wegziehen. Ihr Körper streckt sich nach vorn, gegen die Schwerkraft, eine Aufhebung der Kräfte. Ein Mann neben Edgar, das Gesicht sonnenübergossen, tritt einen Schritt zurück, taumelt, stützt sich mit dem Gewehrkolben ab.

Als der Klavierstimmer in dieser Nacht aufwacht, findet er sich nicht zurecht. Zwei Tage später erst wird er in dem Rosenbeet zusammenbrechen, aber er spürt, dass sich schon jetzt ein Riss bildet, nicht zu kitten, wie Farbpartikel einer brüchigen Leinwand, Staub, der mit dem Wind fortweht. Alles ist anders geworden, denkt er, Das gehört nicht zu meinem Plan, meinem Auftrag, meiner Mission. Nach seiner Ankunft in Birma hat er Katherine geschrieben, er könne noch gar nicht glauben, dass er da sei, dass er wirklich von England fort sei. Ein Brief, der jetzt vermutlich in einem Postzug heimwärts rollt. Und ich allein in Rangun.

VIII

Zwei Tage später erhielt Edgar eine Nachricht vom Kriegsministerium. Man hatte eine Kabine auf einem Teakholzschiff der Irrawaddy Flotilla Company für ihn reserviert. In zwei Tagen sollte das Schiff von den Docks in Prome auslaufen. Edgar würde mit dem Zug hinfahren; die Fahrt nach Mandalay sollte sieben Tage dauern.

In den vier Tagen, die er in Rangun verbrachte, packte er kaum etwas aus. Nach der Jagd war er in seinem Zimmer geblieben und hatte es nur verlassen, um diverse Beamte aufzusuchen oder gelegentlich einmal durch die Straßen zu schlendern. Die Bürokratie des Kolonialapparates setzte ihn in Erstaunen. Nach dem Unfall war er von den Justizbehörden, dem Polizeipräsidium, dem Amt für Dorfverwaltung, dem Gesundheitsamt und sogar von der Forstverwaltung (denn der Unfall hatte sich, wie es in der Vorladung hieß, »in Ausübung der Jagdaufsicht« ereignet) als Zeuge vorgeladen worden. Anfangs hatte er sich gewundert, dass die Sache überhaupt gemeldet worden war. Wären alle Beteiligten einverstanden gewesen, hätte sie ohne weiteres vertuscht werden können. Die Dorfbewohner hätten keinerlei Möglichkeit gehabt, sich zu beschweren, und wenn doch, dann hätte man ihnen wohl kaum geglaubt, und selbst wenn man ihnen geglaubt hätte, wären die Offiziere wohl kaum zur Rechenschaft gezogen worden.

Aber alle, auch Witherspoon, hatten darauf bestanden, den Vorfall zu melden. Captain Witherspoon akzeptierte eine geringe Geldstrafe, und der Betrag wurde zusammen mit Mitteln aus einem Entschädigungsfonds der Armee an die Familie des Opfers weitergeleitet. Das *wirkt* alles erstaunlich korrekt, schrieb

Edgar an Katherine, vielleicht ist das der positive Einfluss britischer Institutionen, trotz gelegentlicher Fehlhandlungen voreiliger britischer Soldaten. Vielleicht, so schrieb er einen Tag später, nachdem er seine siebte Zeugenaussage unterzeichnet hatte, ist das alles auch nur Tünche, eine erprobte, wirksame Methode, mit solch schrecklichen Dingen umzugehen, sich von etwas Tieferliegendem freizusprechen, denn das Geschehen verschwimmt bereits im Nebel der Bürokratie.

Witherspoon und Fogg brachen nach Pegu auf, sobald die Formalitäten erledigt waren, und kamen rechtzeitig dort an, um zwei Offiziere abzulösen, die mit ihren Regimentern nach Kalkutta zurückkehrten. Edgar verabschiedete sich nicht von ihnen. Er hätte Witherspoon gern die Schuld an dem Zwischenfall gegeben, aber er konnte es nicht. Der Captain hatte voreilig gehandelt, aber nur um zwei Sekunden voreiliger als die anderen, denn sie alle hatte das Jagdfieber gepackt. Doch jedes Mal, wenn Drake ihn später sah, ob bei einem Essen oder in einem Verwaltungsgebäude, stieg die Erinnerung in ihm auf, und er sah wieder das Gewehr an dem massigen Kinn vor sich, die Schweißperlen, die den sonnenverbrannten Nacken hinabrollten.

Und auch Captain Dalton ging er aus dem Weg. Am Abend vor seiner Abreise überbrachte ihm ein Bote eine Einladung Daltons in den Pegu-Club. Er lehnte höflich ab und entschuldigte sich damit, dass er zu müde sei. Eigentlich wäre er gern mit Dalton zusammengetroffen, hätte ihm für seine Gastfreundschaft gedankt und ihm gesagt, dass er ihm nichts nachtrage. Aber die Vorstellung, den Zwischenfall noch einmal durchleben zu müssen, schreckte ihn ab, und es schien ihm, als würde ihn mit dem Captain jetzt nur noch ein Augenblick des Entsetzens verbinden, das von neuem erwachen würde, wenn er ihn sah. Er lehnte die Einladung also ab, und der Captain ließ nichts mehr von sich hören. Edgar sagte sich, er könne ihn ja besuchen, wenn er auf der Rückreise wieder nach Rangun komme, aber er wusste, dass er es nicht tun würde.

Am Morgen seiner Abreise holte ihn eine Kutsche ab und brachte ihn zum Bahnhof, wo er den Zug nach Prome bestieg. Während der Zug beladen wurde, blickte er auf das geschäftige Treiben auf dem Bahnsteig hinaus. Vor seinem Fenster spielten kleine Jungen mit einer Kokosnussschale Fußball. Mechanisch tastete er nach einer Münze, die er seit der Jagd noch in der Tasche hatte, ein Symbol der Verantwortung, unangebrachter Großzügigkeit, eine Erinnerung an einen Fehler und somit ein Talisman.

In dem Durcheinander nach dem Vorfall, als alle gegangen waren und der Junge weggebracht worden war, hatte Edgar die Münze am Boden liegen sehen, in dem staubigen Abdruck, den der Körper des Jungen hinterlassen hatte. In der Annahme, man habe sie übersehen, hatte er sie aufgehoben, einfach nur, weil sie dem Jungen gehört hatte und es ihm nicht richtig schien, sie dort am Waldrand liegen zu lassen. Er wusste nicht, dass er im Irrtum war, dass man sie keineswegs vergessen hatte. Sie glänzte in der Sonne wie Gold, und jedes der Kinder spähte nach ihr und wollte sie haben. Doch was die Kinder wussten, er aber nicht begriff, hätte ihm jeder der Lastträger sagen können, die jetzt Kisten in den Zug luden. Der mächtigste Talisman, hätten sie gesagt, ist einer, den man von anderen übernimmt; mit einem solchen Talisman übernimmt man auch das Schicksal.

In Prome holte ihn der Stab des Bezirkskommandanten ab und brachte ihn zu den Docks. Dort ging er an Bord eines kleinen Dampfers der Irrawaddy Flotilla Company, dessen Maschinen bereits liefen. Man zeigte ihm seine Kabine mit Blick auf das linke Ufer des Flusses. Sie war klein, aber sauber, und seine Befürchtungen, was die Fahrt anbelangte, schwanden. Während er auspackte, legte der Dampfer ab, und er schaute aus dem Fenster, um zu sehen, wie das Ufer zurückwich. In Gedanken noch bei der Tigerjagd, hatte er wenig von Prome gesehen, nur ein paar bröckelnde Ruinen und am Hafen einen geschäftigen Markt. Als das

Schiff die Flussmitte erreichte, fühlte er sich erleichtert, weit fort von den heißen, wimmelnden Straßen Ranguns, dem Delta, dem Tod des Jungen. Er ging an Deck. Noch andere Passagiere waren dort, einige Soldaten und ein älteres Ehepaar aus Italien, auf Besichtigungsreise, wie sie sagten. Lauter neue Gesichter, keiner wusste von dem Unfall, und Edgar schwor sich, der ganzen Sache den Rücken zu kehren, sie am schlammigen Ufer zurückzulassen.

Von der Flussmitte aus gab es wenig zu sehen, und so setzte er sich zu den Soldaten und spielte mit ihnen Karten. Anfangs hatte er gezögert, weil er sich nur zu gut an die Überheblichkeit vieler Offiziere erinnerte, die er auf dem Schiff von Marseille nach Rangun kennen gelernt hatte. Hier aber hatte er es mit einfachen Soldaten zu tun, und als sie sahen, dass er allein war, luden sie ihn zum Spielen ein, und er revanchierte sich mit Neuigkeiten vom Fußball; in Birma waren selbst monatealte Nachrichten noch neu. Im Grunde verstand er nicht viel vom Sport, aber er hatte einmal das Klavier des Besitzers eines Londoner Vereins gestimmt und von ihm Freikarten für einige Spiele bekommen. Auf Katherines Rat hin hatte er sich vor seiner Abreise Fußballergebnisse eingeprägt, um, wie sie sagte, »leichter ins Gespräch zu kommen und Leute kennen zu lernen«. Das Interesse der Soldaten und ihre Begeisterung über die Neuigkeiten freuten ihn. Sie tranken zusammen Gin und lachten, und die Soldaten erklärten Edgar Drake zu einem feinen Kerl. Wie fröhlich diese jungen Männer sind, dachte er, auch sie müssen Furchtbares gesehen haben, und doch sind sie zufrieden mit zwei Monate alten Sportergebnissen. Und er trank noch mehr Gin, mit Tonic, das habe »der Arzt verordnet«, wie die Soldaten scherzten, weil das Chinin darin gut gegen das Fieber sei.

In dieser Nacht schlief er zum ersten Mal seit Tagen wieder tief und traumlos, und als er erwachte, war die Sonne längst aufgegangen, und er hatte von dem Gin starke Kopfschmerzen. Der Fluss war noch immer sehr breit; an den bewaldeten Ufern zeichnete sich nur da und dort eine Pagode ab. Und so spielte er wieder mit den Soldaten Karten und gab mehrere Runden Gin aus.

Drei Tage tranken und spielten sie, und als er die Fußballergebnisse so oft wiederholt hatte, dass selbst der Betrunkenste sie auswendig hersagen konnte, lehnte er sich zurück und hörte sich ihre Geschichten von Birma an. Einer war im dritten Krieg bei der Schlacht um das Fort Minhla dabei gewesen und erzählte vom Marsch durch den Nebel und vom erbitterten Widerstand der Birmanen. Ein anderer hatte einen Einsatz in den Shan-Staaten mitgemacht, im Gebiet des Kriegsherrn Twet Nga Lu, und Edgar horchte auf, denn er hatte den Namen des Banditen schon viele Male gehört. Haben Sie Twet Nga Lu einmal gesehen?, fragte er den Soldaten. Das hatte er nicht. Sie waren tagelang durch den Dschungel marschiert und hatten immer wieder Anzeichen dafür gefunden, dass man ihnen folgte – erloschene Feuer, Schatten zwischen den Bäumen –, aber sie wurden nicht angegriffen und kehrten weder als Besiegte noch als Eroberer zurück. Land, das ohne Zeugen in Besitz genommen wird, ist niemals wirklich gewonnen.

Edgar stellte dem Soldaten noch mehr Fragen. Ob Twet Nga Lu überhaupt je gesehen worden sei? Wie weit sein Gebiet reiche? Ob die Gerüchte von seiner Grausamkeit zuträfen? Der Soldat antwortete, dass der Kriegsherr nicht zu fassen sei, dass er allenfalls Boten schicke und dass nur wenige ihn gesehen hätten, nicht einmal Mr. Scott, der politische Administrator der Shan-Staaten, der im Anknüpfen von Freundschaften mit den einheimischen Stämmen, den Kachin beispielsweise, legendäre Erfolge erzielt habe. Und ja, Twet Nga Lu sei wirklich so grausam, wie es ihm nachgesagt werde, er, der Soldat, habe mit eigenen Augen gekreuzigte Männer gesehen, auf Berggipfeln reihenweise auf x-förmige Balken genagelt. Wie groß sein Gebiet sei, wisse niemand. Es gebe Berichte, wonach ihn der *sawbwa* von Mongnai, dessen Thron er an sich gerissen hatte, tief in die Berge hineingetrieben habe. Viele meinten jedoch, dieser Gebietsverlust habe nichts zu bedeuten, man fürchte ihn nach wie vor wegen seiner übernatürlichen Kräfte, seiner Tätowierungen und Amulette und der Talismane unter seiner Haut.

Als der Gin zur Neige ging, hörte der Soldat auf zu erzählen und fragte, warum der gute Mann so viel über Twet Nga Lu wissen wolle. Edgar Drake war berauscht von dem Gefühl der Kameradschaft und Dazugehörigkeit, und unter Missachtung der gebotenen Diskretion erzählte er, dass er nach Birma gekommen sei, um das Klavier eines Oberstabsarztes namens Anthony Carroll zu stimmen.

Als sie den Namen des Doktors hörten, sahen die beiden anderen Männer von ihren Karten auf und starrten den Klavierstimmer an.

»Carroll?«, rief der eine mit rauem schottischem Akzent. »Verflucht, hab ich da gerade den Namen Carroll gehört?«

»Ja, wieso?«, fragte Edgar überrascht.

»Wieso?« Der Soldat lachte. »Habt ihr das gehört?«, fragte er seine Kameraden. »Da sind wir seit drei Tagen auf dem verdammten Schiff und wollen von diesem Burschen Fußballergebnisse hören, und jetzt sagt er uns, dass er ein Freund vom Doktor ist.« Sie lachten alle drei und stießen miteinander an.

»Ein Freund nicht direkt, noch nicht…«, verbesserte Edgar. »Aber ich verstehe nicht – wieso die Aufregung? Kennen Sie ihn?«

»Ihn kennen?« Der Soldat brach in schallendes Gelächter aus. »Der Mann ist genauso berühmt wie Twet Nga Lu. Teufel, der Mann ist so berühmt wie die Queen!« Wieder stießen sie an und tranken.

»Tatsächlich?« Edgar beugte sich vor. »Ich hätte nicht gedacht, dass er so… berüchtigt ist. Einige Offiziere kennen ihn vielleicht besser, aber bei vielen scheint er nicht sehr beliebt zu sein.«

»Weil er so verdammt viel fähiger ist als sie. Ein echter Mann der Tat. Klar, dass sie ihn nicht mögen.« Gelächter.

»Aber Sie mögen ihn?«

»Ihn mögen? Wer in den Shan-Staaten gedient hat, der liebt den Mann. Ohne Carroll würde ich jetzt in irgendeinem Scheißdschungel sitzen und gegen eine blutgierige Shan-Bande kämpfen. Weiß der Himmel, wie er's geschafft hat, aber er hat mir meinen bleichen Arsch gerettet, so viel steht fest. Wenn es in den Shan-Staaten zu einem richtigen Krieg kommt, dann dauert es keine drei Tage, und jeder von uns baumelt an einem Ast.«

Einer der anderen beiden hob sein Glas. »Auf Carroll. Zum Teufel mit seinen Gedichten, zum Teufel mit seinem Stethoskop, aber Gott segne den verfluchten Hund, weil er mich meiner lieben Mama erhalten hat.« Die Männer brüllten vor Lachen.

Edgar konnte kaum glauben, was er da hörte. »Gott segne den Hund!«, schrie er und hob sein Glas ebenfalls, und als sie getrunken hatten und dann noch einmal getrunken hatten, begannen die Geschichten.

Sie wollen was über Carroll hören? Ich hab den Mann nie gesehen, Ich auch nicht, Ich auch nicht, das sind alles nur Geschichten, keiner von uns hat den Mann je gesehen, los, darauf trinken wir einen, der Mann ist ein Märchen, nichts weiter. Über zwei Meter groß soll er sein, und Feuer spucken kann er angeblich auch, Tatsächlich, das hab ich noch gar nicht gehört, Aber dass deine Mama über zwei Meter groß ist und Feuer spuckt, das hab ich schon gehört, Komm, Jackson, jetzt mal Spaß beiseite, der nette Gentleman will wahre Geschichten über Carroll hören, die Wahrheit, trinken wir auf die Wahrheit, Verflucht, ich hätte nicht so viel Respekt vor dem Mann, wenn er wirklich über zwei Meter groß wäre und Feuer spucken könnte, Habt ihr die Geschichte gehört, wie das Fort gebaut worden ist? Das ist ein Ding, Erzähl du sie, Jackson, erzähl du sie, Also gut, ich erzähl sie, Ruhe, ihr Scheißkerle, verzeihen Sie meine Ausdrucksweise, Mr. Drake, bisschen beschwipst, wissen Sie, Los, erzähl, Jackson, Verdammt gute Geschichte, gleich geht's los, wo fang ich an? Nein, wisst ihr was? Was? Ich erzähl die Geschichte von der Reise, die ist besser,

Dann leg los, Gut, ich fang an, Jetzt mach schon, Carroll kommt nach Birma, er ist ein paar Jahre hier, macht medizinischen Kram, paar Touren in den Dschungel, aber der Bursche ist noch ziemlich frisch, hat, glaub ich, noch nie ein Gewehr oder was abgefeuert, und trotzdem meldet er sich freiwillig und will in Mae Lwin ein Camp einrichten, Geheimsache damals, weiß der Himmel, warum er da hin will, aber er geht hin. In der Gegend wimmelt es von bewaffneten Banden, und außerdem ist Oberbirma noch lange nicht annektiert, wenn er also Verstärkung braucht, können wir ihm vielleicht nicht mal zu Hilfe kommen, aber er geht trotzdem, warum, weiß kein Mensch, da sagt jeder was anderes, ich selber glaube, der Bursche ist vor irgendwas davongelaufen, wollte weg, versteht ihr, weit weg, aber das ist nur *meine* Meinung, ich weiß auch nicht, Was meint ihr? Ruhm vielleicht, Mädchen! Der Hund ist scharf auf Shan-Mädchen, Danke Stephens, hätt ich mir denken können, Stephens läuft im Basar von Mandalay den bemalten *mingales* nach, lässt sogar den Gottesdienst dafür sausen, Und du, Murphy? Ich, ja, zum Teufel, vielleicht glaubt der Bursche einfach an die Sache, ihr wisst schon, die Unzivilisierten zivilisieren, Frieden schaffen, einem ungezähmten Land Recht und Ordnung bringen, nicht so wie wir Saufköpfe, Ach Gott, wie rührend, Murphy, Ihr wolltet ja meine Meinung hören, Schon gut, wie lange geht die Geschichte denn noch, Wo war ich stehen geblieben? Carroll macht sich in den Scheißdschungel auf, Ach ja, Carroll macht sich in den Dschungel auf, mit einer Eskorte, zehn Mann vielleicht, das ist alles, mehr will er nicht dabeihaben, sagt, es wär schließlich kein Feldzug, Na gut, Feldzug hin oder her, sie sind noch nicht in Mae Lwin, da werden sie angegriffen, sie überqueren eine Lichtung, und plötzlich flitzt ein Pfeil vorbei und bohrt sich über seinem Kopf in einen Baumstamm, Die Soldaten gehen hinter den Bäumen in Deckung und legen an, aber Carroll bleibt auf der Lichtung stehen, rührt sich nicht vom Fleck, total übergeschnappt, der Kerl, sag ich euch, steht da ganz allein, aber ruhig, ganz ruhig, so ruhig, dass sogar ein Pokerspieler neidisch werden könnte, und dann kommt noch ein Pfeil angeflitzt, schneller diesmal, und macht eine Kerbe in seinen Helm, Der hat sie doch nicht alle! Kann man wohl sagen, und was macht er? Sag schon, Jackson, Ja, sag's uns, los, Ja, ja, ich sag's ja schon, also, was macht er? Nimmt der verrückte Hund doch seinen Hut ab, da hat er eine Flöte dran befestigt, auf der spielt er unterwegs gern, und er setzt das verdammte Ding an den Mund und fängt an zu spielen, Der hat sie nicht alle, ich sag's ja! Total plemplem, wenn ihr mich fragt! Also, soll ich jetzt weitererzählen oder nicht? Ja, mach schon, erzähl die verdammte Geschichte fertig! Carroll fängt also an zu spielen, und was spielt er? »God Bless the Queen«? Falsch, Murphy, »Die Tochter des Holzfällers«? Ach, Scheiße, Stevens, keine Schweinereien, bitte, Tut mir Leid, Mr. Drake, und tut mir Leid, Jungs, aber Carroll spielt irgendein verrücktes Lied, das die Soldaten noch nie gehört haben, eine komische kleine Melodie, ich hab mal einen getroffen, der war in der Eskorte, und der hat gesagt, er hat das Lied in seinem ganzen Leben noch nicht gehört, es war nichts Besonderes, zwanzig Töne vielleicht, und dann hört er auf und schaut sich um, und seine Leute knien alle im Wald, das Gewehr an der Backe, bereit zu schießen, sobald ein Vogel zwitschert, aber nichts tut sich, alles ist still, und Carroll spielt die Melodie noch mal, und als er fertig ist, wartet er, und dann spielt er sie noch mal und schaut in den Wald rings um die Lichtung. Nichts, kein Piep, keine Pfeile mehr, und Carroll spielt wieder, und aus den Büschen kommt ein Pfeifen, dieselbe verdammte Melodie, und diesmal macht Carroll keine Pause, als sie zu Ende ist, er spielt sie noch mal, und aus dem Wald kommt wieder das Pfeifen, er spielt noch dreimal, und dann spielen sie zusammen, Carroll und die Angreifer, und seine Leute hören Gelächter und Beifallsrufe aus dem Wald, aber der ist so dicht und dunkel, dass man nichts sieht. Endlich hört Carroll auf und macht seinen Leuten ein Zeichen, dass sie aufstehen sollen, und das tun sie auch, aber ganz langsam, sie haben Angst, das könnt ihr euch ja vorstellen, und dann sitzen sie wieder auf und reiten weiter, und von den Angreifern sehen sie immer noch nichts, obwohl der Soldat, der mir die Geschichte erzählt hat, sagt, dass er sie die ganze Strecke über gehört hat, sie waren da, haben den Trupp bewacht, haben Carroll bewacht, und so kommen sie durch eins der gefährlichsten Gebiete im ganzen Empire, ohne einen Schuss abzugeben, und sie erreichen Mae Lwin, wo der Häuptling schon auf sie wartet, und er versorgt die Pferde und gibt den Männern warmen Reis mit Curry und ein Dach über dem Kopf, und nach drei Tagen Verhandlungen sagt Carroll seinen Leuten, dass der Häuptling ihnen die Erlaubnis erteilt hat, in Mae Lwin ein Fort zu bauen, als Gegenleistung für Schutz vor den *dacoits*. Und sie müssen versprechen, ein Krankenhaus zu bauen. Und Musik zu machen.

Schweigen trat ein. Die Geschichte hatte selbst das größte Raubein unter den Soldaten ehrfürchtig verstummen lassen. »Was für ein Lied war das?«, fragte Edgar schließlich.

»Bitte?«

»Das Lied. Was war das für ein Lied, das er auf der Flöte gespielt hat?«

»Das Lied ... ein Shan-Liebeslied. Nichts Besonderes, ziemlich einfach, aber es hat Wunder gewirkt. Carroll hat dem Soldaten, der mir die Geschichte erzählt hat, später gesagt, dass man einen Mann nicht töten darf, wenn er ein Lied spielt, das einen an die erste Liebe erinnert.«

»Schon verrückt.« Die Männer lachten leise, in Gedanken versunken.

»Gibt es noch mehr Geschichten?«, fragte Edgar.

»Über Carroll? Ach, Mr. Drake, jede Menge Geschichten. Jede Menge.« Er blickte in sein Glas, das fast leer war. »Aber heute nicht mehr, ich bin jetzt müde. Die Reise ist lang, wir sind noch Tage unterwegs, und wir haben nichts als Geschichten, bis wir nach Mandalay kommen.«

Sie dampften flussaufwärts, und die Namen der Städte, die sie passierten, flossen ineinander wie eine Beschwörung. Sitsayan. Kama. Pato. Thayet. Allanmyo. Yahaing. Nyaungywagyi. Weiter nördlich wurde das Land trocken, die Vegetation spärlich. Die grünen Hügel um Pegu gingen bald in eine Ebene über, das dichte Laub in Dornenbäume und Brennpalmen. In vielen der Städte legten sie an – staubige Häfen mit wenig mehr als ein paar Hütten und einem Kloster mit verblichenem Anstrich. Fracht wurde ein- oder ausgeladen, und hin und wieder kam ein einzelner Passagier an Bord, Soldaten meist, rotgesichtige junge Männer, die an den abendlichen Gesprächen teilnahmen und ihre eigenen Geschichten beisteuerten.

Und alle kannten Carroll. Ob es nun an der wachsenden Zahl der Zuhörer lag oder daran, dass sie sich Mandalay näherten – die Geschichten wurden immer phantastischer, bis Edgar Drake sich fragte, wo die Wahrheit zur Legende wurde, zum Traum junger Männer, die sich nach einem Helden sehnen. Ein Kavallerist aus Kyaukchet erzählte, der Freund eines Soldaten, den er kenne, sei einmal in Mae Lwin gewesen und habe gesagt, es erinnere ihn an das, was er über die hängenden Gärten von Babylon gehört habe, es sei ein Fort wie kein anderes, die seltensten Orchideen blühten dort, man höre zu jeder Zeit Musik, und eine Waffe brauche man nicht, denn meilenweit im Umkreis gebe es keine *dacoits*. Man könne am Ufer des Salween sitzen und süße Früchte essen, und die Mädchen würden lachend ihr Haar zurückwerfen und hätten Augen, wie man sie sonst nur im Traum sehe. Ein Schütze aus Pegu sagte, er habe gehört, dass die Geschichtenerzähler der Shan Balladen über Anthony Carroll sängen, und ein Infanterist aus Danubyu erzählte, es gebe in Mae Lwin keine Krankheiten, denn kühle, frische Winde folgten dem Lauf des Salween, und man könne draußen unter dem mondhellen Himmel schlafen und ohne einen Mückenstich aufwachen, es gebe dort weder Malaria noch Ruhr, an denen so viele seiner Freunde gestorben seien, als sie durch dampfende Dschungel marschiert seien und sich die Blutegel von den Knöcheln geklaubt hätten. Ein Gefreiter, der mit seinem Bataillon nach Hlaingdet unterwegs war, hatte gehört, dass Anthony Carroll seine Kanonen zerlegt habe und sie als Blumentöpfe benutze und dass die Gewehre der Soldaten, die das Glück hätten, nach Mae Lwin zu kommen, verrosteten, denn man verbringe dort seine Tage damit, Briefe zu schreiben, dick zu werden und dem Lachen der Kinder zu lauschen.

Immer mehr Geschichten wurden erzählt, und während das Schiff weiter nordwärts stampfte, merkte Edgar, dass sie nicht so sehr wiedergaben, was der Erzähler wusste, als vielmehr, was er glauben wollte. Der Commissioner erklärte zwar, es herrsche Frieden, für die Soldaten aber war es lediglich Friedenssicherung, etwas ganz anderes also, das Angst machte und den Wunsch nach etwas weckte, was die Angst fern hielt. Und noch etwas merkte Edgar zu seiner Überraschung: dass ihm die Wahrheit immer unwichtiger wurde. Vielleicht noch mehr als jeder einsame Soldat hatte er das Bedürfnis, an den Oberstabsarzt, den er noch nie gesehen hatte, zu glauben.

Sinbaungwe. Migyaungye. Minhla. Eines Nachts weckte ihn ein unheimlicher Gesang, der vom Ufer herüberwehte. Er setzte sich auf. Die Melodie kam von weit her, ein Murmeln, das im Geräusch seines Atems unterging. Er lauschte reglos. Das Schiff fuhr weiter.

Magwe. Yenangyaung. Und dann, in Kyaukye, wurde der lange, langsame Rhythmus der Reise durch die Ankunft dreier neuer Passagiere in Ketten unterbrochen.

Dacoits. Edgar Drake hatte das Wort viele Male gehört, seit er in London die ersten Instruktionen gelesen hatte. Diebe. Kriegsherren. Straßenräuber. Nachdem Thibaw, der letzte König Oberbirmas, knapp zehn Jahre zuvor den Thron bestiegen hatte, war das Land im Chaos versunken. Der neue König war schwach, und die Herrschaft der Birmanen über ihr Land geriet ins Wanken, nicht weil sich bewaffneter Widerstand geregt hätte, sondern weil eine Epidemie der Gesetzlosigkeit ausbrach. In ganz Oberbirma überfielen Räuberbanden einzelne Reisende ebenso wie Gruppen, plünderten Dörfer, erpressten Schutzgeld von einsamen Bauern. Jeder wusste, wie gewalttätig sie sein konnten, das bezeugten Hunderte zerstörter Dörfer und an den Straßen die gekreuzigten Leichen jener, die Widerstand geleistet hatten. Als die Briten mit der Annexion die Reisfelder Oberbirmas übernahmen, hatten sie auch die *dacoits* übernommen.

Die Gefangenen kauerten auf Deck, drei staubbedeckte Männer mit drei parallelen Kettenreihen, von Hals zu Hals, von Handgelenk zu Handgelenk, von Knöchel zu Knöchel. Noch ehe das Schiff von den baufälligen Docks ablegte, hatte sich schon ein Halbkreis von Passagieren um sie gebildet. Sie ließen die Hände zwischen den Knien baumeln und erwiderten mit unbewegter, herausfordernder Miene die Blicke der Soldaten und der anderen Reisenden. Drei Inder bewachten sie, und Edgar Drake fragte sich schaudernd, womit sie sich eine solche Bewachung verdient haben mochten. Er brauchte nicht lange auf eine Antwort zu warten, denn die Italienerin fragte einen der Soldaten, was die Männer getan hätten, und der Soldat gab die Frage an einen der Bewacher weiter.

Die drei Männer, sagte er, seien die Anführer einer besonders gewalttätigen *dacoit*-Bande, die das Vorgebirge östlich von Hlaingdet terrorisiere, nicht weit von dem britischen Fort, das während der ersten Expeditionen in die Shan-Staaten errichtet worden war. Edgar kannte den Namen Hlaingdet, er sollte dort eine Eskorte für den Weg nach Mae Lwin erhalten. Die *dacoits* hatten ein Dorf in der Nachbarschaft des Forts überfallen, dessen Bewohner sich so dicht beim Armeestützpunkt in Sicherheit gewähnt hatten. Sie hatten Reisfelder abgebrannt, Karawanen ausgeraubt und schließlich das Dorf angegriffen und niedergebrannt, Kindern ein Messer an die Kehle gesetzt und ihre Mütter vergewaltigt. Es war eine große Bande gewesen, ungefähr zwanzig Mann. Unter der Folter hatten sie die drei Gefangenen als ihre

Anführer genannt, die nun zum Verhör durch die Militärbehörden nach Mandalay gebracht wurden.

»Und die anderen?«, fragte die Italienerin.

»Bei dem Gefecht umgekommen«, sagte der Soldat ungerührt.

»Alle siebzehn? Sie haben doch gesagt, sie wären gefangen genommen worden und hätten gestanden …« Doch sie vollendete den Satz nicht und errötete. »Ach so«, sagte sie leise.

Edgar betrachtete die Gefangenen und versuchte in ihren Gesichtern etwas von ihren grausamen Taten wieder zu finden. Vergebens. Sie saßen in ihren schweren Eisen da, von einer dicken Staubschicht bedeckt, die ihre Haare heller färbte. Einer von ihnen schien noch ganz jung, er hatte einen dünnen Schnurrbart, und sein Haar war zu einem Knoten zusammengefasst. Auf seiner Brust glaubte Drake unter dem Staub die dunkle Tätowierung eines Tigers zu erkennen. Wie die anderen sah er die Umstehenden trotzig und entschlossen an. Sein Blick begegnete dem des Klavierstimmers, und einen Moment lang verharrten sie so, erst dann konnte Edgar die Augen abwenden.

Allmählich verloren die Passagiere das Interesse an den Gefangenen und zogen sich in ihre Kabinen zurück. Edgar folgte ihnen, noch aufgewühlt von der Geschichte. Er beschloss, Katherine nichts davon zu erzählen, damit sie sich nicht ängstigte. Während er einzuschlafen versuchte, malte er sich den Überfall aus und dachte an die Frauen, daran, wie sie ihre Kinder unter dem Herzen getragen hatten, fragte sich, ob sie Händlerinnen waren oder auf dem Feld arbeiteten, ob auch sie *thanaka* trugen. Die Bilder bemalter Mädchen verfolgten ihn, weiße Spiralen auf sonnengebräunter Haut.

Auf Deck kauerten die *dacoits* in ihren Fesseln.

Das Schiff dampfte vorwärts. Die Nacht verging, und der Tag und die Städte zogen vorüber.

Sinbyugyun. Sale. Seikpyu. Singu. Wie ein Gesang. Milaungbya. Pagan.

Kurz vor Sonnenuntergang tauchte in der weiten Ebene der erste Tempel auf. Eine Ruine, von Lianen überwuchert. Unterhalb der bröckelnden Mauern saß ein alter Mann auf einem von zwei Zebus gezogenen Ochsenkarren. Der Dampfer fuhr, wegen der Sandbänke in der Flussmitte, nahe am Ufer, und der alte Mann schaute herüber. Der Staub, den die Räder aufwirbelten, fing die Strahlen der Sonne ein, die hinter dem anderen Ufer unterging und den Tempel in goldenen Dunst tauchte.

Eine Frau ging unter einem Sonnenschirm allein dahin, einem Ort entgegen, den man nicht sah. Die Soldaten hatten Edgar gesagt, das Schiff werde »zur Besichtigung« bei den Ruinen von Pagan anlegen, der einstigen Hauptstadt eines Königreichs, das Birma über Jahrhunderte beherrscht hatte. Nachdem sie noch fast eine Stunde an verfallenen Monumenten vorbeigefahren waren, wandte der Fluss sich ganz allmählich westwärts, sie legten an einem namenlosen Kai an, und viele Passagiere gingen von Bord. Edgar folgte dem italienischen Paar über die schmale Planke.

Sie gingen mit einem der Soldaten, der sie eine staubige Straße entlangführte. Nach kurzer Zeit sah man weitere Pagoden, die zuvor hinter Bäumen oder Uferböschungen versteckt gewesen waren. Die Sonne ging rasch unter, und Edgar duckte sich, als über ihm zwei Fledermäuse durch die Luft schossen. Bald waren sie am Fuß der großen Pyramide angelangt. »Steigen wir hinauf«, sagte der Soldat, »von hier aus hat man den schönsten Blick in ganz Pagan.«

Die Treppe war steil. Oben lief eine weite Plattform um den zentralen Stupa herum. Wären sie zehn Minuten später gekommen, hätten sie die Abendsonne über dem Pagodenfeld, das sich vom Fluss bis zu den fernen Bergen dehnte, nicht mehr gesehen. Die Fläche schien im Dunst und dem Rauch brennender Reisfelder zu schweben.

»Was sind das für Berge?«, fragte Edgar.

»Das Shan-Hochland, Mr. Drake«, antwortete der Soldat. »Endlich sieht man es.«

»Das Shan-Hochland«, wiederholte Edgar und blickte über die Tempel hinweg, die wie Soldaten in Formation standen, zu dem Gebirge, das aus der Ebene unvermittelt bis in den Himmel aufzuragen schien. Er dachte an einen Fluss, der durch diese Berge floss, und daran, dass dort irgendwo im Dunkel ein Mann auf ihn wartete und vielleicht zum selben Himmel aufsah. Ein Mann, der noch nicht einmal seinen Namen wusste.

Die Sonne ging unter, und das Land wurde dunkel. Der Mantel der Nacht breitete sich über die Ebene und hüllte die Pagoden eine nach der anderen ein, bis sich der Soldat schließlich umwandte und die Reisenden zum Schiff zurückführte.

Nyaung-U, Pakokku, und dann war es wieder Tag. Kanma und der Zufluss des Chindwin, Myingyan und Yandabo, und dann war es Nacht, und als im Westen die Hügel um Sagaing auftauchten, gingen die Passagiere zu Bett und wussten, dass der Dampfer, während er in der Nacht flussaufwärts pflügte, die alte Hauptstadt Amarapura passieren würde, deren Name »Stadt der Unsterblichen« bedeutete. Noch vor Sonnenaufgang würden sie Mandalay erreichen.

IX

Er erwachte, als plötzlich Stille eintrat. Nachdem das Schiff sieben Tage flussaufwärts gedampft war, wurden die Maschinen ausgeschaltet und es ließ sich treiben. Edgar Drake versuchte, die neuen Geräusche zuzuordnen, die in seine Kabine drangen: ein leises Schwappen, das Klirren einer an ihrer Kette schwingenden Petroleumlampe, Rufe von Männern und der ferne Lärm eines Basars. Er stand auf und zog sich an, ohne sich zu waschen, verließ die Kabine und folgte dem Gang zu der Wendeltreppe, die an Deck führte. Die Dielen knarrten unter seinen Füßen. Oben wäre er beinahe mit einem jungen Matrosen zusammengestoßen, der sich wie ein Langur das Geländer hinunterschwang. Mandalay, sagte er grinsend und schwenkte den Arm zur Küste hin.

Sie fuhren an einem Markt vorbei. Oder besser in ihn hinein, denn es war, als würde sich das Schiff senken und das Ufer würde mit dem Gewimmel seiner Bewohner vom Kai auf das Deck fluten. Von beiden Seiten drängte der Markt heran, wuselnde Gestalten, Rufe, Männer und Frauen mit Körben an langen Stangen, fließende Umrisse von *thanaka* unter großen Bambushüten, Silhouetten von Händlern auf Elefanten. Kinder sprangen lachend über die Reling auf das Schiff, spielten Fangen, schlängelten sich zwischen den aufgerollten Tauen, den Kettenstapeln und jetzt auch den Gewürzsäcken der Händler durch, die das Deck überschwemmten. Edgar hörte Gesang hinter sich und drehte sich um. Ein Roti-Wallah stand da, lächelte zahnlos und ließ seinen Teig um die Faust kreisen. Die Sonne, sang er und wies mit dem Mund zum Himmel, Die Sonne. Schneller drehte sich sein Teig, und dann schleuderte er ihn himmelwärts.

Drakes Blick kehrte zum Schiff zurück, aber er konnte es kaum mehr erkennen, alles war nur noch Basar. Gewürze flossen aus den Säcken auf das Deck. Dazwischen bahnten sich Mönche ihren Weg und baten singend um Almosen. Eine Betel kauende Frau rief ihm auf Birmanisch etwas zu, und ihr Lachen vermischte sich mit dem Tappen der Füße. Kinder rannten vorbei. Dann wieder das Lachen. Edgar betrachtete die Betel-Frau: Ihr rot verfärbter Mund stand offen, ihre Zunge hatte die Farbe von Pflaumen. Ein Bettler kam heran; seine blitzenden Augen schienen durchsichtig, Gefäße, die sich aus den Augenhöhlen nach außen stahlen. Vögel sangen in winzigen Käfigen, die an den Bäumen hingen. Edgar sah sich nach dem Roti-Wallah um, nach dem wirbelnden Teig. Der Mann griff singend in die Luft und holte die Sonne vom Himmel. Es wurde dunkel, und Edgar starrte in die Schwärze seiner Kabine.

Die Maschinen standen tatsächlich still. Einen Moment lang fragte er sich, ob er noch träume, aber sein Fenster war offen, und es drang kein Licht herein. Er hörte Stimmen und glaubte erst, es seien Matrosen, doch sie schienen von weiter weg zu kommen. Er ging an Deck. Der Mond war fast voll und warf blaue Schatten auf Männer, die geschwind Fässer zur Laufplanke rollten. Hütten säumten das Ufer. Zum zweiten Mal in dieser Nacht kam Edgar in Mandalay an.

Er wurde von Captain Trevor Nash-Burnham erwartet, der ihn ursprünglich in Rangun hatte abholen wollen. Der Captain war der Verfasser mehrerer Berichte, die Drake über Oberstabsarzt Carroll gelesen hatte und in denen Mandalay, der Fluss und die gewundenen Pfade durch Carrolls Fort ausführlich beschrieben wurden. Der Klavierstimmer hatte sich insgeheim danach gesehnt, Nash-Burnham kennen zu lernen, denn die meisten der Bürokraten, mit denen er nach der Tigerjagd zu tun gehabt hatte, waren bei all der Farbenpracht ringsum erstaunlich farblos gewesen und hatten ihn nicht weiter beeindruckt. Als er jetzt am Kai stand, erinnerte er sich, wie er inmitten des Behördentrubels nach dem Unfall mit einem der Beamten von einer Besprechung im Amt für Dorfverwaltung durch Rangun gegangen war. Sie hatten gesehen, wie einige Leute versuchten, einen Opiumsüchtigen unter einem Wagen hervorzuziehen; er war darunter eingeschlafen und überrollt worden, als die Pferde anzogen, um an einer Hecke zu knabbern. Er schrie, ein tiefes, benommenes Wehklagen, während ein paar Händler abwechselnd versuchten, die Pferde zum Vorwärtsgehen zu bewegen oder den Wagen zurückzusetzen. Der Anblick hatte Edgar erschüttert, doch der Beamte hatte seelenruhig seine Ausführungen über die Teakholzausbeute in den diversen Bezirken der Kolonie fortgesetzt, und als Edgar ihn fragte, wo sie Hilfe finden könnten, schockierte ihn der Mann nicht etwa mit der Gegenfrage »Wieso?«, deren Gefühllosigkeit zu erwarten gewesen wäre, sondern mit einem »Für wen?« Und über den Schreien des Mannes waren seine Worte kaum zu hören gewesen.

Edgar trat unbehaglich von einem Fuß auf den anderen. Während der Captain einen Brief des Kriegsministeriums mit detaillierten Angaben zu Verpflegung und Zeitplänen las, versuchte er in Nash-Burnhams Gesichtszügen jenen Mann wieder zu finden, der den Irrawaddy als eine »schimmernde Schlange, die unsere Träume davonträgt und neue aus den juwelenbesetzten Bergen mitbringt« bezeichnet hatte. Der Captain war von gedrungener Gestalt und hatte eine breite Stirn, und wenn er zu schnell redete, fing er an zu keuchen – ein auffallender Gegensatz zu dem von Jugend und Gesundheit strotzenden Captain Dalton. Es war ein seltsamer Zeitpunkt für offizielle Instruktionen. Der Klavierstimmer sah auf die Taschenuhr, die Katherine ihm vor seiner Abreise geschenkt hatte. Sie zeigte vier, und erst jetzt fiel ihm ein, dass sie eingerostet und schon drei Tage nach seiner Ankunft in Rangun stehen geblieben war. Nun ging sie nur noch zweimal am Tag richtig, wie er Katherine scherzhaft geschrieben hatte, aber er trug sie weiter, »um den Schein zu wahren«. Belustigt dachte er an den Werbespruch, den er in London gesehen hatte: *Weihnachtsstim-*

mung, Glockengeläut, schenk dir was Schönes: Schenk dir Zeit – Robinson Qualitäts-Uhren …

Langsam erwachte der Fluss zum Leben, und ein Strom von Händlern kam die Straße herab. Die beiden Männer nahmen eine Kutsche und fuhren in die Stadt; bis ins Zentrum von Mandalay waren es, wie Edgar in seinem nächsten Brief nach Hause schrieb, ungefähr zwei Meilen. Die Könige hatten weit genug vom Lärm der ausländischen Dampfschiffe auf dem Irrawaddy entfernt sein wollen, als die Hauptstadt von Amarapura an den Fluss verlegt worden war.

Die Straße war dunkel und von Wagenspuren durchzogen. Edgar schaute aus dem Fenster, vor dem Schatten vorbeiglitten, bis es beschlug und undurchsichtig wurde. Nash-Burnham wischte es mit seinem Taschentuch sauber.

Als die Kutsche in die Stadt hineinfuhr, ging gerade die Sonne auf und die Straßen füllten sich mit Menschen. Die Briten kamen an einem Basar vorbei. Hände drückten sich gegen die Scheiben, Gesichter spähten herein. Ein Träger mit zwei Gewürzsäcken an einer Stange wich der Kutsche aus, so schnell, dass die Säcke ins Schwingen gerieten und einer von ihnen die Scheibe mit Currypulver überstäubte, das die Sonnenstrahlen glitzernd einfing und das Glas golden färbte.

Jenseits des Marktes waren weniger Menschen unterwegs, und Edgar versuchte sich einen der Stadtpläne von Mandalay zu vergegenwärtigen, die er auf dem Schiff studiert hatte. Doch es gelang ihm nicht, und er überließ sich schließlich dem Sog der Ankunft in einer neuen Stadt.

Sie passierten Näherinnen, die ihre Tische mitten auf die Straße gestellt hatten, Betelverkäufer mit Tabletts voller Nussschalen und Bechern mit Kalk, Scherenschleifer, Leute, die falsche Zähne und Devotionalien, Sandalen, Spiegel, Trockenfisch und getrocknete Krabben, Reis, *longyis* und Sonnenschirme verkauften. Ab und zu machte der Captain Edgar auf etwas aufmerksam, einen berühmten Schrein, ein Verwaltungsgebäude, und Edgar sagte, Ja, ich habe davon gelesen oder Es ist noch schöner als auf den Bildern oder Vielleicht besichtige ich es demnächst.

Endlich hielt die Kutsche vor einem unscheinbaren kleinen Haus an. »Das ist jetzt für eine Weile Ihr Heim, Mr. Drake«, sagte der Captain. »Normalerweise bringen wir Gäste in den Kasernen auf dem Gelände des Königspalastes unter, aber im Moment ist es besser, wenn Sie hier wohnen. Fühlen Sie sich ganz wie zu Hause. Wir speisen heute beim Commissioner des nördlichen Abschnitts – ein Empfang aus Anlass der Annexion Mandalays. Ich hole Sie um zwölf ab.«

Er dankte Nash-Burnham und stieg aus. Der Fahrer trug sein Gepäck zur Tür. Auf sein Klopfen machte eine Frau auf, und er führte Edgar in den Vorraum und stellte die Koffer dort ab. Der Klavierstimmer folgte der Frau zu einem erhöhten Holzfußboden und in ein sparsam möbliertes Zimmer mit einem Tisch und zwei Stühlen. Die Frau zeigte auf seine Füße, und als er sah, dass sie ihre Sandalen an der Tür abgestreift hatte, setzte er sich auf die Stufe und zog sich hastig die Schuhe aus. Dann führte sie ihn durch eine Tür zur Rechten in einen Raum, der fast vollständig von einem großen Bett mit einem Moskitonetz ausgefüllt war. Sie stellte das Gepäck ab.

Vom Schlafzimmer ging es in ein Badezimmer mit einer Waschschüssel und geplätteten Handtüchern. Eine zweite Tür führte in einen Hof, in dem unter zwei Papayabäumen ein kleiner Tisch stand. Alles wirkt so anheimelnd, dachte Edgar, und sehr englisch, bis auf die Papayabäume und die Frau.

Er wandte sich ihr zu. »*Edgar naa meh. Naa meh be lo… lo… kaw dha le?*« Das Fragezeichen galt ebenso der Korrektheit seines Birmanisch wie der Frage selbst. Wie heißen Sie?

Die Frau lächelte. »*Kyamma naa meh Khin Myo.*« Ihre Aussprache war weich, das M und das Y verschmolzen zu einem einzigen Laut.

Edgar Drake streckte die Hand aus, die sie lächelnd ergriff.

Seine Uhr zeigte noch immer vier. Dem Sonnenstand nach zu schließen ging sie drei Stunden nach, und er hatte Zeit, bis sie acht Stunden nachgehen und er den Captain zum Lunch treffen würde. Khin Myo hatte Waschwasser aufgesetzt, aber er sagte: »Ich gehe … aus, spazieren. Ich gehe spazieren.« Er bewegte die Finger dazu, und sie nickte. Sie scheint zu verstehen, dachte er. Er packte seinen Hut aus und ging in den Vorraum, wo er sich hinsetzen und seine Schuhe wieder anziehen musste.

Khin Myo stand mit einem Sonnenschirm an der Tür und wartete auf ihn. Er blieb stehen und wusste nicht, was er sagen sollte. Vom ersten Augenblick an hatte sie ihm gefallen. Sie bewegte sich anmutig, lächelte und sah ihm gerade in die Augen, nicht wie so viele andere Dienstboten, die scheu forthuschten, wenn ein Auftrag ausgeführt war. Ihre Augen unter den dichten Wimpern waren dunkelbraun, und auf den Wangen hatte sie gleichmäßige *thanaka*-Linien. Sie hatte sich eine Hibiskusblüte ins Haar gesteckt, und als er ihr folgte, nahm er einen süßen Duft wahr, wie ein Extrakt aus Zimt und Kokosnuss. Sie trug eine schneeweiße Spitzenbluse, die bis zur Taille reichte, und einen in kunstvolle Falten gelegten *hta main* aus lila Seide.

Zu seiner Überraschung kam sie mit. Draußen versuchte er wieder Birmanisch zu radebrechen. »Lassen Sie nur, *ma … thwa … um*, Sie müssen nicht, äh … äh, *ma* gehen.«

Khin Myo lachte. »Sie sprechen gut Birmanisch. Und dabei sind Sie erst zwei Wochen hier, wie man hört.«

»Sie sprechen Englisch?«

»Ach, nicht sehr gut, ich habe einen starken Akzent.«

»Nein, es klingt schön.« Ihre Stimme hatte etwas Weiches, wie ein Flüstern, nur tiefer, wie wenn der Wind über die Öffnung einer Glasflasche streicht.

Sie lächelte, und diesmal senkte sie den Blick. »Danke. Bitte gehen Sie weiter, ich wollte Sie nicht aufhalten. Ich kann Sie begleiten, wenn Sie möchten.«

»Nein, wirklich, ich möchte Ihnen keine Umstände machen …«

»Sie machen mir keine Umstände. Morgens ist meine Stadt besonders schön. Ich dürfte Sie auch gar nicht allein gehen lassen. Captain Nash-Burnham meint, Sie könnten sich verlaufen.«

»Ja, dann – danke, vielen Dank. Ich bin ganz überrascht.«

»Über mein Englisch oder darüber, dass eine Birmanin sich nicht scheut, mit Ihnen zu sprechen? Keine Sorge, man sieht mich hier oft mit Gästen.«

Sie gingen die Straße hinunter. Vor einem der Häuser an den sauber gefegten Wegen hängte eine Frau Wäsche auf. Khin Myo blieb stehen und sprach sie an. »Guten Morgen, Mr. Drake«, sagte die Frau. »Guten Morgen«, erwiderte er.

»Sprechen hier alle ... « Er hielt inne, wusste nicht, wie er sich ausdrücken sollte.

»Ob hier alle Dienstboten Englisch sprechen?«

»Ja ... genau.«

»Nicht alle. Ich bringe es Mrs. Zin Nwe bei, wenn ihr Herr nicht da ist.« Khin Myo hielt inne. »Aber sagen Sie bitte niemandem etwas davon. Ich glaube, ich rede ein wenig zu offen mit Ihnen.«

»Ich werde es niemandem verraten. Sie unterrichten Englisch?«

»Früher – aber das ist eine lange Geschichte, und ich möchte Sie nicht langweilen.«

»Das würden Sie ganz bestimmt nicht. Aber darf ich fragen, wie Sie Englisch gelernt haben?«

»Sie fragen viel, Mr. Drake. Überrascht es Sie denn so sehr, dass ich Englisch spreche?«

»Ich wollte Sie nicht kränken, ich habe nur noch nicht oft andere ... «

Sie schwieg. Noch immer ging sie ein kleines Stück hinter ihm.

Schließlich sagte sie leise: »Es tut mir Leid. Sie sind so freundlich, und ich bin so unhöflich zu Ihnen.«

»Aber nein«, erwiderte Edgar. »Ich stelle wirklich zu viele Fragen. Ich war nicht viel allein, seit ich in Birma bin. Sie wissen ja, wie Offiziere so sind.«

Khin Myo lächelte. »Ja, ich weiß.«

Am Ende der Straße bogen sie ab. Es schien Edgar, als gingen sie in etwa den Weg, den er bei seiner Ankunft zurückgelegt hatte.

»Wohin möchten Sie, Mr. Drake?«

»Bringen Sie mich zu Ihrem Lieblingsplatz«, erwiderte er und erschrak über die Vertraulichkeit seiner Worte. Sofern auch sie überrascht war, ließ sie es sich nicht anmerken.

Sie folgten einer breiten Straße in westlicher Richtung, hinter ihnen ging die Sonne auf, und er betrachtete ihre Schatten, die sich wie Schlangen vor ihnen über den Asphalt bewegten. Fast eine Stunde gingen sie so, ohne viel zu sprechen. Auf einer kleinen Brücke über einen schmalen Kanal blieben sie stehen, um sich einen schwimmenden Markt anzusehen. »Das ist für mich der schönste Ort in Mandalay«, sagte Khin Myo. Und Edgar Drake, der noch keine vier Stunden in der Stadt war, stimmte ihr zu. Die Boote fuhren langsam am Ufer entlang.

»Sie sehen aus wie schwimmende Lotosblüten«, sagte er.

»Und die Händler quaken wie die Frösche auf den Blüten.«

Sie sahen den Booten nach. »Und Sie sind hierher gekommen, um ein Klavier zu reparieren?«

Edgar zögerte; die Frage überraschte ihn. »Ja«, sagte er schließlich, »woher wissen Sie das?«

»Man erfährt viel, wenn andere glauben, man versteht ihre Sprache nicht.«

Edgar sah sie an. »Ja ... das kann ich mir vorstellen ... finden Sie das komisch? Es ist ja eine ziemlich weite Reise, nur um ein Klavier zu reparieren.«

Er blickte wieder auf den Kanal hinab. Zwei Boote hatten angehalten, und eine Frau ließ sich gelbes Gewürz in eine kleine Tüte füllen. Etwas von dem Pulver schwamm wie Blütenstaub auf dem schwarzen Wasser.

»Eigentlich nicht«, sagte Khin Myo. »Ich bin sicher, dass Anthony Carroll weiß, was er tut.«

»Kennen Sie ihn?«

Sie gab keine Antwort. Ihr Blick schweifte über den Kanal. Die Händler stakten zwischen den Inseln der Wasserhyazinthen in tintenschwarzem Wasser und riefen die Preise ihrer Gewürze aus.

Sie gingen zum Haus zurück. Die Sonne stand jetzt höher, und Edgar fürchtete, nicht mehr genug Zeit zum Waschen zu haben, bis Nash-Burnham ihn zu dem Empfang abholte. Khin Myo füllte Wasser in die Schüssel im Badezimmer und brachte ihm Seife und ein Handtuch. Er wusch sich, rasierte sich und zog ein frisches Hemd und frische Hosen an, die sie unterdessen gebügelt hatte.

Als er aus dem Bad kam, kniete sie vor einem Waschtrog und wusch bereits seine Sachen.

»Aber Miss Khin Myo, das müssen Sie doch nicht machen.«

»Was?«

»Meine Sachen waschen.«

»Wer soll sie denn sonst waschen?«

»Ich weiß nicht, ich meine nur –«

»Sehen Sie!«, unterbrach sie ihn. »Da kommt der Captain.«

Trevor Nash-Burnham bog um die Ecke. Er war in Ausgehuniform: rote Jacke, Weste, blaue Hosen, an der Seite ein Degen.

»Hallo, Mr. Drake! Hoffe, es macht Ihnen nichts aus, ein Stück zu Fuß zu gehen. Die Kutsche wird für einen weniger kräftigen Gast gebraucht.« Er ging in den Hof, und als er Khin Myo sah, verbeugte er sich elegant. »Ah, wie wunderbar Sie wieder duften!«

»Ich dufte nach Waschlauge.«

»Könnten nur Rosen in solcher Lauge baden!«

Da ist er endlich, dachte Edgar, der Mann der den Irrawaddy eine schimmernde Schlange genannt hat.

Bis zur Residenz des Commissioners waren es zwanzig Minuten. Der Captain trommelte im Gehen mit den Fingern auf die

Scheide seines Degens. »Hatten Sie einen angenehmen Vormittag, Mr. Drake?«

»Sehr angenehm, Captain. Ich habe einen ganz reizenden Spaziergang mit Miss Khin Myo gemacht. Eine ungewöhnliche Birmanin, nicht wahr? Sonst sind sie so scheu. Und sie spricht sehr gut Englisch.«

»Ja, sie ist wirklich beeindruckend. Hat sie Ihnen gesagt, wie sie Englisch gelernt hat?«

»Ich habe sie nicht danach gefragt. Ich wollte nicht zu neugierig sein.«

»Das ehrt Sie, Mr. Drake, obwohl sie sicher nichts dagegen hätte, es Ihnen zu erzählen. Aber ich weiß Ihre Diskretion zu schätzen. Sie können sich nicht vorstellen, was ich mit anderen Gästen schon für Probleme hatte. Sie ist sehr schön.«

»Ja. Es gibt hier überhaupt viele schöne Frauen. Wie gern wäre ich wieder ein junger Mann!«

»Sehen Sie sich vor. Sie wären nicht der erste Engländer, der hier sein Herz verliert und nie wieder nach Hause zurückkehrt. Manchmal denke ich, wir suchen nur wegen der Mädchen neue Kolonien. Erlauben Sie, dass ich Sie warne: Halten Sie sich von Liebesdingen fern.«

»Ach, keine Sorge«, protestierte Edgar, »ich habe eine liebe Frau in London.« Der Captain sah ihn misstrauisch an. Edgar lachte, Im Ernst, ich vermisse Katherine jetzt schon.

Sie gingen an einem Zaun entlang, der die weiten Rasenflächen einer herrschaftlichen Villa umgab. Am Tor stand ein Inder in Polizeiuniform Wache. Captain Nash-Burnham nickte ihm zu, und er ließ sie ein. Sie schritten eine lange Auffahrt hinauf, an der mehrere Kutschen standen.

»Willkommen, Mr. Drake«, sagte Nash-Burnham. »Ich denke, es wird ein ganz erträglicher Nachmittag, wenn wir das Essen und die obligate Dichterlesung überstehen. Sobald die Damen sich zurückgezogen haben, können wir Karten spielen. Wir stehen uns hier ein bisschen misstrauisch gegenüber, aber wir kommen miteinander aus. Tun Sie einfach so, als seien Sie in England. Aber erst noch ein guter Rat: Reden Sie mit Mrs. Hemmington nicht über birmanische Themen. Sie hat sehr unerfreuliche Ansichten über ›das Wesen der braunen Rassen‹, wie sie es nennt; vielen von uns ist das peinlich. Man braucht nur einen Tempel oder das birmanische Essen zu erwähnen, schon legt sie los und hört nicht wieder auf. Sprechen Sie mit ihr über den Londoner Klatsch oder über das Häkeln, aber vermeiden Sie alles Birmanische.«

»Vom Häkeln verstehe ich aber nichts.«

»Keine Sorge, sie schon.«

Sie waren fast an der Haustür angelangt. »Seien Sie vorsichtig, wenn Colonel Simmons zu viel trinkt. Und stellen Sie keine militärischen Fragen – denken Sie daran, dass Sie Zivilist sind. Und noch ein Letztes ... vielleicht hätte ich es Ihnen als Erstes sagen sollen: Die meisten wissen, warum Sie hier sind, und sie werden es einem Landsmann gegenüber nicht an Gastfreundschaft fehlen lassen. Aber Sie befinden sich nicht unter Freunden. Bitte sprechen Sie nach Möglichkeit nicht von Anthony Carroll.«

An der Tür stand ein hoch gewachsener Sikh. »Pavninder Singh, mein Lieber, wie geht es Ihnen heute?«, begrüßte ihn Nash-Burnham.

»Gut, Sahib, gut.« Er lächelte.

Nash-Burnham händigte ihm seinen Degen aus. »Pavninder, das ist Mr. Drake.«

»Der Klavierstimmer?«, flüsterte der Sikh.

Nash-Burnham lachte, die Hand auf dem Bauch. »Pavninder ist selbst ein hervorragender Musiker. Er ist ein wunderbarer Tabla-Spieler.«

»Ach, Sahib, Sie übertreiben!«

»Nein, nein, und nennen Sie mich nicht immer Sahib, Sie wissen, ich mag das nicht. Ich verstehe etwas von Musik. Es gibt in Oberbirma Tausende von Indern im Dienste Ihrer Majestät, aber Sie spielen besser Tabla als jeder andere. Sie sollten sehen, wie die

Mädchen hier für ihn schwärmen, Mr. Drake. Vielleicht können Sie beide einmal ein Duett spielen, wenn Mr. Drake lange genug hier bleibt.«

»Ach, Captain, ich bin ziemlich ungeschickt auf dem Klavier«, wandte Edgar ein, »was das Spielen betrifft, meine ich. Ich stimme und repariere nur.«

»Unsinn, Sie sind beide zu bescheiden. Aber wie auch immer: Klaviere sind zurzeit ein heikles Thema, also kommen Sie wohl darum herum. Hat das Essen schon angefangen, Pavninder?«

»Demnächst, Sir. Sie kommen gerade richtig.«

Er führte sie in einen Raum voller Offiziere und Damen, Gin und Geplauder. Der Captain hatte Recht, dachte Edgar, ich bin wieder in London. Man hat sogar die Atmosphäre importiert.

Nash-Burnham bahnte ihnen einen Weg zwischen zwei korpulenten, ziemlich beschwipsten Damen in fließendem Musselin hindurch, jede mit einer wahren Kaskade von Schärpe, die wie ein Schmetterling auf der Stofffülle ihres Rockes saß. Er legte die Hand auf einen breiten Ellenbogen, Mrs. Winterbottom, wie geht es Ihnen? Darf ich vorstellen, Mr. Drake?

Langsam gingen sie umher, und der Captain lotste Edgar mit der Achtsamkeit eines Steuermannes zwischen den Strudeln des Geplauders hindurch. In seinem Gesicht wechselte in rascher Folge ein vorsichtiges Absuchen des Raumes mit einem breiten, gewinnenden Lächeln, wenn er die eine oder andere gepuderte Matrone aus ihrem Kreis entführte, um sie mit einem kleinen Monolog dem Klavierstimmer vorzustellen: Lady Aston, meine Liebe, wir haben uns ja seit der Einladung des Commissioners im März nicht mehr gesehen, blendend sehen Sie heute wieder aus, meine Liebe, war es nicht der Monat in Maymyo? Ja? Sehen Sie, ich wusste es doch! Ich muss unbedingt wieder einmal dorthin, für einen Junggesellen allerdings kein allzu amüsanter Ort, zu ruhig! Aber ich werde bald wieder hinfahren, Freut mich, Sie kennen zu lernen, Lady Aston, Ganz meinerseits, ich vermisse London ganz schrecklich, Ich ebenso, Madam, dabei bin ich erst vier Wochen von dort weg, Tatsächlich? Sie sind gerade erst angekommen? Willkommen, ich muss Sie unbedingt mit meinem Mann bekannt machen, Alistair? Alistair, darf ich dir Mr. Drick vorstellen, er kommt gerade aus London. Ein hoch gewachsener Mann mit Backenbart gab ihm die Hand, Sehr erfreut, Mr. Drick... Mr. Drake, Lord Aston, freut mich, Sie kennen zu lernen. Der Backenbart ist in London längst aus der Mode, das weiß sogar ich, dachte Edgar.

Und weiter. Darf ich Ihnen Mr. Edgar Drake vorstellen, er kommt soeben aus London. Mr. Drake, das ist Miss Hoffnung, eine der geschicktesten Whistspielerinnen in ganz Oberbirma. Oh, Major, Sie schmeicheln mir, Glauben Sie ihm nichts, Mr. Drake. Mrs. Sandilands, Mr. Drake. Mrs. Partridge, das ist Edgar Drake aus London. Mr. Drake, das ist Mrs. Partridge, und das ist Mrs. Pepper.

»Und in welchem Teil von London wohnen Sie, Mr. Drake?«

»Spielen Sie Rasentennis?«

»Was machen Sie in London, Mr. Drake?«

»Franklin Mews, nicht weit vom Fitzroy Square. Nein, ich spiele nicht Rasentennis, Mrs. Partridge.«

»Pepper.«

»Entschuldigen Sie vielmals, aber ich spiele trotzdem nicht Rasentennis, Mrs. Pepper.«

Gelächter. »Fitzroy Square, ist das nicht in der Nähe der Oxford Music Hall, Mr. Drake?«

»So ist es.«

»Sie scheinen den Saal zu kennen. Sie sind nicht zufällig Musiker, Mr. Drake?«

»Nein, nicht direkt, nur am Rande gewissermaßen ...«

»Genug der Fragen, meine Damen, Mr. Drake ist bestimmt müde.«

In einer Ecke des Raumes blieben sie stehen, durch den breiten Rücken eines hoch gewachsenen Offiziers im Schottenkaro von der Menge abgeschirmt. Der Captain nahm einen kräftigen Schluck Gin.

»Ich hoffe, Sie sind nicht zu erschöpft von der Konversation.«

»Nein, es geht schon. Aber ich bin ein wenig überrascht; es ist alles wie … eine Kopie.«

»Na, ich hoffe, es gefällt Ihnen. Es wird bestimmt ein ganz angenehmer Nachmittag. Der Koch ist ein Inder aus Kalkutta, angeblich einer der besten in Indien. Ich gehe nicht allzu häufig zu solchen Anlässen, aber heute ist ein besonderer Tag. Ich denke, Sie werden sich ganz wie zu Hause fühlen.«

»Zu Hause …« Fast hätte Edgar hinzugefügt, so weit ich mich zu Hause wie zu Hause fühle. Doch da ertönte in der Halle ein Gong, und die Gesellschaft begab sich ins Speisezimmer.

Nach dem Tischgebet begann das Essen. Edgar saß Major Dougherty gegenüber, einem fettleibigen, lachenden, schnaubenden Mann, der ihn nach seiner Reise fragte und über den Zustand der Flussdampfer scherzte. Die gepuderte, spindeldürre Mrs. Dougherty an seiner Seite fragte ihn, ob er die britische Politik verfolge, und Edgar antwortete indirekt, indem er von den Vorbereitungen für das Thronjubiläum der Queen erzählte. Sie ließ jedoch nicht locker, und nach einigen Minuten unterbrach der Major sie lachend. »Ach, meine Liebe, ich kann mir vorstellen, dass Mr. Drake auch deshalb nach Birma gekommen ist, weil er der britischen Politik entfliehen wollte. Habe ich Recht, Mr. Drake?« Alles lachte, sogar Mrs. Dougherty, die sich wieder ihrer Suppe zuwandte, zufrieden mit dem wenigen, was sie dem Besucher entlockt hatte, und Edgar atmete auf, denn das Gespräch – eine Art Hochseilakt – war dem wahren Grund seines Aufenthaltes in Birma gefährlich nahe gekommen. Zum Glück schaltete sich Mrs. Remington zu seiner Linken ein und schimpfte mit dem Major, weil er über solche Dinge lache. »Das war kein leeres Gerede, ganz und gar nicht, als britische Untertanen müssen wir doch Bescheid wissen, die Post braucht ja so lange bis hierher, und wie geht es der Queen im Moment, ich habe gehört, dass Lady Hutchigs sich die Schwindsucht zugezogen hat; war das vor oder nach dem Kostümball in London?« »Danach.« »Ein Glück, für den Ball, meine ich, nicht für Lady Hutchigs, es ist doch ein so schöner Ball, ich wünschte, ich wäre dabei gewesen.« Andere Damen plapperten dazwischen, eine Unterhaltung über den letzten Ball, den sie jeweils besucht hatten, kam in Gang, und Edgar begann zu essen.

Wie höflich sie sind, dachte er, in England wäre ich nie zu einem solchen Anlass eingeladen worden. Er war noch ganz beruhigt über die Richtung, die das Gespräch genommen hatte – denn was konnte weiter von brisanten Themen wie einem Klavier und einem ungewöhnlichen Arzt entfernt sein als der Kostümball, da fragte ihn Mrs. Remington in aller Unschuld: »Waren Sie auf dem Ball, Mr. Drake?«, und er antwortete: »Nein, ich war nicht dort«, und sie: »Sie wissen so viel darüber, als wären Sie da gewesen«, und er: »Nein«, und dann höflich: »Ich habe nur den Erard-Flügel gestimmt, auf dem an dem Abend gespielt wurde«, und im selben Moment wusste er, dass er das nicht hätte sagen dürfen, und sie: »Verzeihung, welchen Flügel?«, und er konnte nur fortfahren: »Erard ist ein Klavierfabrikat, eines der besten in London, sie hatten einen 1854er Erard, ein wunderbares Instrument, ich hatte ihn ein Jahr zuvor selbst intoniert, und für den Ball musste er gestimmt werden«, und Mrs. Remington schien ganz zufrieden mit der Antwort und verstummte, ein Schweigen, wie es gewöhnlich einem Themenwechsel vorangeht, aber dann fragte sie arglos: »Erard … hat nicht Doktor Carroll so ein Klavier?«

Selbst da hätte das Gespräch noch gerettet werden können, etwa wenn Mrs. Dougherty schnell genug gesprochen hätte, denn sie hatte den Besucher nur fragen wollen, wie er das Wetter in Birma finde, um von ihm zu hören, wie grauenvoll es sei, oder wenn Major Dougherty von einem kürzlich erfolgten Überfall der *dacoits* in der Nähe von Taunggyi berichtet oder auch Mrs. Remington das Thema des Kostümballs weiterverfolgt hätte, das noch längst nicht erschöpft war, denn sie wollte noch wissen, ob ihre Freundin, Mrs. Bissy, da gewesen war. Plötzlich aber brummte

Colonel West, der links von Major Dougherty saß und bis jetzt geschwiegen hatte, laut und vernehmlich: »Ins Wasser hätte man das verdammte Ding kippen sollen.«

Edgar wandte sich ihm zu. »Verzeihung, Colonel, was haben Sie gesagt?«

»Nur dass ich wünschte, man hätte dieses Hölleninstrument in den Irrawaddy geworfen oder Brennholz daraus gemacht, zum Besten Ihrer Majestät.« Stille trat ein, und Captain Nash-Burnham, der sich mit anderen Gästen unterhalten hatte, sagte: »Bitte, Colonel, mit dem Thema sind wir nun doch wirklich durch.«

»Sagen Sie mir nicht, worüber ich zu reden habe, Captain. Wegen dieses Klaviers habe ich fünf Mann an die *dacoits* verloren.«

»Das tut uns allen sehr Leid; einen von ihnen habe ich auch gekannt. Aber bei allem Respekt, Colonel: Das steht auf einem anderen Blatt, und Mr. Drake ist unser Gast.«

»Wollen *Sie* mir etwa sagen, was passiert ist, Captain?«

»Natürlich nicht, Sir. Ich hatte nur gehofft, wir könnten das ein andermal erörtern.«

Der Colonel wandte sich an Edgar. »Die Verstärkungstruppen für meinen Posten kamen zwei Tage zu spät, weil sie dem Klavier Geleitschutz geben mussten. Hat man Ihnen das im Kriegsministerium nicht gesagt, Mr. Drake?«

»Nein.« Edgar schlug das Herz bis zum Hals, und ihm war schwindlig. Bilder von der Jagd in Rangun blitzten vor ihm auf, Das hat man mir auch nicht gesagt.

»Bitte, Colonel, Mr. Drake ist angemessen informiert worden.«

»Er dürfte gar nicht hier sein. Das ist doch alles völlig verrückt.«

Stille breitete sich über den ganzen Tisch aus. Gesichter wandten sich den beiden Männern zu. Der Klavierstimmer sah, wie sich ihre Münder bewegten, aber er hörte nicht mehr zu. Captain Nash-Burnham geriet in Zorn und lief rot an, doch er biss die Zähne zusammen, nahm die Serviette von seinem Schoß und legte sie behutsam auf den Tisch.

»Vielen Dank für die Einladung, Colonel«, sagte er und stand auf. »Ich denke, wir gehen besser, wenn Sie nichts dagegen haben, Mr. Drake. Wir haben … noch etwas zu erledigen.«

Edgar blickte in die erstarrten Gesichter ringsum. »Aber ja, natürlich Captain.« Er schob seinen Stuhl zurück. Enttäuschtes Gemurmel erhob sich unter den Damen. Es gäbe doch noch Fragen zu dem Ball, Ein so angenehmer Mensch, Mussten die Männer natürlich wieder von Krieg und Politik anfangen. Nash-Burnham ging den Tisch entlang und legte dem Klavierstimmer die Hand auf die Schulter. »Mr. Drake.«

»Danke, vielen Dank für das Essen, Ihnen allen.« Edgar stand auf und verabschiedete sich mit einer unbeholfenen Geste.

An der Tür reichte der beste Tablaspieler Oberbirmas dem finster dreinblickenden Captain seinen Degen.

Draußen ging eine Frau mit zwei großen Körben an den Enden einer langen Stange an ihnen vorbei. Nash-Burnham stieß wütend die Fußspitze in den Boden. »Es tut mir Leid, Mr. Drake. Ich wusste, dass er da sein würde. Ich hätte Sie nicht dazubitten sollen. Es war ein Fehler.«

»Aber ich bitte Sie, Captain, keineswegs.« Sie setzten sich in Bewegung. »Ich wusste das mit seinen Leuten nicht.«

»Ja, sicher. Aber das hat gar nichts damit zu tun.«

»Er hat doch gesagt –«

»Ich weiß, was er gesagt hat, aber die Verstärkungstruppen sollten erst eine Woche später zu den Rubinminen kommen und sich dort seinen Leuten anschließen. Das hatte nichts mit dem Klavier zu tun; Doktor Carroll hat es selbst nach Mae Lwin gebracht. Aber ich konnte nicht mit dem Colonel streiten. Er ist mein Vorgesetzter. Dass ich gegangen bin, war schon unbotmäßig genug.«

Edgar schwieg.

»Tut mir Leid, dass ich so wütend bin, Mr. Drake«, fuhr der Captain fort. »Ich nehme Äußerungen über Doktor Carroll oft sehr persönlich. Eigentlich müsste ich solche Reden von einigen der Offiziere allmählich gewöhnt sein. Entweder sie sind neidisch, oder sie wollen Krieg. Ein friedliches Gleichgewicht ist ein schlechter Nährboden für Beförderungen. Der Doktor...« Er wandte sich Edgar zu und sah ihn fest an. »Der Doktor und seine Musik hindern sie gewissermaßen an einer Invasion... Trotzdem: Ich hätte Sie da nicht hineinziehen dürfen.«

Ich bin wohl längst drin, dachte der Klavierstimmer, aber er sprach es nicht aus. Sie gingen weiter, schweigend, bis sie seine Unterkunft erreichten.

X

Am Abend kam Captain Nash-Burnham wieder und pfiff eine Quadrille, während Khin Myo ihn durchs Haus führte. Edgar saß in dem kleinen Hof und aß einen bitteren Salat aus zerkleinerten Teeblättern und getrockneten Hülsenfrüchten, den Khin Myo für ihn zubereitet hatte.

»Aha, Sie entdecken die einheimische Küche, wie ich sehe, Mr. Drake.«

»So ist es, Captain. Freut mich, Sie zu sehen. Ich muss mich entschuldigen. Ich habe den ganzen Nachmittag bedauert, was bei dem Empfang passiert ist. Ich sollte wohl –«

»Gar nichts sollten Sie, Mr. Drake«, unterbrach ihn der Captain und stieß den Stock auf den Boden, den er jetzt statt des Degens bei sich hatte. Er lächelte freundlich, und Edgar bemerkte, dass seine Jacke sich über dem Bauch spannte. »Ich hab es Ihnen ja schon heute Nachmittag gesagt: Es war meine Schuld. Aber die anderen werden den Vorfall bald vergessen haben, und das sollten Sie auch tun.« Sein Lächeln hatte etwas Beruhigendes.

»Sind Sie sicher? Vielleicht sollte ich mich mit einem kurzen Brief entschuldigen.«

»Wofür? Wenn jemand in Schwierigkeiten ist, dann ich, und ich mache mir keine Sorgen. Wir streiten uns hier oft. Lassen wir uns von der Sache nicht den Abend verderben. Ma Khin Myo, ich dachte, wir könnten Mr. Drake heute ein *pwè* zeigen.«

»Das wäre schön«, sagte Khin Myo. »Und Mr. Drake« – sie sah Edgar an – »hat Glück, denn im Moment ist die beste Zeit für das *pwè*. In Mandalay gibt es heute Abend bestimmt mindestens zwanzig *pwès*.«

»Ausgezeichnet«, sagte der Captain, schlug sich aufs Bein und stand auf. »Also, gehen wir! Fertig, Mr. Drake?«

»Ja, Captain.« Edgar war erleichtert, Nash-Burnham so gut gelaunt zu sehen. »Darf ich fragen, was ein *pwè* ist?«

»Ein *pwè*!« Der Captain lachte. »Ja – was ist ein *pwè*? Etwas ganz Wunderbares, Sie werden sehen. Birmanisches Straßentheater, aber das erklärt es auch nicht annähernd. Man muss es wirklich selbst sehen. Können wir gehen?«

»Ja. Aber sind diese Aufführungen jetzt am Abend nicht schon vorbei?«

»Im Gegenteil, die meisten haben noch gar nicht angefangen.«

»Das *pwè*«, begann der Captain auf dem Weg zur Tür, »findet man nur in Birma, fast könnte man sogar sagen, nur in Mandalay; hier ist diese Kunst am höchsten entwickelt. Es gibt viele Anlässe für ein *pwè*: Geburten oder Todesfälle, Namensgebungen, wenn einem birmanischen Mädchen die Ohrläppchen durchstochen werden, wenn junge Männer Mönche werden, wenn sie das Kloster wieder verlassen, wenn eine Pagode geweiht wird. Oder auch nicht-religiöse Anlässe: wenn jemand eine Wette gewinnt, ein Haus baut oder auch einen Brunnen gräbt, wenn die Ernte gut ist, wenn ein Boxkampf stattfindet oder ein Heißluftballon aufsteigt. Alles was man sich nur vorstellen kann. Kaum tritt ein günstiges Ereignis ein, wird ein *pwè* aufgeführt.«

Sie gingen in Richtung des Kanals, an dem Edgar am Morgen mit Khin Myo gewesen war. »Es wundert mich«, sagte der Captain, »dass wir kein *pwè* gesehen haben, als wir heute Morgen durch die Stadt gefahren sind. Aber wahrscheinlich wusste der Kutscher, wo sie stattfinden, und hat einen Umweg gemacht. Manchmal wird mitten auf der Straße gespielt, und der ganze Verkehr kommt zum Erliegen.«

Sie bogen um eine Ecke. Ein Stück die Straße hinunter waren Lichter zu sehen, Bewegung. »Da ist eines!«, rief Khin Myo, und Nash-Burnham sagte: »Ja, wir haben Glück, großes Glück. Man sagt hier, es gibt in Birma nur zwei Sorten Engländer: solche, die das *pwè* lieben, und solche, die es schrecklich finden. Ich selbst habe mich schon an meinem ersten Abend hier in diese Kunst verliebt. Ich konnte nicht schlafen und unternahm einen Erkundungsgang, und dabei stieß ich auf ein *yôkthe-pwè*, ein Puppentheater.«

Im Näherkommen sah Edgar eine große Schar von Menschen auf Matten mitten auf der Straße sitzen. Die Matten lagen um eine leere Fläche vor einem strohgedeckten Aufbau. In der Mitte ragte ein Pfahl auf, und um ihn herum flackerten Lichter in konzentrisch angeordneten Tontöpfen und beleuchteten die Gesichter der Zuschauer in der ersten Reihe.

Sie blieben am Rand stehen, und die Familien, die auf den Matten saßen, blickten zu den Neuankömmlingen auf. Alles redete durcheinander, und ein Mann rief etwas zu einem großen Haus hinter dem Aufbau hinüber. Khin Myo antwortete ihm. »Wir sollen bleiben«, sagte sie.

»Fragen Sie ihn, was aufgeführt wird«, sagte Nash-Burnham.

Khin Myo wandte sich an den Mann und erhielt eine ausführliche Antwort.

»Das *Nemi Zat*«, sagte sie.

»Wie schön!« Der Captain stieß erfreut seinen Stock auf den Boden. »Sagen Sie ihm, wir schauen eine Weile zu, aber wir möchten unserem Gast auch noch ein *yôkthe-pwè* zeigen und können deshalb nicht bis zum Schluss bleiben.«

Wieder wandte sich Khin Myo an den Mann. »Dafür hat er Verständnis«, sagte sie.

Eine Dienerin tauchte mit zwei Stühlen auf und stellte sie an den Rand der Menge. Nash-Burnham sagte etwas zu ihr, worauf sie einen dritten Stuhl brachte, den er Khin Myo anbot. Sie nahmen Platz.

»Es scheint noch nicht angefangen zu haben«, sagte der Captain. »Ja, tatsächlich, die Tänzerinnen schminken sich noch.« Er zeigte auf einige Frauen, die an einem Mangobaum standen und *thanaka* auf ihre Gesichter auftrugen.

Ein Junge lief in die Mitte des Kreises und entzündete einen Stumpen an der Flamme in einem der Tontöpfe.

»Die runde Fläche ist die Bühne; die Birmanen nennen sie *pwè-wang* –«

»*Pwè-waing*«, verbesserte Khin Myo.

»Pardon, *pwè-waing*, und der Ast in der Mitte ist der *pan-bin*, hab ich das richtig gesagt, Ma Khin Myo?« Sie lächelte, und er lächelte ebenfalls und fuhr fort: »Manche meinen, der *pan-bin* entspreche dem Altar auf der Bühne der alten Griechen, aber ich stehe solchen Vergleichen etwas skeptisch gegenüber. Die Birmanen selbst sagen, er stellt einen Wald dar, aber ich habe den Eindruck, er dient manchmal nur dazu, das Publikum fern zu halten. Jedenfalls wird überwiegend innerhalb des *pwè-waing* getanzt.«

»Und die Tontöpfe?«, fragte Edgar. »Haben die auch eine bestimmte Bedeutung?«

»Nicht dass ich wüsste. Sie beleuchten die Bühne, wenn das Mondlicht nicht ausreicht, und geben Feuer zum Stumpenanzünden.« Er lachte.

»Wovon handelt das Stück?«

»Ach, das ist ganz verschieden. Es gibt viele Arten von *pwè*. Das *ahlu pwè* zum Beispiel richtet ein reicher Mann aus, wenn ein religiöses Fest gefeiert wird oder sein Sohn ins Kloster eintritt. Das sind die schönsten *pwè*s, denn er kann sich die besten Darsteller leisten. Dann gibt es das Subskriptions-*pwè*, bei dem jemand in der Nachbarschaft Geld sammelt, um eine *pwè*-Truppe anzuheuern, außerdem das *a-yein pwè*, eine Tanzvorführung – bitte korrigieren Sie mich, wenn ich etwas Falsches sage, Khin Myo.«

»Sie machen das sehr gut, Captain.«

»Dann wäre da noch das *zat pwè*, die wahre Geschichte, ein religiöses Stück, das eine Episode aus dem Leben Buddhas erzählt. Und davon gibt es so viele wie Inkarnationen Buddhas, nämlich fünfhundertzehn, allerdings werden normalerweise nur zehn aufgeführt, die so genannten *Zatgyi Sèbwè*, die davon handeln, wie

Buddha die einzelnen Todsünden überwunden hat. Und eines davon wird heute Abend gespielt: das *Nemi Zat,* das Fünfte.«

»Das Vierte.«

»Danke, Khin Myo, das vierte *Zatgyi Sèbwè*. Möchten Sie Mr. Drake die Handlung erklären, Khin Myo?«

»Nein, Captain, ich finde es sehr unterhaltsam, Ihnen zuzuhören.«

»Ich sehe schon, ich muss aufpassen, was ich sage … Ich hoffe, ich langweile Sie nicht, Mr. Drake?«

»Ganz und gar nicht.«

»Wir werden nicht länger als eine Stunde bleiben, aber das *pwè* geht bis Tagesanbruch. Es kann bis zu vier Tagen dauern … Jedenfalls müssen Sie die Handlung kennen, so wie jeder hier, es ist ja immer dieselbe Geschichte, die da erzählt wird.« Der Captain überlegte einen Moment. »Hier geht es um Prinz Nemi, eine der Inkarnationen Buddhas. Er wird in eine alte Dynastie birmanischer Könige hineingeboren und ist als junger Mann so fromm, dass die Geister beschließen, ihn einzuladen und ihm den Himmel zu zeigen. In einer Mondnacht, vielleicht genauso einer wie heute, schicken sie einen Wagen auf die Erde hinunter. Ich kann nur ahnen, wie Prinz Nemi und die Seinen von Ehrfurcht ergriffen werden und zitternd vor Angst auf die Knie fallen, als sich der Wagen vor ihnen herabsenkt. Der Prinz steigt ein und entschwindet, nur der Mond bleibt. Der Wagen bringt den Prinzen erst in den Himmel, in dem die Nats wohnen – Nats sind birmanische Volksgeister; selbst gute Buddhisten glauben an ihre Allgegenwart –, und dann nach *nga-yè*, in die Unterwelt, wo die Schlangen hausen, die man *nagas* nennt. Schließlich kehrt er widerstrebend in seine Welt zurück und berichtet von den Wundern, die er gesehen hat. Das Ende ist ziemlich traurig: Bei den Königen ist es Tradition, dass sie, wenn sie alt werden und den Tod nahen fühlen, ihr Heim verlassen und in die Wüste gehen, um als Einsiedler zu sterben. Und bald wird Nemi alt und wandert wie seine Vorväter in die Berge, um dort zu sterben.«

Ein langes Schweigen trat ein. Edgar sah, dass die Tänzerinnen ihr *thanaka* wegpackten und ihre *hta mains* glätteten.

»Das ist meine Lieblingsgeschichte«, sagte Nash-Burnham. »Manchmal frage ich mich, ob ich sie deshalb so schön finde, weil sie mich an mich selbst erinnert, an das, was ich gesehen habe ... mit einem Unterschied allerdings.«

»Mit welchem?«

»Wenn ich von den himmlischen Gefilden und aus *nga-yè* zurückkehre, wird mir niemand glauben.«

Obwohl der Abend heiß war, durchlief Edgar ein Frösteln. Die Zuschauer waren verstummt, als hörten auch sie dem Captain zu, aber inzwischen war eine Tänzerin auf der Bühne erschienen.

Die Schönheit des Mädchens, ihre dunklen Augen, die das dicke *thanaka* noch betonte, nahmen Edgar Drake sofort gefangen. Sie schien jung, vierzehn etwa, und stand jetzt wartend in der Mitte des *pwè-waing*. Eine Gruppe Musiker, die Edgar anfangs nicht gesehen hatte, saßen dem *pwè* gegenüber: ein kleines Orchester mit Trommeln, Zimbeln, einem Horn, einem Bambusinstrument, das er nicht kannte, und einem Saiteninstrument, das er schon in Rangun gesehen hatte, ein *saung*, wie Khin Myo ihn aufklärte: zwölf Saiten an einem bootsförmigen Resonanzkörper. Sie begannen zu spielen, leise erst, wie ein vorsichtiges Ins-Wasser-Gleiten, dann wurden sie unversehens vom Rhythmus der Melodie mitgerissen. Schließlich setzte auch das Bambusinstrument ein, und seine Melodie stieg über dem *pwè-waing* auf.

»O Gott«, flüsterte Edgar, »was ist das für ein Klang?«

»Aah«, sagte Nash-Burnham, »ich wusste, dass Ihnen die Musik gefallen würde.«

»Nein, nicht die Musik ... das heißt, doch, aber diesen Klang habe ich noch nie gehört, dieses Klagende.« Und obwohl alle Instrumente spielten, wusste der Captain genau, welches der Klavierstimmer meinte. »Das ist ein *hneh*, eine Art birmanische Oboe.«

»Es klingt wie ein Trauergesang.«

Das Mädchen auf der Bühne begann zu tanzen, ganz langsam erst, sie beugte die Knie, wiegte den Oberkörper hin und her, hob die Arme mit jedem Mal höher und schwenkte sie schließlich oder, genauer gesagt, die Arme schwenkten sich selbst, denn im Schein der Kerzen schienen sie sich von den Schultern zu lösen und die Chirurgen Lügen zu strafen, die uns glauben machen wollen, dass der Arm durch einen komplizierten Strang aus Sehnen, Muskeln und Adern mit dem Körper verbunden ist. Solche Leute haben nie ein *a-yein pwè* gesehen.

Leise drang die Musik aus dem Dunkel am Rande des *pwèwaing* auf die freie Fläche und in den Körper des tanzenden Mädchens.

Sie tanzte fast eine halbe Stunde, und erst als sie aufhörte, erwachte Edgar aus seiner Trance. Er wandte sich dem Captain zu, aber ihm fehlten die Worte.

»Schön, nicht wahr, Mr. Drake?«

»Ich ... ich bin sprachlos, wirklich. Es ist faszinierend.«

»Ja. Nicht alle Tänzerinnen sind so gut. Bei dieser erkennt man an den Bewegungen der Ellenbogen, dass sie von klein auf im Tanzen geschult worden ist.«

»Wie das?«

»Das Gelenk ist sehr locker. Wenn die Eltern wollen, dass ein Mädchen *meimma yein* – Tänzerin – wird, spannen sie ihren Arm in eine spezielle Klammer, die den Ellenbogen streckt und überdehnt.«

»Das ist ja furchtbar.«

»Ach, nein«, sagte Khin Myo zu seiner Linken. Sie streckte den Arm aus. Am Ellenbogen bog er sich graziös nach hinten, gewölbt wie die Form des *saung*.

»Sie tanzen auch?«, fragte Edgar.

»Als ich jung war, jetzt nicht mehr.« Sie lachte. »Jetzt bleibe ich beweglich, weil ich die Kleider eines Engländers wasche.«

Eine harlekinartige Figur hatte das Mädchen auf der Bühne abgelöst. »Der *lubyet*, der Spaßmacher«, flüsterte Nash-Burnham.

Die Kleider des bemalten Mannes waren mit Glöckchen und Blumen geschmückt, er redete und gestikulierte aufgeregt, er gab Geräusche von sich, als würde er in ein Horn stoßen und die Musikkapelle nachahmen, er tanzte und schlug Purzelbäume.

Khin Myo hielt sich kichernd die Hand vor den Mund. »Was sagt er?«, fragte Edgar.

»Er macht einen Witz über den Gastgeber des *pwè*. Ich weiß nicht, ob Sie ihn verstehen würden. Können Sie ihn erklären, Captain?«

»Nein, ich verstehe selbst kaum – der Mann spricht einen eigenartigen Slang, nicht wahr, Khin Myo? Und dann der Humor der Birmanen... Ich bin jetzt zwölf Jahre hier und verstehe ihn immer noch nicht. Bestimmt ist es ein unanständiger Witz, und Khin Myo will ihn uns deshalb nicht erklären.« Khin Myo wandte das Gesicht ab, und Edgar konnte nicht sehen, ob sie noch lachte.

Sie schauten dem *lubyet* eine Weile zu, dann wurde Edgar unruhig. Auch im Publikum passten viele nicht mehr auf. Manche packten Körbe aus und begannen zu essen, andere rollten sich auf den Matten zusammen und schliefen sogar ein. Ab und zu mischte sich der Spaßmacher unter die Zuschauer und nahm ihnen die Stumpen aus dem Mund oder stibitzte von ihrem Essen. Einmal kam er sogar zu Edgar, zerzauste ihm die Haare und rief der Menge etwas zu. Khin Myo lachte.

»Was sagt er?«, fragte Edgar wieder.

»Ach, das kann ich nicht sagen, Mr. Drake, das ist mir peinlich«, erwiderte Khin Myo kichernd. Ihre Augen glänzten im Schein der Tonlaternen.

Der *lubyet* kehrte auf die Bühne zurück und redete weiter. Schließlich unternahm der Captain einen Vorstoß: »Ma Khin Myo, wollen wir uns jetzt auf die Suche nach einem *yôkthe pwè* machen?« Sie nickte und sagte etwas zu dem inzwischen betrunkenen Gastgeber, der unbeholfen aufsprang und herangeschwankt kam, um den beiden Engländern die Hand zu schütteln. »Er sagt, Sie sollen morgen Abend wiederkommen«, übersetzte Khin Myo.

Sie verließen das *pwè* und schlenderten weiter durch die Straßen. Es gab keine Straßenlaternen, und ohne den Mondschein wäre es stockdunkel gewesen.

»Hat er Ihnen gesagt, wo wir ein *yôkthe pwè* finden könnten?«, fragte Captain Nash-Burnham.

»Nicht weit vom Markt soll eines sein, den dritten Abend schon. Das *Wethandaya Zat* wird gespielt.«

»Ah«, murmelte der Captain beifällig.

Schweigend gingen sie durch die Nacht. Die Straßen waren still und leer, bis auf die streunenden Hunde, die der Captain mit seinem Stock vertrieb. Rot glühende Stumpenspitzen bewegten sich wie Glühwürmchen in dunklen Hauseingängen. Einmal glaubte der Klavierstimmer Khin Myo singen zu hören. Er schaute auf sie hinab. Ihre weiße Bluse zitterte leicht im Wind. Sie spürte seinen Blick und sah zu ihm auf. »Was singen Sie da?«, fragte er.

»Bitte?« Ein Lächeln huschte über ihren Mund.

»Nichts, nichts«, erwiderte er. »Es war wohl nur der Wind.«

Der Mond stand hoch am Himmel, als sie zu dem *yôkthe pwè* kamen, und ihre Schatten hatten sich unter ihre Füße zurückgezogen. Das Stück war in vollem Gange. Am hinteren Rand einer an die neun Meter langen erhöhten Bambusplattform tanzten zwei Marionetten, und dahinter erklang das Lied eines unsichtbaren Sängers. Nicht alle im Publikum schauten aufmerksam zu: Viele Kinder schliefen zusammengerollt, und einige der Erwachsenen unterhielten sich. Wie zuvor begrüßte ein dicker Mann die Neuankömmlinge und ließ zwei Stühle bringen, und wie zuvor bat der Captain um einen dritten.

Der Mann und Khin Myo redeten eine ganze Weile miteinander, und Edgar wandte sich dem Spiel zu. An einem Ende der Bühne war eine Modellstadt aufgebaut, ein vornehmer Palast, eine Pagode. Dort tanzten die beiden aufwändig bekleideten

Puppen. Am anderen, unbeleuchteten Ende entdeckte Edgar eine kleine Ansammlung von Ästen und Zweigen, eine Art Miniaturwald. Der Captain neben ihm nickte zustimmend. Endlich hatte Khin Myo ihr Gespräch mit dem Gastgeber beendet, und sie nahmen Platz.

»Sie haben großes Glück heute Abend, Mr. Drake«, sagte sie. »Die Prinzessin wird von Maung Tha Zan gespielt. Er ist der berühmteste Prinzessinnenspieler in ganz Mandalay und hat schon mit dem großen Maung Tha Byaw zusammen gespielt, dem größten Puppenspieler aller Zeiten. Maung Tha Byaw ist so berühmt, dass die Leute in Mergui ›Tha Byaw Hé‹ sagen, wenn etwas Erfreuliches passiert. So gut wie er ist Maung Tha Zan natürlich nicht, aber er singt wunderschön. Gleich fängt er mit dem *ngo-gyin* an, hören Sie!«

Edgar konnte nicht mehr fragen, was das sei, denn in diesem Moment stieg hinter der Bühne ein klagender Gesang auf. Er hielt den Atem an. Dieselbe Melodie hatte er in der Nacht gehört, als der Dampfer auf dem Fluss angehalten hatte. Bis zu diesem Moment hatte er nicht mehr daran gedacht. »Das *ngo-gyin*, der Trauergesang«, sagte Nash-Burnham neben ihm. »Ihr Prinz wird sie bald verlassen, und sie besingt ihr trauriges Los. Ich kann immer gar nicht glauben, dass ein Mann so singen kann.«

Aber es war auch keine Frauenstimme. Ein Sopran, ja, aber nicht weiblich, dachte Edgar, nicht einmal menschlich. Er verstand den birmanischen Text nicht, aber er wusste, wovon der Mann sang. Lieder des Verlustes sind universell, dachte er, und mit der Stimme des Mannes stieg noch etwas anderes in die Nachtluft auf, wand sich, tanzte mit dem Rauch des Feuers und schwebte in den Himmel. Die Pailletten am Gewand der Prinzessin glitzerten wie Sterne, und Edgar war es, als käme der Gesang von ihr, der Puppe, nicht von dem Puppenspieler. Ein Junge, der unten an der Bühne für die Beleuchtung sorgte, trug seine Kerzen langsam von der Prinzessin und ihrer Stadt fort ans andere Ende der Plattform, und der Wald trat aus dem Dunkel hervor.

Erst nachdem der Gesang längst verklungen war, sprachen sie wieder. Eine neue Szene begann, aber Edgar sah nicht mehr hin. Er schaute zum Himmel auf.

»In seiner letzten Inkarnation vor Siddharta«, sagte Captain Nash-Burnham, »gibt Gautama all seinen Besitz auf, er verlässt sogar seine Frau und seine Kinder und geht in den Wald.«

»Finden Sie sich auch in dieser Geschichte wieder?«, fragte Edgar den Captain.

Nash-Burnham schüttelte den Kopf. »Nein, ich habe nicht alles aufgegeben«, sagte er und hielt inne. »Aber es gibt Menschen, die haben es getan.«

»Anthony Carroll«, sagte der Klavierstimmer leise.

»Vielleicht auch andere«, sagte Khin Myo.

XI

Nach Mae Lwin gelangte man in der Trockenzeit am schnellsten mit Elefanten, auf einem Pfad, den die Shan-Truppen während des zweiten anglo-birmanischen Krieges angelegt hatten und der jetzt gelegentlich von Opiumschmugglern benutzt wurde. Vor kurzem war der Weg jedoch unter Beschuss geraten, und so schlug Captain Nash-Burnham vor, auf Elefanten einen kleinen Nebenfluss des Salween östlich von Loilem entlangzureiten und von dort mit dem Boot zu Carrolls Camp weiterzufahren. Er selbst konnte nicht mitkommen, denn er hatte in Mandalay zu tun. »Aber grüßen Sie den Doktor von mir«, sagte er. »Sagen Sie ihm, wir vermissen ihn hier.« Es war ein seltsamer Moment für solche Scherze, und Edgar glaubte, Nash-Burnham wollte noch etwas hinzufügen, aber er tippte sich nur zum Abschied an den Tropenhelm.

Am Tag der Abreise wachte Edgar davon auf, dass Khin Myo ihm durch die Schlafzimmertür sagte, ein Mann wünsche ihn zu sprechen. Edgar ging zur Haustür und sah sich zu seiner Enttäuschung nicht den erwarteten Elefanten gegenüber, sondern nur einem jungen Birmanen, den er aus der Residenz des Commissioners kannte. Der Mann war außer Atem. »Der Commissioner bedauert, Ihnen ausrichten zu müssen, dass bezüglich Ihrer Abreise mit einer gewissen Verzögerung zu rechnen ist.«

Edgar verbiss sich ein Lächeln angesichts dieser gestelzten Worte, aus Angst, man könnte daraus schließen, dass er sich über die Nachricht freute. »Und was meint der Commissioner, wann ich abreisen kann?«

»O Sir! Das entzieht sich meiner Kenntnis. Vielleicht wenn Sie Seine Exzellenz selbst fragen?«

»Können Sie mir wenigstens sagen, ob wir heute noch aufbrechen?«

»O nein, Sir! Heute nicht mehr, Sir!«

Edgar wollte noch etwas sagen, aber die Nachdrücklichkeit der Antwort ließ ihn verstummen, und so nickte er nur und schloss die Tür. Zu Khin Myo gewandt zuckte er die Schultern, sie sagte nur »britische Effizienz?«, und er legte sich wieder schlafen. Allmählich gewöhnte er sich an bürokratische Verzögerungen.

Am Nachmittag beendete er einen langen Brief an Katherine, an dem er schon seit Tagen schrieb und in dem er das Puppentheater schilderte. Am nächsten Tag schrieb er zwei weitere Briefe, einen über die viel diskutierte Plünderung des Königspalastes von Mandalay durch britische Soldaten, den zweiten über den derzeitigen Wirbel um die »Behaarte Dame von Mandalay«, eine entfernte Verwandte der königlichen Familie, deren ganzer Körper von langen, glatten Haaren bedeckt war. Tags darauf machte er einen Spaziergang durch den Basar. Und wartete.

Am vierten Tag siegte die Unruhe über den natürlichen Respekt und die Geduld eines Menschen, der sein ganzes Berufsleben lang Saiten und Hämmer repariert hatte, und er ging in die Residenz des Commissioners, um sich zu erkundigen, wann sie aufbrechen würden. Am Eingang begrüßte ihn der Birmane, der ihn zu Hause aufgesucht hatte. »O Mr. Drake!«, rief er. »Der Commissioner ist in Rangun!«

Im Armee-Hauptquartier fragte Edgar nach Captain Nash-Burnham. Der junge Unteroffizier am Tor sah ihn verdutzt an. »Ich dachte, Sie seien darüber informiert worden, dass Captain Nash-Burnham ebenfalls in Rangun ist.«

»Darf ich fragen, was er dort macht? Ich sollte vor vier Tagen nach Mae Lwin aufbrechen. Ich habe eine sehr weite Reise hinter mir, und man hat keine Mühe gescheut, um mich hier herzuholen. Es wäre doch schade, noch mehr Zeit zu vergeuden.«

Der Mann wurde rot. »Ich dachte, man hätte Ihnen Bescheid gesagt. Es … entschuldigen Sie mich, ich bin gleich wieder da.«

Er ging rasch in eines der Dienstzimmer, und Edgar hörte Geflüster. Dann kam er zurück. »Bitte folgen Sie mir, Mr. Drake.«

Er führte ihn in einen kleinen Raum, in dem nur ein Schreibtisch stand. Papierstapel lagen darauf, von grob geschnitzten Figuren beschwert, wie die Einheimischen sie zum Opiumwiegen benutzten; für die Offiziere gaben sie hervorragende Briefbeschwerer ab. Doch sie waren überflüssig, denn in dem Raum regte sich kein Lüftchen. Der Offizier schloss die Tür. »Nehmen Sie doch Platz.« Er räusperte sich.

»Mae Lwin ist angegriffen worden«, sagte er.

Einzelheiten waren noch nicht bekannt, so wenig wie die Identität der Angreifer. Am Abend, bevor Edgar hätte abreisen sollen, war ein reitender Bote in der Residenz des Commissioners eingetroffen und hatte berichtet, dass Mae Lwin von maskierten Reitern überfallen worden sei, die eines der Lagerhäuser in Brand gesteckt und einen Wachposten getötet hätten. In dem darauf folgenden Durcheinander sei es zu einem kurzen Gefecht gekommen, und ein weiterer Posten sei erschossen worden. Der Oberstabsarzt selbst sei wohlauf, aber in großer Sorge. Man vermutete Twet Nga Lu hinter dem Angriff, den Räuberhauptmann, der seinen eigenen Krieg für die Unabhängigkeit Mongnais führte. Die Lagerbestände habe man größtenteils retten können, nur einige von Carrolls Arzneigefäßen seien beschädigt worden. »Eine verirrte Kugel hat anscheinend auch« – der Offizier unterbrach sich und wählte seine Worte mit Bedacht – »andere Dinge getroffen, die für die laufende Arbeit des Doktors von Belang sind.«

»Doch nicht den Erard?«

Der Mann wand sich. »Ich weiß um die Bedeutung Ihrer Mission, Mr. Drake, und um die Strapazen, die Sie auf sich genommen haben, um hierher zu kommen. Sie beweisen damit eine höchst eindrucksvolle Ehrerbietung und Einsatzbereitschaft für die Krone.« Er ließ das letzte Wort nachklingen. »Dieser Angriff kommt zu einem äußerst kritischen Zeitpunkt. Wie Sie vielleicht wissen, sind wir seit November letzten Jahres in den Shan-Staaten unmittelbar militärisch engagiert. Truppen unter Führung von Colonel Stedman sind Anfang dieses Monats aus Mandalay abmarschiert. Und nun, vor sechs Tagen erst, ging die Meldung ein, dass sie angegriffen wurden. Angesichts der Konzentration von Kräften der Limbin-Konföderation in dieser Region war ein solcher Angriff auf unsere Truppen nicht überraschend. Der Angriff auf Mae Lwin dagegen kam überraschend, und man weiß bis jetzt weder, wer die vermummten Reiter waren noch woher sie ihre Gewehre hatten. Es wird sogar spekuliert, sie könnten von französischen Truppen mit unbekanntem Standort ausgerüstet werden. Aus Sicherheitsgründen kann ich Ihnen leider nicht mehr darüber sagen.«

Edgar sah den Unteroffizier an.

»Ich möchte Sie nicht enttäuschen, Mr. Drake. Ich mache Ihnen diese Mitteilung, ohne dazu ermächtigt zu sein, denn letzten Endes fallen die Entscheidungen in Rangun. Aber Sie sollten sich über unsere reale Situation im Klaren sein. Wenn Captain Nash-Burnham wiederkommt, wird er mit Ihnen besprechen, ob Sie in Mandalay bleiben sollen oder besser mit dem Dampfer nach Rangun zurückkehren. Bis dahin, schlage ich vor, genießen Sie die Annehmlichkeiten hier und machen Sie sich nicht allzu viele Sorgen.« Er beugte sich vor. »Mr. Drake?«

Der Klavierstimmer schwieg.

»Mae Lwin ist ein abscheulicher Ort, Mr. Drake, was immer man Ihnen erzählt haben mag, um Sie hierher zu holen. Die Gegend ist sumpfig und malariaverseucht, das Klima für einen Engländer kaum erträglich. Hinzu kommt die Gefährdung durch diese jüngsten Angriffe ... vielleicht sollte man den Stützpunkt überhaupt aufgeben. Ich würde ihm nicht nachtrauern. Ich glaube, Sie können sich glücklich schätzen, dass Sie die schönsten Städte Birmas schon gesehen haben.«

Edgar schwieg noch immer. Es war heiß und stickig in dem Raum. Schließlich stand er auf. »Vielen Dank, Sir. Ich muss gehen.«

Der Offizier gab ihm die Hand. »Und bitte, Mr. Drake, sagen Sie meinen Vorgesetzten nichts von diesem Gespräch. Ihre Mission ist zwar nicht weiter von Belang, aber mit Zivilangelegenheiten befasst sich normalerweise Captain Nash-Burnham.«

»Nicht weiter von Belang, so, so. Nein, keine Sorge, ich werde niemandem etwas sagen. Vielen Dank.«

Der Unteroffizier lächelte. »Keine Ursache.«

Liebe Katherine,

Ich weiß nicht, was zuerst bei Dir ankommt, dieser Brief oder ich selbst. Eine Woche ist vergangen, seit ich aus Mandalay abreisen sollte, und ich bin immer noch hier. Ich habe Dir die Stadt ja schon ausführlich beschrieben, aber jetzt muss ich mich entschuldigen: Für mehr fehlt mir der Elan. Inzwischen ist hier alles sehr verwirrend, und so, wie sich die Dinge entwickeln, ist fraglich, ob ich Dr. Carroll oder seinen Erard überhaupt je zu Gesicht bekommen werde.

Mae Lwin ist angegriffen worden. Ein Unteroffizier im Hauptquartier der Armee hat es mir gesagt, aber viel mehr habe ich nicht erfahren. Auf meine Fragen bekomme ich nur ausdruckslose Blicke oder ausweichende Antworten. »In Rangun findet eine wichtige Strategiekonferenz statt«, heißt es dann oder: »Der Vorfall darf nicht auf die leichte Schulter genommen werden.« Es ist mir schleierhaft, weshalb Dr. Carroll nicht zu der Besprechung hinzugezogen wurde. Nach allem, was man hört, hält er sich nach wie vor in Mae Lwin auf; es sei militärisch wichtig, das Fort zu halten, heißt es. Eine plausible Erklärung dem Anschein nach, aber etwas an der Art, wie sie vorgebracht wird, stört mich. Anfangs war ich ganz aufgeregt bei dem Gedanken an eine Intrige oder einen Skandal – denn was würde besser zu einem Land passen, in dem alles so wenig greifbar ist? Aber auch das ermüdet mich allmählich. Die unerhörteste Möglichkeit, die ich mir vorstellen kann, nämlich dass Dr. Carroll von einer schwerwiegenden Entscheidung ausgeschlossen wird, erscheint mir inzwischen gar nicht mehr so unerhört. Ein Mann, der von einem Klavier besessen ist, heißt es hier, sei auch gegen andere Überspanntheiten nicht gefeit, und man könne ihm keinen so wichtigen Posten anvertrauen. Das Schmerzlichste für mich ist, dass ich in gewisser Weise selbst dieser Ansicht bin. Ein Klavier ist von keinerlei Bedeutung, wenn die Franzosen eine Invasion über den Mekong planen. Das ist deshalb so schwer zu akzeptieren, weil ich an mir selbst zweifle, wenn ich an Dr. Carroll zweifle.

Meine liebste Katherine, als ich aus England abgereist bin, habe ich irgendwie nicht recht geglaubt, dass ich je nach Mae Lwin gelangen würde. Es war so weit fort, der Weg dorthin mit zu vielen Ungewissheiten gepflastert. Und jetzt, da meine Mission wahrscheinlich abgebrochen wird, kann ich nicht glauben, dass ich nicht dorthin kommen werde. In den letzten sechs Wochen habe ich wenig anderes im Kopf gehabt als Mae Lwin. Ich habe das Fort nach Landkarten und anderen Dokumenten vor meinem geistigen Auge nachgezeichnet, ich habe Listen der Dinge aufgestellt, die ich dort tun wollte, der Berge und Flüsse aus Dr. Carrolls Berichten, die ich sehen wollte. Es ist seltsam, Katherine, aber ich hatte mir auch schon überlegt, was ich Dir alles erzählen würde, wenn ich zurückkehre. Wie es war, den berühmten Doktor kennen zu lernen, wie ich den Erard repariert und gestimmt und ein so wertvolles Instrument gerettet habe, wie ich meine »Pflicht« gegenüber Ihrer Majestät, der Königin von England, erfüllt habe. Der Gedanke der Pflichterfüllung ist jetzt von allen Zielen am weitesten in den Hintergrund gerückt. Wir haben zu Hause ja oft darüber gesprochen, und ich bin nach wie vor von der Wichtigkeit eines Klaviers überzeugt, aber inzwischen glaube ich, dass es doch eine etwas heikle Sache ist, »Musik und Kultur hierher zu bringen«. Es gibt hier bereits Kunst und Musik, birmanische Kunst und birmanische Musik. Das heißt nicht, dass wir nicht unsere eigene Kunst nach Birma tragen sollten, aber vielleicht mit etwas mehr Bescheidenheit. Sollten wir diese Menschen wirklich zu unseren Untertanen machen, müssen wir die europäische Zivilisation dann nicht von ihrer besten Seite präsentieren? Niemand hat je durch Bach Schaden erlitten; Lieder sind keine Armeen.

Aber ich schweife ab. Oder auch nicht, denn ich hatte Dir von meinen Hoffnungen geschrieben, und jetzt schwinden diese Hoffnungen allmählich, von Krieg und Staatsräson und meiner eigenen Skepsis verdüstert. Das ganze Unternehmen ist schon jetzt von einer Patina das Scheins, des Traumhaften überzogen. Vieles von dem, was ich getan habe, ist mit dem verknüpft, was ich noch hätte tun sollen, so dass manchmal die Realität dessen, was hinter mir liegt, mit dem, was noch vor mir liegt, unterzugehen droht. Wie soll ich es Dir erklären? Bisher war es eine Reise des Potenziellen, der Vorstellung, und dass sie jetzt möglicherweise vorzeitig endet, stellt alles, was ich bisher erlebt habe, in Frage. Ich habe zugelassen, dass Träume mit meinen Realitäten verschmelzen, und jetzt scheinen sich die Realitäten in bloße Träume, in Luft aufzulösen. Ich weiß nicht, ob ich mich verständlich ausdrücke, aber bei aller Schönheit um mich herum sehe ich mich doch nur mit meinem Koffer in der Hand in den Franklin Mews vor der Tür stehen, ohne dass sich seit dem Tag meiner Abreise etwas geändert hätte.

Was gibt es sonst noch zu sagen? Ich schaue stundenlang zu den Shan-Bergen hinüber und überlege, wie ich sie Dir beschreiben soll, denn ich habe das Gefühl, nur auf diese Weise etwas von dem, was ich gesehen habe, mit nach Hause nehmen zu können. Ich wandere über die Märkte, folge dem Strom der Ochsenkarren und Sonnenschirme über die zerfurchten Straßen oder sitze am Fluss, schaue den Fischern zu und warte auf den Dampfer aus Rangun, der mir Nachricht über meine Abreise nach Mae Lwin oder aber mich selbst wieder nach Hause bringen wird. Das Warten wird allmählich unerträglich, ebenso wie die drückende Hitze und der Staub in der Stadt. Jede Entscheidung wäre besser als gar keine.

Mein Liebling, mir ist inzwischen klar, dass wir bei all den beängstigenden Möglichkeiten, die wir vor meiner Abreise erörtert haben, an eines nicht gedacht haben, was aber jetzt das Wahrscheinlichste ist: dass ich mit nichts zurückkomme. Vielleicht ist das ja alles nur Gerede, geboren aus Einsamkeit und Langeweile, aber mit »nichts« meine ich nicht nur, dass der Erard ungestimmt bleibt, sondern auch, dass ich eine völlig neue Welt gesehen habe, ohne sie auch nur annähernd zu verstehen. Dass ich hierher gekommen bin, hat ein seltsames Gefühl der Leere in mir geweckt, wie ich es bisher nicht kannte, und ich weiß nicht, ob der Aufbruch in den Dschungel diese Leere füllen oder aber weiter aufreißen würde. Ich mache mir Gedanken darüber, warum ich hierher gekommen bin, darüber, dass Du gesagt hast, ich müsse es tun, darüber, dass ich jetzt bereit bin, nach Hause zurückzukehren, und dass ich mit diesem Scheitern fertig werden muss.

Katherine, Worte waren noch nie meine Stärke, und jetzt fällt mir noch nicht einmal eine Musik ein, die das, was ich fühle, ausdrücken könnte. Aber es wird dunkel, und ich sitze hier am Ufer des Irrawaddy; ich muss gehen. Mein einziger Trost ist, dass ich Dich bald wieder sehen werde und dass wir dann wieder vereint sind.

Dein Dich liebender Mann
Edgar

Er faltete den Brief zusammen, stand auf und ging durch die Straßen der Stadt langsam nach Hause.

Khin Myo wartete schon auf ihn, als er die Tür öffnete. Wortlos übergab sie ihm einen Umschlag ohne Adresse; nur sein Name stand in schwungvollen Lettern darauf. Edgar sah sie an, und sie erwiderte seinen Blick mit ausdrucksloser Miene. Einen Moment lang hielt er den Umschlag zusammen mit seinem Brief an Katherine in der Hand. Als er ihn öffnete, erkannte er die elegante Schrift sofort.

Lieber Mr. Drake,

ich bedaure zutiefst, dass unser erster persönlicher Kontakt von solcher Dringlichkeit belastet ist, aber ich nehme an, Sie sind über die Umstände, die Ihren Aufenthalt in Mae Lwin fraglich gemacht haben, im Bilde. Meine Ungeduld kann nur noch der Ihren gleichkommen. Bei dem Angriff auf unser Camp sind die Saiten der A-Taste in der vierten Oktave von einer Musketenkugel zerstört worden. Wie Sie wissen, gibt es nicht ein einziges Musikstück von Bedeutung, das ohne diesen Ton gespielt werden könnte, eine Tragödie, die das Kriegsministerium nicht zu ermessen vermag. Bitte machen Sie sich augenblicklich auf den Weg nach Mae Lwin. Ich habe einen Boten nach Mandalay geschickt, der Sie und Ma Khin Myo in unser Fort bringen wird. Er erwartet Sie morgen an der Straße zur Mahamuni-Pagode. Ich übernehme die volle Verantwortung für Ihre Entscheidung und Ihre Sicherheit. Sollten Sie es jedoch vorziehen, in Mandalay zu bleiben, werden Sie noch vor Ende der Woche nach England zurückreisen können.

A. J. C.

Er weiß meinen Namen, dachte Edgar.

Er sah Khin Myo an. »Kommen Sie mit?«

»Bald werde ich Ihnen mehr sagen.«

Am nächsten Morgen standen sie vor Tagesanbruch auf und bestiegen einen Ochsenkarren voller Pilger, die zur Mahamuni-Pagode am Südrand von Mandalay fuhren. Sie unterhielten sich vergnügt und sahen zu Edgar hin. Khin Myo beugte sich nahe zu ihm. »Sie freuen sich darüber, dass es britische Buddhisten gibt.«

Dunkle Wolken zogen langsam über die Shan-Berge. Der Ochsenkarren rumpelte die Straße entlang, und der Klavierstimmer drückte seine Tasche an sich. Auf Khin Myos Vorschlag hatte er die meisten seiner Sachen in Mandalay zurückgelassen und nur Kleider zum Wechseln, wichtige Papiere und Werkzeug für den Flügel mitgenommen, das mit den Bewegungen des Wagens leise klirrte. An der Mahamuni-Pagode stiegen sie ab, und Khin Myo führte Edgar zu einem jungen Mann in blauen Hosen, einem blauen Hemd und mit einem karierten Tuch um die Hüften. Edgar hatte gelesen, dass viele Shan-Männer ihr Haar wie die Birmanen lang trugen; dieser hatte es mit einem bunten Turban verhüllt, einem Zwischending zwischen dem birmanischen *gaung-baung* und dem Turban der Sikh-Soldaten. Er hielt zwei kleine Pferde an den Zügeln.

»*Mingala ba*«, sagte er mit einer knappen Verbeugung. »Guten Tag, Mr. Drake.«

Khin Myo lächelte ihm zu. »Das ist Nok Lek, Mr. Drake, er bringt uns nach Mae Lwin. Sein Name bedeutet ›kleiner Vogel‹. Sie schwieg einen Moment und fügte dann hinzu: »Aber lassen Sie sich dadurch nicht irreführen. Nok Lek ist einer von Anthony Carrolls besten Kämpfern.«

Edgar betrachtete den Jungen, der ihr Gepäck nahm. Er sah aus, als sei er noch keine fünfzehn. »Spricht er Englisch?«

»Ja –«

»– aber nicht so gut wie Ma Khin Myo«, sagte Nok Lek über die Schulter, während er die Taschen an den Sätteln befestigte. »Der Doktor bringt es mir bei.« Er wischte sich die Hände ab. »Ich hoffe, Sie können reiten, Mr. Drake. Das sind Shan-Pferde. Kleiner als englische Pferde, aber sehr gut in den Bergen.«

»Ich werde mein Bestes tun.«

»Ma Khin Myo reitet mit mir.« Nok Lek legte die Hände auf den Rücken des Pferdes und schwang sich federleicht in den Sattel. Er schob die bloßen Füße in ein Paar Steigbügel aus Hanfseilen, die er zwischen dem großen und dem zweiten Zeh festhielt. Seine Wadenmuskeln glichen verknoteten Seilen. Beunruhigt betrachtete Edgar sein eigenes Pferd: englische Steigbügel aus Metall. Khin Myo saß im Damensitz hinter Nok Lek auf. Es erstaunte Edgar, dass das kleine Tier eine solch schwere

Last tragen konnte. Er stieg ebenfalls in den Sattel. Schweigend ritten sie in Richtung Osten. Über den Shan-Bergen erschien ein Lichtstreifen, der langsam breiter wurde. Edgar hatte einen Sonnenaufgang als Startzeichen für den letzten Abschnitt einer Reise erwartet, an die er schon nicht mehr geglaubt hatte, aber die Sonne ging hinter den Wolken auf, und es wurde nur langsam hell über dem Land. Khin Myo spannte ihren Sonnenschirm auf.

Mehrere Stunden ritten sie langsam ostwärts, an ausgedörrten Reisfeldern und leeren Kornspeichern vorbei. Ganze Karawanen auf dem Weg zur Stadt kamen ihnen entgegen, Männer, die Rinder zum Markt führten, Frauen mit schweren Lasten auf dem Kopf. Dann lichtete sich die Menge, und bald waren sie allein. Sie überquerten einen Bach und folgten einer schmaleren, staubigeren Straße zwischen zwei großen brachliegenden Reisfeldern hindurch in südlicher Richtung.

Nok Lek drehte sich um. »Wir reiten jetzt schneller, Mr. Drake«, sagte er und trieb sein Pferd mit einem Zischen an. »Es dauert Tage bis nach Mae Lwin, und die Straßen hier sind gut, nicht so wie in den Shan-Staaten.«

Edgar nickte, fasste die Zügel fester und stieß seinem Pferd die Hacken in die Flanken. Nichts geschah. Er versuchte es noch einmal, kräftiger jetzt. Das Tier rührte sich nicht. Nok Lek und Khin Myo waren schon weit voraus. Er schloss die Augen und holte tief Luft. Dann zischte er ebenfalls.

Sie galoppierten eine schmale Straße entlang, die zwischen den Shan-Bergen im Osten und dem Irrawaddy im Westen verlief. Edgar stand lachend in den Steigbügeln und hielt mit einer Hand die Zügel, mit der anderen seinen Hut. Das Tempo begeisterte ihn. Auf der Tigerjagd waren die Pferde nur Schritt gegangen, und er überlegte, wann er zuletzt so schnell geritten war. Es musste fast zwanzig Jahre her sein, als Katherine und er einmal auf dem Bauernhof eines Cousins von ihr Ferien gemacht hatten.

Gegen Mittag machten sie an einem Rastplatz für Pilger und andere Reisende Halt, und Nok Lek holte in einer Garküche in Bananenblätter gewickeltes Curryfleisch mit Reis und einen Salat aus zerkleinerten Teeblättern. Während des Essens unterhielt er sich mit Khin Myo sehr schnell auf Birmanisch. Khin Myo entschuldigte sich. »Es gibt so viel zu besprechen, Mr. Drake, ich glaube, das würde Sie nur langweilen.«

»Bitte kümmern Sie sich nicht um mich«, sagte Edgar, zufrieden damit, im Schatten zu sitzen und über die geschwärzten Reisfelder zu blicken, die die Bauern zur Vorbereitung auf die Regenzeit abgebrannt hatten. Sie dehnten sich meilenweit, vom Fluss bis an die abrupt aufsteigenden Shan-Berge. Wie Festungsmauern, dachte er, als er hinübersah. Oder wie Stoff, der über die Tischkante fällt und sich am Boden in kleinen Hügeln und Tälern sammelt.

Nach dem Essen ruhten sie noch eine Weile aus und stiegen dann wieder in den Sattel. Sie ritten den ganzen Nachmittag, bis in den Abend hinein. Schließlich hielten sie in einem Dorf an, und Nok Lek klopfte an die Tür einer Hütte. Ein Mann mit nacktem Oberkörper kam heraus, und die beiden besprachen sich eine Weile. Dann führte der Mann sie zu einem kleineren Pfahlbau hinter seiner Hütte. Sie banden die Pferde an, rollten Matten auf dem Bambusboden aus und hängten Moskitonetze an die Decke. Der Eingang lag nach Süden, und Edgar richtete seine Matte so aus, dass seine Füße zur Tür wiesen, eine Vorsichtsmaßnahme, falls in der Nacht Tiere auftauchten. Doch Nok Lek drehte die Matte schnell wieder um. »Ihr Kopf darf nicht nach Norden zeigen«, sagte er streng. »Das ist sehr schlecht. So begraben wir die Toten.«

Edgar streckte sich neben ihm aus. Khin Myo ging sich waschen und kam später leise zurück. Sie hob ihr Moskitonetz und schlüpfte darunter. Ihre Matte lag nur Zentimeter von Edgars entfernt. Er stellte sich schlafend und beobachtete, wie sie ihr Lager zurechtmachte. Sie legte sich hin, und bald veränderte sich ihr Atemrhythmus, und sie bewegte sich im Schlaf, so dass er ihr Gesicht dicht vor sich hatte. Durch das dünne Gewebe der Moskitonetze spürte er ihren Atem, weich und warm, kaum wahrnehmbar, wären die Stille und die Hitze nicht gewesen.

Nok Lek weckte sie in aller Frühe. Schweigend packten sie ihre dünnen Matten und die Moskitonetze zusammen. Khin Myo ging hinaus und kam nach einer Weile mit frischer *thanaka*-Bemalung zurück. Sie beluden die Pferde und machten sich wieder auf den Weg. Es war noch dunkel. Edgar war völlig steif und zuckte vor Schmerz zusammen, sagte aber nichts. Khin Myo und Nok Lek ritten leicht und unbeschwert vor ihm. Ich bin nicht mehr der Jüngste, dachte der Klavierstimmer.

Der Weg führte jetzt nicht mehr südwärts, sondern wieder nach Osten, dem heller werdenden Himmel entgegen. Er war so schmal, dass die Pferde hin und wieder in Trab fallen mussten. Edgar staunte, wie Khin Myo sich mitsamt ihrem Sonnenschirm im Gleichgewicht hielt. Und er staunte, dass sie, wenn sie Halt machten und er sich, staub- und schweißbedeckt, erschöpft fallen ließ, noch dieselbe Blüte im Haar trug, die sie am Morgen von einem Busch gepflückt hatte. Er sagte es ihr, und sie lachte. »Würden Sie auch gern mit einer Blüte im Haar reiten, Mr. Drake?«

Am Spätnachmittag des zweiten Tages erreichten sie endlich eine kleine Hügelkette mit dürrem Gesträuch und einzelnen Felsblöcken. Sie verlangsamten das Tempo und bogen in einen schmalen Pfad ein. An einer verfallenen Pagode mit abblätternder weißer Farbe hielten sie an. Khin Myo und Nok Lek saßen schweigend ab, und Edgar folgte ihrem Beispiel. Sie zogen ihre Schuhe aus und betraten durch ein kleines Portal einen dunklen, modrigen Raum. Auf einem Podest thronte inmitten von Kerzen und Blumen eine vergoldete Buddhastatue mit traurigen dunklen Augen, die Beine gekreuzt, die Hände offen im Schoß. Niemand war zu sehen. Nok Lek holte einen kleinen Blütenkranz aus seiner Tasche hervor und legte ihn auf den Altar. Er kniete nieder, Khin Myo ebenso, und beide verbeugten sich so tief, dass sie mit der Stirn die kühlen Fliesen berührten. Edgar betrachtete Khin Myo, sah, wie ihr Haarknoten sich verschob und ihren Nacken freigab. Als er sich dabei ertappte, folgte er schnell ihrem Beispiel und verbeugte sich ebenfalls.

»Wer hält die Pagode instand?«, fragte er, als sie wieder draußen waren.

»Sie gehört zu einem größeren Tempel«, erwiderte Khin Myo. »Die Mönche kümmern sich um den Buddha.«

»Aber ich habe keine gesehen.«

»Doch, doch, Mr. Drake. Sie sind da.«

Die Einsamkeit des Ortes beunruhigte ihn irgendwie, und er hätte Khin Myo gern noch mehr Fragen gestellt – was sie mit ihren Worten gemeint hatte, worum sie gebetet hatte, warum sie hier und nicht an einer der zahllosen anderen Pagoden Halt gemacht hatten, aber sie sprach wieder mit Nok Lek, und er wollte sie nicht unterbrechen.

Sie saßen wieder auf und ritten weiter. Auf der Höhe hielten sie an und sahen auf die Ebene hinab. Das Tal war so flach, dass sie trotz der geringen Höhe den zurückgelegten Weg überblicken konnten, einsames Land mit leeren Feldern und gewundenen Wasserläufen. Kleine Weiler lagen an Bächen und Straßen, alle im gleichen erdfarbenen Ton. In der Ferne erkannte man das Schachbrett Mandalays und dahinter die Biegungen des Irrawaddy.

Jenseits der Hügelkuppe ging es wieder abwärts, dann strebten sie einer Ansammlung von Häusern auf einer kleinen Anhöhe am Fuße eines Berges zu. Nok Lek stieg ab. »Ich hole uns etwas zu essen. Vielleicht bekommen wir jetzt lange keine Menschen mehr zu sehen.« Edgar blieb im Sattel sitzen und wartete. Nok Lek verschwand in einem der Häuser.

Hühner pickten im Straßenstaub. Ein Mann, der auf einem Podest im Schatten eines Baumes ruhte, rief Khin Myo etwas zu, und sie antwortete.

»Was hat er gesagt?«, fragte Edgar.

»Er hat gefragt, wo wir hinwollen.«

»Und was haben Sie geantwortet?«

»Dass wir nach Süden reiten, nach Meiktila, aber hier in der Gegend Vermessungen durchführen.«

»Warum diese Lüge?«

»Je weniger Leute wissen, dass wir in die Berge reiten, umso besser. Es ist sehr einsam hier. Normalerweise reisen wir mit einer Eskorte, aber wegen … wegen der Umstände sind wir diesmal … inoffiziell unterwegs. Sollten wir angegriffen werden, kann uns niemand helfen.«

»Macht Ihnen das Sorgen?«

»Sorgen? Nein. Ihnen?«

»Mir? Ein bisschen. Auf dem Schiff von Prome nach Mandalay waren ein paar Gefangene, *dacoits*, wilde Burschen.«

Khin Myo betrachtete ihn einen Moment, als überlegte sie, was sie sagen sollte. »Wir haben nichts zu befürchten. Nok Lek ist ein guter Kämpfer.«

»Na, ich weiß nicht … Er ist doch noch ein Kind. Und ich habe gehört, dass sie in Banden von zwanzig Mann auftreten.«

»An so etwas denken Sie besser gar nicht. Ich habe diese Reise schon oft gemacht.«

Es klang wenig überzeugend. Nok Lek kam mit einem Korb zurück, den er hinten an Edgars Sattel befestigte. Er verabschiedete sich von dem Mann im Schatten und setzte sein Pferd mit einem Zischen in Trab. Edgar folgte ihm und hob grüßend die Hand. Der Mann blieb stumm, als der Engländer an ihm vorbeiritt.

Aus dem Korb stieg ein scharfer Geruch nach fermentiertem Tee und Gewürzen auf.

Es ging steil bergan, und die Vegetation veränderte sich, das niedrige Buschwerk wich hohem, dichtem Wald. Der Nebel wurde immer dichter, je höher sie kamen. Sie erklommen einen von niedrigen Bäumen bewachsenen Felsvorsprung, der feucht war wie die Ebenen um Rangun. Vögel flatterten laut zwitschernd durchs Geäst, und ringsum hörte man das Tappen größerer Tiere auf dem laubbedeckten Boden.

Plötzlich ein Krachen. Edgar fuhr herum. Da war es wieder, lauter jetzt, und dann brach etwas durchs Unterholz. »Nok Lek! Khin Myo! Vorsicht, da kommt etwas!« Edgar brachte sein Pferd zum Stehen. Nok Lek hatte die Geräusche ebenfalls gehört und zügelte sein Pferd. Edgar sah sich nach einer Waffe um, einem Messer, einem Gewehr, obwohl er wusste, dass er nichts hatte.

Wieder das Geräusch, noch lauter. »Was ist das?«, flüsterte er, und plötzlich schoss vor ihnen ein Wildschwein über den Weg und ins Gebüsch auf der anderen Seite.

»Ein verdammter Eber«, fluchte Edgar. Nok Lek und Khin Myo lachten, und ihr Pferd trabte wieder an. Edgar zwang sich ebenfalls zum Lachen, aber das Herz schlug ihm bis zum Hals. Er stieß ein Zischen aus und ritt an.

Der Hang wurde steiler, der Weg führte aus dem Wald hinaus über die Flanke des Vorsprungs, und zum ersten Mal seit Stunden konnte man wieder in die Ferne sehen. Drake staunte, wie sehr sich die Landschaft verändert hatte. Der gegenüberliegende Berg ragte steil auf, so nah, dass es schien, als könnte man mit einem Sprung die moosbedeckten Äste der Bäume dort erreichen. Im Tal unten war die Vegetation so dicht, dass weder ein Fluss noch menschliche Behausungen zu sehen waren. Weiter oben aber öffneten sich die Berge auf ein neues Tal, das tief unten zu schmalen Terrassenfeldern abflachte. Zwei Menschen arbeiteten auf den Treppen der Reisfelder, bis zu den Knien im Wasser, das den Himmel widerspiegelte und schillernde Setzlinge in die Wolken verpflanzte.

Khin Myo betrachtete die beiden Bauern. »Als ich das erste Mal ins Shan-Hochland kam«, sagte sie, »war ich überrascht, dass hier Reis wächst und in der Gegend um Mandalay nicht. Aber die Wolken, die das Irrawaddy-Becken hinaufziehen, regnen über den Bergen ab. Selbst in der Trockenzeit gibt es hier genug Wasser für zwei Ernten.«

»Ich dachte, zurzeit herrscht Dürre.«

»Auf dem Plateau, ja, seit mehreren Jahren schon. Ganze Dörfer hungern und wandern ins Tiefland ab. Die Berge fangen die Wolken zwar auf, halten sie aber auch fest. Wenn der Monsunregen nicht auf das Plateau weiterzieht, bleibt es dort trocken.«

»Und die Bauern da unten, sind das Shan?«

»Nein, das ist ein anderer Stamm.« Sie wandte sich auf Birmanisch an Nok Lek. »Palaung, sagt er, sie leben in den Tälern hier. Sie haben ihre eigene Sprache, ihre eigene Tracht und Musik. Die Berge sind wie Inseln, auf jedem lebt ein anderer Volksstamm. Je weiter entfernt voneinander sie leben, desto mehr unterscheiden sie sich auch: Palaung, Paduang, Danu, Shan, Pa-O, Wa, Kachin, Karen, Karenni – und das sind nur einige der größten.«

»Ich wusste gar nicht ...«, begann Edgar. »Seltsam – Berginseln ...«

»So nennt Anthony Carroll sie, er sagt, sie sind wie Darwins Inseln, nur dass sich hier nicht die Vogelschnäbel ändern, sondern die Kultur. Er hat Ihrer Royal Society darüber berichtet.«

»Das wusste ich gar nicht ...«

»Man hat Ihnen nicht alles gesagt, Mr. Drake. Das ist nur ein Beispiel von vielen.« Sie erzählte Edgar von den Studien des Doktors, von seinen Sammlungen und Korrespondenzen, von den Briefen, die er jeden Monat in Mandalay abhole, Briefe von weit entfernten Biologen, Physikern und sogar Chemikern; die Chemie sei eine alte Leidenschaft von ihm. »Die Post für Oberbirma besteht zur Hälfte aus Anthony Carrolls wissenschaftlicher Korrespondenz, die andere Hälfte sind Noten für ihn.«

»Und Sie helfen ihm bei seinen Projekten?«

»Ja, schon, ein bisschen. Aber er weiß so viel mehr als ich. Ich höre nur zu.« Edgar wartete auf eine nähere Erklärung, aber sie wandte sich wieder dem Weg zu.

Sie ritten weiter. Es wurde dunkel. Neue, fremde Geräusche kamen aus dem Wald, das Wühlen von Aasfressern, das Heulen von Wildhunden, das raue Bellen von Wild.

Schließlich machten sie auf einer kleinen Lichtung Halt und luden ein Armeezelt ab, das Nok Lek mitgebracht hatte. Sie bauten es in der Mitte der Lichtung auf, und Nok Lek brachte das Gepäck darin unter. Edgar blieb währenddessen mit Khin Myo draußen stehen. Keiner sprach. Sie waren müde, und der Gesang des Waldes war ohrenbetäubend. Nok Lek kam wieder aus dem Zelt hervor und sagte, sie könnten hinein. Edgar kroch unter ein Moskitonetz und rollte seine Matte aus. Erst jetzt bemerkte er zwei geladene Doppelflinten, die mit gespanntem Hahn an der Zeltwand lehnten. Auf dem Metall schimmerte das Mondlicht, das durch ein Loch in der Zeltwand sickerte.

Zwei Tage ging es durch den Dschungel bergan und über einen Gebirgspass, dann kam ein kurzer, steiler Abstieg, der in das Shan-Plateau auslief, das wie ein riesiger Flickenteppich aus Feldern und Wäldern aussah. In der Ferne, am Rand der Ebene, stiegen andere Berge auf, grau und verschwommen.

Sie folgten dem steinigen Pfad abwärts, auf dem die Pferde vorsichtig ihre Hufe setzten. Edgar schwang im Sattel locker mit und genoss es, die vom tagelangen Reiten und vom Schlafen auf der Erde verkrampften Muskeln strecken zu können. Es war spät, die Schatten im Tal wurden länger, und das Schaukeln machte ihn schläfrig.

Als sie das Plateau erreichten, sah er zu den Bergen zurück, den Nebeln, die ihre Gipfel einhüllten und über ihre Flanken wallten. Shan-Bauern mit großen Hüten und weiten Hosenbeinen, die um ihre Füße herum auf dem Wasser schwammen, arbeiteten im schwindenden Licht auf den Reisfeldern. Ringsum dehnte sich eine Fantasielandschaft aus Tempeln und spitzen Felsen, und Edgar dachte, vielleicht träume ich, es sieht hier aus wie im Märchen. Bald war es dunkel, sie galoppierten durch die Nacht, und er sackte auf seinem Pferd nach vorn.

Er träumte. Er träumte, dass er ein Shan-Pferd ritt, dass sie galoppierten, dass Blumen in die Mähne des Pferdes geflochten waren, die sich wie Windräder drehten, während sie an weiten Reisfeldern vorbeiritten, an kostümierten Geistern, tanzenden Farbblitzen vor endlosem Grün. Und er erwachte und sah, dass das Land kahl war, verbrannte Reishalme schwankten im leichten Wind, und aus der Erde wuchsen Karstfelsen, spitze Türme, in denen sich goldene Buddha-Statuen verbargen, wie Stalagmiten vom Höhlenboden aufragend, so alt, dass die Erde selbst sie mit Kalk überstäubt hatte. Und wieder träumte er, und im Vorbeireiten konnte er in die Höhlen sehen, denn sie waren von den Lichtern der Pilger erhellt, die sich nach dem seltsamen Fremden umsahen, und die Buddhas hinter ihnen zitterten, wischten ihren Kalkumhang fort und schwebten und sahen ebenfalls her, denn es war ein einsamer Pfad und nur selten kam ein Engländer hier vorbei. Und er erwachte, und vor ihm ritten auf einem Pferd ein junger Mann und eine Frau, Fremde, die Frau ebenfalls schlafend, und ihr Haar löste sich und floss zu ihm hin, und Blumen schwebten daraus hervor, und er träumte, dass er nach einer griff, und er erwachte, und sie ritten über eine Brücke, und es dämmerte, und unter ihnen paddelten ein Mann und ein Junge in einem Einbaum durch das schäumende Wasser, beide von der Farbe des Bootes und der Fluten, so dass er sie nur dank der treibenden Schatten des Wassers erkannte, und sie waren nicht allein, denn kaum waren sie unter der Brücke durchgefahren, trieb ein weiteres Boot heran, ein Mann und ein Junge, und er träumte, und sie waren wieder allein, und er erwachte, und er sah auf, und tausend Leiber paddelten, denn sie waren der Fluss, und er träumte, und es war noch Nacht, und aus den Felsen und Tälern kamen keine Menschen, auch keine blühenden Blumen, sondern etwas anderes, eine Art Licht, ein Singen, und die dort sangen, sagten ihm, dass das Licht aus Mythen bestehe und dass es bei den weißgewandeten Einsiedlern in den Höhlen wohne, und er erwachte, und sie erzählten ihm die Mythen – dass die Welt als ein riesiger Fluss erschaffen worden sei, und in dem Fluss-See schwämmen fünf Inseln, und auf einer lebten Menschen, die anderen aber seien von anderen Wesen bewohnt, die hier nur in Legenden existierten, und er träumte, dass sie an einem Fluss Halt machten, um zu rasten, und die Frau erwachte und löste ihr Haar, denn der Wind hatte es ihr um den Körper geschlungen, und der Junge und sie knieten nieder und tranken aus dem Fluss, und darin tummelten sich Welse, und er erwachte, und sie ritten, und es war Morgen.

Sie erklommen die Hügel auf der anderen Seite des Tales. Die Gegend wurde gebirgig, und bald war es wieder Nacht. Nok Lek drehte sich um und sagte: »Heute Nacht rasten wir. Im Dunkeln sind wir sicher.«

Ein lautes Krachen ertönte neben ihnen. Wieder ein Wildschwein, dachte Edgar, und als er sich umdrehte, traf ihn ein Pistolenknauf ins Gesicht.

Und jetzt nichts anderes mehr als eine Flugbahn, ein Fallen, ein Sturz. Ein Schlag von Holz auf Knochen und dann ein Vornübersinken, ein Rutschen, verlangsamt durch Stiefel mit Metallsporen, die Hände noch an den Zügeln, loslassen, abwärts, brechendes Gezweig, das Aufschlagen des Körpers. Später wird er sich fragen, wie lange er bewusstlos war, er wird versuchen, Einzelheiten zu rekonstruieren, aber vergeblich, denn da ist nur noch Bewegung, nicht nur seine, auch die anderer: Männer lassen sich aus den Bäumen fallen, blitzende Buschmesser werden geschwungen, Gewehrkolben gestoßen, Pferde scheuen. So dass er, als er sich aus dem niedergerissenen Buschwerk hochrappelt, eine Szene vor sich hat, die binnen Sekunden oder, in Herzschlägen oder Atemzügen gemessen, in viel längerer Zeit hätte entstehen können.

Sie sitzen noch auf dem Pferd, Khin Myo mit der Schrotflinte, Nok Lek mit hoch erhobenem Degen. Vor ihnen vier Männer, drei mit gezücktem Messer, der vierte zwischen ihnen, groß, mit ausgestrecktem Arm, eine Faust, eine Pistole. Die Männer gehen in die Knie und fangen an zu tanzen. Es ist so dunkel, dass nur das Schimmern ihrer Waffen die Bewegung verrät. Einen Moment lang halten alle inne, ein leichtes Auf und Ab nur, vielleicht die tiefen Atemzüge der Anstrengung.

Fast unsichtbar verharren die Klingen in der Luft, wie Sterne blinkend, dann ein Klicken, und sie erwachen aufblitzend zum Leben, es ist dunkel, aber irgendwie sieht Edgar, dass sich der Finger des hoch gewachsenen Mannes krümmt, Khin Myo muss es ebenfalls gesehen haben, denn die Schrotflinte geht zuerst los, und der große Mann schreit und greift sich an die Hand, und die Pistole fliegt auf den Waldboden, die anderen stürzen sich auf das Pferd, greifen nach dem Gewehrkolben, ehe der zweite Schuss sich löst, ziehen Khin Myo vom Pferd, und sie schreit nicht, er hört nur einen leisen, überraschten Ausruf, als sie aufschlägt, einer der Männer reißt ihr die Flinte aus der Hand und richtet sie auf den Jungen, jetzt sind die beiden anderen auf ihr, einer packt ihre Handgelenke, der andere zerrt an ihrem *hta main*, jetzt schreit sie, einen Moment lang sieht er ihren Schenkel, weiß im schwachen Licht, sieht, dass die Blüte aus ihrem Haar gefallen ist, sieht die Blütenblätter, die Kelchblätter, die Staubgefäße, noch voller Blütenstaub, später wird er sich fragen, ob er es sich nur eingebildet hat, es war zu dunkel. Doch jetzt fragt er sich nichts, er regt sich, er springt aus dem Gestrüpp, zu der Blüte hin, der herabgefallenen Pistole neben ihr.

Erst als er zitternd die Hand hebt und mit erstickter Stimme Lasst sie los lasst sie los lasstsieloslasstsielos hervorstößt, fällt ihm ein, dass er noch nie eine Waffe abgefeuert hat.

Er erstarrt, und jetzt ist es sein Finger, der zuckt.

Edgar erwachte von etwas Kühlem, Feuchtem in seinem Gesicht. Er öffnete die Augen. Er lag noch auf der Erde, aber sein Kopf ruhte in Khin Myos Schoß. Sanft wischte sie ihm mit einem Tuch das Gesicht ab. Aus den Augenwinkeln sah er Nok Lek auf der Lichtung stehen, das Gewehr neben sich.

»Was ist passiert?«

»Sie haben uns gerettet.« Sie flüsterte.

»Ich kann mich nicht erinnern, ich bin ohnmächtig geworden, ich habe nicht… habe ich sie… erschossen…«, stammelte er ungläubig.

»Sie haben nicht getroffen.«

»Ich –«

»Das Pferd hätten Sie beinahe erschossen. Es ist durchgegangen. Aber das hat genügt.«

Edgar sah zu ihr auf. Trotz der Aufregung hatte sie sich die Blüte wieder ins Haar gesteckt.

»Genügt?«

Sie sah zu Nok Lek hinüber, der unruhig in den Wald spähte. »Ich habe Ihnen ja gesagt: Er ist einer von Anthony Carrolls besten Leuten.«

»Wo sind sie jetzt?«

»Geflohen. Die *dacoits* sind wilde Burschen, aber wenn sie auf Widerstand stoßen, können sie Feiglinge sein. Aber wir müssen weiter. Sie könnten mit Verstärkung wiederkommen, zumal sie jetzt ein englisches Gesicht gesehen haben. Engländer auszurauben ist wesentlich lukrativer als arme Bauern.«

Dacoits. Edgar dachte an die Männer auf dem Schiff nach Rangun. Khin Myo strich ihm mit dem Tuch über die Stirn. »Haben sie mich angeschossen?«

»Nein, aber vielleicht sind Sie nach Ihrem Schuss ein zweites Mal gestürzt, denn Sie waren schon nach dem ersten Sturz verletzt. Sie haben – wie sagt man – das Bewusstsein verloren?« Sie versuchte, besorgt zu erscheinen, konnte sich aber ein Lächeln nicht verbeißen. Ihre Finger ruhten auf seiner Stirn.

Nok Lek sagte etwas auf Birmanisch. Khin Myo faltete das Tuch zusammen. »Wir müssen weiter, bevor sie zurückkommen, Mr. Drake. Ihr Pferd ist wieder da. Können Sie reiten?«

»Ich denke schon.« Er rappelte sich hoch und ging ein paar Schritte. Im Nacken spürte er noch die Wärme ihres Schenkels. Er zitterte, wusste aber nicht, ob vor Angst oder noch von seinem

Sturz. Er saß wieder auf. Khin Myo hielt eines der Gewehre quer auf dem Schoß. Sie schien seltsam vertraut damit. Der schimmernde Lauf ruhte auf der Seide ihres *hta main*. Nok Lek löste die zweite Flinte von seinem Sattel, gab sie Edgar und schob sich die Pistole in den Gürtel.

Sie ritten durch endlose Nacht, langsam einen steilen Hang hinab, dann über leere Reisfelder. Als er schon glaubte, die Sonne würde nie mehr aufgehen, breitete sich vor ihm endlich ihr Licht über die Berge aus. Sie schliefen bei einem Bauern, und als Edgar aufwachte, war es Nachmittag. Khin Myo schlief friedlich neben ihm, und er beobachtete, wie sich die Haarsträhnen auf ihrer Wange mit ihrem Atem bewegten.

Er berührte die Wunde an seiner Stirn. Bei Tage verlor der Überfall etwas von seinem Schrecken, und leise, um Khin Myo nicht zu wecken, stand Edgar auf. Draußen setzte er sich zu Nok Lek, der mit dem Bauern Tee trank. Der Tee war bitter und heiß, und bald standen Schweißperlen auf seiner Stirn, kühl im leichten Wind. Im Haus regte sich etwas. Khin Myo kam heraus und ging hinter die Hütte, um sich zu waschen. Mit nassem, gekämmtem Haar und frisch bemaltem Gesicht kam sie zurück.

Sie dankten dem Mann und machten sich wieder auf den Weg.

Von dem einsam gelegenen Haus des Bauern ging es steil bergan. Edgar konnte sich jetzt ein genaueres Bild von der Geographie machen. Die Flüsse aus dem Himalaja schnitten in Nord-Süd-Richtung Schluchten in das Plateau, so dass jeder Weg ein mühevolles Auf und Ab bedeutete. Jenseits des Hanges lag eine weitere Bergkette mit unbewohnten Tälern, und auch dort hinauf ritten sie, und nach dem nächsten Höhenzug kamen sie zu einem kleinen Markt, auf dem sich Dorfbewohner um Berge von Früchten scharten. Dann ging es abermals bergan, und als hinter ihnen die Sonne unterging, erreichten sie den Kamm.

Und wieder fiel das Gelände vor ihnen ab. Der Hang war lang und steil, und unten schäumte ein Fluss im Dunkel der Berge.

»Der Salween«, sagte Nok Lek triumphierend.

Sie ritten den steilen Pfad hinab, und die Pferde bockten bei jedem unsicheren Tritt. Am Ufer lag ein Boot, in dem ein Mann schlief. Nok Lek stieß einen Pfiff aus, und der Mann schreckte hoch. Er war nur mit einem *longyi* bekleidet, und sein linker Arm hing schlaff herab, verdreht, als warte er auf ein Trinkgeld. Er sprang an Land.

Sie saßen ab und übergaben dem Mann mit dem gelähmten Arm die Zügel. Nok Lek verstaute das Gepäck im Boot. »Er bringt die Pferde nach Mae Lwin, aber wir nehmen das Boot, das geht schneller. Bitte, Ma Khin Myo.« Er bot ihr die Hand, und sie nahm sie und sprang ins Boot. »Jetzt Sie, Mr. Drake.«

Edgar setzte einen Fuß ins Boot, doch der andere blieb im Uferschlamm stecken. Er wollte ihn herausziehen, aber der Schlamm gab nur laute Sauggeräusche von sich. Er ächzte und fluchte. Das Boot trieb ab, und er stürzte. Die beiden Männer hinter ihm lachten, und als er zu Khin Myo aufschaute, sah er, dass auch sie ein Lächeln hinter ihrer Hand verbarg. Wieder fluchte er, erst auf die anderen, dann auf den Schlamm. Er versuchte sich hochzustemmen, aber sein Arm sank nur noch tiefer ein. Er probierte es noch einmal, wieder vergeblich. Die Männer lachten noch lauter, und Khin Myo konnte ein leises Kichern nicht unterdrücken. Und dann fing auch Edgar an zu lachen, krümmte sich vor Lachen in seiner unmöglichen Stellung, ein Bein bis zum Schenkel im Schlamm, das andere über dem Wasser, beide Arme schlammtriefend. Seit Monaten habe ich nicht mehr so gelacht, dachte er, und die Tränen liefen ihm herunter. Schließlich gab er den Kampf mit dem Schlamm auf, ließ sich zurücksinken und sah durch die von der Laterne beleuchteten Äste zum dunklen Himmel auf. Endlich konnte er sich mit Mühe ins Boot ziehen. Er säuberte sich gar nicht erst; es war zu dunkel, und Nok Lek stieß das Boot bereits vom Ufer ab.

Sobald die Strömung sie erfasste, ging es rasch flussabwärts. Sie hatten keine Laterne dabei, aber der Mond schien hell durch die

Bäume. Dennoch hielt sich Nok Lek dicht am Ufer. »Nicht genug Licht für Freunde, aber für Feinde reicht es«, flüsterte er.

Der Fluss wand sich zwischen überhängenden Zweigen und umgestürzten Baumstämmen hindurch. Nok Lek nützte die Strömung geschickt aus. Das Insektenkonzert war nicht ganz so ohrenbetäubend wie im Dschungel, gedämpft vielleicht durch das Rauschen des Flusses, der seine Finger durch die zitternden Zweige gleiten ließ.

Die Ufer waren dicht bewachsen, und ab und zu nahm Edgar dort eine Bewegung wahr, aber er sagte sich, dass es nur Schatten seien. Nach einer Stunde passierten sie eine Lichtung mit einem Pfahlbau. »Keine Sorge«, sagte Nok Lek. »Das ist nur eine Fischerhütte. Dort ist jetzt niemand.« Über den Bäumen schimmerte der Mond.

Viele Stunden fuhren sie so, und der Fluss strömte rasch durch tiefe Schluchten, an überhängenden Felswänden entlang. Endlich, nach einer weiten Biegung, sah Edgar flackernde Lichter, und das Boot trieb schnell darauf zu. Er konnte Häuser unterscheiden, dann Menschen. Sie steuerten einen kleinen Steg an. Drei Männer standen dort und sahen ihnen entgegen, alle in *longyis*, alle ohne Hemd. Der größte von ihnen, ein Weißer, hatte eine dünne Zigarre im Mundwinkel, und als das Boot anlegte, schnippte er sie ins Wasser. Er streckte Khin Myo die Hand hin. Sie raffte ihren *hta main* und kletterte auf den Steg. Er verbeugte sich leicht und setzte sich in Bewegung, glitt ins Gebüsch wie jemand, der sich dort auskennt.

Edgar stieg aus dem Boot.

Der Mann sah ihn wortlos an. Die Kleider des Klavierstimmers waren noch schlammverschmiert, das Haar klebte ihm an der Stirn. Er lächelte und spürte dabei, wie die Schlammkrusten in seinem Gesicht rissen. Nach langem Schweigen hob er langsam die Hand.

Wochenlang hatte er sich diesen Moment ausgemalt, hatte überlegt, was er sagen würde. Es war ein Augenblick, der nach denkwürdigen Worten verlangte, Worten, an die man sich erinnern, die man aufzeichnen würde, wenn die Shan-Staaten endlich erobert und das Empire gesichert war.

»Mein Name ist Edgar Drake«, sagte er. »Ich bin gekommen, um ein Klavier zu reparieren.«

Zweites Buch

Ich war ein Name!
Denn immer schweifend, welt- und leutedurstig,
Sah und erfuhr ich viel: der Menschen Städte,
Erdstriche, Sitten, Rat und Regiment!
Hinwieder ich auch ward der Welt bekannt,
Und trank des Kampfes Lust mit den Gefährten,
Fern auf der lauten Waffenebne Trojas.
Ich bin ein Teil von Allem, was ich antraf!
Doch die Erfahrung ist ein Bogen nur,
Durch dessen Tor die unbereiste Ferne
Herblitzt: entschwindend, wenn ich nahn ihr will.

Alfred Lord Tennyson: »Ulysses«

Manche sagen, sieben Sonnen wurden geschaffen, andere sagen neun, und die Welt wurde wie Wirbelwinde; nichts Festes blieb.

Schöpfungsmythos der Shan
Aus: Leslie Milne, Shans at Home *(1910)*

XII

Ein Träger führte Edgar Drake einen kurzen Pfad entlang, an einem Wachposten vorbei und dann durch dichtes Gebüsch. Vor ihnen tanzten Lichter, eingerahmt von den Ästen einzelner Bäume. Der Weg war schmal, und die Zweige zerkratzten Edgar die Arme. Es muss schwierig sein, einen Trupp Soldaten hier durchzuführen, dachte er. Und wie zur Antwort kam von hinten Carrolls Stimme, kräftig und selbstbewusst, mit einem Akzent, den Edgar nicht einzuordnen vermochte. »Entschuldigen Sie den schwierigen Weg. Er ist unsere erste Verteidigungslinie, vom Fluss aus gesehen. Befestigungswälle erübrigen sich bei dem Gestrüpp hier. Ich brauche Ihnen wohl nicht zu sagen, was für eine Schinderei es war, den Erard hier durchzuschaffen.«

»Das ist schon in den Straßen von London schwierig genug.«

»Das kann ich mir vorstellen. Aber das Dickicht ist auch schön. Letzte Woche hat es ein wenig geregnet, was in der Trockenzeit selten vorkommt, und jetzt blüht alles. Morgen werden Sie die Farben sehen.« Edgar blieb stehen, um genauer hinzuschauen, doch dann merkte er, dass der Träger schon weit voraus war, und ging schnell weiter. Erst als das Gesträuch abrupt endete und sie auf eine Lichtung kamen, hob er wieder den Blick.

Später versuchte er sich zu erinnern, wie Mae Lwin in seinen Träumen ausgesehen hatte, aber der erste Anblick übertraf alle seine Phantasien. An einem Berghang lag, vom Mondlicht übergossen, eine Ansammlung von Bambushütten. Man hatte das Fort unterhalb eines schroffen Berges errichtet, und die Gebäude thronten etwa hundert Meter unter seinem Steilhang. Viele waren durch Treppen oder Hängebrücken miteinander verbunden.

An den Dachbalken baumelten Laternen, die jedoch im Schein des Mondes fast überflüssig schienen. Alles in allem waren es an die zwanzig Hütten. Das Camp war kleiner, als Edgar erwartet hatte, und von dichtem Wald flankiert. Aus den Berichten, die er gelesen hatte, wusste er, dass jenseits des Berges ein Shan-Dorf mit mehreren hundert Einwohnern lag.

Der Doktor trat zu ihm. Da das Mondlicht von hinten kam, lag sein Gesicht im Dunkeln. »Beeindruckend, nicht wahr, Mr. Drake?«

»Dass es beeindruckend sein würde, wusste ich, aber so hatte ich es mir nicht vorgestellt... Captain Dalton hat es mir zwar zu beschreiben versucht, aber –«

»Captain Dalton ist Soldat. Das Militär hat noch keinen Dichter nach Mae Lwin geschickt.«

Ich bin nur Klavierstimmer, dachte Drake und wandte sich wieder dem Camp zu. Zwei Vögel flogen zwitschernd über die Lichtung. Wie zur Antwort auf ihren Gesang rief der Träger, der Edgars Gepäck vom Fluss heraufgebracht hatte, etwas von einem Balkon in der oberen Hüttenreihe herab. Carroll antwortete in einer fremden Sprache, die anders klang als das Birmanische, weniger nasal, in anderer Tonhöhe. Der Mann verschwand von dem Balkon.

»Sie sollten sich schlafen legen«, sagte Carroll. »Wir haben viel zu besprechen, aber das kann bis morgen warten.«

Edgar setzte zu einer Antwort an, aber der Doktor schien es eilig zu haben, und so verbeugte er sich nur leicht und wünschte ihm gute Nacht. Drake überquerte die Lichtung und stieg zu dem Träger hinauf. Auf dem Balkon blieb er stehen, um Atem zu schöpfen. Das muss an der Höhe liegen, dachte er, das Plateau liegt ziemlich hoch. Er blickte über die Lichtung und atmete nochmals tief ein.

Vor ihm fiel das von Gesträuch und einzelnen Bäumen bewachsene Gelände sanft zum Fluss hin ab. Am sandigen Ufer lagen einige Einbäume nebeneinander. Der Mond blendete fast, und Edgar suchte das Kaninchen, wie in so vielen Nächten, seit sie das Mittelmeer durchquert hatten. Jetzt sah er es zum ersten Mal: Es lief am Mondrand entlang, halb tanzend, halb davonhuschend. Unter dem Kaninchen stand dunkel und dicht der Wald, der Salween glitt leise dahin, und kaum wahrnehmbar schwamm der Himmel durch seine Fluten. Im Camp war es still. Khin Myo hatte er seit seiner Ankunft nicht mehr gesehen. Wahrscheinlich sind alle schlafen gegangen, dachte er.

Die Luft war kühl, fast kalt, und er stand mehrere Minuten schweigend da, bis er wieder zu Atem gekommen war. Dann drehte er sich um, trat mit eingezogenem Kopf durch die Tür und schloss sie hinter sich. Der Träger war gegangen. Eine schmale Matratze lag unter einem Moskitonetz, und Edgar schlenkerte seine Schuhe von den Füßen und schlüpfte darunter.

Er hatte die Tür nicht abgeschlossen, und ein leichter Windstoß wehte sie wieder auf. Das Mondlicht tanzte auf den Flügeln winziger Nachtfalter.

Am nächsten Morgen wachte er davon auf, dass etwas nahe bei ihm war, ein Rascheln des Moskitonetzes, warmer Atem an seiner Wange, ein unterdrücktes Kichern. Er öffnete die Augen und sah ein halbes Dutzend andere Augen vor sich, das Weiße, die Iris, die Pupillen, dann rannten ihre kindlichen Besitzer kreischend davon.

Es war bereits hell und viel kühler als im Tiefland. In der Nacht hatte er sich mit einem dünnen Laken zugedeckt, und er war noch in seinen Reisekleidern, noch schmutzig. In seiner Erschöpfung hatte er nicht mehr daran gedacht, sich zu waschen. Auch die Laken waren beschmutzt. Er fluchte, dann lächelte er und schüttelte den Kopf. Es fällt schwer, wütend zu sein, wenn man von Kinderlachen geweckt worden ist. Lichtpunkte, die durch das Geflecht der Bambuswände drangen, sprenkelten den Raum. Sie haben die Sterne mitgebracht, dachte er. Er kroch unter dem Moskitonetz hervor und ging zur Tür. Als Echo seiner

Schritte waren von draußen ein Forthuschen und erneutes Kreischen zu hören. Die Tür stand noch offen. Er streckte den Kopf hinaus. Am Ende des Flurs verschwand ein kleiner Kopf hinter der Ecke. Erneutes Gekicher. Lächelnd schloss Edgar die Tür und schob einen groben Holzriegel in eine Halterung am Türpfosten. Er zog sein Hemd aus. Getrockneter Schlamm blätterte davon ab und zerkrümelte am Boden. Er sah sich nach einer Waschschüssel um, aber es gab keine. Da er nicht wusste, was er mit seinen Kleidern machen sollte, faltete er sie flüchtig zusammen und legte sie neben die Tür. Er zog frische Sachen an, eine Khakihose, ein dünnes Baumwollhemd und eine dunkle Weste. Dann kämmte er sich eilig und nahm das Päckchen, das er dem Oberstabsarzt im Auftrag des Kriegsministeriums übergeben sollte.

Die Kinder hatten vor der Tür gewartet, und als er herauskam, flüchteten sie den Weg hinunter. Ein Junge stolperte in der Eile, und die anderen fielen auf ihn. Edgar half einem von ihnen auf, kitzelte ihn und schwang ihn sich über die Schulter, eine verspielte Geste, die ihn selbst überraschte. Die anderen Kinder blieben in seiner Nähe, mutiger geworden, weil der hoch gewachsene Fremde nur zwei Arme hatte, einen für das Päckchen, den anderen für das strampelnde Kind.

Auf der Treppe wäre er beinahe mit einem älteren Shan-Jungen zusammengestoßen. »Mr. Drake, Doktor Carroll will sehen. Er bei Frühstück.« Seine Augen wanderten zu dem Kind, das ihn von Edgars Schulter herab kopfüber ansah, und er schimpfte es auf Shan aus. Die anderen lachten.

»Nicht böse sein«, sagte Drake. »Das ist allein meine Schuld. Wir haben gerauft …«

»Gerauft?«

»Schon gut.« Leicht verlegen setzte er den Jungen ab, und die Kinder stoben davon wie Vögel, die man aus einem Käfig befreit. Er zog sein Hemd glatt, strich sich die Haare aus dem Gesicht und folgte dem Jungen die Treppe hinunter.

Als sie die Lichtung erreichten, blieb er stehen. Aus den dunkelblauen Schatten der Nacht waren blühende Blumen geworden, hängende Orchideen, Rosen, Hibiskus. Überall flatterten Schmetterlinge, kleine Farbflecke, die wie Konfetti die Luft erfüllten. Auf der freien Fläche spielten Kinder mit einem Ball aus geflochtenem Rohr, der über den unebenen Boden hüpfte.

Sie gingen durchs Gebüsch an das sandige Ufer, wo Carroll an einem kleinen, für zwei Personen gedeckten Tisch saß. Er trug ein frisches weißes Leinenhemd mit aufgerollten Ärmeln, war ordentlich gekämmt und lächelte, als der Klavierstimmer näher trat. Jetzt, in der Sonne, musste Edgar sofort an das Bild von ihm denken, das er in London gesehen hatte. Die Fotografie war vielleicht zwanzig Jahre alt gewesen, aber er erkannte die breiten Schultern, die markante Nase und das kantige Kinn, das zurückgekämmte Haar und den dunklen, inzwischen grau melierten Schnurrbart sofort wieder. Und noch etwas war ihm von dem Bild her vertraut, etwas Unbestimmbares, etwas Bewegliches und Lebendiges in den blauen Augen. Der Doktor streckte ihm die Hand hin. »Guten Morgen, Mr. Drake.« Sein Händedruck war kräftig, die Handfläche rau. »Ich hoffe, Sie haben gut geschlafen.«

»Wie ein Säugling, Doktor. Bis ein paar Kinder kamen.«

Der Arzt lachte. »Ach, daran werden Sie sich gewöhnen.«

»Das hoffe ich sehr. Ich bin schon lange nicht mehr von Kinderlärm geweckt worden.«

»Haben Sie selbst Kinder?«

»Nein, leider nicht. Aber Nichten und Neffen.«

Einer der Jungen rückte einen Stuhl für Edgar zurecht. Der Fluss strömte schnell dahin, braun, mit weißen Schaumkronen getupft. Edgar hatte erwartet, Khin Myo zu sehen, aber der Doktor war allein. Er wunderte sich ein wenig, dass sie nicht da war, denn sie war ebenfalls von Mandalay hierher beordert worden. Er hätte Carroll gern danach gefragt, wollte aber nicht neugierig erscheinen. Unterwegs hatte sie nichts darüber verlauten lassen, weshalb sie mitkam, und nach der Ankunft war sie sehr schnell verschwunden.

Der Doktor zeigte auf das Päckchen in Edgars Händen. »Sie haben mir etwas mitgebracht?«

»Ach ja, richtig. Noten. Sie haben einen bewundernswerten Geschmack.«

»Sie haben das Päckchen geöffnet?« Der Doktor zog eine Augenbraue hoch.

Edgar errötete. »Ja, tut mir Leid, das hätte ich wohl nicht tun sollen. Aber … also, ich muss gestehen, ich war neugierig, was für eine Art von Musik Sie bestellt hatten.« Der Oberstabsarzt schwieg, und Edgar fuhr fort: »Eine eindrucksvolle Auswahl … aber einiges davon ist nicht gekennzeichnet, und ich konnte es nicht zuordnen. Musikalisch scheint es nicht viel Sinn zu ergeben …«

Anthony Carroll lachte. »Das ist Shan-Musik. Ich versuche sie für Klavier zu transkribieren und schicke sie einem Freund in England, einem Komponisten, der ein paar Änderungen vornimmt und die Noten dann an mich zurückschickt. Ich habe mich schon immer gefragt, was wohl ein Außenstehender davon halten würde … Einen Stumpen?« Er wickelte eine Sardinendose aus einem Taschentuch, in der Zigarren von der Sorte lagen, wie er sie am Abend zuvor geraucht hatte.

»Nein, danke, ich rauche nicht.«

»Schade. Es gibt nichts Besseres. Eine Frau aus dem Dorf rollt sie für mich. Sie kocht die Tabakblätter in Palmzucker und füllt sie mit Vanille, Zimt und allen möglichen anderen Wunderdingen. Sie werden an der Sonne getrocknet. Es gibt eine birmanische Geschichte von einem Mädchen, das die Stumpen für ihren Liebsten am Körper trocknet … So glücklich bin ich leider nicht.« Er lächelte. »Tee vielleicht?«

Edgar dankte, und Carroll nickte einem der Jungen zu, der eine silberne Teekanne brachte und ihm einschenkte. Ein anderer stellte Teller mit kleinen Reiskuchen, eine Schale mit zerkleinerten Paprikaschoten und ein geöffnetes Marmeladenglas auf den Tisch, das eigens für Edgar bestimmt schien.

Der Doktor nahm einen Stumpen aus der Dose, zündete ihn

an und zog mehrmals daran. Selbst im Freien verströmte die Zigarre einen beißenden Geruch.

Edgar hätte dem Doktor gern Fragen zur Shan-Musik gestellt, doch da sie sich noch kaum kannten, fürchtete er, unhöflich zu erscheinen. »Ich bin sehr beeindruckt von dem Fort«, sagte er.

»Danke. Wir haben versucht, es im Shan-Stil zu bauen, das sieht schöner aus, und ich konnte Handwerker aus der Gegend beschäftigen. Einiges davon – die zwei Etagen, die Brücken – war meine Idee, Erfordernisse des Geländes. Ich musste dicht am Fluss und zugleich unter dem Bergkamm versteckt bleiben.«

Edgar blickte aufs Wasser hinaus. »Der Fluss ist viel breiter, als ich dachte.«

»Das hat mich auch überrascht, als ich hierher kam. Er ist einer der breitesten Flüsse Asiens, mit Zuflüssen aus dem Himalaja – aber das wissen Sie sicher schon.«

»Ja, ich habe Ihren Brief gelesen. Ich habe mich gefragt, was der Name bedeutet.«

»Salween? Die Birmanen sprechen es ›Thanlwin‹ aus, aber was das heißt, habe ich noch nicht herausgefunden. *Than-lwin* sind kleine birmanische Zimbeln. Meine Freunde hier behaupten zwar steif und fest, der Fluss sei nicht nach dem Instrument benannt – vielleicht klingen die Wörter anders –, aber ich finde das sehr poetisch. Zimbeln haben einen leichten Klang, wie Wasser, das über Kiesel fließt. ›Fluss des leichten Klanges‹ – ein passender Name, auch wenn er nicht stimmt.«

»Und das Dorf… Mae Lwin?«

»Mae ist ein Shan-Wort für Fluss. Das gleiche wie im Siamesischen.«

»War das Shan, was Sie gestern Abend gesprochen haben?«

»Das haben Sie erkannt?«

»Nein … Nein, natürlich nicht. Es klang nur anders als Birmanisch.«

»Ich bin beeindruckt, Mr. Drake. Aber bei einem Mann, der

den Klang studiert, hätte ich es mir denken können … Moment … still …« Der Doktor sah zum anderen Ufer hinüber.

»Was ist?«

»Schsch!« Anthony Carroll hob die Hand. Seine Stirn legte sich in Falten.

Man hörte ein fernes Rascheln im Gebüsch. Edgar straffte sich. »Ist da jemand?«, flüsterte er.

»Schsch – keine plötzlichen Bewegungen.« Der Doktor ließ sich von dem Jungen ein kleines Fernrohr bringen.

»Stimmt etwas nicht, Doktor?«

Der Arzt sah durch das Fernrohr und bat mit einer Geste erneut um Ruhe. »Nein … nichts … keine Sorge, Moment, da … Aha! Dachte ich mir's doch!« Er sah Edgar an, das Fernrohr noch in der erhobenen Hand.

»Was ist los?«, flüsterte Edgar. »Werden wir … werden wir angegriffen?«

»Angegriffen?« Der Doktor reichte ihm das Fernrohr. »Wohl kaum … Das hier ist viel lustiger, Mr. Drake. Einen Tag sind Sie erst hier, und schon bekommen Sie *upupa epops* zu sehen, den Wiedehopf. Was für ein Glückstag! Ich muss mir das notieren – es ist das erste Mal, dass ich am Fluss einen sehe. Normalerweise bevorzugt er offenes, trockeneres Gelände. Bestimmt ist er wegen der Dürre hierher gekommen. Phantastisch! Sehen Sie nur die schöne Haube auf seinem Kopf. Er fliegt wie ein Schmetterling.«

Durch das Fernrohr betrachtete Edgar den Vogel am anderen Ufer. Er war klein und grau, aber auf die Entfernung nicht weiter bemerkenswert, wie er fand. Schließlich flog der Wiedehopf davon.

»Lu!«, rief Carroll. »Gib mir mein Tagebuch!« Der Junge brachte ein braunes, mit Bindfaden verschnürtes Buch. Carroll löste die Schnur, setzte sich einen Kneifer auf und schrieb schnell ein paar Zeilen. Dann gab er dem Jungen das Buch zurück und sah Edgar über die Brille hinweg an. »Was für ein Glückstag!«, wiederholte er. »Die Shan würden sagen, Ihre Ankunft hat Glück gebracht.«

Endlich ging über den Bäumen am Ufer die Sonne auf. Der Oberstabsarzt schaute zum Himmel. »Es ist schon spät«, sagte er. »Wir müssen bald aufbrechen. Wir haben heute einen weiten Weg vor uns.«

»Ich wusste gar nicht, dass wir irgendwohin gehen.«

»Ach! Ich muss mich entschuldigen, Mr. Drake, ich hätte es Ihnen schon gestern Abend sagen sollen. Heute ist Mittwoch, und mittwochs gehe ich immer auf die Jagd. Es wäre mir eine Ehre, wenn Sie mich begleiten würden. Es wird Ihnen bestimmt gefallen.«

»Auf die Jagd… Aber der Erard…«

»Natürlich.« Der Doktor schlug mit der Hand auf den Tisch. »Der *Erard*. Ich habe ihn nicht vergessen. Sie waren wochenlang unterwegs, um den Erard zu reparieren, ich weiß. Keine Sorge, Sie werden dieses Klavier noch früh genug Leid sein.«

»Nein, nein, ich dachte nur, ich sollte es mir wenigstens einmal ansehen. Ich bin kein Jäger. Seit einer Jagd in Rangun hatte ich kein Gewehr mehr in der Hand. Eine lange, schreckliche Geschichte… Und dann auf dem Weg hierher –«

»Auf dem Weg hierher sind Sie überfallen worden, Khin Myo hat es mir erzählt. Sie waren ja ein richtiger Held.«

»Ein Held? Wohl kaum. Ich bin in Ohnmacht gefallen, ich hätte beinahe das Pferd getötet, ich…«

»Keine Sorge, Mr. Drake. Es kommt selten vor, dass ich überhaupt einen Schuss abgebe, wenn ich auf der Jagd bin. Vielleicht schieße ich ein paar Wildschweine, wenn genug Reiter dabei sind, die sie hierher schaffen können. Aber das ist im Grunde nicht der Zweck der Übung.«

»Dann sollte ich wohl fragen, was der Zweck ist«, sagte Edgar lustlos.

»Sammeln. Botanisches hauptsächlich, was oft zugleich Medizinisches ist… Ich schicke Proben an die Königlichen Botanischen Gärten in Kew. Erstaunlich, wie viel man dabei lernt. Ich bin jetzt zwölf Jahre hier und habe die Shan-Pharmakopöe noch nicht einmal annähernd erfasst. Aber wie dem auch sei – Sie sollten mitkommen, einfach weil es schön ist, weil Sie gerade angekommen sind, weil Sie mein Gast sind, weil es unhöflich von mir wäre, Ihnen nicht die Wunder Ihres neuen Zuhauses zu zeigen.«

Mein neues Zuhause, dachte Edgar. Am anderen Ufer hörte man abermals ein Rascheln, und ein Vogel flog aus den Büschen auf. Carroll hob das Fernrohr ans Auge und senkte es dann wieder. »Ein Eisvogel«, sagte er. »Nicht unbedingt selten, aber schön. In einer Stunde brechen wir auf. Der Erard hält es schon noch einen Tag so verstimmt aus.«

Edgar lächelte verlegen. »Kann ich mich wenigstens noch rasch rasieren? Das erste Mal seit Tagen.«

Der Doktor sprang auf. »Natürlich. Aber nehmen Sie's mit dem Waschen nicht allzu genau. Wir werden im Nu wieder schmutzig sein.« Er legte seine Serviette auf den Tisch und sagte etwas zu einem der Jungen, der daraufhin über die Lichtung lief. Dann bedeutete er Edgar voranzugehen. »Nach Ihnen«, sagte er, warf den Stumpen in den Sand und trat ihn aus.

Als Edgar in sein Zimmer zurückkam, fand er eine kleine Schüssel mit Wasser, einen Rasierapparat, Rasiercreme, eine Bürste und ein Handtuch auf dem Tisch vor. Er spritzte sich das Wasser ins Gesicht und fühlte sich einen Moment lang erfrischt. Er wusste nicht, was er von Carroll halten sollte – und davon, dass seine Arbeit aufgeschoben wurde, damit sie sich Blumen ansehen konnten. Auch unbestimmtere Zweifel beunruhigten ihn. Etwas an der Art des Doktors irritierte ihn, und es fiel ihm schwer, die Geschichten über den Arzt und Soldaten mit dem umgänglichen, geradezu leutseligen Mann in Einklang zu bringen, der Tee, Reiskuchen und Marmelade anbot und sich für Vögel begeisterte. Vielleicht liegt es daran, dass alles hier noch so *englisch* ist, dachte er. Ein Spaziergang – wenn es einer wird – ist schließlich eine angemessene Begrüßung für einen Gast. Dennoch fühlte er sich unbehaglich. Er rasierte sich, zog vorsichtig die Klinge über seine Wangen und fühlte mit den Handflächen, wie glatt sie waren.

Sie bestiegen zwei Shan-Pferde, die auf der Lichtung gesattelt worden waren. Kleine Blüten waren in ihre Mähnen geflochten.

Nok Lek kam auf einem anderen Pferd angetrabt. Edgar freute sich, ihn wieder zu sehen. Er bemerkte, dass Nok Lek sich anders verhielt als unterwegs; sein jugendliches Selbstbewusstsein wirkte in der Nähe des Doktors gedämpfter, respektvoller. Er nickte den beiden Männern zu, und Carroll forderte ihn mit einer Geste auf, die Führung zu übernehmen. Flink wendete er sein Pferd und galoppierte davon.

Sie ritten am Fluss entlang, in südöstlicher Richtung, wie Edgar aus dem Sonnenstand schloss, durch ein Weidenwäldchen, dessen dicht belaubte Äste so tief herabhingen, dass er den Kopf einziehen musste, um nicht aus dem Sattel geworfen zu werden. Nach einer Biegung stieg der Weg langsam an, und die Weiden gingen in dürres Gesträuch über. Auf dem Kamm, in dessen Schutz das Camp lag, hielten sie an. Im Nordosten dehnte sich ein weites Tal mit zahlreichen Bambus-Siedlungen, im Süden unterbrach eine kleine Hügelkette das abfallende Land wie die Wirbelsäule eines Skeletts. Am Horizont, in der gleißenden Sonne kaum zu erkennen, ragten höhere Berge auf.

»Siam.« Der Doktor zeigte in die Richtung.

»So nahe? Das war mir gar nicht klar.«

»Achtzig Meilen etwa. Deswegen ist das Kriegsministerium so erpicht darauf, die Shan-Staaten zu halten. Die Siamesen sind der einzige Puffer zwischen uns und den Franzosen, die weiter nördlich, am Mekong, bereits Truppen zusammengezogen haben.«

»Und die Siedlungen?«

»Das sind Shan- und Birmanendörfer.«

»Was bauen die Leute an?«

»Opium größtenteils … die Produktion hier ist allerdings nichts im Vergleich zu der im Norden, bei den Wa in Kokang. Man sagt, es gibt in Kokang so viel Mohn, dass die Bienen in einen tiefen Opiumschlaf fallen, aus dem sie nicht wieder erwachen. Aber die

Erträge hier sind auch nicht zu verachten... Jetzt kennen Sie einen weiteren Grund, warum wir die Shan-Staaten nicht verlieren wollen.« Er holte die Sardinendose hervor, steckte sich einen Stumpen in den Mund und hielt sie Edgar hin. »Haben Sie sich's noch nicht anders überlegt?«

Edgar schüttelte den Kopf. »Aber ich habe vom Mohnanbau hier gelesen. Ich dachte, das indische Opiumgesetz verbietet ihn. In den Berichten steht...«

»Ich weiß, was in den Berichten steht.« Carroll zündete den Stumpen an. »Wenn man das indische Opiumgesetz von 1878 genau liest, stellt man fest, dass es den Opiumanbau nur in Birma selbst verbietet; damals standen die Shan-Staaten noch nicht unter unserer Kontrolle. Das heißt allerdings nicht, dass nicht Druck ausgeübt würde, den Anbau einzustellen. In England wird viel mehr Wirbel darum gemacht als hier. Deshalb wählen wir unsere Worte sehr genau, wenn wir solche Berichte schreiben.«

»Da kommen mir natürlich Zweifel an allem, was ich sonst noch gelesen habe.«

»Keine Sorge, das meiste stimmt, Sie müssen sich nur an die Feinheiten gewöhnen, an die Unterschiede zwischen dem, was man in England liest, und dem, was Sie hier sehen, besonders wenn Politik im Spiel ist.«

»Davon verstehe ich nicht viel, meine Frau verfolgt diese Dinge genauer als ich.« Edgar schwieg einen Moment und fuhr dann fort: »Aber es würde mich interessieren, was Sie dazu sagen.«

»Zur Politik, Mr. Drake?«

»In London hat jeder seine eigene Meinung über die Zukunft des Empires. Sie müssten doch viel mehr wissen als die Leute dort.«

Der Doktor schwenkte den Stumpen. »Also, ich halte nicht viel von Politik, ich finde sie ziemlich unpraktisch.«

»Unpraktisch?«

»Nehmen Sie nur das Opium. Vor dem Sepoy-Aufstand, als unsere Besitzungen in Birma noch von der Ostindischen Kompanie verwaltet wurden, hat man den Opiumkonsum sogar gefördert – der Opiumhandel war ziemlich lukrativ. Aber es hat von Seiten derjenigen, die seine ›verderblichen Wirkungen‹ beklagen, immer Forderungen gegeben, ihn zu unterbinden oder zu besteuern. Letztes Jahr hat die Gesellschaft zur Abschaffung des Opiumhandels den Vizekönig ersucht, den Handel zu verbieten. Das ist still und leise abgelehnt worden. Kein Wunder, denn Opium ist unser wichtigstes zum Verkauf bestimmtes Agrarprodukt in Indien. Und ein Verbot bewirkt im Grunde nichts, die Droge wird dann eben übers Meer geschmuggelt. Und die Schmuggler sind gewieft: Sie verpacken das Opium in Tüten, die sie an Salzblöcken befestigen. Wird das Schiff durchsucht, werfen sie die Fracht einfach ins Wasser. Nach einiger Zeit löst sich das Salz auf, und die Päckchen schwimmen an die Oberfläche.«

»Das klingt, als fänden Sie das gut.«

»Was? Das Opium? Es ist eines der besten Medikamente, die ich habe, ein Mittel gegen Schmerzen, Durchfall und Husten, die häufigsten Leiden, mit denen ich hier zu tun habe. Wer zu solchen Themen Stellung beziehen will, politisch, sollte erst einmal hierher kommen.«

»Und was halten Sie von der Selbstverwaltung? Das scheint ja die dringlichste Frage …«

»Bitte, Mr. Drake, es ist so ein schöner Morgen. Verderben wir ihn nicht mit Gesprächen über Politik. Ich weiß, dass man sich nach so einer Reise für diese Dinge interessiert, aber ich finde sie schrecklich langweilig. Sie werden sehen: Je länger Sie hier sind, desto unwichtiger werden die diversen Meinungen.«

»Aber Sie schreiben so viel …«

»Ich schreibe Geschichten, Mr. Drake, aber nichts über Politik.« Der Doktor zeigte mit seiner Zigarre auf Edgar. »Das Thema ist mir nicht besonders angenehm. Wenn Sie gehört haben, was manche Leute zu meiner Arbeit hier sagen, werden Sie verstehen, warum.«

Drake murmelte eine Entschuldigung, aber der Doktor gab

keine Antwort. An einer engen Stelle wartete Nok Lek auf sie, und nacheinander ritten sie in den Wald auf der anderen Seite des Bergrückens.

Sie ritten fast drei Stunden, erst zwischen Bäumen hindurch, dann in ein weites Tal, das südlich der Hügelkette langsam anstieg. Bald war der Weg breit genug für zwei Pferde, und der Arzt und der Klavierstimmer konnten wieder nebeneinander reiten. Edgar wurde bald klar, dass Carroll nicht das geringste Interesse an der Jagd hatte. Er erzählte, wie er das Gebiet nach seiner Ankunft kartographisch erfasst und mit Siedepunktbarometern Höhen gemessen hatte, er sprach über die Geologie, die Geschichte und die lokalen Mythen jedes Felsvorsprungs, jeder Schlucht und jedes Flusses am Weg, Hier züchten die Mönche Welse, Hier habe ich meinen ersten Tiger auf dem Plateau gesehen, eine Seltenheit, Hier legen die Mücken ihre Eier, und ich mache Experimente zur Verbreitung von Krankheiten, Hier liegt ein Eingang zur Welt der *nga-hlyin*, der birmanischen Riesen, Hier treffen sich die Liebespaare der Shan, manchmal hört man hier Flötenspiel. Sein Fundus an Geschichten schien unerschöpflich, und er hörte erst dann auf, von einem Hügel zu erzählen, wenn sie zum nächsten kamen. Edgar Drake staunte: Der Doktor kannte nicht nur jede einzelne Blume, sondern auch ihre Heilwirkung, ihre wissenschaftliche Klassifikation, ihren Namen auf Birmanisch und Shan, ihre Geschichte. Mehrmals zeigte er auf blühende Sträucher und sagte, dass solche Pflanzen der westlichen Wissenschaft unbekannt seien. »Ich habe Proben an die Linné-Gesellschaft und die Königlichen Botanischen Gärten in Kew geschickt, eine Spezies trägt sogar meinen Namen, eine Orchidee, die man *Dendrobium carrollii* genannt hat, ebenso eine Lilie namens *Lilium carrollii*. Eine andere Lilie, *Lilium scottium*, habe ich nach J. George Scott benannt, dem politischen Administrator der Shan-Staaten, einem Freund, den ich zutiefst bewundere. Und es gibt noch andere Blumen …« – er blieb stehen und sah Edgar mit leuchtenden Augen an – »meine eigene Spezies, *Car-*

rollium trigeminum, der Gattungsname bedeutet ›die drei Wurzeln‹, eine Anspielung auf den Shan-Mythos von den drei Prinzen, den ich Ihnen demnächst erzählen werde, das verspreche ich Ihnen, oder vielleicht sollten Sie ihn besser von den Shan selbst hören … Jedenfalls sieht die Blüte im Profil aus wie das Gesicht eines Prinzen, und es ist eine einkeimblättrige Pflanze mit dreipaarigen Blüten- und Kelchblättern, wie drei Prinzen und ihre Bräute.« Von Zeit zu Zeit hielt er inne, um Blumen und Grünpflanzen zu pflücken und sie zum Pressen in einen abgestoßenen Lederband zu legen, den er in der Satteltasche mitführte.

An einem mit kleinen gelben Blüten übersäten Busch hielten sie an. »Der hier«, sagte er und zeigte darauf – sein Ärmel war über dem sonnengebräunten Arm hochgekrempelt –, »hat noch keinen offiziellen Namen; ich möchte erst Proben an die Linné-Gesellschaft schicken. Es ist gar nicht so einfach, meine botanischen Arbeiten zu veröffentlichen. Das Militär scheint zu befürchten, dass ich in meinen Abhandlungen über Blumen Staatsgeheimnisse verrate … als wüssten die Franzosen nichts von Mae Lwin.« Er seufzte. »Ich werde wohl erst im Ruhestand eine Pharmakopöe veröffentlichen können. Manchmal wäre ich gern Zivilist, ohne Regeln und Reglementierung. Aber dann wäre ich wohl nicht hier.«

Unter dem Ansturm von Carrolls Begeisterung verflüchtigten sich Edgars Nervosität und Verwirrung allmählich. Die vielen Fragen, die er noch hatte – über Musik zumeist, zu dem Klavier, was Shan und Birmanen zu Bach und Händel sagten, was Carroll hier hielt und schließlich auch, warum er selbst hierher gekommen war –, waren für den Moment vergessen. Seltsamerweise schien nichts natürlicher, als auf dem Pferderücken nach namenlosen Pflanzen Ausschau zu halten und sich auf die Geschichten des Doktors, seine Schilderungen der Shan, auf lateinische Begriffe und literarische Anspielungen einen Reim zu machen. Über ihnen kreiste ein Raubvogel im Aufwind, und Edgar malte sich aus, was der von dort oben sehen mochte: drei winzige

Gestalten auf einem dürren Pfad, der sich an karstigen Hügeln entlangschlängelte, die kleinen Dörfer, den träge mäandernden Salween, die Berge im Osten, das nach Mandalay abfallende Shan-Plateau und schließlich ganz Birma, Siam, Indien, die dort aufmarschierten Armeen, Karrees französischer und britischer Soldaten, unsichtbar füreinander.

Die drei Männer passierten Pfahlbauten, Dorfbewohner mit breitkrempigen Hüten, die auf staubigen Straßen kleinen Dörfern mit hölzernen Toren am Dorfeingang zustrebten. An einem der Tore war der Weg kreuz und quer mit Zweigen bestreut, und ein zerfetztes Blatt Papier mit kreisförmigen Schriftzeichen hing daran, eine Zauberformel gegen die Pocken, die in dem Dorf umgingen, wie Doktor Carroll erklärte. »Es ist schrecklich«, sagte er. »In England wird jetzt mit Kuhpocken geimpft, das ist seit ein paar Jahren gesetzlich vorgeschrieben, aber ich bekomme hier nicht genügend Material dafür. Eine furchtbare Krankheit, ansteckend und entstellend. Sofern man sie überlebt.« Edgar rutschte unbehaglich im Sattel hin und her. In seiner Kindheit waren in den Elendsvierteln im Osten Londons die Pocken ausgebrochen, und in den Zeitungen waren täglich Zeichnungen der Opfer erschienen, mit Pusteln bedeckte kleine Kinder, bleiche, ausgezehrte Leichen.

Bald wurde der Weg steiniger, Felsen wuchsen wie Backenzähne aus dem Erdreich. Ein treffender Vergleich, fand Edgar, denn das weite, offene Gelände verengte sich rasch zu einer Schlucht zwischen hohen Bergen, und es war, als würden sie in die Eingeweide der Erde hinabsteigen.

»Bei Regen ist der Weg überflutet«, sagte Carroll. »Aber zurzeit herrscht eine der schlimmsten Dürreperioden der Geschichte.«

»Ja, ich habe es in einem Ihrer Briefe gelesen. Und jeder, mit dem ich gesprochen habe, hat es ebenfalls erwähnt.«

»Infolge der schlechten Ernte verhungern ganze Dörfer. Wenn das Militär nur begreifen würde, wie viel wir mit Nahrung erreichen könnten. Nur mit Nahrung, an Krieg bräuchten wir da gar nicht zu denken.«

»Es heißt, die *dacoits* seien schuld daran, dass man keine Nahrungsmittel hierher schaffen kann, ein Shan-Räuberhauptmann namens Twet Nga Lu ...«

»Das haben Sie also auch gelesen.« Carrolls Stimme hallte von den Felswänden wider. »Das ist nicht ganz unrichtig, auch wenn bei Gesprächen über Twet Nga Lu in den Offiziersmessen maßlos übertrieben wird. Man möchte eben der Gefahr ein Gesicht geben. Was nicht heißt, dass Twet Nga Lu nicht tatsächlich eine Gefahr wäre – das ist er durchaus. Aber die Lage ist komplizierter, und wenn wir Frieden wollen, dann braucht es dafür mehr als die Niederwerfung eines einzelnen Mannes ... Aber ich fange schon wieder an zu philosophieren, dabei habe ich Ihnen versprochen, das zu lassen. Was wissen Sie über die Sache?«

»Wenig. Ich muss gestehen, die vielen Namen verwirren mich noch.«

»Das geht uns allen so. Ich weiß ja nicht, welchen Bericht Sie gelesen haben oder wann er geschrieben wurde – hoffentlich hat man Ihnen einen von mir gegeben. Offiziell haben wir Oberbirma zwar letztes Jahr annektiert, aber die Shan-Staaten sind nicht zu kontrollieren, und es ist daher nahezu unmöglich, hier Truppen zu stationieren. In unseren Bemühungen, die Region zu befrieden – ›friedliche Durchdringung‹ in der Sprache des Kriegsministeriums, ein abscheulicher Ausdruck –, kämpfen wir gegen eine Gruppe von Shan-Fürsten, die sich Limbin-Konföderation nennt, ein Bündnis von Shan-*sawbwas* – das Wort der Shan für ihre Fürsten –, das die britische Herrschaft zu Fall bringen will. Twet Nga Lu gehört der Konföderation nicht an, er operiert als selbst ernannter Führer auf der anderen Seite des Salween. Wir würden ihn einen *dacoit* nennen, aber er hat zu viele Anhänger. Vielleicht ist er deshalb eine so legendäre Figur, weil er allein arbeitet. Die Limbin-Konföderation dagegen ist nicht so leicht verächtlich zu machen, denn sie ist organisiert und entsendet sogar Delegationen. Mit anderen Worten: Sie kommt einer regulären Regierung gleich. Twet Nga Lu dagegen weigert sich, mit irgendjemandem zu kooperieren.«

Edgar wollte den Doktor noch auf die Gerüchte über den Räuberhauptmann ansprechen, die er auf dem Flussdampfer gehört hatte, doch da ertönte über ihnen ein Rauschen. Sie schauten hinauf. Ein großer Vogel flog von einem Felsen auf.

»Was ist das?«, fragte Edgar.

»Ein Bonelli-Adler, ein schöner Vogel, man findet ihn sogar in Europa. Dieser hier ist etwas größer als andere, wahrscheinlich ein Weibchen. Aber wovor wir uns hier in Acht nehmen müssen, das sind Schlangen. Um diese Tageszeit kommen sie oft heraus, um sich an der Sonne zu wärmen. Letztes Jahr ist eines meiner Pferde von einer Viper gebissen worden, eine scheußliche Wunde. Beim Menschen kann der Biss sehr schnell zum Schock führen.«

»Kennen Sie sich mit Schlangenbissen aus?«

»Ich habe eine Sammlung von Giften angelegt und versuche sie zu studieren. Ein Medizinmann hilft mir dabei, ein Einsiedler, der in den Bergen lebt. Die Leute in den Dörfern sagen, er verkauft die Gifte an Mörder.«

»Das ist ja schrecklich. Ich …«

»Mag sein, obwohl der Tod durch Gift vielleicht noch relativ schmerzlos ist, verglichen mit anderen Methoden, die man so sieht. Aber keine Sorge, Mr. Drake, englische Klavierstimmer interessieren den Mann nicht.«

Sie ritten weiter. Carroll zeigte in die Schlucht hinunter. »Psst«, sagte er, »gleich kann man den Fluss hören.« Ein fernes, tiefes Brausen antwortete auf das Hufeklappern der Pferde. Der Weg führte weiter abwärts, und die Pferde hatten Mühe, auf dem felsigen Untergrund Halt zu finden. Schließlich hielt Carroll an. »Wir steigen besser ab«, sagte er. »Das ist zu gefährlich für die Pferde.« Mit einer eleganten Bewegung schwang er sich aus dem Sattel. Nok Lek folgte seinem Beispiel und dann auch Edgar, der in Gedanken noch bei den Schlangen war. Das Brausen wurde lauter. Bald wurde die Schlucht so eng, dass die Pferde kaum noch durchkamen. Edgar sah Äste über sich, zwischen den Felswänden verkeilte Baumstämme, Zeugen vergangener Fluten. Nach einer Weile beschrieb die Schlucht eine scharfe Biegung, und der Boden schien zu verschwinden. Carroll gab Nok Lek die Zügel seines Pferdes und ging vorsichtig an den Rand. »Kommen Sie, sehen Sie sich das an, Mr. Drake«, rief er über das Tosen hinweg.

Edgar trat vorsichtig zu ihm. Vor ihnen fiel der Weg sechs Meter tief zu einem Fluss ab. Die Felsen glänzten silbern, vom Wasser poliert. Edgar sah nach oben. Von dem schmalen Himmelsstreifen zwischen den Wänden der Schlucht blitzte die Sonne herab. Gischt spritzte Edgar ins Gesicht, und das Donnern der Stromschnellen ließ den Boden erzittern.

»In der Regenzeit ist hier ein Wasserfall; der Fluss ist dann doppelt so tief. Das ist alles Schmelzwasser, es kommt bis von Yünnan in China herab. Aber es gibt noch mehr zu sehen. Kommen Sie.«

»Was?«

»Kommen Sie, sehen Sie selbst.«

Edgar balancierte ängstlich über die nassen Steine. Der Doktor stand am Rand des Abgrundes und sah zu dem Felsen auf.

»Was ist?«, fragte Edgar.

»Schauen Sie genau hin. Da, an dem Felsen, sehen Sie? Die Blumen.«

Die ganze Felswand war von dunklem Moos bedeckt, doch aus dem grünen Teppich sprossen Tausende winziger Blüten, so klein, dass Edgar sie für Wassertropfen gehalten hatte.

Carroll zeigte auf eine freie Stelle an der Wand. »Legen Sie Ihr Ohr daran.«

»Bitte?«

»Nur zu, legen Sie Ihr Ohr an die Wand und horchen Sie.«

Edgar sah ihn skeptisch an. Er ging in die Hocke und hielt den Kopf an den Stein.

Tief aus dem Innern des Felsens kam ein Singen, fremd und schwermütig. Er zog den Kopf wieder zurück. Das Geräusch verstummte. Als er das Ohr von neuem an den Felsen legte, hörte er es wieder. Es klang vertraut, wie Tausende von Sopranstimmen, die sich einsingen. »Woher kommt das?«, rief er.

»Der Felsen ist hohl, das sind Schwingungen vom Fluss her. Das ist die eine Erklärung. Für die Shan ist es ein Orakel. Ratsuchende kommen hierher. Sehen Sie, da oben.« Er zeigte auf einen Steinhaufen, auf dem ein kleiner Blütenkranz lag. »Ein Schrein für die singenden Geister. Ich wusste, dass es Ihnen hier gefallen würde. Genau das Richtige für einen Musiker.«

Edgar richtete sich lächelnd auf und wischte seine Brille sauber. Während sie sich unterhielten, packte Nok Lek mehrere Körbe mit gefüllten Bananenblättern aus und legte sie auf die Steine, ein Stück vom Abgrund entfernt, wo der Boden trocken war. Sie setzten sich, aßen und lauschten dem Fluss. Das Essen war anders als die schweren Currygerichte, die der Klavierstimmer im Tiefland bekommen hatte. Jedes Bananenblatt enthielt etwas anderes: Scheiben von kurz gebratenem Hühnerfleisch, gebratenen Kürbis, eine scharfe Paste, die stark nach Fisch roch, zusammen mit dem Reis aber süß schmeckte.

Nach dem Essen führten sie die Pferde zurück, bis der Weg so eben wurde, dass sie wieder aufsitzen konnten. Langsam ging es aus der Kühle der Schlucht wieder in die Hitze des Plateaus hinauf.

Carroll nahm einen anderen Weg ins Camp zurück, durch einen abgebrannten Wald. Die Gegend war jetzt heiß und flach, die Vegetation dürr, aber auch hier hielt er mehrmals an, um Edgar Pflanzen zu zeigen, winzige, im Schatten versteckte Orchideen, harmlos aussehende Kannenpflanzen, deren Fleisch fressende Mechanismen er in allen makabren Einzelheiten erläuterte, Bäume, die Wasser speicherten, Gummi, Medizin.

Auf der einsamen Straße kamen sie durch einen alten Tempelkomplex mit Dutzenden in Reihen angeordneter Pagoden, unterschiedlich in Größe, Form und Alter, manche frisch gestrichen und mit verzierten Dächern, andere farblos und verfallen. Eine hatte die Form einer zusammengerollten Schlange. Die Stille war unheimlich. Vögel flatterten über den Boden. Der einzige Mensch, den sie sahen, war ein Mönch, der so alt schien wie die Tempel selbst. Seine Haut war dunkel und runzlig, sein Körper staubbedeckt. Er fegte gerade den Weg sauber, als sie näher kamen, und Carroll legte mit einer leichten Verbeugung die Hände aneinander. Der alte Mönch fegte schweigend weiter, und sein Strohbesen bewegte sich im hypnotischen Rhythmus seines Gesangs.

Der Weg war lang, und Edgar wurde müde. Wie oft, dachte er, muss der Doktor über das Plateau geritten sein, um jeden Bach und jeden Hügel hier zu kennen; ohne ihn würde ich niemals nach Mae Lwin zurückfinden. Einen Moment lang machte ihm der Gedanke Angst. Aber ich habe ihm vertraut, als ich mich entschloss hierher zu kommen, warum sollte ich es jetzt nicht tun? Der Pfad wurde schmaler, der Doktor ritt voraus, und Edgar betrachtete ihn, wie er so vor ihm ritt, kerzengerade, eine Hand in die Seite gestemmt, wachsam, beobachtend.

Über eine breite Hügelkette kehrten sie in das Tal zurück, aus dem sie gekommen waren. Bei Sonnenuntergang sah Edgar von einem der Hügel aus den Salween. Als sie Mae Lwin erreichten, war es dunkel.

XIII

Am nächsten Morgen wachte Edgar auf, bevor die Kinder kamen, und ging zum Fluss hinunter. Er hatte erwartet, den Doktor dort beim Frühstück anzutreffen oder gar Khin Myo zu sehen, aber das Ufer war leer. Kleine Wellen schwappten auf den Sand. Er warf einen Blick über den Fluss, um nach Vögeln Ausschau zu halten, und bemerkte ein Flattern. Noch ein Eisvogel, dachte er und lächelte vor sich hin, Ich habe schon etwas gelernt. Er ging auf die Lichtung zurück. Nok Lek kam den Weg herab, der zu den Häusern führte.

»Guten Morgen, Mr. Drake«, sagte er.

»Guten Morgen. Ich suche den Doktor. Können Sie mir freundlicherweise sagen, wo er ist?«

»Einmal in der Woche ist der Doktor in seiner … wie sagt man?«

»Der Doktor ist in seiner Ambulanz?«

»Ambulanz, ja. Ich soll Sie holen.«

Er führte Edgar den kleinen Weg zum Hauptquartier des Camps hinauf. Als sie dort anlangten, ging gerade eine ältere Frau mit einem schreienden Baby hinein, das in ein kariertes Tuch gewickelt war. Sie folgten ihr.

Der Raum war voller Menschen, Männer und Frauen in bunten Umhängen und Turbanen, stehend oder auf den Fersen kauernd, mit Kindern auf dem Arm, anderen über die Schultern spähend, um dem Doktor zuzuschauen. Der Klavierstimmer konnte kaum das Fenster am anderen Ende des Raumes sehen, wo Carroll saß. Nok Lek lotste Edgar durch die Menge, forderte sie leise auf, Platz zu machen.

Der Doktor saß an einem breiten Schreibtisch und hörte ein

Baby ab. Zur Begrüßung zog er eine Augenbraue hoch, ohne seine Tätigkeit zu unterbrechen. Das Baby lag schlaff und teilnahmslos im Schoß einer Frau, seiner Mutter, wie es schien. Sie war sehr jung, fünfzehn oder sechzehn vielleicht, aber ihre Augen waren verquollen und müde. Wie bei den meisten Frauen war ihr Haar unter einem breiten Turban verborgen, der gefährlich locker zu sitzen schien. Ihr Kleid aus handgewebtem Stoff mit verschlungenen Mustern war über der Brust geknotet. Sie trug es mit einer gewissen Eleganz, auch wenn es an den Rändern ausgefranst war, wie Edgar bei näherem Hinsehen feststellte. Er dachte an die Dürre, von der Carroll gesprochen hatte.

Endlich legte der Doktor das Stethoskop weg. Er redete kurz auf Shan mit der Frau, dann drehte er sich um und kramte in einem Schrank, in dem Reihen von Apotheker-Phiolen standen. Edgar schaute ihm über die Schulter.

Der Doktor folgte seinem Blick. »So ziemlich das Gleiche wie in jeder englischen Apotheke«, sagte er und gab der Frau ein Fläschchen mit einer dunklen Flüssigkeit. »Warburg-Tinktur und Arsenik gegen Fieber, Cockle-Pillen und Chloroquin, Goapulver gegen Flechte, Vaseline, Holloway-Salbe, Dover-Pulver und Laudanum gegen Ruhr. Und die hier.« Er zeigte auf eine Reihe unbeschrifteter Fläschchen mit Blättern und schmutzfarbenen Flüssigkeiten, zerstoßenen Käfern und in einer Lösung schwimmenden Eidechsen. »Einheimische Medizin.«

Er nahm eine größere Flasche mit Kräutern in einer trüben Flüssigkeit aus dem Schrank und entkorkte sie. Ein schwerer, süßer Duft stieg aus ihr auf. Er tauchte die Finger in die Flasche, zog einen Klumpen nasser Blätter heraus und legte ihn dem Baby auf die Brust. Wasser sammelte sich um die Blätter und rann seitlich hinab. Er strich dem Kind die Flüssigkeit auf Brust und Hals und flüsterte dazu mit geschlossenen Augen. Dann wickelte er es mitsamt den Blättern wieder in seine Tücher. Er sprach noch einmal mit der Mutter, und sie stand auf, verneigte sich zum Dank und ging durch die Menge davon.

»Was war denn das?«, fragte Edgar verblüfft.

»Ich glaube, das Kind hat Schwindsucht. In der Flasche ist Steven-Schwindsuchtkur«, sagte Carroll, »direkt aus England. Ich habe so meine Zweifel, ob das Mittel wirkt, aber wir haben nichts Besseres. Wissen Sie etwas über Kochs Forschungen?«

»Nur was ich in der Zeitung gelesen habe; ich könnte Ihnen nichts darüber sagen. Die Steven-Kur kenne ich nur, weil wir sie unserem Dienstmädchen besorgt haben – ihre Mutter hat Schwindsucht.«

»Koch glaubt die Ursache der Schwindsucht in einem Bakterium gefunden zu haben, das er ›Tuberkelbazillus‹ nennt. Aber das ist fünf Jahre her. Ich versuche mich zwar so gut wie möglich über Fortschritte in der Forschung auf dem Laufenden zu halten, bin aber hier sehr isoliert... Man erfährt kaum, was sich in der Wissenschaft tut.«

»Und die Pflanze?«

»Die Medizinmänner nennen sie *mahaw tsi*. Es ist ein berühmtes Mittel der Kachin; ihre Medizinmänner halten es vor Fremden geheim. Es hat lange gedauert, bis ich sie bewegen konnte, es mir zu zeigen. Ich bin mir ziemlich sicher, dass es sich um eine *Euonymus*-Art handelt, aber genau weiß ich es nicht. Sie verwenden es gegen alle möglichen Beschwerden, und manche glauben, dass schon das Aussprechen der Wörter *mahaw tsi* Krankheiten heilen kann. Besonders wirksam soll es bei Erkrankungen der Atemwege sein – das Baby hat ja Husten. Ich mische es mit Holloway-Salbe. Ich war lange Zeit skeptisch, ob die Kräuter wirken, aber bei den Patienten, die sie nehmen, glaube ich eine gewisse Besserung feststellen zu können. Und dann ist da noch das Gebet.«

Edgar starrte den Doktor an. »An wen richtet es sich?«, fragte er nach einer Weile, doch da kam der nächste Patient, und Carroll gab keine Antwort.

Es war ein kleiner Junge, der seine linke Hand dicht am Körper hielt. Carroll bedeutete Edgar, auf einem Stuhl hinter ihm

Platz zu nehmen. Er wollte sich die Hand ansehen, aber der Junge sträubte sich. Seine Mutter, die neben ihm stand, schimpfte mit ihm. Schließlich zog Carroll sanft seine Arme auseinander.

Drei Finger an der linken Hand des Jungen waren fast vollständig abgetrennt. Sie hingen nur noch an zerfetzten Sehnen und waren von geronnenem Blut bedeckt. Der Junge zuckte vor Schmerz zusammen, als Carroll sich die Wunde vorsichtig ansah. »Das sieht böse aus«, murmelte er und sprach auf Shan mit der Frau. Der Junge fing an zu weinen. Carroll drehte sich um und sagte leise etwas zu Nok Lek, der daraufhin ein Bündel aus dem Schrank nahm und es auf dem Tisch ausrollte. Es war ein Tuch mit Verbandmull und mehreren Schneidwerkzeugen. Der Junge begann zu schreien.

Edgar sah sich unbehaglich unter den anderen Patienten um. Sie schauten still und mit ausdruckslosen Mienen zu.

Carroll nahm eine Flasche aus dem Schrank. Er legte die Hand des Jungen auf das Tuch und goss den Inhalt der Flasche über die Wunde. Der Junge schrie und wand sich. Carroll wischte die Hand mit dem Tuch gründlich ab. Dann nahm er eine kleinere Phiole aus dem Schrank, gab eine dicke Flüssigkeit auf ein Mullstück und strich damit über die Wunde. Fast sofort beruhigte sich der Junge wieder.

Der Doktor drehte sich zu Edgar um. »Ich brauche Ihre Hilfe, Mr. Drake. Die Salbe betäubt den Schmerz zwar teilweise, aber wenn er die Säge sieht, wird er wieder anfangen zu schreien. Normalerweise habe ich eine Helferin, aber sie hat im Moment bei anderen Patienten zu tun. Natürlich nur, wenn es Ihnen nichts ausmacht. Ich dachte, es interessiert Sie vielleicht zu sehen, wie unsere Ambulanz arbeitet, wie wichtig solche Projekte für die Kontakte zur Bevölkerung sind.«

»Kontakte zur Bevölkerung?«, sagte Edgar matt. »Sie wollen amputieren?«

»Mir bleibt keine andere Wahl. Ich habe schon erlebt, dass von solchen Verletzungen der ganze Arm brandig wurde. Ich nehme nur die verletzten Finger ab, die Wunde an der Hand scheint nicht sehr tief zu sein. Ich wünschte, ich hätte Äther, aber der ist letzte Woche ausgegangen, und ich habe noch keinen neuen bekommen. Wir könnten den Jungen Opium rauchen lassen, aber es wird trotzdem wehtun. Ich möchte die Sache lieber so schnell wie möglich hinter mich bringen.«

»Was soll ich tun?«

»Halten Sie einfach seinen Arm fest. Der Junge ist zwar noch klein, aber Sie werden überrascht sein, wie heftig er sich wehrt.«

Carroll stand auf, und Edgar ebenso. Der Doktor nahm sanft die Hand des Jungen und legte sie auf den Tisch. Oberhalb des Ellenbogens band er einen Stauschlauch um den Arm und bedeutete Drake, den Arm festzuhalten, was dieser auch tat, aber er kam sich dabei grob und grausam vor. Dann nickte Carroll Nok Lek zu, der den Jungen am Ohr packte und es verdrehte. Der Junge schrie auf, seine gesunde Hand zuckte an das Ohr, und noch ehe Edgar wieder auf den Tisch schaute, hatte der Doktor schon einen, zwei und dann den dritten Finger abgetrennt. Der Junge sah ihn verblüfft an und schrie von neuem, aber Carroll hatte bereits das Tuch um die blutende Hand gewickelt.

Der Vormittag rückte vor, und ein Patient nach dem anderen nahm in dem Untersuchungsstuhl am Fenster Platz: ein humpelnder Mann mittleren Alters, eine Schwangere und eine Frau, die nicht schwanger wurde, ein Kind, das Carroll als taub diagnostizierte. Dann kamen drei Leute mit einem Kropf, zwei mit Durchfall und fünf mit Fieber, bei denen Carroll Malaria vermutete. Er nahm jedem der Fiebernden einen Tropfen Blut ab, gab es auf einen Objektträger und untersuchte es unter einem kleinen Mikroskop mit Tageslichtbeleuchtung.

»Wonach suchen Sie?«, fragte Edgar, noch ganz aufgewühlt von der Amputation. Carroll ließ ihn durch das Mikroskop schauen.

»Sehen Sie die kleinen Kreise?«, fragte er.

»Ja, alles ist voll davon.«

»Das sind rote Blutkörperchen. Die haben wir alle, aber wenn Sie genau hinschauen, sehen Sie im Inneren der Zellen dunkle Flecke, wie Verunreinigungen.«

»Ich sehe nichts.« Edgar lehnte sich frustriert zurück.

»Ja, am Anfang ist es schwierig. Bis vor ungefähr sieben Jahren wusste niemand, was das ist, dann fand ein Franzose heraus, dass es sich um Parasiten handelt, die die Krankheit hervorrufen. Das hat mich sehr interessiert, denn die meisten Europäer glauben, sie werde durch das Einatmen von Miasma verursacht, schlechter Luft aus den Sümpfen, deswegen haben die Italiener sie *mala aria* genannt, ›schlechte Luft‹. Aber in Indien war ich mit einem indischen Arzt befreundet, der einiges aus dem Weda der Hindus für mich übersetzt hat, und dort wird die Malaria ›Königin der Krankheiten‹ genannt und auf den Zorn des Gottes Wischnu zurückgeführt. Nach dem Weda erfolgt die Übertragung durch die unscheinbare Stechmücke. Sicher ist das allerdings nicht, denn bisher hat noch niemand den Parasiten in einer Stechmücke gefunden. Und da Moskitos in Sümpfen leben, ist das eine schwer vom anderen zu unterscheiden. Im Dschungel lassen sich überhaupt kaum irgendwelche möglichen Krankheitsquellen ausmachen. Die Birmanen beispielsweise nennen die Krankheit *hnget pyhar*, das bedeutet ›Vogelfieber‹.«

»Und was meinen Sie?«

»Ich sammle Moskitos, seziere sie, zerkleinere sie sehr fein und sehe sie mir unter dem Mikroskop an, aber bis jetzt habe ich nichts gefunden.«

Carroll gab den Malaria-Patienten Chinintabletten, einen aus China stammenden Pflanzenextrakt und eine einheimische Wurzel zur Fiebersenkung. Gegen Durchfall verordnete er Laudanum oder gemahlenen Papayasamen, gegen Kropf Salztabletten. Dem hinkenden Mann erklärte er, wie er sich Krücken bauen konnte, der Schwangeren rieb er eine Salbe auf den Bauch. Für das taube Kind konnte er nichts tun. Es mache ihn traurig wie kaum eine andere Krankheit, sagte er zu Edgar, wenn er ein solches Kind sehe, denn die Shan hätten keine Zeichensprache und selbst wenn sie eine hätten, würde der Junge niemals die Lieder der nächtlichen Feste hören können. Edgar dachte an einen anderen kleinen Jungen, den tauben Sohn eines Kunden, der sein Gesicht an das Gehäuse des Klaviers hielt, wenn seine Mutter spielte, um die Schwingungen zu spüren. Und er dachte an das Schiff nach Aden und an den Mann mit der einen Geschichte, Taubheit kann Ursachen haben, die wohl nicht einmal die Medizin versteht.

Über die Frau, die nicht schwanger wurde, sprach Carroll lange mit Nok Lek. Als Edgar ihn fragte, was er geraten habe, sagte er: »Das ist verwirrend. Sie ist unfruchtbar, und sie geht durch ihr Dorf und spricht mit einem imaginären Kind. Ich weiß nicht, wie ich ihr helfen kann. Ich habe Nok Lek gesagt, er soll sie zu einem Mönch im Norden bringen, der auf die Behandlung solcher Krankheiten spezialisiert ist. Vielleicht kann er ihr helfen.«

Gegen Mittag kam der letzte Patient an die Reihe, ein magerer Mann, der von einer Frau, die halb so alt sein mochte wie er, zu dem Stuhl geführt wurde. Carroll sprach kurz mit der Frau, drehte sich um und rief auf Shan etwas in den Raum. Die Wartenden erhoben sich langsam und gingen einer nach dem anderen hinaus. »Das kann jetzt länger dauern. Ein Jammer, dass ich nicht alle behandeln kann«, sagte er. »Es sind einfach zu viele Leute krank.«

Edgar sah sich den Mann genauer an. Er hatte ein mottenzerfressenes Hemd und eine zerrissene Hose an. Seine bloßen Füße waren voller Schwielen, die Zehen knotig. Er trug keinen Turban. Sein Kopf war kahl geschoren und glatt, sein Gesicht eingefallen, die Augen lagen tief in den Höhlen. Er starrte Edgar an und machte dabei langsame, rhythmische Bewegungen mit dem Kinn, als würde er auf seiner Zunge oder den Innenseiten seiner Wangen kauen. Seine Hände zitterten, ebenfalls langsam und rhythmisch.

Carroll redete lange mit der Frau und wandte sich dann Edgar zu. »Sie sagt, er ist besessen. Sie kommen aus den Bergen, aus einem Dorf bei Kengtung, das ist ein Weg von fast einer Woche.«

»Wieso das?«

»Für die Shan gibt es sechsundneunzig Krankheiten, aber seine gehört nicht dazu. Die Frau war bei sämtlichen Medizinmännern im Umkreis von Kengtung, aber keiner konnte dem Mann helfen. Inzwischen hat sich seine Krankheit herumgesprochen, und die Medizinmänner fürchten ihn, weil sie glauben, dass die Geister zu stark sind. Deshalb sind die beiden hierher gekommen.«

»Sie selbst glauben ja wohl nicht, dass er besessen ist…«

»Ich weiß nicht, ich habe schon Dinge gesehen, die ich vorher für völlig unmöglich gehalten hätte.« Er schwieg einen Moment und fuhr dann fort: »In manchen Gegenden der Shan-Staaten werden solche Männer als Medium verehrt. Ich habe Feste miterlebt, zu denen Hunderte von Dorfbewohnern kamen, um sie tanzen zu sehen. In England nennt man diese Zuckungen Veitstanz, weil bei hysterischen und nervösen Erkrankungen der heilige Vitus angerufen wird. Wie ich sie hier nennen soll, weiß ich nicht, denn Gebete aus Mae Lwin hört der heilige Vitus nicht. Und ich weiß auch nicht, was für Geister diese Besessenheit verursachen.«

Er wandte sich wieder dem Mann zu und sprach jetzt direkt mit ihm, und der Mann sah ihn mit leerem Blick an. So verharrten sie lange Zeit, bis Carroll schließlich aufstand, ihn am Arm fasste und hinausführte. Er gab ihm kein Medikament.

Der heilige Vitus, dachte Edgar, Vitus hieß Bachs Großvater, eigenartig, wie alles mit allem zusammenhängt, und sei es nur durch einen Namen.

Nachdem der alte Mann mit seiner Frau hinausgeschlurft war, führte der Arzt Edgar in einen anderen, vom Hauptquartier getrennten Raum, in dem mehrere Patienten auf Feldbetten lagen.

»Das ist unser kleines Hospital«, erklärte er. »Ich behalte die Patienten ungern hier, ich finde, zu Hause werden sie schneller gesund, aber bei einigen schwereren Fällen, Durchfall oder Malaria in der Regel, habe ich das Gefühl, ich muss sie im Auge behalten. Ich habe Miss Ma zur Krankenschwester ausgebildet.« Er wies auf eine junge Frau, die einen der Patienten mit einem feuchten Tuch abwischte. »Sie kümmert sich um die Patienten, wenn ich nicht da bin.« Edgar nickte ihr zu, und sie verneigte sich leicht.

Sie gingen die Betten entlang, und Carroll erklärte: »Der junge Bursche hier hat schweren Durchfall; ich fürchte, es ist Cholera. Vor Jahren hatten wir hier eine schlimme Epidemie, bei der zehn Leute aus dem Dorf gestorben sind. Zum Glück ist diesmal sonst niemand erkrankt. Ich behalte ihn hier, damit er die anderen nicht ansteckt... Der nächste Fall ist schrecklich traurig und leider schrecklich alltäglich. Zerebrale Malaria. Ich kann nicht viel für den Jungen tun. Er wird bald sterben. Aber ich will seiner Familie nicht die Hoffnung nehmen, deshalb lasse ich ihn hier... Das Kind da hat Tollwut, es ist von einem tollwütigen Hund gebissen worden. Viele glauben, dass die Übertragung auf diesem Weg erfolgt, aber ich bin zu weit von den wissenschaftlichen Zentren in Europa entfernt, um den derzeitigen Stand der Forschung zu kennen.«

Sie blieben am Bett des kleinen Mädchens stehen. Sie lag verdreht da, die Augen schreckensstarr. Edgar sah mit Entsetzen, dass man ihr die Hände auf dem Rücken festgebunden hatte.

»Warum ist sie gefesselt?«, fragte er.

»Die Krankheit macht verrückt, wie schon der Name Rabies sagt. *Rabere* heißt auf Lateinisch toben, wüten. Vor zwei Tagen wollte sie Miss Ma attackieren, deshalb mussten wir sie fesseln.«

Ganz hinten lag eine alte Frau. »Und was fehlt ihr?«, fragte Edgar. Ihm schwirrte der Kopf von den vielen Krankheiten.

»Ihr?« Der Doktor sagte etwas auf Shan zu der alten Frau, und sie setzte sich auf. »Nichts. Sie ist die Großmutter des Patienten, der da drüben in der Ecke sitzt. Wenn sie kommt, lässt er sie in dem Feldbett liegen, weil sie es so gemütlich findet.«

»Muss er nicht selbst liegen?«

»Doch, aber er ist nicht so unmittelbar gefährdet wie die anderen Patienten.«

»Was hat er denn?«

»Wahrscheinlich Diabetes. Viele Patienten suchen mich auf, weil sie Angst bekommen, wenn sie sehen, dass Insekten an ihren Urin gehen, wegen des Zuckers darin. Einigen Shan macht das besonders zu schaffen, sie sagen, das sei, als würde ihr Körper selbst ausgesaugt. Der Mann müsste nicht unbedingt hier sein, aber er fühlt sich hier wohler, und seine Großmutter hat einen Platz zum Ausruhen.«

Carroll sprach erst mit dem Mann und dann mit Miss Ma und bedeutete Edgar schließlich, ihm nach draußen zu folgen. Sie blieben in der Sonne stehen. Es war früher Nachmittag.

»Das war's dann wohl für heute. Ich hoffe, es hat sich für Sie gelohnt, Mr. Drake.«

»Durchaus. Anfangs war ich allerdings etwas überrascht, muss ich gestehen. Es ist so anders als in einer englischen Praxis. So *öffentlich*.«

»Das lässt sich wohl nicht ändern. Aber es ist ganz gut, wenn jeder sieht, dass ein Engländer auch etwas anderes kann als schießen.« Er machte eine Pause. »Sie haben mich gestern nach meinen politischen Ansichten gefragt. Das war eine.« Er lachte.

»Ja«, sagte Edgar langsam. »Trotz allem, was ich gehört habe, bin ich doch erstaunt …«

»Worüber, wenn ich fragen darf?«

»Dass Sie das alles hier aus dem Nichts geschaffen haben. Dass Sie Musik hierher gebracht haben, Medizin. Man kann sich gar nicht vorstellen, dass es dabei ganz ohne Kämpfe abging.«

Anthony Carroll sah ihn an. »Das glauben Sie? Sie sind wirklich naiv, mein Guter.«

»Mag sein, aber die Männer auf dem Schiff haben gesagt, Sie hätten noch nie einen Schuss abgegeben.«

»Dann seien Sie froh, dass Sie mich nur in meiner Praxis erlebt haben und nicht, wenn wir Gefangene verhören.«

Edgar lief es kalt den Rücken hinunter. »Gefangene?«

Der Doktor senkte die Stimme. »Von den *dacoits* weiß man, dass sie Zungen herausreißen. Ich bin da nicht viel besser … Aber das braucht Sie nicht zu stören. Wie Sie selbst sagen: Sie sind der Musik wegen hier.«

Edgar wurde es flau im Magen. »Ich … Ich dachte nicht …«

Sie sahen sich an.

Plötzlich verzog sich Carrolls Gesicht zu einem breiten Grinsen, und seine Augen blitzten. »Das war nur Spaß, Mr. Drake. Ich habe Sie davor gewarnt, mit mir über Politik zu reden. Sie sollten nicht alles so ernst nehmen. Keine Sorge, hier geht niemand ohne Zunge weg.«

Er klopfte dem Klavierstimmer auf den Rücken. »Sie wollten heute Morgen zu mir«, sagte er. »Wegen des Erard, nehme ich an?«

»Wegen des Erard«, erwiderte Edgar matt. »Aber wenn es Ihnen jetzt nicht passt, kann ich das verstehen. Es war ein anstrengender Vormittag …«

»Unsinn, es passt mir sehr gut. Denn was ist Stimmen anderes als eine Art Therapie? Wir wollen keine Zeit mehr verlieren. Ich weiß doch, dass Sie es kaum erwarten können.«

XIV

Die Sonne stand inzwischen hoch über dem Berg, und es war heiß, trotz der kühlen Brise, die vom Fluss heraufwehte. Noch ein wenig entnervt holte Edgar sein Werkzeug aus seinem Zimmer und folgte dem Doktor auf einem schmalen Pfad, der zwischen den Gebäuden und der Bergflanke entlangführte. Er wunderte sich über sich selbst, weil er Carrolls Scherz ernst genommen hatte, aber jetzt würde er endlich den Erard zu sehen bekommen, und das würde ihn wieder aufmuntern. Seit seiner Ankunft hatte er sich gefragt, wo das Instrument stand, und auf seinen Gängen über das Gelände hatte er in jeden offenen Raum gespäht. An einer Tür mit einem schweren Metallriegel blieben sie stehen. Carroll zog einen kleinen Schlüssel aus der Tasche und steckte ihn ins Schloss.

Das Zimmer war dunkel. Der Doktor trat ein und öffnete die Fenster, durch die der Blick über das Camp bis hinab zu den dunkelbraunen Fluten des Salween schweifte. Ein mit schmalen bunten Streifen gemustertes Tuch bedeckte das Klavier, ein Stoff, den Edgar auch an vielen Frauen gesehen hatte. Der Militärarzt zog es mit einer schwungvollen Geste weg. »Da ist es, Mr. Drake.« Der Erard stand halb im Licht, das durchs Fenster fiel, und die glatte Oberfläche des Gehäuses wirkte fast durchsichtig vor dem rauen Hintergrund des Raumes.

Edgar legte die Hand darauf. Einen Moment lang stand er still da und schaute nur, dann schüttelte er den Kopf. »Unglaublich«, sagte er. »Wirklich … ich bin sprachlos …« Er holte tief Luft. »Irgendwie kann ich es immer noch nicht glauben. Seit zwei Monaten weiß ich von dem Flügel, und doch bin ich so überrascht, als wäre ich mitten im Dschungel plötzlich darauf gestoßen... Entschuldigen Sie, ich hätte nicht gedacht, dass mich das so berührt. Es ist... schön...«

Er trat an die Klaviatur. Manchmal war er so in die technischen Details eines Klaviers vertieft, dass er die Schönheit des Instruments gar nicht mehr wahrnahm. Viele Erards derselben Periode waren mit Intarsien, gedrechselten Füßen und sogar einer reliefartigen Zierleiste kunstvoll verziert. Dieser war schlichter. Das dunkelbraune Mahagonifurnier ging in geschweifte Füße von weiblicher, fast lasziv wirkender Form über, und zum ersten Mal verstand Edgar, dass es in England Leute gab, die grundsätzlich die Beine ihres Flügels verhüllten. Die Zierleiste war ein eleganter schmaler Perlmuttstreifen, der sich an den Enden zu einem Blumenstrauß auffächerte. Das Gehäuse war glatt und einfarbig, die Maserung nur an den Furnierfugen sichtbar.

»Ich bewundere Ihren Geschmack, Doktor«, sagte er schließlich. »Wie sind Sie gerade auf dieses Instrument gekommen? Oder überhaupt auf einen Erard?«

»Oder überhaupt auf ein Klavier, meinen Sie.«

Edgar lachte. »Allerdings. Ich glaube, manchmal bin ich zu zielstrebig mit meinen Fragen. Es schien so passend...«

»Ihre Begeisterung rührt mich. Wir denken ähnlich, Sie und ich... Es gibt viele Gründe, warum ich mich für ein Klavier entschieden habe: Es ist schön und imposant, und es verdient Bewunderung. Wenn ich einheimische Stammesführer zum Zuhören einlade, liefert es reichlich Gesprächsstoff. Es bringt mir Ehre ein. Und es ist das vielseitigste Instrument überhaupt, etwas, woran auch ein Shan seine Freude haben kann. Das Baujahr hatte ich in meiner Bestellung gar nicht angegeben, ich hatte nur um einen Erard gebeten, ein älteres Modell. Vielleicht habe ich von einem 1840er gesprochen, weil ich irgendwo gehört hatte, dass Liszt einmal auf einem gespielt hat. Aber das Kriegsministerium hat die Wahl getroffen, oder ich hatte einfach Glück, und es gab nur diesen. Er ist schön, das finde ich auch. Ich hoffe, ich kann noch einiges von Ihnen lernen, was die technische Seite betrifft.«

»Aber sicher… nur: Wo soll ich anfangen? Ich möchte Sie nicht langweilen.«

»Ich weiß Ihre Bescheidenheit zu schätzen, Mr. Drake, aber das werden Sie ganz bestimmt nicht.«

»Gut… aber wenn doch, dann sagen Sie es bitte.« Er strich über das Gehäuse. »Ein 1840er Erard, Doktor, acht Jahre nach Sébastien Erards Tod in seiner Pariser Werkstatt gebaut, was ungewöhnlich ist, denn die meisten Erards, die in London stehen, stammen aus der Londoner Werkstatt. Mahagonifurnier. Er hat eine Repetitionsmechanik – die Mechanik ist der Hebelmechanismus, der den Hammer an die Saiten schlagen lässt. Sie ist so konstruiert, dass der Hammer, nachdem er die Saiten angeschlagen hat, wieder zurückfallen kann. Die Repetitionsmechanik ist Erards Erfindung, und inzwischen ist sie Standard. Beim Erard ist sie sehr schmal, daher treten leichter Justierprobleme mit den Hämmern auf. Die Hammerköpfe sind abwechselnd mit Leder und Filz bezogen und dadurch sehr viel schwerer zu bearbeiten als bei den meisten anderen Klavieren, bei denen sie nur mit Filz bezogen sind. Ich wette schon jetzt mit Ihnen, noch bevor ich mir den Flügel genauer angesehen habe, dass die Intonation miserabel ist. Ich mag gar nicht daran denken, was die Feuchtigkeit den Hammerfilzen angetan hat.

Hmmm… Was kann ich Ihnen sonst noch sagen, Doktor? Zwei Pedale, ein Tonhalte- und ein Unacordapedal, die Dämpfer reichen bis zur zweiten B-Taste über der mittleren Oktave – das ist recht typisch. Erard-Dämpfer befinden sich unterhalb der Saiten und werden von einer Feder festgehalten, was ungewöhnlich ist; meist sitzen die Dämpfer auf den Saiten. Wenn ich hineinschaue, werde ich es sehen, aber wahrscheinlich hat das Instrument gusseiserne Spreizen zwischen dem Stimmstock und der Flügelwand, das war 1840 weitgehend Standard, damit hat man bei stärkeren Stahlsaiten, die man wegen ihres lauteren Klangs benutzt hat, die Spannung aufrechterhalten.« Er berührte die Verzierung über der Klaviatur. »Sehen Sie sich die Zierleiste an, das ist Perlmutt.« Er blickte auf und musste lachen, als er Carrolls verwirrte Miene sah. »Entschuldigen Sie... Ich komme hier vom Hundertsten ins Tausendste...«

»Ich freue mich, dass Sie so angetan sind. Offen gestanden hatte ich befürchtet, Sie könnten böse sein.«

»Böse? Du lieber Himmel, weswegen sollte ich denn böse sein?«

»Ich weiß nicht, irgendwie hatte ich das Gefühl, dass ich schuld bin am Zustand des Instruments, dass ich es zu großen Gefahren ausgesetzt habe, und das muss einen Klavierliebhaber doch wütend machen. Ich weiß nicht, ob Sie sich erinnern, aber ich hatte das Kriegsministerium gebeten, Ihnen einen Brief auszuhändigen, den Sie erst hier öffnen sollten.« Er hielt einen Moment inne. »Jetzt können Sie ihn lesen. Es ist nichts Wichtiges, nur die Beschreibung des Transports hierher, aber das sollten Sie erst lesen, wenn Sie sich davon überzeugt haben, dass der Flügel wohlbehalten hier angekommen ist.«

»Das ist es also! Ich war tatsächlich ziemlich neugierig. Ich dachte, es steht etwas über die Gefahren darin, denen ich hier ausgesetzt sein würde, und meine Frau sollte nichts davon erfahren... Vielleicht haben Sie Recht, vielleicht sollte ich wirklich böse sein. Aber ich bin nun einmal Klavierstimmer. Das Einzige, was mir mehr am Herzen liegt als das Instrument selbst, ist seine Reparatur. Und wie dem auch sei: Jetzt ist der Erard ja hier, und nachdem ich nun auch hier bin...« Er verstummte und sah aus dem Fenster. »Also, ich kann mir keinen Ort vorstellen, der inspirierender und seiner Musik würdiger wäre. Im Übrigen halten die Saiten unglaubliche Strapazen aus, wenn auch vielleicht nicht unbedingt solche, wie dieses Instrument sie durchgemacht hat. Das gilt auch für die Perlmuttverzierung. Sorgen würden mir eher Sonne und Feuchtigkeit machen, die es innerhalb weniger Tage verstimmen können.« Er schwieg einen Moment und fuhr dann fort: »Eines würde ich Sie gern fragen, Doktor. Ich habe Sie bisher nicht darauf angesprochen, und in Ihren Briefen fand ich keinerlei Hinweis darauf: Ich weiß gar nicht, ob Sie überhaupt schon auf dem Flügel gespielt haben und was er … bewirkt hat.«

»Ach, Mr. Drake, darüber haben wir deshalb nicht gesprochen, weil es da nicht viel zu berichten gibt. Kurz nachdem ich den Flügel hierher gebracht hatte, fand im Dorf ein Fest statt, aus ebenso traurigem wie freudigem Anlass – Sie werden in meinem Brief darüber lesen. Die Leute bestanden darauf, und ich tat ihnen den Gefallen: Vier Stunden musste ich spielen. Natürlich habe ich erst da gemerkt, wie verstimmt das Klavier ist. Sollte irgendeiner von den Shan es ebenfalls gemerkt haben, dann hat er es sich nicht anmerken lassen. Aber ich denke, das Instrument ist für die Leute hier schon fremdartig genug, da war die Stimmung wahrscheinlich das Letzte, worauf sie geachtet haben. Ich habe Großes mit dem Erard vor. Sie hätten die Gesichter der Kinder sehen sollen, die dabei waren.«

»Und seitdem haben Sie nicht wieder gespielt?«

»Ein paar Mal nur. Aber der Klang war so flach –«

»Scharf wahrscheinlich, wenn das Instrument zum ersten Mal in einer feuchten Gegend gespielt wurde. Flach klingt es jetzt, in der Trockenzeit.«

»Dann also scharf, grauenhaft scharf. Deswegen spiele ich nicht mehr. Ich konnte es kaum ertragen.«

»Wollten Sie das Klavier nicht selbst stimmen …?«, sagte Edgar halb zu sich selbst.

»Wie bitte, Mr. Drake?«

»Jemand, der so viel von Klavieren versteht, dass er sich einen 1840er Erard aussucht, musste doch wissen, dass sich das Instrument verstimmen würde, zumal im Dschungel, und dass es einen gelernten Klavierstimmer brauchen würde. Und trotzdem dachten Sie, Sie könnten es selbst machen.«

»Das habe ich den Militärs gesagt, aber es gibt noch andere Gründe«, erwiderte der Doktor nach einer Weile. »Ich war hocherfreut, dass man meiner Bitte entsprochen hatte, und wollte nicht noch mehr verlangen. Manchmal übersteigt mein Enthusiasmus einfach meine Fähigkeiten. Ich habe einmal beim Stimmen eines Klaviers zugeschaut und wollte es erst selbst versuchen. Ich dachte, für einen Chirurgen müsste es ein Leichtes sein.«

»Ich will Ihnen noch einmal verzeihen, was Sie da sagen«, sagte Edgar leichthin. »Aber ich kann Ihnen gern einiges beibringen, wenn Sie möchten.«

Carroll nickte. »Ja, aber nur kurz. Ich sollte Sie jetzt besser allein lassen. Und ich selbst habe auch zu arbeiten. Es hat lange gedauert, bis mich die Zuschauer in der Ambulanz nicht mehr gestört haben. Wenn man es mit Tönen zu tun hat, ist das bestimmt noch schwieriger.«

»Das hier, Doktor, ist mein Werkzeug.« Edgar öffnete seine Tasche und breitete den Inhalt auf der Bank aus. »Ich habe eine Grundausstattung mitgebracht. Das da ist ein Stimmhammer, die schmalen Schraubenzieher sind für den allgemeinen Gebrauch, der besonders dünne hier und der Abnickschraubenregulierer für die Mechanik. Was noch? Klaviaturdruckzange und Klaviaturstiftrichter, Kröpfzange, zwei Dämpfungskröpfeisen, Federhaken, Parallelzange, ein dünner Piloten-Regulierer speziell für Erard-Flügel; ohne ihn lässt sich die Steighöhe der Hämmer unmöglich einstellen. Eine Stimmgabel brauche ich nicht, glücklicherweise habe ich das absolute Gehör. Dann haben wir da noch: lederbezogene Stimmkeile und Ersatzrollen mit Klaviersaitendraht unterschiedlicher Stärke. Und das braucht man speziell zum Stimmen: ein Hammerkapselrichteisen, Leim und ein ganzes Sortiment Intoniernadeln, denn sie brechen leicht ab.«

»Intonieren? Ein Wort, das Sie öfter gebrauchen ...«

»Ach so, ja: Beim Intonieren bearbeitet man die Hämmer so, dass sie einen schönen Klang erzeugen, wenn sie die Saiten anschlagen. Ich bin wohl ein bisschen zu schnell. Sie sagen, Sie haben einmal beim Stimmen eines Klaviers zugeschaut?«

»Ja, ein paar Mal, ganz kurz. Aber ich habe es mir nie erklären lassen.«

»Na, Sie werden es bestimmt schnell lernen. Es gibt bei dieser Arbeit drei grundlegende Komponenten. Man beginnt üblicherweise mit dem Regulieren, das heißt mit dem Einstellen der Mechanik. Die Hämmer müssen auf gleicher Höhe liegen, die Saiten kräftig anschlagen und weich zurückfallen, so dass der Ton noch einmal gespielt werden kann. Das ist gewöhnlich der erste Schritt. Ich selbst beginne allerdings gern mit einer Vorstimmung. Ein Klavier muss normalerweise mehrmals gestimmt werden, denn das Stimmen einer einzigen Saite verändert den Saitendruck auf den Resonanzboden, was sich wiederum auf alle anderen Saiten auswirkt. Man kann das beispielsweise dadurch vermeiden, dass man die Saiten höher stimmt, aber meiner Meinung nach sind die Veränderungen auch dann nicht vorherzusehen. Außerdem geben die Saiten leicht nach, deshalb lässt man das Klavier besser über Nacht stehen, bevor man weiterarbeitet. Ich stimme also vor, reguliere und stimme dann noch einmal – das ist *meine* Technik, andere machen es anders. Danach kommt die Intonation, die Bearbeitung der Hammerfilze. Erard-Experten sind gute Stimmer, wenn ich das so unbescheiden sagen darf; die Kombination von Leder und Filz macht das Bearbeiten der Hämmer schwieriger. Aber es gibt noch anderes zu beachten. Ich muss zum Beispiel überlegen, ob sich der Resonanzboden irgendwie vor Feuchtigkeit schützen lässt. Das alles hängt natürlich davon ab, was mit dem Instrument nicht in Ordnung ist.«

»Haben Sie denn schon eine Idee, was repariert werden muss? Oder müssen Sie dazu erst auf dem Instrument spielen?«

»Vermuten kann ich es jetzt schon. Das ist so ähnlich, wie wenn man bei einem Patienten die Anamnese erhebt, bevor man ihn untersucht. Ich sage es Ihnen noch kurz, dann lasse ich Sie gehen.« Er sah sich den Flügel genau an.

»Zunächst einmal wird es Probleme mit dem Resonanzboden geben, so viel ist sicher. Ob er gerissen ist, weiß ich noch nicht.

Nur gut, dass der Flügel erst seit einem Jahr in Birma steht und erst einen Feuchtigkeitszyklus mitgemacht hat. Kleinere Schwundfugen kann man zum Glück leicht reparieren oder sogar ignorieren – oft sind das nur kosmetische Reparaturen. Größere sind problematischer.«

Er klopfte gegen das Gehäuse. »In der Trockenzeit dürfte sich der Resonanzboden zusammengezogen haben, so dass die Zugkräfte der Saiten abgenommen haben und die Tonlage gesunken ist. Möglicherweise muss ich sie sogar um einen vollen Halbton heben und das Klavier mindestens weitere vierundzwanzig Stunden stehen lassen, bevor ich mich an die Fertigstimmung mache. Das Problem ist nur: Wenn die Regenzeit anfängt, wird sich der Resonanzboden wieder ausdehnen und die erhöhte Spannung könnte erheblichen Schaden anrichten. Das war zu erwarten, aber die Militärs haben es offenbar nicht bedacht. Ich muss mir überlegen, was man da machen kann. Vielleicht muss ich jemandem hier das Stimmen beibringen.« Plötzlich hielt er inne. »O Gott, das hatte ich ja ganz vergessen: In der Nachricht, die Sie mir nach Mandalay geschickt haben, steht, dass der Flügel von einer Kugel getroffen wurde. Dass ich daran nicht mehr gedacht habe! Das ändert natürlich alles. Würden Sie mir die Stelle bitte zeigen?«

Der Doktor klappte den Deckel auf, und ein scharfer, würziger Duft stieg aus dem Flügel auf. »Entschuldigen Sie den Geruch, Mr. Drake. Das ist Gelbwurz. Ein Shan hat mir dazu geraten, zum Schutz gegen Termiten. In London macht man das vermutlich nicht.« Er lachte. »Aber es scheint zu wirken.«

Edgar entdeckte die Einschussstelle sofort: ein ovales Loch im Resonanzboden, durch das man den Fußboden sehen konnte. Wie es in Carrolls Brief stand, hatte das Geschoss alle drei Saiten der A-Taste in der vierten Oktave zerstört. Zu den Stimmnägeln und Plattenstiften zurückgebogen, lagen sie da wie Strähnen ungekämmten Haars. Mittendurch geschossen, dachte Edgar und überlegte einen Moment, ob er dem Doktor etwas über Klaviere während der Schreckensherrschaft in Frankreich erzählen sollte, ließ es dann aber. An der Unterseite des Deckels hatte das Geschoss eine Kerbe hinterlassen, eine Austrittsöffnung war jedoch nicht zu sehen; wahrscheinlich hatte seine Wucht nicht mehr ausgereicht, um den Deckel zu durchschlagen. »Haben Sie die Kugel entfernt?«, fragte er und drückte, um die Frage selbst zu beantworten, eine Taste herunter. Man hörte ein Scheppern am Resonanzboden. In London nahmen viele Kunden seine Dienste wegen eines »schrecklichen Lärms« in Anspruch, als dessen Ursache sich dann eine Münze oder eine Schraube entpuppte, die in den Flügel gefallen war und auf dem Resonanzboden schepperte, wenn er in Schwingungen versetzt wurde. Edgar spähte in das Klavier, fand die Kugel und holte sie heraus. »Darf ich sie behalten?«, fragte er. »Als Andenken.«

»Aber natürlich. Wie sieht es aus?«

Edgar steckte die Kugel in die Tasche und schaute wieder in das Instrument. »Nicht allzu schlimm. Ich muss die Saiten austauschen und mir den Resonanzboden genauer ansehen, aber ich denke, das kommt wieder in Ordnung.«

»Vielleicht sollten Sie jetzt anfangen. Ich möchte Sie nicht länger aufhalten.«

»Ja. Ich hoffe, ich habe Sie nicht gelangweilt.«

»Nein, nicht im Geringsten, Mr. Drake. Es war mir ein Vergnügen – und äußerst lehrreich. Ich sehe, ich habe mit Ihnen eine gute Wahl getroffen.« Er gab ihm die Hand. »Viel Glück mit dem Patienten. Rufen Sie, wenn Sie etwas brauchen.« Er ging hinaus und schloss die Tür hinter sich, so kräftig, dass der Boden erzitterte. Ganz schwach hörte man Saiten klingen.

Drake ging um den Flügel herum zur Bank, setzte sich aber nicht. Seinen Lehrlingen sagte er stets, man könne ein Klavier im Stehen am besten stimmen.

Fangen wir also an, dachte er. Er schlug die C-Taste der mittleren Oktave an. Zu tief. Er versuchte es eine Oktave darunter und dann in den anderen Oktaven. Es war überall das Gleiche: Das C war fast einen Halbton zu tief. Im Diskant war es noch schlimmer. Er begann den ersten Satz der *Englischen Suiten* zu spielen. Ohne die Taste mit den gerissenen Saiten. Er war sich seines Könnens als Pianist nie sehr sicher gewesen, aber er liebte das kühle Elfenbein der Klaviatur, das Mitschwingen mit einer Melodie. Jetzt wurde ihm bewusst, dass er seit Monaten nicht mehr gespielt hatte, und nach ein paar Takten brach er ab. Das Klavier war so grauenvoll verstimmt, dass es geradezu schmerzte. Er verstand, warum der Doktor nicht mehr hatte spielen wollen.

Als Erstes würde er »strukturelle Reparaturen« vornehmen müssen, wie er es nannte. Bei dem Erard hieß das: die gebrochenen Saiten austauschen und den Resonanzboden ausbessern. Er ging um das Instrument herum, nahm die Ziehstifte der Deckelscharniere heraus und steckte sie in die Tasche. Dann zog er den Deckel über das Klavier, bis er auf dem Rand des Gehäuses lag, ging in die Knie, hob ihn ab und lehnte ihn vorsichtig an die Wand. Jetzt hatte er genug Licht, um im Innern des Klaviers zu arbeiten.

Von oben war das Ausmaß der Schäden am Resonanzboden schwer zu erkennen, und so kroch er unter das Klavier und untersuchte ihn von dort. Die Einschussstelle war gut zu sehen. Ein Riss lief die Holzfaser entlang, aber nur wenige Zentimeter. Das ist gut, dachte er. Das Loch würde zwar bleiben, aber den Riss konnte er durch Ausspänen leicht schließen. Hoffentlich würde das nicht den Klang beeinträchtigen. Manche Klavierstimmer meinten zwar, das Ausspänen sei notwendig, um die Spannung im Resonanzboden wiederherzustellen, für ihn aber handelte es sich in den meisten Fällen nur um eine kosmetische Reparatur, weil lange Risse im Innern des Klaviers die Kunden irritierten. Er hatte solche Arbeiten daher nicht vorhergesehen – angesichts des Standortes schienen sie überflüssig – und keinen Hobel mitgebracht. Aber die Schönheit des Erard ließ Zweifel in ihm aufkommen.

Es gab noch ein anderes Problem. Risse wurden normalerweise mit Fichtenholz ausgespänt, aber Edgar hatte keines dabei und wusste nicht, ob in der Gegend Fichten wuchsen. Er sah sich in dem Raum um, und sein Blick blieb an den Bambuswänden hängen. Ich wäre der Erste, der ein Klavier mit Bambus ausbessert, dachte er nicht ohne Stolz. Und Bambus ist so resonant, dass er sogar einen schöneren Klang ergeben könnte als Fichte. Er hatte gesehen, wie Einheimische Bambusstreifen von den Stauden abschälten, also konnte er das Holz wahrscheinlich mit einem Federmesser zurechtschnitzen und würde gar keinen Hobel brauchen. Zwei verschiedene Holzarten zu verwenden war nicht ganz ungefährlich: Sie konnten unterschiedlich auf die Feuchtigkeit reagieren, und der Riss konnte sich wieder öffnen. Aber Edgar freute sich über die Gelegenheit, etwas Neues zu schaffen, und beschloss, den Versuch zu wagen.

Als Erstes musste er das Loch feilen, was fast eine Stunde dauerte. Er arbeitete langsam, denn die Risse konnten weiterlaufen und den ganzen Resonanzboden beschädigen. Als er damit fertig war, stand er auf und sägte ein Bambusstück aus der Wand. Er schnitt es zurecht und bestrich es mit Leim, drückte es in das Loch, was dank der gerissenen Saiten von oben möglich war, und glättete es. Es dauerte lange – die Klinge war schmal –, und während der Arbeit fiel ihm ein, dass er ja Carroll um einen Hobel oder ein größeres Messer, vielleicht auch um anderes Holz hätte bitten können. Aber irgendetwas hielt ihn davon ab. Es gefiel ihm, die Wand des Forts, eines kriegerischen Gebäudes, zur Erzeugung von Klang zu verwenden.

Als Nächstes entfernte er die gerissenen Saiten, rollte sie auf und steckte sie ein. Noch ein Andenken. Er nahm Saitendraht der richtigen Stärke aus seiner Tasche und spannte ihn vom Stimmnagel zum Plattenstift und wieder zurück. Dann befestigte er die dritte Saite an ihrem Plattenstift und führte sie an den beiden anderen entlang. Beim Abschneiden ließ er ein handbreites Stück überstehen, das dreimal um den Stimmnagel passte. Die Saiten blitzten silbern neben ihren matt schimmernden Nachbarn, und er zog sie straff an, denn sie würden noch nachgeben.

Als er damit fertig war, trat er an die Vorderseite des Flügels. Um die Tonhöhe des ganzen Instruments anzuheben, arbeitete er von der Mitte der Klaviatur aufwärts und abwärts, schlug Tasten an und spannte die Saiten fester. Er arbeitete jetzt schnell, brauchte aber dennoch fast eine Stunde.

Es war früher Nachmittag, als er mit dem Regulieren begann. Die Mechanik eines Klaviers ist ein komplizierter Mechanismus, so pflegte er seinen Kunden zu erklären, sie ist die Verbindung zwischen Taste und Hammer und somit zwischen Pianist und Ton. Um an sie heranzukommen, entfernte er die Zierleiste. Er brachte die Hämmer auf gleiche Steighöhe, machte Stoßzungen gängig und justierte die Auslösepuppe so, dass die Stoßzunge unter dem Hammer wegrutschte, kurz bevor er die Saite erreichte. Zwischendurch machte er immer wieder Pausen, tauschte Filze aus, richtete Tasten ein und stellte den Gang des Unacordapedals ein. Als er sich schließlich staubbedeckt und müde wieder aufrichtete, befand sich das Klavier in spielbarem Zustand. Er hatte Glück gehabt, dass keine größeren Reparaturen angefallen waren, an einem gerissenen Stimmstock etwa; er hätte nicht das geeignete Werkzeug dafür gehabt. Er hatte keine Vorstellung, wie viel Zeit verstrichen war, und sah erst beim Hinausgehen, dass die Sonne hinter dem Wald versank.

Es war bereits dunkel, als er in das Büro des Doktors kam. Ein halb leer gegessener Teller mit Reis und Gemüse stand auf dem Schreibtisch. Carroll saß vor einem Stapel Papiere und las.

»Guten Abend.«

Der Oberstabsarzt sah auf. »Ah, Mr. Drake, Sie sind fertig. Der Koch meinte, ich soll Sie holen lassen, aber ich dachte, Sie wollen nicht gestört werden. Er hat sich beklagt, weil er warten musste, bis Sie fertig sind, aber zum Glück ist er ein Musikliebhaber, und ich konnte ihm klarmachen, dass er das Klavier umso eher hören wird, je schneller Sie fertig sind.« Er lächelte. »Nehmen Sie doch Platz.«

»Entschuldigen Sie, dass ich so ungewaschen hier ankomme«, sagte Edgar und setzte sich auf einen kleinen Teakholzstuhl, »aber ich bin am Verhungern. Ich dachte, ich wasche mich gleich nach dem Essen und gehe dann zu Bett. Ich möchte morgen so früh wie möglich aufstehen. Aber ich habe eine Frage.« Er rückte an die Stuhlkante vor, als handelte es sich um etwas Vertrauliches. »Wie schon gesagt – ich weiß nicht, ob der Resonanzboden eine weitere Regenzeit überstehen wird. Manche wären da anderer Ansicht, aber ich meine, wir sollten versuchen, ihn vor Feuchtigkeit zu schützen. In Rangun und Mandalay habe ich alle möglichen Holzinstrumente gesehen, die ja das gleiche Problem haben müssen. Kennen Sie jemanden, der da Bescheid wissen könnte?«

»Allerdings. Es gibt einen birmanischen Lautenspieler, der früher für König Thibaw gespielt hat und hier in Mae Lwin eine Shan-Frau hat. Seit der Auflösung des Hofes lebt er als Bauer wieder hier. Manchmal, wenn ich Gäste habe, spielt er für uns. Ich gehe gleich morgen zu ihm.«

»Danke. Von unten wird der Resonanzboden leicht zu streichen sein; von oben ist es schwieriger, weil man unter die Saiten muss. Aber links und rechts ist genug Platz, und wenn ich ein Tuch mit der Flüssigkeit tränke und darunterfahre, müsste es gehen. Das wird hoffentlich einen gewissen Schutz gegen die Feuchtigkeit bieten, auch wenn es alles andere als perfekt ist... Ach, und noch etwas wollte ich Sie fragen: Wenn ich morgen weiterarbeite, brauche ich etwas, womit ich den Stimmhammer erwärmen kann, einen kleinen Ofen oder dergleichen. Können Sie das ebenfalls besorgen?«

»Aber sicher, noch leichter sogar. Ich kann Nok Lek bitten, ein Shan-Kohlenbecken in dem Raum aufzustellen. Es wird sehr heiß, ist aber ziemlich klein. Wie groß ist denn das Werkzeug?«

»Auch klein. Ich konnte nicht viel mitnehmen.«

»Dann ist ja alles bestens. Ich bin so weit sehr angetan, Mr. Drake. Was glauben Sie, wann Sie fertig werden?«

»Oh, morgen Abend kann man auf dem Flügel spielen. Aber ich sollte besser noch eine Weile hier bleiben. Normalerweise sehe ich mir das Instrument zwei Wochen nach der ersten Stimmung noch einmal an.«

»Nehmen Sie sich so viel Zeit, wie Sie brauchen. Sie haben es doch nicht eilig, nach Mandalay zurückzukommen?«

»Nein, überhaupt nicht.« Edgar zögerte. »Heißt das, ich muss nach Mandalay zurück, wenn das Klavier gestimmt ist?«

Der Doktor lächelte. »Wir gehen wirklich ein großes Risiko damit ein, dass wir einem Zivilisten gestatten, hierher zu kommen, Mr. Drake.« Der Klavierstimmer sah auf seine Hände hinab. »Ich glaube, Sie verstehen allmählich, weshalb ich schon so lange hier lebe.«

Edgar unterbrach ihn. »Oh, leben könnte ich hier nicht! Ich fürchte nur, wenn die Regenzeit anfängt, wird die Tonhöhe bei dem Klavier steigen, und es werden alle möglichen Stimmprobleme auftreten, und zwei Wochen später bekomme ich wieder einen Brief mit der Bitte, nach Mae Lwin zurückzukehren und ein Klavier instand zu setzen.«

»Natürlich – lassen Sie sich nur Zeit.« Der Doktor nickte höflich und wandte sich wieder seinen Papieren zu.

In dieser Nacht konnte Edgar nicht schlafen. Er lag im Kokon seines Moskitonetzes und betastete die neu entstandene Schwiele an der Innenseite seines Zeigefingers. Die Klavierstimmerschwiele, Katherine, die kommt vom ständigen Anzupfen der Saiten.

Er dachte an den Erard. Er hatte zwar schon schönere Klaviere gesehen, aber noch nie etwas, das dem Bild des Salween gleichgekommen wäre, vom Fenster umrahmt, im geöffneten Deckel des Flügels gespiegelt. Er fragte sich, ob der Militärarzt das so geplant oder gar den Raum eigens für das Klavier gebaut hatte.

Plötzlich fiel ihm der versiegelte Brief ein, den Carroll am Nachmittag erwähnt hatte. Er schlüpfte unter dem Moskitonetz hervor und kramte in seinen Taschen, bis er ihn fand. Wieder unter dem Netz, entzündete er eine Kerze.

»An den Klavierstimmer, erst bei Ankunft in Mae Lwin zu öffnen. A.C.«

Er begann zu lesen.

23. März 1886

Bericht über den Transport eines Erard-Flügels
von Mandalay nach Mae Lwin, Shan-Staaten
Oberstabsarzt Anthony J. Carroll

Meine Herren,

hiermit melde ich den erfolgreichen Transport und die Auslieferung des 1840er Erard-Flügels, der von Ihrer Dienststelle am 21. Januar 1886 nach Mandalay verschifft und anschließend hierher weitergeleitet wurde. Im Folgenden finden Sie einen detaillierten Bericht über den Transfer. Ich bitte den wenig förmlichen Charakter einiger Passagen zu entschuldigen; es erschien mir notwendig, das dramatische Moment dieses höchst aufreibenden Unterfangens wiederzugeben.

Über die Versendung des Klaviers von London nach Mandalay hat bereits Colonel Fitzgerald berichtet. Um es kurz zu machen: Es wurde auf einem Postdampfer der P&O-Linie mit Ziel Madras und Rangun verschifft. Die Fahrt verlief relativ ruhig. Gerüchten zufolge soll ein Feldwebel, Mitglied einer Regimentskapelle, das Klavier aus der Transportkiste geholt und darauf gespielt haben, zur Freude der Mannschaft wie der Passagiere. In Rangun wurde es auf ein anderes Schiff verladen und auf dem Irrawaddy Richtung Norden gebracht. Das ist die übliche Route, und auch diese Passage verlief ohne Zwischenfälle. Am Morgen des 22. Februar traf das Instrument in Mandalay ein, wo ich es persönlich in Empfang nehmen konnte. Es wurde moniert, dass ich meinen Posten verlassen hätte und des Klaviers wegen nach Mandalay gereist sei, und auch Aufwand, Kosten und Notwendigkeit einer solch ungewöhnlichen Fracht stießen, wie ich hinzufügen darf, auf Kritik. Was die genannten Einwände anbelangt, so wird das Büro des Politischen Administrators bestätigen, dass ich zu einer Konferenz über die jüngsten, von dem Mönch U Ottama im Chin-Staat geschürten Unruhen geladen war und mich bereits in Mandalay aufhielt, als das Klavier dort eintraf. Was den zweiten Punkt betrifft, so muss ich protestieren: Dergleichen Anwürfe sind rein persönlicher Natur, und ich vermute hinter diesen bösen Zungen einen gewissen Neid; ich befehlige den einzigen Stützpunkt in den Shan-Staaten, der noch nie von Aufständischen angegriffen wurde, und habe, was unsere grundlegende Aufgabe der Befriedung und des Abschlusses von Verträgen anbelangt, die größten Erfolge erzielt.

Aber ich schweife ab, meine Herren, was ich zu entschuldigen bitte. Wir nahmen den Flügel also an den Docks in Empfang und brachten ihn mit einem Pferdefuhrwerk ins Stadtzentrum, wo wir ihn sofort für den Weitertransport fertig machten. Der Weg nach Mae Lwin führt über zweierlei Gelände. Für den ersten Abschnitt, eine trockene Ebene, die sich von Mandalay bis an die Shan-Berge erstreckt, hatte ich einen birmanischen Arbeitselefanten gemietet, wenn es mir auch widerstrebte, ein so empfindliches Musikinstrument einem Tier anzuvertrauen, das von früh bis spät Baumstämme schleppt. Der Vorschlag, Zebus zu verwenden, wurde verworfen, weil der Weg nicht überall breit genug für ein Gespann ist. Der zweite Streckenabschnitt stellte uns vor größere Probleme, weil die Pfade dort zu steil und schmal für einen Elefanten sind. Es wurde deshalb beschlossen, zu Fuß weiterzureisen. Zum Glück war der Flügel weniger schwer als erwartet und konnte von sechs Männern getragen werden. Ich hatte daran gedacht, mit mehr Leuten zu reisen, unter Umständen auch mit einer Militäreskorte, aber ich wollte nicht, dass die Einheimischen das Klavier mit militärischen Zielen in Verbindung bringen. Meine Leute würden genügen; ich kannte die Route gut, und über *dacoit*-Angriffe in dieser Gegend lagen kaum Berichte vor. Wir machten uns sofort daran, ein Tragegestell zu bauen.

Am Morgen des 24. Februar, nachdem ich die offiziellen Angelegenheiten im Hauptquartier der Armee erledigt hatte, brachen wir auf. Das Klavier wurde auf einen großen Munitionswagen geladen, der von einem Elefanten gezogen wurde, einem riesigen Tier mit traurigen Augen, auf das die ungewohnte Last offenbar keinerlei Eindruck machte, denn es schritt tüchtig aus. Zum Glück war die Fracht während der Trockenzeit eingetroffen, und wir erfreuten uns auf der ganzen Reise des besten Wetters. Hätte es geregnet, so hätte der Transport nicht stattfinden können, oder zumindest hätte er dem Instrument unabsehbaren Schaden zugefügt und von unseren Leuten einen hohen physischen Tribut gefordert. Auch so sollte sich das Unternehmen noch schwierig genug gestalten.

Von Scharen neugieriger Kinder gefolgt, marschierten wir aus Mandalay ab. Ich selbst war zu Pferde. Die von Wagenrädern zerfurchte Straße ließ die Hämmer an die Klaviersaiten springen, was eine wunderschöne Begleitmusik für unseren beschwerlichen Weg ergab. Bei Einbruch der Dunkelheit schlugen wir unser erstes Lager auf. Der Elefant kam gut voran, aber mir war klar, dass wir auf dem zweiten Streckenabschnitt zu Fuß sehr viel langsamer sein würden. Das machte mir Sorgen, denn ich hatte mich bereits eine Woche in Mandalay aufgehalten. Ich erwog vorauszureiten, aber die Männer gingen manchmal recht unsanft mit dem Klavier um, und obwohl ich ihnen wiederholt erklärte, wie empfindlich das Instrument sei, musste ich sie immer wieder zur Vorsicht mahnen. Angesichts der erheblichen Anstrengungen, die das Militär unternommen hatte, um den Flügel nach Birma zu bringen, und auch in Anbetracht der wichtigen Aufgabe, die auf ihn wartete, wäre es zu dumm gewesen, das Instrument so kurz vor dem Ziel durch Ungeduld zu verlieren.

Bei jedem Halt scharten sich Einheimische um das Klavier und stellten Mutmaßungen über dessen Verwendungszweck an. In den ersten Tagen erklärte ich oder einer der Männer seine Funktion, und man bestürmte mich, darauf zu spielen. Nicht weniger als vierzehnmal ließ ich mich in den ersten drei Tagen unserer Reise dazu überreden. Die Leute waren begeistert, aber das ständige Spielen ermüdete mich, denn sie zerstreuten sich erst, wenn ich ihnen sagte, dem Instrument sei »die Luft ausgegangen«, womit ich in Wirklichkeit natürlich den Pianisten meinte. Am dritten Tag wies ich meine Leute an, nichts mehr über die wahre Funktion des Klaviers verlauten zu lassen. Auf die Fragen der Dorfbewohner sagten sie jetzt, es sei eine furchtbare Waffe, und von da an machte man einen großen Bogen um uns.

Der schnellste Weg nach Mae Lwin führt in nordöstlicher Richtung an den Salween und auf dem Fluss weiter bis zum Fort. In der Trockenzeit führt der Fluss jedoch wenig Wasser, und aus Sorge um das Klavier beschloss ich, am Ufer entlang zu marschieren und erst auf der Höhe von Mae Lwin überzusetzen. Nach drei Tagen stieg das Gelände vom Irrawaddy-Becken zum Shan-Plateau an, und der Weg wurde steiler. Widerstrebend hoben wir das Klavier von dem Elefantenwagen auf das Tragegestell, das wir den Sänften nachgebaut hatten, die auf Shan-Festen benutzt werden: zwei parallele Tragebalken für die Männer, mit Querbalken unter dem Klavier, das mit der Klaviatur nach vorn transportiert wurde, weil das Gewicht so am besten verteilt war. Der Elefantenführer kehrte mit dem Tier nach Mandalay zurück.

Als es bergauf ging, merkte ich, wie wohl beraten ich gewesen war, das Klavier tragen zu lassen – der Weg war viel zu tückisch, als dass man es wie in der Ebene hätte ziehen können. Doch meine Genugtuung über diese Entscheidung wurde durch den Anblick der Männer gedämpft, die unter der Last rutschten und stolperten und nur mit Mühe verhindern konnten, dass sie herunterkrachte. Sie taten mir aufrichtig Leid; ich versuchte sie anzuspornen, so gut ich konnte, und versprach ihnen, die Ankunft des Klaviers in Mae Lwin mit einem Fest zu feiern.

Die Tage folgten einem gleichmäßigen Rhythmus. Wir standen bei Sonnenaufgang auf, frühstückten rasch, nahmen das Gestell auf und setzten unseren Weg fort. Es war ungewöhnlich heiß, die Sonne brannte erbarmungslos herab. Trotz des Unbehagens, das es mir bereitete, meinen Leuten diese Strapaze zuzumuten, bot sich mir, wie ich gestehen muss, ein überwältigender Anblick: die sechs schweißglänzenden Männer, das schimmernde Klavier – wie diese neuen handkolorierten Photographien, die in England der letzte Schrei sind und gelegentlich auch auf hiesigen Märkten auftauchen: die weißen Turbane und Hosen, die dunkelbraunen Körper, das Schwarz des Klaviers.

Doch dann, vier Tage von unserem Ziel entfernt und auf einem der steilsten Streckenabschnitte, nahm die Katastrophe ihren Lauf.

Auf einem besonders stark ausgewaschenen Dschungelpfad – ich ritt voraus und haute mit meinem Degen den Weg frei – hörte ich plötzlich einen Schrei und ein ohrenbetäubendes Krachen. Ich galoppierte zurück. Das Erste, was ich sah, war der Flügel, und da ich geglaubt hatte, er sei zerstört, war ich zunächst erleichtert. Doch dann sah ich, dass an seiner linken Seite fünf tätowierte Männer um den sechsten kauerten. Als sie mich bemerkten, rief einer von ihnen: »*Ngu!* – eine Schlange!« – und zeigte auf den Gestürzten. Ich begriff sofort. Der junge Mann hatte, während er sich vorwärts kämpfte, die Schlange nicht gesehen, und sie hatte ihn, durch mein Pferd aufgescheucht, ins Bein gebissen. Er hatte den Tragebalken losgelassen und war gestürzt. Die anderen hatten alles getan, um zu verhindern, dass der Erard-Flügel herunterfiel.

Als ich bei dem jungen Mann anlangte, senkten sich seine Lider bereits; die Lähmung setzte ein. Irgendwie war es ihm oder einem seiner Gefährten gelungen, die Schlange zu fangen und sie zu töten; sie lag verdreht am Wegrand. Die Männer gebrauchten ein Shan-Wort für sie, das ich nicht kannte; auf Birmanisch nannten sie sie *mahauk*, was wir mit *naga* oder Brillenschlange übersetzen würden. Doch ich hatte in diesem Augenblick wenig Sinn für wissenschaftliche Untersuchungen. Der Verletzte blutete aus zwei parallelen Einschnitten. Die Männer erwarteten medizinische Hilfe von mir, aber ich konnte nicht mehr viel tun. Ich kauerte mich neben den jungen Mann und nahm seine Hand. Das Einzige, was ich sagen konnte, war »Es tut mir Leid«, denn er war in meinem Dienst gefallen. Der Tod durch den Biss einer Kobra ist schrecklich: Das Gift lähmt das Zwerchfell, und der Patient erstickt. Es dauerte eine halbe Stunde, bis er tot war. Von der Asiatischen Kobra abgesehen, gibt es in Birma nur wenige Schlangen, deren Biss so schnell tödlich wirkt. Ein Shan-Mittel gegen Schlangenbisse besteht darin, die Wunde abzubinden, was wir auch taten (obwohl wir alle wussten, dass es wenig nützen würde), sie auszusaugen (was ich tat) und eine Paste aus zerstampften Spinnen aufzutragen (die wir aber nicht hatten; ich habe die Wirksamkeit dieser Behandlung auch immer bezweifelt). Stattdessen sprach einer der Männer ein Gebet. Die tote Schlange war bereits von Fliegen umschwärmt. Sie setzten sich auch auf den jungen Mann, und einer von uns scheuchte sie weg.

Ich wusste, dass die Bräuche der Shan es nicht erlaubten, die Leiche im Wald zurückzulassen. Auch die Achtung vor einem gefallenen Kameraden, die ja wohl eines der leuchtenden Prinzipien unserer Streitkräfte ist, hätte das verboten. Man konnte sich aber leicht ausrechnen, dass es schwierig werden würde, den Toten aus dem Dschungel hinauszuschaffen. Wenn sechs Mann schon Mühe gehabt hatten, das Klavier zu tragen, wie sollten dann fünf das Klavier und ihren Freund tragen? Ich machte mir klar, dass ich mit anfassen musste. Anfangs protestierten die Männer und schlugen vor, dass einer von ihnen ins nächste Dorf gehen und zwei neue Träger anheuern solle, aber ich war dagegen; ich hätte schon Tage zuvor wieder in Mae Lwin sein müssen.

Wir hoben den jungen Mann hoch und legten ihn auf das Klavier. Ich suchte in unserem Gepäck nach Seilen, aber wir hatten nicht genug dabei, um ihn festzubinden. Schließlich nahm ihm einer der Männer den Turban ab und entrollte ihn. Er befestigte das Tuch am Handgelenk des Toten, zog es unter dem Klavier durch und knotete es um das andere Handgelenk. Dann führte er es wieder zurück und band auch sein Bein fest. Für das andere Bein nahmen wir das kurze Seil, das wir bei uns hatten. Sein Kopf fiel über die Tastatur; das lange Haar war noch zu einem kleinen Knoten zusammengefasst. Zum Glück konnten wir den Leichnam auf diese Weise sichern; die Vorstellung, er könnte unterwegs herunterrutschen, war uns allen schrecklich. Hätte nicht einer der Männer die Idee mit dem Turban gehabt, ich weiß nicht, wie wir uns beholfen hätten. Ich selbst war zwar ebenfalls auf den Gedanken gekommen, aber einem Shan seinen Turban abzunehmen ist eine tödliche Beleidigung, und ob das auch für einen Toten gilt, wusste ich nicht.

Und so machten wir uns wieder auf den Weg. Ich nahm die Stelle des jungen Mannes an der linken Seite des Klaviers ein und spürte bei meinen Freunden eine gewisse Erleichterung darüber, denn ich hatte den Eindruck, dass dieser Platz für sie unter einem Fluch stand. Wenn wir unser bisheriges Tempo beibehielten, würden wir noch vier Tage bis nach Mae Lwin brauchen, und die Leiche würde einen grauenvollen Gestank verbreiten. Ich beschloss, nachts zu marschieren, sagte meinen Gefährten aber nichts davon, weil ich merkte, dass ihre Kräfte nach dem Tod ihres Freundes ohnehin erlahmten. Und so begab ich mich mit auf die handkolorierte Photographie, und wir setzten unseren Weg fort, unser Freund mit ausgebreiteten Armen auf dem Klavier, das Pferd jetzt hinten angebunden, wo es geruhsam dahintrottete und Blätter knabberte.

Was kann ich über die folgenden Stunden anderes berichten als dass sie die schlimmsten meines Lebens waren? Stolpernd mühten wir uns unter der Last des Flügels ab. Das Gestell schnitt uns ins Fleisch, und ich zog mein Hemd aus, rollte es zusammen und legte es mir auf die Schulter, aber es vermochte das Scheuern der Balken kaum zu mildern, und bald blutete ich. Ich empfand Mitleid mit meinen Freunden, die nicht ein einziges Mal um irgendetwas gebeten hatten, was ihnen die Last hätte erleichtern können, dabei waren auch ihre Schultern wund gescheuert. Das Vorwärtskommen wurde immer schwieriger. Einer der vorderen Träger musste mit der freien Hand auch noch den Weg freihauen. Das Klavier verfing sich in Schlingpflanzen und blieb an Ästen hängen, und mehrmals wären wir beinahe gestürzt. Bei dem jungen Mann setzte bereits die Leichenstarre ein. Wenn er auf dem Klavier verrutschte, war es, als würden seine Arme an den Gurten zerren, und man glaubte einen Moment lang, er wolle flüchten, bis man ihm wieder in die leeren Augen sah.

Spät am Abend sagte ich den Männern, dass wir die Nacht durchmarschieren würden. Es war ein schwerer Entschluss, denn ich selbst konnte mich kaum noch auf den Beinen halten. Aber sie protestierten nicht; vielleicht waren auch sie um den Leichnam besorgt. Und so luden wir uns das Klavier nach einer kurzen Essenspause wieder auf die Schultern. Der Himmel war in der Trockenzeit zum Glück klar, und der Halbmond spendete ein wenig Licht. Sobald der Weg jedoch tiefer in den Dschungel führte, stolperten wir in völliger Finsternis dahin. Ich hatte nur eine einzige kleine Laterne dabei, und die entzündete ich und hängte sie an das Tuch, mit dem das Bein des Toten festgebunden war, so dass sie die Unterseite des Klaviers beleuchtete. Es muss ausgesehen haben, als schwebte das Instrument in der Luft.

Zwei volle Tage marschierten wir so, bis eines Abends einer der beiden vorderen Männer erschöpft, aber glücklich ausrief, er könne den Salween durch die Bäume sehen. Das allein machte unsere Last schon leichter, und wir beschleunigten unsere Schritte. Am Ufer riefen wir den Wachposten auf der anderen Seite an, und er war so überrascht, uns zu sehen, dass er schnurstracks ins Camp hinauflief. Wir setzten das Klavier auf dem schlammigen Grund ab und sanken erschöpft zu Boden.

Es dauerte nicht lange, und drüben versammelten sich einige Männer am Ufer, stiegen in einen Einbaum und ruderten zu uns herüber. Ihren Schock über den Tod des Jungen milderte nur die Erleichterung, dass uns Übrige nicht das gleiche Schicksal ereilt hatte. Man hatte uns bereits tot geglaubt. Nach einigem Hin und Her ruderten zwei der Männer wieder zurück und kamen mit einem zweiten Einbaum wieder. Sie banden die beiden Boote zu einem Floß zusammen und stellten das Klavier mit dem Leichnam darauf. Auf diese Weise setzte der Flügel über den Salween. Da auf dem Floß nur zwei Mann Platz hatten, schaute ich vom Ufer aus zu. Es war ein merkwürdiger Anblick: Das Klavier schwamm mitten auf dem Fluss, zwei Männer kauerten darunter, und über ihnen lag ausgestreckt die Leiche eines dritten. Als sie das Instrument auf den Strand hoben, erinnerten mich die Umrisse des Leichnams an Van der Weydens *Kreuzabnahme*, ein Bild, das für immer in mein Gedächtnis eingebrannt ist.

Und so endete unsere Reise. Der junge Mann wurde beerdigt, und zwei Tage später wurde die Ankunft des Grand Pianos gefeiert. Es war für mich die erste Gelegenheit, für das Dorf zu spielen, aber nicht lange, denn bedauerlicherweise ist das Instrument stark verstimmt, ein Problem, das ich selbst zu beheben versuchen werde. Es wurde fürs Erste im Getreidespeicher untergebracht, und wir begannen sofort mit den Vorbereitungen für den Bau eines eigenen Musikzimmers. Doch dazu mehr im nächsten Brief.

Oberstabsarzt Anthony J. Carroll
Mae Lwin, Shan-Staaten

Edgar blies die Kerze aus und legte sich zurück. Es war kühl im Zimmer. Auf dem Dach schabten Blätter gegen das Stroh. Er versuchte zu schlafen, musste aber ständig an Carrolls Bericht denken, an seine eigene Reise ins Camp, an die verbrannten Felder und die steilen Dschungelpfade, an den *dacoit*-Überfall und die lange Zeit, die seit seiner Abreise vergangen war. Schließlich öffnete er die Augen und richtete sich auf. Der Raum lag im Dunkeln und war durch das Moskitonetz nur verschwommen zu sehen.

Er zündete die Kerze wieder an und nahm den Brief noch einmal zur Hand. Die Flamme warf seinen Schatten auf das Netz, und er begann zu lesen. Ich könnte ihn Katherine schicken, wenn ich ihr nächstes Mal schreibe, dachte er und nahm sich vor, es bald zu tun.

Irgendwann auf Edgars Reise ins Hochland flackerte die Kerze auf und erlosch.

Als er erwachte, lag der Brief noch auf seiner Brust.

Er wusch und rasierte sich gar nicht erst, sondern zog sich rasch an und ging geradewegs zum Klavierzimmer. An der Tür hielt er inne; die Höflichkeit gebot, dass er erst dem Doktor guten Morgen sagte. Er lief die Treppe hinunter zum Fluss. Auf halbem Wege kam ihm Nok Lek entgegen.

»Frühstückt der Doktor am Ufer?«

»Nein, Sir, heute Morgen nicht. Heute Morgen ist der Doktor nicht da.«

»Nicht da? Wo ist er denn hin?«

»Ich weiß es nicht.«

Edgar kratzte sich den Kopf. »Seltsam. Er hat es Ihnen nicht gesagt?«

»Nein, Mr. Drake.«

»Kommt das öfter vor?«

»Ja. Sehr oft. Er ist ein bedeutender Mann. Wie ein Fürst.«

»Ein Fürst … Und wann erwarten Sie ihn zurück?«

»Ich weiß nicht. Er sagt es mir nicht.«

»Ja, dann … Hat er eine Nachricht für mich hinterlassen?«

»Nein, Sir.«

»Merkwürdig. Ich hätte gedacht –«

»Er hat gesagt, Sie würden heute den ganzen Tag das Klavier stimmen, Mr. Drake.«

»Ja, sicher … Gut, dann mache ich mich jetzt an die Arbeit.«
»Soll ich Ihnen das Frühstück bringen, Mr. Drake?«
»Danke, das wäre sehr nett.«

Er begann die Arbeit des Tages damit, dass er die Hämmer intonierte und beschädigte Filze ausbesserte. In England pflegte er mit dem Intonieren oft bis nach der Feinstimmung zu warten, jetzt aber störte ihn der Klang zu sehr. Er war entweder zu hart und blechern oder zu dumpf und leise. Edgar nadelte die härteren Filze, um sie weicher zu machen, er drückte die weicheren Filze mit dem Stimmhammer zusammen, um sie härter zu machen, und bearbeitete die Scheitel der Hammerköpfe so, dass alle Saiten eines Tones gleichzeitig angeschlagen wurden. Er prüfte die Intonation, indem er jede Oktave in gebrochenen Akkorden chromatisch durchspielte und schließlich einzelne Tasten anschlug, so dass man die Elastizität tief im Innern der Filze wahrnahm.

Endlich konnte er sich an die Feinstimmung des Klaviers machen. Er begann eine Oktave über der gerissenen Saite. Mit Stimmkeilen dämpfte er die Nebensaiten jedes Tons, so dass nur die mittlere Saite klang, wenn eine Taste angeschlagen wurde. Er drückte die Taste nieder und drehte den Stimmnagel. War die mittlere Saite gestimmt, nahm er sich die Nebensaiten vor, und wenn der ganze Ton gestimmt war, ging er eine Oktave tiefer – ein Baumeister würde auch als Erstes das Fundament des Hauses legen, pflegte er zu seinen Lehrlingen zu sagen. Er verfiel in die gewohnte Routine, drehte die Stimmnägel, probierte, Taste-Nagel-Taste, ein Rhythmus, der nur unterbrochen wurde, wenn er geistesabwesend nach einer Fliege schlug.

Wenn beide Oktavtöne gestimmt waren, wandte er sich den Tönen dazwischen zu. Der letzte Schritt bestand darin, sie auf gleichschwebende Temperatur zu bringen, so dass alle den gleichen Abstand voneinander hatten. Für die Lehrlinge war das oft schwer zu verstehen. Jede Saite erzeugt einen Ton in einer bestimmten Frequenz, erklärte Edgar ihnen. Gut aufeinander abgestimmte Saiten können harmonieren, während verstimmte Saiten überlappende Frequenzen erzeugen, die ein rhythmisches Vibrieren zur Folge haben, die so genannte Schwebung, einen Synchronismus leicht dissonanter Töne. Bei einem Klavier, das auf eine bestimmte Tonart einwandfrei gestimmt ist, treten keine Schwebungen auf, wenn zwei Töne gespielt werden. Aber dann kann man das Klavier in keiner anderen Tonart spielen. Die gleichschwebende Temperatur ist eine Erfindung, die es erlaubt, ein einziges Instrument in mehr als einer Tonart zu spielen, wenn auch um den Preis, dass keine von ihnen rein gestimmt ist. Einstimmung in gleichschwebende Temperatur heißt, bewusst Schwebungen zu erzeugen und die Saiten so einzustimmen, dass nur ein geschultes Ohr wahrnehmen kann, dass sie, wenn auch notwendigerweise, leicht außerhalb der reinen Stimmung liegen.

Edgar summte bei der Arbeit leise vor sich hin. Gewöhnlich – und oft zu Katherines Kummer – war er völlig in seine Arbeit vertieft. Siehst du überhaupt noch etwas, hatte sie ihn nach ihrer Heirat oft gefragt, wenn er über die Seite des Klaviers gebeugt stand. Ob ich was sehe? Etwas, das Klavier, die Saiten, mich. Natürlich sehe ich dich, und er hatte sie an sich gezogen. Edgar, bitte! Bitte, ich will wissen, wie du arbeitest, ich meine es ernst. Siehst du beim Arbeiten irgendetwas? Aber natürlich, wieso? Es kommt mir vor, als wärst du weit fort, vielleicht in einer Welt der Töne. Edgar lachte, Das wäre ja eine seltsame Welt, Liebes. Und er beugte sich vor und küsste sie. Aber er begriff sehr wohl, was sie meinte. Er arbeitete mit offenen Augen, doch wenn er fertig war, wenn er an den Tag zurückdachte, konnte er sich an kein einziges Bild erinnern, nur an das, was er gehört hatte, eine Landschaft aus Klang und Klangfarbe, Intervallen, Schwingungen, Das sind meine Farben.

Und so dachte er auch jetzt während des Stimmens kaum an zu Hause, an Katherine, den abwesenden Doktor oder Khin Myo. Und er merkte auch nicht, dass er Zuschauer hatte, drei kleine Jungen, die ihn durch die Ritzen in der Bambuswand beobachteten. Sie flüsterten und kicherten, und wenn Edgar nicht im pythagoräischen Labyrinth von Klang und Mechanik gesteckt, wenn er Shan verstanden hätte, dann hätte er gehört, wie sie sich darüber wunderten, dass dies der große Musiker war, der Mann, der ihren singenden Elefanten reparierte. Komisch, diese Engländer, sagten sie zueinander. Ihre Musiker spielen allein, und man kann zu ihren seltsamen, langsamen Melodien weder tanzen noch singen. Nach einer Stunde aber verlor selbst das Spionieren seinen Reiz, und die Jungen gingen verdrossen wieder zum Schwimmen an den Fluss.

Die Zeit verstrich. Kurz nach Mittag kam Nok Lek mit dem Essen, einer großen Schüssel Reisnudeln in einer dicken Soße, mit Hackfleisch und Paprika. Und er brachte ein Glas mit einer Paste aus der Asche verbrannter Reishülsen, mit der Edgar den Resonanzboden bestrich, bevor er seine Arbeit zum Essen unterbrach. Nach wenigen Bissen kehrte er zum Klavier zurück.

Am frühen Nachmittag zogen Wolken auf, aber es regnete nicht. Es wurde schwül im Raum. Edgar arbeitete nie schnell, aber jetzt wunderte er sich über seine Langsamkeit. Ein Gedanke kehrte wieder, der ihm schon am Morgen Kopfzerbrechen bereitet hatte. Nur noch wenige Stunden, dann würde er mit dem Stimmen fertig sein und in Mae Lwin nicht mehr gebraucht werden. Er würde nach Mandalay und dann nach England zurück müssen. Aber das will ich doch, sagte er sich, dann bin ich wieder zu Hause. Doch die unmittelbar bevorstehende Abreise wurde realer, während er arbeitete, die Finger wund von den Saiten, in betäubender Monotonie, drehen – Taste herunterdrücken – hören, drehen – Taste herunterdrücken – hören. Die Stimmung breitete sich über das Klavier aus wie verschüttete Tinte über ein Blatt Papier.

Edgar hatte noch drei Tasten zu stimmen, als die Wolken aufrissen und die Sonne durchs Fenster schien und den Raum erhellte. Er hatte den Deckel über Nacht wieder angebracht und ihn während des Stimmens geöffnet. Jetzt spiegelte sich die Landschaft wieder in dem polierten Mahagoni. Er stand da und sah zu, wie der Salween durch das Lichtkarree floss. Dann trat er ans Fenster und blickte auf den Fluss hinab.

Zwei Wochen, dann muss das Klavier nachgestimmt werden, hatte er dem Doktor gesagt. Dass es jetzt reguliert, gestimmt und intoniert war, dass es relativ einfach sein würde, diesen Zustand aufrechtzuerhalten, dass er es dem Doktor oder vielleicht sogar einem seiner Shan-Helfer beibringen konnte, sagte er ihm nicht. Ich könnte es tun, dachte er, ich könnte den Stimmhammer hier lassen, das wäre nur recht und billig. Und dann dachte er, Ich bin schon so lange von zu Hause fort, vielleicht zu lange.

Er konnte es tun, und irgendwann würde er es auch tun, aber er brauchte schließlich nichts zu übereilen.

Außerdem, dachte er, bin ich gerade erst gekommen.

XV

Der Oberstabsarzt kehrte nicht wie geplant am nächsten Tag zurück und am übernächsten auch nicht. Das Camp wirkte leer, und der Klavierstimmer sah weder Nok Lek noch Khin Myo. Er wunderte sich, dass er erst jetzt wieder an sie dachte, dass der Trubel um das Klavier ihn so in Anspruch genommen hatte. In den wenigen Tagen seit ihrer Ankunft hatte er sie nur ein einziges Mal gesehen. Sie war zu Carroll getreten, als er mit ihm unterwegs gewesen war, hatte ihm höflich zugenickt und dem Doktor auf Birmanisch etwas ins Ohr geflüstert. Sie hatte nahe bei Carroll gestanden und an ihm vorbei zu Edgar geschaut, und er hatte schnell die Augen abgewandt und über den Fluss geblickt. Als er die beiden wieder ansah, achtete er darauf, ob etwas Besonderes zwischen ihnen war, eine Berührung oder ein Lächeln. Aber Khin Myo verbeugte sich nur leicht und ging anmutig davon.

Den Vormittag über führte er noch kleinere Arbeiten an dem Erard durch, stimmte einige Saiten nach und überstrich Stellen am Resonanzboden, die noch nicht ausreichend mit Harz bedeckt waren, aber bald wurde er der Arbeit überdrüssig. Das Klavier war gut gestimmt, wenn auch vielleicht nicht perfekt, er hatte nun einmal nicht alles nötige Werkzeug dabei. Unter diesen Umständen konnte er nicht mehr viel für das Instrument tun.

Es war Mittag, als er das Zimmer verließ und an den Salween hinunterging. Der Wind wehte flussabwärts und trieb kleine Wellen ans Ufer. Die Luft war klar, die Sonne schien warm. Auf zerklüfteten Felsen, die ins Wasser ragten, warfen Fischer ihre Netze aus, kauerten sich hin, warteten. Edgar breitete im Schatten einer Weide eine Decke aus, ließ sich darauf nieder und schaute zwei Frauen zu, die Wäsche gegen einen Stein schlugen, nackt bis auf ihren *hta main*, den sie hochgezogen und sittsam um die Brust geschlungen hatten. Er fragte sich, ob das Shan-Brauch war oder auf britische Einflüsse zurückging.

Seine Gedanken schweiften ziellos, vom Fluss über die Berge, nach Mandalay und weiter. Was die Militärs wohl glaubten, weshalb er noch nicht wieder zurück war? Vielleicht haben sie meinen Weggang noch gar nicht bemerkt, dachte er, Khin Myo ist ja auch fort, und Captain Nash-Burnham hält sich in Rangun auf. Wie lange ist es her, seit ich Mandalay verlassen habe? Hoffentlich hatte man Katherine nicht benachrichtigt, sie würde sich nur Sorgen machen. Er tröstete sich damit, dass die Post lange brauchte. Er versuchte nachzurechnen, wie lange er schon von zu Hause fort war, stellte aber erstaunt fest, dass er nicht einmal wusste, wie viele Tage er bereits in Mae Lwin verbracht hatte. Die Reise über das Shan-Plateau schien zeitlos, ein Augenblick, ein Kaleidoskop aus silbernen Tempeln, tiefem Dschungel, schlammigen Flüssen und dahintrabenden Pferden.

Zeitlos, dachte Edgar, und er stellte sich vor, die Welt draußen sei stehen geblieben, Es ist, als hätte ich London erst heute Morgen verlassen. Der Gedanke gefiel ihm, Vielleicht ist es wirklich so, meine Uhr ist ja in Rangun stehen geblieben, in England kommt Katherine gerade von den Docks nach Hause, unser Bett hält noch die Wärme zweier Menschen, vielleicht ist es noch warm, wenn ich zurückkomme. Und seine Gedanken strebten weiter, Irgendwann werde ich aus dem Tal des Salween aufsteigen und über die Berge nach Mandalay zurückkehren, und ich werde wieder einen Abend beim *yôkthe pwè* zuschauen, und diesmal wird es eine andere Geschichte sein, eine Geschichte der Rückkehr, und ich werde mit dem Dampfer den Fluss hinunterfahren, ich werde Soldaten kennen lernen, und beim Gin werde ich meine Geschichten erzählen. Und weiter, wir kommen jetzt schneller voran, denn wir fahren mit der Strömung, und in Rangun werde ich wieder zur Shwedagon-Pagode gehen, und ich werde sehen, wie das Baby der bemalten Frau gewachsen ist, ich werde an Bord eines anderen Dampfers gehen, und mein Gepäck wird schwerer sein, denn ich werde Geschenke dabeihaben, silberne Halsketten, bestickte Stoffe und Musikinstrumente für eine neue Sammlung, und auf dem Schiff werde ich die Tage damit verbringen, zu denselben Bergen hinüberzuschauen wie bei meiner Ankunft, nur werde ich diesmal an Steuerbord stehen. Der Zug wird wie zuvor durch Indien fahren, vom Ganges aufsteigend wie ein Gebet, die Sonne wird hinter uns auf- und vor uns untergehen, und wir werden ihr nachfahren, vielleicht werde ich irgendwo auf einem einsamen Bahnhof die Geschichte des Gedichte-Wallahs hören. Auf dem Roten Meer werde ich einem Mann begegnen, und ich werde ihm sagen, dass ich Lieder vernommen habe, aber nicht seines. Auf dem Roten Meer wird die Luft trocken sein, die Feuchtigkeit wird unsichtbar als Dampf aus meiner Uhr entweichen, und sie wird wieder gehen, wird ticken, die Zeit ist keine andere als am Tag meiner Abreise.

Schritte drangen in seinen Tagtraum, und er drehte sich um. Khin Myo stand im Schatten der Weide. »Darf ich mich zu Ihnen setzen?«, fragte sie.

Edgar erwachte aus seiner Träumerei. »Ma Khin Myo, was für eine schöne Überraschung! Aber natürlich, bitte, nehmen Sie Platz.« Er rückte zur Seite. Nachdem sie sich auf der Decke niedergelassen und ihren *hta main* glatt gestrichen hatte, sagte er: »Ich habe heute schon an Sie gedacht. Wo waren Sie denn? Ich habe Sie kaum gesehen, seit wir hier angekommen sind.«

»Ich wollte Sie und den Doktor nicht stören. Ich weiß ja, dass Sie zu arbeiten haben.«

»Ja, es gibt viel zu tun. Aber ich habe es bedauert, Sie nicht zu sehen.« Seine Worte klangen irgendwie gestelzt, und er fügte hinzu: »Unsere Gespräche in Mandalay waren so schön.« Er wollte noch mehr sagen, aber ihre Gegenwart machte ihn plötzlich befangen. Er hatte schon fast vergessen, wie anziehend sie war. Ihr Haar war zurückgekämmt und mit einer Elfenbeinnadel festgesteckt. Ihre Bluse raschelte leise im Wind, der durch die Weidenzweige strich. Unterhalb der Borte, die ihre Ärmel säumte, waren ihre Arme nackt, die Hände lagen gefaltet auf ihrem *hta main*.

»Nok Lek hat mir gesagt, dass Sie fertig sind«, sagte sie.

»Ja, seit heute Vormittag, aber es bleibt noch einiges zu tun. Das Klavier war in sehr schlechtem Zustand.«

»Das hat Dr. Carroll auch gesagt. Ich glaube, er gibt sich selbst die Schuld daran.« Sie verschob den Kopf leicht nach links und rechts, wenn sie scherzte, so wie er es bei vielen Indern gesehen hatte. Er hatte es schon früher an ihr bemerkt, aber jetzt fiel es ihm besonders auf. Es war eine kaum wahrnehmbare Bewegung, als lachte sie insgeheim über einen Scherz, der viel lustiger war und viel tiefsinniger, als ihre Worte verrieten.

»Ich weiß, aber das muss er nicht. Ich bin sehr zufrieden. Das Klavier wird wunderbar klingen.«

»Er meinte auch, Sie seien ganz erfreut.« Sie lächelte. »Wissen Sie schon, was Sie jetzt machen werden?«

»Jetzt?«

»Jetzt, wo Sie fertig sind. Gehen Sie nach Mandalay zurück?«

Er lachte. »Ob ich nach Mandalay zurückgehe? Ja, sicher – irgendwann muss ich das ja wohl. Aber vielleicht nicht gleich. Ich möchte abwarten, ob nicht noch weitere Probleme mit dem Klavier auftreten. Und dann wäre es nach der langen Reise nur recht und billig, wenn ich auch eine Darbietung zu hören bekäme. Aber danach – ich weiß nicht.«

Sie schwiegen und schauten wieder über den Fluss. Aus den Augenwinkeln sah Edgar, dass Khin Myo plötzlich den Blick senkte. Sie fuhr mit dem Finger über die schillernde Seide ihres Rockes. »Ist alles in Ordnung?«, fragte er.

Sie sah ihn an und errötete. »Ja, ja, ich dachte gerade an etwas anderes.« Sie verstummte wieder und fügte dann plötzlich hinzu: »Sie sind anders.«

Edgar schluckte erschrocken. Sie hatte so leise gesprochen, dass er nicht sicher war, ob er ihre Stimme oder das Rascheln der Blätter gehört hatte. »Wie?«

»Ich war ja jetzt viele Stunden mit Ihnen zusammen«, sagte sie, »erst in Mandalay, dann auf der Reise hierher. Die meisten anderen Besucher hätten sofort angefangen, von sich zu erzählen. Aber von Ihnen weiß ich nur, dass Sie Engländer sind und dass Sie hierher gekommen sind, um das Klavier zu stimmen.« Sie spielte mit dem Saum ihres *hta main*. Edgar fragte sich, ob aus Nervosität, so wie ein Engländer an seinem Hut herumfingert.

»Entschuldigen Sie, wenn ich zu direkt bin, Mr. Drake«, fuhr sie fort, als er nicht reagierte. »Ich wollte Sie nicht kränken.«

»Aber nein, das macht doch nichts.« Er wusste nicht, was er sagen sollte. Ihre Worte überraschten ihn, umso mehr, als sie bisher so reserviert gewesen war. »Ich bin es nicht gewöhnt, dass man mir Fragen über mich selbst stellt. Schon gar nicht von …« Er verstummte.

»Von einer Frau?«

Edgar schwieg.

»Schon gut, ich würde es Ihnen nicht übel nehmen, wenn Sie das gedacht hätten. Ich weiß, was über die Frauen des Ostens geschrieben wird, ich kann Ihre Zeitungen lesen und verstehe Ihre Gespräche. Ich weiß auch, was so geredet wird, und ich habe gesehen, wie die Karikaturisten uns in Ihren Zeitungen darstellen.«

Er errötete. »Das ist schrecklich.«

»Aber nein. Viele sehen uns ganz richtig. Und außerdem … Bemalt zu sein wie eine schöne junge Tänzerin ist besser als bemalt zu sein wie eine Wilde – denn als Wilde zeigen Ihre Zeitungen unsere Männer.«

»Das ist dummes Zeug«, erwiderte er. »Ich würde nichts darauf geben …«

»Es macht mir nichts aus. Ich frage mich nur, oder besser, es macht mir Sorgen, wenn jemand mit der Erwartung hierher kommt, dass alles so ist, wie er es sich vorgestellt hat.«

Der Klavierstimmer bewegte sich unbehaglich. »Wenn die

Leute erst einmal hier sind, sehen sie ja, dass es nicht so ist«, sagte er.

»Oder sie verändern uns einfach, so dass wir ihrem Bild entsprechen.«

»Ich ...« Er stockte betroffen und sah sie nachdenklich an.

»Entschuldigen Sie, ich wollte nicht so heftig werden, Mr. Drake.«

»Nein ... nein, überhaupt nicht.« Ein Gedanke war ihm gekommen, und er nickte. »Nein, ich unterhalte mich sehr gern mit Ihnen, ich bin nur nicht besonders gesprächig. Das ist bei mir eben so. Zu Hause in London auch.«

»Das macht doch nichts. Ich selbst rede ganz gern. Manchmal fühle ich mich hier einsam. Ich spreche ein wenig Shan, und viele von den Leuten hier sprechen etwas Birmanisch, aber wir sind so verschieden, die meisten sind noch nie aus ihrem Dorf herausgekommen.«

»Aber Sie haben doch den Doktor –«, begann Edgar, bereute seine Worte aber sofort.

»Darüber hätte ich schon in Mandalay mit Ihnen reden sollen. Und sei es nur, damit Sie nicht zu fragen brauchen.«

Er empfand die plötzliche, mit nichts zu vergleichende Erleichterung dessen, der eines Vermutung bestätigt sieht. »Er ist oft weg«, sagte er.

Khin Myo sah zu ihm auf, als hätten seine Worte sie überrascht. »Er ist ein bedeutender Mann«, sagte sie.

»Wissen Sie, wohin er geht?«

»Wohin? Nein.« Sie legte den Kopf schräg. »Einfach nur weg. Es geht mich nichts an.«

»Ich finde schon. Sie sagen doch selbst, dass Sie sich einsam fühlen.«

Sie sah ihn an, länger diesmal. »Das ist es nicht.«

Es klang traurig, und Edgar wartete darauf, dass sie weitersprechen würde, aber sie war verstummt. »Es tut mir Leid«, sagte er, »ich wollte Ihnen nicht zu nahe treten.«

»Nein, nein.« Sie senkte den Blick. »Sie stellen mir so viele Fragen. Auch darin sind Sie anders.« Ein Windhauch zitterte durch die Bäume. »Sie haben jemanden, Mr. Drake.«

»Ja.« Edgar war froh, das Thema wechseln zu können. »Sie heißt Katherine.«

»Ein schöner Name«, sagte Khin Myo.

»Ja ... ja, sicher. Ich bin so daran gewöhnt, dass ich ihn kaum noch als Namen wahrnehme. Wenn man jemanden so gut kennt, ist es, als würde er seinen Namen verlieren.«

Sie lächelte. »Darf ich fragen, wie lange Sie schon verheiratet sind?«

»Achtzehn Jahre. Wir haben uns kennen gelernt, als ich noch Lehrling war. Ich habe damals das Klavier ihrer Familie gestimmt.«

»Sie muss schön sein«, sagte Khin Myo.

»Schön ...« Die Arglosigkeit ihrer Worte erstaunte Edgar. »Sie ... wir sind natürlich nicht mehr jung.« Unbeholfen und nur um das eingetretene Schweigen zu unterbrechen, fuhr er fort: »Sie war sogar sehr schön, für mich jedenfalls ... Sie fehlt mir schrecklich, wenn ich so von ihr spreche.«

»Es tut mir Leid –«

»Nein, nein. Es ist wunderbar, auf seine Art. Wenn ein Mann achtzehn Jahre verheiratet ist, dann ist er nicht mehr in seine Frau verliebt ...« Er hielt inne und blickte über den Fluss. »Vielleicht haben Sie Recht, wahrscheinlich bin ich wirklich anders ... Obwohl – ich weiß nicht, ob ich damit dasselbe meine wie Sie vorhin. Ich liebe die Musik, ich liebe Klaviere und die Mechanik des Klangs, und ich liebe meine Arbeit. Darin bin ich anders. Und ich bin ein ruhiger Mensch. Ich träume zu viel ... Aber ich sollte Sie nicht mit solchen Dingen behelligen.«

»Wir können auch von etwas anderem reden, wenn Sie wollen.«

»Nicht dass es mir etwas ausmachen würde. Ich bin nur überrascht, dass Sie fragen, dass Sie es bemerkt haben. Viele Frauen haben für solche Eigenschaften nichts übrig; englische Frauen mögen Männer, die in den Krieg ziehen oder Gedichte schreiben. Die Arzt werden. Die gut mit Pistolen zielen können.« Er lächelte. »Ich weiß nicht, ob ich mich verständlich ausdrücke. Nichts von alldem habe ich je gemacht. In England leben wir heute in einer Zeit der Leistung, der Kultur, der Eroberung. Und ich stimme Klaviere, damit andere Musik machen können. Viele Frauen würden mich wahrscheinlich langweilig finden. Aber Katherine ist anders. Einmal habe ich sie gefragt, weshalb sie mich geheiratet hat, ich sei doch ein so ruhiger Mensch, und sie hat geantwortet, wenn sie Musik höre, könne sie meine Arbeit darin hören ... Das mag dumm und sentimental klingen, wir waren ja noch so jung ...«

»Nein, gar nicht.«

Sie schwiegen eine Weile, dann sagte er: »Seltsam – ich kenne Sie noch kaum und sage Ihnen Dinge, über die ich nicht einmal mit Freunden je gesprochen habe.«

»Vielleicht gerade weil Sie mich noch kaum kennen.«

»Vielleicht.«

Sie schwiegen wieder. »Ich weiß so wenig von Ihnen«, sagte Edgar, und im Gezweig der Weide rauschte es.

»Meine Geschichte ist kurz«, sagte Khin Myo.

Sie war einunddreißig, 1855 als Tochter eines Cousins zweiten Grades von König Mindon geboren. Edgar sah überrascht auf, als sie das sagte, und sie fügte schnell hinzu: »Das hat nicht viel zu bedeuten. Die königliche Familie ist sehr groß, und das wenige blaue Blut, das in meinen Adern fließt, hat allenfalls Gefahr bedeutet, als Thibaw den Thron bestieg.«

»Sie wollen doch nicht etwa sagen, dass Sie die britische Herrschaft begrüßen?«

»Ich habe großes Glück«, erwiderte sie nur.

»Aber in England«, beharrte Edgar, »sind viele entschieden der Meinung, dass die Kolonien sich selbst verwalten sollten, und ich neige ebenfalls zu dieser Ansicht. Wir haben schreckliche Dinge getan.«

»Aber auch gute.«

»Dass eine Birmanin so etwas sagt, hätte ich nicht erwartet.«

»Vielleicht machen die Herrschenden den Fehler zu glauben, man könne die Beherrschten verändern.«

Sie sagte es ganz langsam, ein Gedanke wie verschüttetes Wasser, das sich nun um sie herum ausbreitete. Er wartete, dass sie fortfahren würde, doch dann erzählte sie ihre Geschichte weiter.

Ihr Vater hatte sie auf eine Privatschule für die birmanische Elite in Mandalay geschickt, wo sie eines von zwei Mädchen in ihrer Klasse war. Sie hatte sich dort besonders in Mathematik und Englisch hervorgetan, und nach ihrem Abschluss war sie als Englischlehrerin eingestellt worden und unterrichtete Schüler, die nur drei Jahre jünger waren als sie. Die Arbeit machte ihr großen Spaß, und im Kollegium gewann sie gute Freunde, auch unter den Engländerinnen. Der Rektor, ein Feldwebel, der im Gefecht ein Bein verloren hatte, bemerkte ihr Talent und kümmerte sich nach Dienstschluss persönlich um ihre Weiterbildung. Sie sprach von ihm so, wie man eine Geschichte erzählt, deren Ausgang man nicht verrät, aber Edgar fragte nicht weiter. Eines Tages wurde der Feldwebel krank – sein Beinstumpf hatte sich entzündet –, und sie verließ die Schule, um ihn zu pflegen. Nach mehreren fiebrigen Wochen starb er. Sie war untröstlich, aber sie nahm ihre Arbeit wieder auf. Der neue Rektor habe sie ebenfalls nach Dienstschluss in sein Büro gebeten, sagte sie mit gesenktem Blick, aber mit anderen Absichten.

Zwei Wochen später wurde sie entlassen. Der verschmähte Rektor beschuldigte sie, Bücher gestohlen und auf dem Markt verkauft zu haben. Sie konnte nicht viel zu ihrer Verteidigung vorbringen, und sie wollte es auch nicht. Zwei ihrer Freundinnen waren mit ihren Ehemännern nach England zurückgekehrt, und sie schauderte bei dem Gedanken an die lüsternen Hände des Rektors. Zwei Tage nach ihrer Entlassung machte Captain

Nash-Burnham, ein enger Freund ihres Vaters, einen Besuch bei ihren Eltern. Er äußerte sich nicht über den Rektor – sie wusste, dass er es nicht konnte –, aber er bot ihr eine Stelle als Haushälterin in der Gästeunterkunft der Armee an. Die Räume stünden meist leer, hatte er ihr an jenem warmen Morgen gesagt, sollte sie dort eigene Besucher unterbringen oder gar Kurse abhalten wollen, könne sie darüber verfügen. Noch in derselben Woche war sie eingezogen, und eine Woche später hatte sie begonnen, an dem kleinen Tisch unter den Papayabäumen Englisch zu unterrichten. Vier Jahre lebte sie nun schon dort.

»Und wie haben Sie Dr. Carroll kennen gelernt?«, fragte Edgar.

»Er war einmal Gast in Mandalay, wie Sie.«

Sie saßen den Rest des Nachmittags unter der Weide und unterhielten sich. Khin Myo erzählte hauptsächlich von Birma, von Festen, von Geschichten, die sie als Kind gehört hatte, und Edgar stellte Fragen. Katherine oder den Doktor erwähnten sie nicht mehr.

Während sie dort saßen, kamen Shan-Familien vorbei, die im Fluss angeln, Wäsche waschen oder im seichten Wasser spielen wollten. Sie sagten nichts, wenn sie das Paar sahen. Es ist ganz normal, dass man einem Gast auch gastfreundlich begegnet, der ruhige Mann, der gekommen ist, um den singenden Elefanten zu reparieren, ist schüchtern, er hat den Gang eines Menschen, der sich der Welt nicht sicher ist, auch wir würden ihm Gesellschaft leisten, damit er sich wohl fühlt, aber wir sprechen nicht Englisch. Und er spricht nicht Shan, aber er versucht es, er sagt *jesutin kha*, wenn wir ihm begegnen, und *kin waan ti ti*, wenn ihm das Essen schmeckt. *Jesutin kha* heißt »Danke«. Man sollte es ihm sagen; wir wissen, dass er glaubt, es heiße »Guten Tag«. Er spielt mit den Kindern, das hat noch keiner von den Weißen, die hierher kommen, getan, vielleicht hat er keine eigenen. Er ist ein stiller Mensch, und die Astrologen sagen, er sucht etwas, das hat ihnen der Stand der Sterne am Tag seiner Ankunft verraten, außerdem waren drei große *taukte*-Eidechsen in seinem Bett, und alle haben nach Osten gezeigt und zweimal gezirpt; die Frau, die bei ihm sauber macht, hat es sich gemerkt und die Astrologen aufgesucht, um zu fragen, was es bedeutet. Sie sagen, er gehört zu jenen Männern, die Träume haben, aber niemandem davon erzählen.

Die Dämmerung kam, und Khin Myo sagte, Ich muss gehen, aber sie sagte nicht, warum. Und Edgar dankte ihr dafür, dass sie ihm Gesellschaft geleistet hatte. Es war ein schöner Nachmittag, ich hoffe, wir sehen uns bald wieder.

Das hoffe ich auch, sagte sie, und er dachte, Es ist nichts dabei. Er blieb am Fluss, bis der Duft nach Zimt und Kokosnuss verweht war.

Mitten in der Nacht wachte er zähneklappernd auf. Es ist kalt, dachte er, wahrscheinlich ist es schon Winter, und er zog eine zweite Decke über sich. Fröstelnd schlief er wieder ein.

Und wachte von neuem auf, schwitzend. Sein Kopf glühte. Er setzte sich auf und fuhr sich übers Gesicht. Seine Hand war schweißnass. Er glaubte, keine Luft zu bekommen, und rang nach Atem, warf die Decken ab und schob das Moskitonetz beiseite. Er kroch hinaus. Alles drehte sich. Auf dem Balkon holte er tief Luft, dann überfiel ihn eine Welle der Übelkeit, und er übergab sich. Nun bin ich doch noch krank geworden, dachte er und zog die Knie hoch. Er spürte, wie sein Schweiß im Wind, der vom Fluss heraufwehte, abkühlte und trocknete. Dann schlief er wieder ein.

Er wachte davon auf, dass jemand seine Schulter berührte. Der Oberstabsarzt beugte sich über ihn, das Stethoskop um den Hals. »Was ist mit Ihnen, Mr. Drake? Was machen Sie denn hier draußen?« Der Tag brach an. Edgar drehte sich ächzend auf den Rücken. »Mein Kopf…«, stöhnte er.

»Was ist passiert?«

»Ich weiß auch nicht. Letzte Nacht habe ich so gefroren und

gezittert, da habe ich mich wärmer zugedeckt, und dann habe schrecklich geschwitzt.« Der Doktor fühlte ihm die Stirn.

»Was meinen Sie, was ich habe?«, fragte Edgar.

»Malaria. Ich weiß es noch nicht mit Sicherheit, aber es sieht ganz danach aus. Ich muss mir erst noch Ihr Blut ansehen.« Er sagte etwas zu einem Shan-Jungen, der hinter ihm stand. »Ich gebe Ihnen Chininsulfat, das müsste helfen.« Er wirkte besorgt. »Kommen Sie.« Er half Edgar auf und führte ihn zum Bett. »Du lieber Himmel, die Decken sind ja völlig durchnässt. Es scheint Sie ziemlich schlimm erwischt zu haben. Kommen Sie, legen Sie sich hin.«

Anthony Carroll verschwand. Edgar schlief, ein Junge weckte ihn. Er hatte Wasser mitgebracht und mehrere kleine Tabletten, die Edgar einnehmen musste. Dann schlief er wieder ein. Als er das nächste Mal erwachte, war es Nachmittag. Carroll saß an seinem Bett. »Wie fühlen Sie sich?«

»Besser, glaube ich. Ich habe furchtbaren Durst.«

Der Doktor nickte und gab ihm Wasser zu trinken. »Das ist der normale Verlauf der Krankheit. Erst Schüttelfrost, dann Fieber, dann fängt man an zu schwitzen. Und dann fühlt man sich oft ganz plötzlich besser, so wie Sie jetzt.«

»Kann das wiederkommen?«

»Je nachdem. Oft tritt das Fieber nur alle zwei Tage auf, manchmal nur alle drei. Es kann auch öfter kommen oder viel unregelmäßiger. Ich weiß, wie schlimm das ist; ich habe selbst schon unzählige Male Malaria gehabt. Ich bekomme dann Fieberphantasien.«

Edgar versuchte sich aufzusetzen, aber er war zu schwach. »Schlafen Sie«, sagte der Doktor.

Er schlief.

Als er das nächste Mal erwachte, war es dunkel. Auf einer Liege an der Tür lag schlafend die Krankenschwester, Miss Ma. Wieder schnürte sich seine Brust zusammen. Es war heiß, die Luft im Zimmer stickig. Plötzlich überkam ihn das Bedürfnis hinauszugehen. Er kroch unter dem Moskitonetz hervor und richtete sich vorsichtig auf. Er fühlte sich schwach, konnte aber laufen. Auf Zehenspitzen schlich er zur Tür. Die Nacht war dunkel, der Mond hinter Wolken verborgen. Gierig tat er ein paar tiefe Atemzüge, hob die Arme und streckte sich. Ich muss laufen, dachte er und tappte leise die Treppe hinunter. Das Camp lag verlassen da. Er war barfuß, und die kühle Erde unter seinen Füßen tat ihm wohl. Er ging zum Fluss hinunter.

Es war kühl am Ufer. Er setzte sich und atmete tief ein und aus. Die frische Luft wirkte belebend. Still zog der Salween vorbei. Von irgendwoher war ein Rascheln zu hören, dann ein leiser Schrei. Ein Kind, dachte er, und er stand auf und ging unsicher über den Strand zu einem kleinen Weg, der am Fluss entlang durch dichtes Gebüsch führte.

Das Geräusch wurde lauter. Als er fast am Ende des Weges angelangt war, merkte er, dass sich am Fluss etwas bewegte. Noch zwei Schritte durch die Sträucher, dann sah er sie und blieb wie erstarrt stehen. Ein Shan-Paar lag im seichten Uferwasser. Das Haar des jungen Mannes war hochgebunden, das der jungen Frau breitete sich über den Sand. Ihr nasser *hta main* war bis über ihre Brust hochgeschoben und gab eine glatte, von Sand und Fluss gesprenkelte Hüfte frei. Ihre Arme waren um den Rücken des Mannes geschlungen, die Nägel krallten sich in seine Tätowierungen. Sie bewegten sich schweigend. Nur der Sand knirschte, und der Fluss plätscherte leise gegen vier Füße. Dann stöhnte die Frau wieder, lauter jetzt, und ihr Rumpf bog sich durch, ihr *hta main* umfloss ihre Arme, sie drehte sich, und von ihren Hüften fiel nasser Sand. Edgar taumelte ins Gebüsch zurück.

Das Fieber kam wieder, stärker jetzt. Er zitterte am ganzen Leib, die Zähne fest zusammengebissen, die Arme an die Brust gepresst. Er wollte seine Schultern fassen, doch seine Hände zitterten zu stark. Bett und Moskitonetz vibrierten mit, die Wasserschüssel auf dem Tisch klirrte. Miss Ma wachte auf und deckte ihn zu, aber er fror immer noch. Er wollte ihr danken, konnte aber nicht sprechen. Die Schüssel auf dem Tisch wanderte klirrend an den Rand.

Dann wurde ihm wieder heiß, wie in der Nacht zuvor, und er warf die Decken ab. Das Zittern hatte aufgehört. Schweiß perlte auf seiner Stirn und lief ihm in die Augen. Er riss sich das durchnässte Hemd ab, die dünne Baumwollhose klebte ihm an den Beinen, und er widerstand dem Drang, sie ebenfalls wegzureißen, Ich muss den Anstand wahren, dachte er, und sein ganzer Körper schmerzte, und er fuhr sich übers Gesicht, um den Schweiß abzuwischen, über die Brust, die Arme. Er drehte sich um, die Laken waren feucht und warm, er rang nach Atem und riss am Moskitonetz. Er hörte Schritte und sah Miss Ma zu dem Wasserbecken gehen und ein Tuch eintauchen. Sie hob das Netz und drückte ihm das feuchte Tuch auf die Stirn. Es war kalt, und sie wischte ihn damit ab, und die Hitze wich für einen Moment und kehrte wieder, sobald das Tuch fort war. So verscheuchte Miss Ma das Fieber, aber es glühte nun tiefer in seinem Innern. Er verlor das Bewusstsein.

Und jetzt schwebt er über dem Bett, er sieht sich selbst. Wasser rauscht aus seiner Haut hervor, sammelt sich, es regt sich, es ist nicht mehr Schweiß, es sind Ameisen, die aus seinen Poren krabbeln und ausschwärmen. Er ist schwarz vor Ameisen. Er kehrt in seinen Körper zurück, und er schreit, schlägt nach den Ameisen, sie fallen auf die Laken und werden zu winzigen Flammen, und als er sie wegfegt, kommen andere aus seinen Poren hervor wie aus einem Ameisenhaufen, nicht schnell, nicht langsam, aber unablässig, decken ihn zu. Er schreit, und es raschelt an seinem Bett, allerlei Schemen sind jetzt da, er glaubt sie zu erkennen, den Doktor und Miss Ma, und dann eine dritte Gestalt, hinter den beiden. Der Raum ist dunkel und rot, wie Feuer. Er sieht ihre Gesichter, doch sie verschwimmen und lösen sich auf, und ihre

Münder werden zu Hundeschnauzen, lachende Münder, und sie fassen mit Pfoten nach ihm, und überall, wo sie ihn berühren, ist es wie Eis, und er schreit und versucht ihre Arme wegzuschlagen. Einer der Hunde drückt ihm die Schnauze an die Wange, sein Atem stinkt nach Hitze und nach Mäusen, und seine Augen glühen hell, wie Glas, und er sieht eine Frau in ihnen, sie sitzt am Ufer eines Flusses und beobachtet zwei Menschen, und auch er sieht die beiden, braune Arme umklammern einen breiten weißen Rücken, der bleich ist und mit Sand beschmutzt, die Gesichter sind nahe beieinander, die Münder keuchen. Ein einzelnes Boot liegt auf dem Sand, und die Frau steigt ein und rudert davon, und er will aufstehen, doch jetzt liegt er selbst in der Umklammerung der braunen Arme, und er spürt etwas Glitschiges, eine Hitze und ein Abkühlen, und die Schnauze schiebt sich zwischen seine Lippen, eine raue Zunge gleitet in seinen Mund. Er will sich aufrichten, aber andere sind um ihn, er versucht es noch einmal, sinkt jedoch erschöpft zurück. Er schläft ein.

Stunden später erwacht er und spürt ein feuchtkaltes Tuch auf seiner Stirn. Khin Myo sitzt an seinem Bett. Mit einer Hand drückt sie ihm das Tuch auf die Stirn, die andere nimmt er in seine. Sie weicht nicht zurück. »Khin Myo …«, sagt er.

»Still, Mr. Drake, schlafen Sie.«

XVI

Mit Anbruch der Morgendämmerung fiel das Fieber. Es war am dritten Tag, nachdem Edgar krank geworden war. Als er aufwachte, war er allein. Neben dem Bett stand eine leere Wasserschüssel am Boden, über deren Rand zwei Handtücher hingen.

Sein Kopf schmerzte. Die vergangene Nacht war ein einziger fiebriger Nebel, und er legte sich zurück und versuchte sich zu erinnern, was geschehen war. Bilder kamen, aber sie waren fremd und beunruhigend. Er drehte sich auf die Seite. Die Laken waren feucht und kühl. Er schlief wieder ein.

Er wachte davon auf, dass eine Männerstimme seinen Namen rief. Er drehte sich um. Dr. Carroll saß an seinem Bett. »Sie sehen besser aus heute Morgen, Mr. Drake.«

»Ja? Ich fühle mich auch besser.«

»Gott sei Dank! Die letzte Nacht war schlimm. Selbst ich habe mir Sorgen gemacht… dabei habe ich schon so viele Fälle gesehen.«

»Ich kann mich an nichts erinnern. Ich weiß nur noch, dass ich Sie, Khin Myo und Miss Ma gesehen habe.«

»Khin Myo ist nicht hier gewesen. Das muss das Delirium gewesen sein.« Der Militärarzt sah ihn mit ernster, ausdrucksloser Miene an.

»Das Delirium – ja, vielleicht«, sagte Edgar, und er drehte sich um und schlief wieder ein.

In den folgenden fünf Tagen kehrte das Fieber wieder, aber es war nicht mehr so hoch, und es kamen auch keine Albträume mehr.

Miss Ma kümmerte sich wieder um die Patienten im Hospital, sah aber tagsüber mehrmals nach ihm. Sie brachte ihm Obst und Reis und eine Suppe, die nach Ingwer schmeckte und ihn ins Schwitzen brachte. Wenn sie ihm Kühlung zufächelte, zitterte er. Einmal kam sie mit einer Schere und schnitt ihm die Haare. Die Shan glaubten, das helfe gegen Krankheiten, erklärte ihm der Doktor.

Er begann wieder aufzustehen. Er hatte abgenommen, und seine Kleider schlotterten ihm noch mehr um den mageren Körper als zuvor. Die meiste Zeit ruhte er auf dem Balkon und sah auf den Fluss hinab. Der Doktor bat einen Mann, ihm auf einer Shan-Flöte vorzuspielen, und Edgar saß unter dem Moskitonetz im Bett und lauschte.

Eines Abends, als er allein war, glaubte er das Klavier zu hören. Die Klänge schwebten durch das Camp. Erst dachte er, es sei Chopin, doch dann änderte sich die Melodie, sie wurde unbestimmt, elegisch, eine Melodie, wie er noch nie eine gehört hatte.

Die Farbe kehrte in sein Gesicht zurück, und er nahm die Mahlzeiten wieder mit dem Doktor ein. Carroll fragte ihn nach Katherine, und er erzählte ihm, wie sie sich kennen gelernt hatten. Die meiste Zeit aber hörte er nur zu. Der Arzt sprach vom Krieg, von Sitten und Gebräuchen der Shan, von Männern, die mit den Beinen ruderten, von Mönchen mit übersinnlichen Kräften. Er habe der Linné-Gesellschaft die Beschreibung einer neuen Blume geschickt und damit begonnen, die *Odyssee* ins Shan zu übersetzen, »Meine Lieblingsgeschichte, Mr. Drake, und eine, die für mich eine ganz persönliche Bedeutung hat.« Er übersetze sie für einen Geschichtenerzähler der Shan, der eine Legende hören wolle, »wie sie abends am Lagerfeuer erzählt wird«. »Im Moment bin ich beim Lied des Demodokos, vielleicht erinnern Sie sich. Er singt von der Plünderung Trojas, und Odysseus, der große Held, weint ›wie eine Frau‹.«

Abends lauschten sie Musikern, und die Klänge ihrer Trommeln, Zimbeln, Harfen und Flöten vermischten sich zu einem

Klangdschungel. Sie blieben bis tief in die Nacht, und wenn Carroll und die anderen in ihre Zimmer zurückkehrten, trat Edgar auf den Balkon und hörte noch weiter zu.

Nach einigen Tagen fragte der Doktor: »Wie fühlen Sie sich?«

»Gut. Warum fragen Sie?«

»Ich muss weg, wahrscheinlich nur für ein paar Tage. Khin Myo bleibt hier.« Er blickte dem Klavierstimmer in die Augen. »Sie sind also nicht allein.«

Wohin er ging, sagte er nicht, und Edgar sah ihn auch nicht aufbrechen.

Am nächsten Morgen ging der Klavierstimmer zum Fluss, um den Fischern zuzuschauen. Er stand zwischen den blühenden Sträuchern und beobachtete die Bienen, die von Farbfleck zu Farbfleck flogen. Er spielte mit ein paar Kindern Fußball, wurde aber schnell müde und kehrte in sein Zimmer zurück. Er setzte sich auf den Balkon, blickte über den Fluss und verfolgte den Lauf der Sonne. Der Koch brachte ihm das Essen, eine Suppe mit süßen Nudeln und gebratenen Knoblauchstücken. *Kin waan ti ti*, sagte er, nachdem er davon gekostet hatte, und der Koch lächelte.

Es wurde Nacht, und er schlief tief und fest und träumte davon, auf einem Fest zu tanzen. Die Dorfbewohner spielten seltsame Instrumente, und er bewegte sich nach Walzerart, aber allein.

Am nächsten Tag beschloss er, endlich an Katherine zu schreiben. Ein Gedanke quälte ihn: Möglicherweise hatte man ihr mitgeteilt, dass er Mandalay verlassen hatte. Er musste sich damit beruhigen, dass die Militärs sich vor seiner Abreise ganz offenkundig nicht für sie interessiert hatten – was ihn sehr geärgert hatte – und somit auch jetzt kaum mit ihr in Verbindung stehen würden.

Er nahm Feder und Papier und schrieb ihren Namen. Er begann, von Mae Lwin zu erzählen, hielt aber nach ein paar Zeilen inne. Er wollte ihr das Dorf jenseits des Berges beschreiben, machte sich jedoch klar, dass er es bisher nur von fern gesehen hatte. Es war noch kühl draußen – Eine gute Zeit zum Spazierengehen, dachte er, die Bewegung wird mir gut tun. Er setzte seinen Hut auf, zog eine Weste an, die er sonst auf Sommerspaziergängen in England trug, und ging zur Lichtung hinunter.

Zwei Frauen begegneten ihm, die mit ihren Wäschekörben vom Fluss kamen. Die eine trug den Korb auf der Hüfte, die andere balancierte ihn auf ihrem Turban. Edgar folgte ihnen auf dem Pfad, der in den Wald führte, und stieg bergan. In der Stille des Waldes hörten die Frauen seine Schritte, drehten sich kichernd um und flüsterten auf Shan miteinander. Er tippte sich an den Hut. Als sich die Bäume lichteten, stiegen die Frauen einen steilen Hang zu dem Dorf hinauf, das sich auf der Bergflanke ausbreitete. Er ging ihnen nach, und als sie das Dorf erreichten, drehten sie sich noch einmal kichernd um, und er tippte sich von neuem an den Hut.

Am Eingang eines der ersten Häuser kauerte eine ältere Frau. Der gemusterte Stoff ihres Kleides spannte sich über ihren Knien.

Sie rauchte einen Stumpen vom Umfang ihres Handgelenks. Im Schatten lagen schnarchend zwei magere Schweine und zuckten in geheimnisvollen Träumen mit dem Schwanz. Edgar grüßte die alte Frau. Langsam nahm sie den Stumpen aus dem Mund und hielt ihn zwischen Mittel- und Ringfinger, die beide knotig waren und üppig beringt. Er hatte halb erwartet, dass sie wie ein Kobold knurren würde, doch sie verzog das Gesicht zu einem breiten, zahnlosen Lächeln, das ihr betel- und tabakverfärbtes Zahnfleisch entblößte. Ihr Gesicht war über und über tätowiert, nicht mit durchgehenden Linien wie bei den Männern, sondern mit Hunderten kleiner Punkte, ein Muster, das Edgar an ein Cribbage-Brett erinnerte. Später hörte er, dass sie keine Shan war, sondern zu den Chin gehörte, einem Stamm im Westen, was an Details ihrer Tätowierung zu erkennen war. »Auf Wiedersehen, Madam«, sagte er, und sie führte den Stumpen wieder zum Mund, tat einen tiefen Zug und sog dabei ihre runzligen Wangen in die Mundhöhle. Die allgegenwärtige Londoner Reklame kam Edgar wieder in den Sinn: *Rauchen Sie De Joy: Schon eine einzige Zigarette schafft schnelle Linderung bei schweren Anfällen von Asthma, Husten, Bronchitis und Kurzatmigkeit.*

Er ging weiter, vorbei an ansteigenden Terrassen kleiner, verdorrter Felder. Der Dürre wegen hatte die Aussaat noch nicht begonnen; die Erde war zu harten, trockenen Schollen umgepflügt. Die Häuser standen auf unterschiedlich hohen Stelzen, und ihre Wände bestanden wie die der Hütten im Camp aus Bambusstreifen, die zu geometrischen Mustern geflochten waren. Die Straße war bis auf einzelne Grüppchen staubbedeckter Kinder leer, doch in den Häusern drängten sich die Menschen. Es war heiß, so heiß, dass nicht einmal die besten Wahrsager vorhersahen, dass an diesem Tag der Regen auf das Shan-Plateau zurückkehren würde. Männer und Frauen saßen plaudernd im Schatten und wunderten sich über den Engländer, der in dieser Glut spazieren ging.

An einem der Häuser hörte er ein Klirren und blieb stehen. Zwei Männer mit nacktem Oberkörper und in weiten blauen Shan-Hosen hämmerten Metall. Er hatte gehört, dass die Shan gute Schmiede seien; Captain Nash-Burnham hatte ihm auf dem Markt in Mandalay Shan-Messer gezeigt. Woher sie wohl das Metall haben, dachte er und sah genauer hin. Einer der beiden hielt mit den Zehen einen Schwellennagel fest und hämmerte ihn gegen einen Amboss. In einem Land voller gieriger Schmiede sollte man keine Eisenbahnlinie bauen, dachte er, und es klang gespenstisch nach einem Aphorismus, auch wenn er keine tiefere Bedeutung darin entdecken konnte.

Zwei Männer gingen an ihm vorbei. Der eine trug einen riesigen Hut, wie man ihn auf Ansichtskarten von Reisbauern sieht, aber die Krempe war über die Ohren hinuntergebogen, so dass sie sein Gesicht wie ein überdimensionaler Entenschnabel einrahmte. Es stimmt, sie sehen wirklich aus wie schottische Highlander, dachte Edgar, der diesen Vergleich irgendwo gelesen, aber nie verstanden hatte, bis er den breiten Hut und die weiten, kiltähnlichen Hosen sah. Die Frauen, denen er gefolgt war, machten an einem Haus Halt, vor dem ein Mädchen mit einem Baby auf dem Arm stand. Edgar hielt inne, um einem Hirtenstar nachzuschauen. Als er merkte, dass die Frauen ihn beobachteten, ging er weiter.

Nach einer Weile traf er auf einen Kreis größerer Jungen, die *chinlon* spielten. Um die Beine frei zu haben, hatten sie ihre *longyis* dazwischen durchgezogen und in den Bund gesteckt. Es war dasselbe Spiel, das auch die Kinder auf der Lichtung im Camp spielten; wenn Edgar mitmachte, wurde allerdings unfehlbar Fußball daraus. Er blieb stehen und schaute zu. Einer der Jungen hielt ihm den Ball hin, als wollte er ihn zum Mitspielen auffordern, aber er schüttelte den Kopf und bedeutete ihnen weiterzumachen. Hocherfreut über den Zuschauer vertieften sie sich wieder in ihr Spiel und kickten die geflochtene Rattankugel hin und her, ohne dass sie den Boden berührte. Sie hechteten danach, schossen sie zurück, dribbelten und schlugen Räder, mit denen sie die Kugel hoch in die Luft schleuderten. Nach einer Weile flog sie zu Edgar herüber, er stoppte sie mit dem Fuß, sie sprang in den Kreis zurück, und einer der Jungen kickte sie weiter. Die anderen jubelten, und der Klavierstimmer, ein wenig erhitzt und außer Atem von der Anstrengung, musste lächeln, als er sich bückte, um sich den Staub von den Schuhen zu wischen. Er schaute noch einen Moment zu, dann ging er weiter, denn er fürchtete, nicht noch einmal so viel Glück zu haben, wenn die Kugel erneut in seine Richtung flog.

Ein Stück weiter saßen Frauen im Schatten eines Hauses an einem Webstuhl. Ein nackter kleiner Junge mit aufgedunsenem Bauch scheuchte Hühner über die Straße. Als er den Engländer sah, hielt er inne; dieses neue Tier war offensichtlich interessanter als die gackernden Vögel. Drake blieb bei ihm stehen. Sein Gesicht war über und über mit *thanaka* bedeckt, so dass er bleich war wie ein Waldgeist.

»Wie geht's, kleines Kerlchen?« Edgar ging in die Hocke und

streckte ihm die Hand hin. Der Junge sah ihn mit ausdrucksloser Miene an und begann zu pinkeln. »Aaaii!« Ein Mädchen kam die Stufen eines Hauses heruntergerannt, stemmte den Jungen hoch, hielt ihn von sich weg und versuchte ein Kichern zu unterdrücken. Dann drehte sie ihn um, hob ihn auf ihre schmale Hüfte, wie es die älteren Frauen taten, und drohte ihm mit dem Finger. Als Edgar sich zum Gehen wandte, sah er, dass sich hinter ihm auf der Straße noch mehr Kinder versammelt hatten. Eine Frau führte einen Wasserbüffel heran, und die Kinder sprangen zur Seite, um das von Schlammkrusten bedeckte Tier vorbeizulassen, dessen dicker, pinselartiger Schwanz träge nach den Fliegen auf seinem Rücken schlug.

Bald stieg der Weg leicht an und gab den Blick auf ein kleines Tal mit Terrassen brachliegender Reisfelder frei. Am Straßenrand saßen zwei Männer und bedachten ihn mit dem breiten Shan-Grinsen, an das er inzwischen gewöhnt war. Einer von ihnen zeigte auf die Kinder, die ihm in einigem Abstand gefolgt waren, und sagte etwas, und Edgar antwortete: »Ja, eine ganze Bande«, und sie lachten, obwohl keiner den anderen verstand.

Es war fast Mittag, und ihm lief der Schweiß herunter. Er zog sein Taschentuch hervor und wischte sich die Stirn. Die kahlen Felder flimmerten in der Hitze. Er wartete, bis er glaubte, so uninteressant für die Kinder geworden zu sein, dass sie sich zurückziehen würden, aber es wurden nur noch mehr.

Er folgte einer Straße, die ins Camp zurückzuführen schien. Nach einer Weile kam er an einem kleinen tempelförmigen Schrein vorbei, um den herum alle möglichen Opfergaben lagen: Blumen, Steine, Amulette, kleine Schalen, deren Inhalt längst verdunstet war, trockener Klebreis, Tonfigürchen. Im Tiefland hatte Drake ähnliche Schreine gesehen, und der Doktor hatte ihm erklärt, dass sie dazu dienten, einen Geist zufrieden zu stellen, den die Shan den »Gott des Ortes« nannten. Edgar, der sich nie für einen abergläubischen Menschen gehalten hatte, kramte in seinen Taschen nach etwas, das er dazulegen konnte, fand aber nur die Kugel aus dem Klavier. Er sah sich nervös um. Die Kinder waren noch da, und er setzte seinen Weg schnell fort.

Weit vor ihm ging eine Frau mit einem Sonnenschirm. Es war ein Bild, wie er es im Tiefland viele Male, auf dem Plateau aber bisher nicht gesehen hatte: die Sonne am Himmel, eine einzelne Frau, unter ihrem Sonnenschirm verborgen, ihr Kleid in der Luftspiegelung der Straße flimmernd. Die Luft war still, und er blieb stehen, um die dünne Staubsäule zu betrachten, die von ihren Füßen aufstieg. Und plötzlich merkte er, dass etwas an der Szene nicht stimmte: die Shan-Frauen mit ihren großen Hüten oder ihren Turbanen benutzten selten einen Sonnenschirm.

Als sie noch hundert Schritte entfernt war, erkannte er Khin Myo.

Sie trug einen schönen rotseidenen *hta main* und eine glatte weiße Baumwollbluse, die lose herabhing und sich im Wind bewegte. Ihr Gesicht war mit dicken, gleichmäßigen *thanaka*-Linien bemalt, ihr Haar zurückgekämmt und mit einer Spange aus kunstvoll geschnitztem poliertem Teakholz zusammengefasst. Ein paar Strähnen hatten sich gelöst und fielen ihr ins Gesicht. Sie strich sie zurück. »Ich habe Sie gesucht«, sagte sie. »Der Koch hat Sie zum Dorf hinaufgehen sehen. Ich wollte Sie begleiten. Eines der Shan-Mädchen sagte, die *nwè ni* – ›Prunkwinde‹ nennen Sie sie, glaube ich – sei aufgeblüht, und ich dachte, wir könnten sie uns zusammen ansehen. Fühlen Sie sich kräftig genug?«

»Ich denke schon. Ich glaube, ich bin wieder gesund.«

»Schön – ich hatte mir schon Sorgen gemacht.«

»Ich auch … Ich habe viel geträumt, seltsame, schreckliche Träume. Einmal dachte ich, ich hätte Sie gesehen.«

»Ich wollte nicht, dass Sie allein sind, das ist alles.«

Er wartete, dass sie weitersprechen würde, aber sie sagte nur: »Kommen Sie, gehen wir«, und berührte seinen Arm.

Die Kinder folgten ihnen. Irgendwann drehte Khin Myo sich zu ihnen um und sagte: »Das ist wohl Ihre … wie sagt man?«

»Eskorte?«

»Ein französisches Wort, nicht wahr?«

»Ich glaube schon. Sie sprechen auch Französisch?«

»Ich kenne nur ein paar Wörter. Doktor Carroll erklärt mir gern Wortbedeutungen.«

»Also, ich wüsste zu gern, wie ich ›Geht nach Hause‹ zu meiner Eskorte sagen muss. Die Kinder sind ja furchtbar nett, aber so viel Aufmerksamkeit bin ich nicht gewöhnt.«

Khin Myo wandte sich um und sagte etwas zu ihnen. Sie kreischten auf und rannten ein paar Schritte zurück, hielten dann inne und sahen wieder her. Khin Myo und Edgar gingen weiter. Die Kinder blieben zurück.

»Was haben Sie ihnen gesagt?«, fragte Edgar.

»Dass Engländer Shan-Kinder fressen.«

Edgar lächelte. »Nicht gerade die Propaganda, die wir brauchen.«

»Oh, doch. Auch einige sehr berühmte Shan-Geister fressen Kinder. Und sie wurden schon lange, bevor Sie hierher gekommen sind, verehrt.«

Der Weg führte über einen kleinen Hügel. Sie kamen am Haus einer alten Frau vorbei, die nach Khin Myos Worten den bösen Blick hatte. Edgar solle vorsichtig sein. Sie sagte es scherzhaft und so leichthin, dass die Traurigkeit, die das Gespräch am Fluss in ihm zurückgelassen hatte, weit fort schien. In einem Wäldchen stieg der Weg an, und als die Bäume sich lichteten, war der Boden mit Blumen gesprenkelt.

»Sind das die Blumen, die Sie suchen?«, fragte Edgar.

»Nein, hinter der Kuppe ist eine Wiese. Kommen Sie.«

Auf der Höhe angelangt, blickten sie über eine Fläche mit hohen Sträuchern, die von dunkelroten und lachsfarbenen Blüten bedeckt waren.

»Wie schön!«, rief Khin Myo und rannte wie ein Kind den Weg hinab. Edgar folgte ihr lächelnd, langsam erst, doch dann begann er ebenfalls zu rennen. Als er zum Stehen kam, war er außer Atem und hochrot im Gesicht.

Khin Myo sah ihn an und zog eine Braue hoch. »Sind Sie eben gehüpft?«, fragte sie.

»Nein, bestimmt nicht, ich bin nur zu schnell gerannt und konnte nicht gleich anhalten.«

Khin Myo lachte. »Doch, doch, Sie sind gehüpft! Mr. Drake …« Sie lächelte. »Und jetzt werden Sie auch noch rot.«

»Überhaupt nicht!«

»Doch. Genau in diesem Moment werden Sie rot.«

»Das ist ein Sonnenbrand; den bekommen Engländer nun mal, wenn sie in die Sonne gehen.«

»Unter einem Hut verbrennt nicht einmal englische Haut so schnell, Mr. Drake.«

»Dann ist es die Anstrengung. Ich bin schließlich kein junger Mann mehr.«

»Ah, die Anstrengung.« Und wieder berührte sie seinen Arm. »Kommen Sie, sehen wir uns die Blumen an.«

Es war keine taufeuchte, grüne Wiese, wie sie Edgar aus England kannte. Hier war es trocken, und die Stauden und Büsche brachen aus der harten Erde hervor, über und über voller Blüten, in Farben, die er sich nie hätte träumen lassen, denn einem Mann, der darin geschult ist, Tonunterschiede zu erkennen, können optische Nuancen leicht entgehen. »Wenn es nur endlich regnen würde«, sagte Khin Myo, »dann gäbe es hier noch viel mehr Blüten.«

»Kennen Sie die Namen dieser Blumen?«

»Nur von manchen. Die Blumen des Tieflandes kenne ich besser. Aber Doktor Carroll hat mir einige genannt. Das hier ist Geißblatt, und das ist eine Primelart, die es auch in China gibt. Und dort wächst Johanniskraut. Das da müssen Heckenrosen sein.« Im Gehen pflückte sie einen Strauß.

Von der anderen Seite des Hügels hörten sie Gesang, und dann tauchte ein Shan-Mädchen auf, der Kopf zuerst, als sei er vom Körper losgelöst, dann der Rumpf, die Beine und schließlich die Füße, die den Weg entlangtrippelten. Sie ging schnell und senkte ehrerbietig den Kopf. Als sie an ihnen vorbei war, sah sie sich noch einmal um, beschleunigte ihre Schritte und verschwand hinter der Kuppe.

Edgar fragte sich, ob Khin-Myo bemerkt hatte, was der Blick des Mädchens ausgedrückt hatte, ob ihr bewusst war, was es bedeutete, dass sie beide allein auf dieser Blumenwiese waren. Er räusperte sich. »Die Leute könnten auf falsche Gedanken kommen, wenn sie uns hier zusammen sehen«, sagte er, bereute seine Worte aber sofort.

»Wie meinen Sie das?«

»Ach, nichts, verzeihen Sie.« Sie stand dicht vor ihm, und der Wind, der über die Wiese wehte, mischte den Blütenduft mit ihrem Parfüm.

Vielleicht spürte sie sein Unbehagen, denn sie wiederholte ihre Frage nicht, sondern hielt sich die Blumen an die Nase und sagte: »Riechen Sie mal, es gibt nichts Wunderbareres.« Und langsam neigte er den Kopf zu ihr, und nur der Blütenduft war zwischen ihrer beider Lippen. So nahe war er ihr noch nie gewesen, er sah ihre Iris, den leicht geöffneten Mund, den feinen *thanaka*-Puder auf ihren Wangen.

Schließlich blickte sie auf und sagte: »Es wird spät, Mr. Drake, und Sie sind noch nicht wieder richtig gesund. Wir sollten ins Camp zurückkehren. Vielleicht ist Doktor Carroll schon da.« Ohne eine Antwort abzuwarten, zog sie eine Blüte aus dem Strauß, steckte sie sich hinters Ohr und ging davon.

Edgar verharrte noch einen Moment, dann folgte er ihr.

Anthony Carroll kehrte an diesem Nachmittag nicht zurück, wohl aber der Regen, nach einem halben Jahr der Dürre auf dem Shan-Plateau. Der Schauer überraschte Edgar und Khin Myo auf dem Weg bergab, und sie fingen an zu laufen, lachend, und große warme Tropfen prasselten mit der Wucht von Hagelkörnern auf sie herab. Im Nu waren sie durchnässt; Khin Myo lief mit ihrem Sonnenschirm an der Seite voraus, und ihr Haar schwang unter dem Gewicht das Wassers hin und her. Die Blüte wurde von der Spannung der Tropfen noch einen Augenblick gehalten, dann löste sie sich und fiel zu Boden. Mit einer Behändigkeit, die ihn selbst überraschte, und ohne den wilden Lauf zu unterbrechen, hob Edgar sie auf.

Am Dorfrand liefen sie zwischen Scharen von Menschen hindurch, die auf der Flucht vor dem Regen vom Ufer heraufrannten. Alles schrie und lachte und hielt sich etwas über den Kopf, die praktisch Veranlagten freuen sich, dass auf den Feldern endlich etwas wachsen wird, die Sinnlichen finden das Gefühl von Regen auf ausgetrockneter Haut wieder. Auf jede Frau, die sich unterstellte, um ihren kunstvoll gebundenen Turban zu schützen, kamen zwei Kinder, die in den Regen hinausrannten und in einer anschwellenden Pfütze auf der Lichtung herumhüpften.

Endlich erreichten die Birmanin und der Engländer Khin Myos Haus. Das Wasser rauschte über den Dachvorsprung wie ein Vorhang, der sie von dem Aufruhr im Camp trennte.

»Sie sind ja völlig durchweicht«, lachte Khin Myo, »sehen Sie sich nur an.«

»Sie auch.« Edgar betrachtete sie, das lange schwarze Haar, das ihr am Hals, die Bluse, die ihr am Körper klebte. Man sah die Haut durch den dünnen Stoff, die Brust, die sich darunter abzeichnete. Sie schaute zu ihm auf und strich sich das nasse Haar aus dem Gesicht.

Er stand da und betrachtete sie, und einen Moment lang erwiderte sie seinen Blick, und tief in seiner Brust regte sich etwas, ein Wunsch, sie möge ihn hereinbitten, nur bis er trocken war natürlich, nie hätte er mehr verlangt. Nur bis er trocken war, im Dunkel ihres Zimmers, im Duft von Zimt und Kokosnuss, ein Sehnen, dass ihre Hände einander streifen würden, zufällig erst, dann vielleicht noch einmal, kühner, bewusst, dass ihre Finger sich begegnen und ineinander schlingen, dass sie einen Moment lang so dastehen würden, bis sie zu ihm auf- und er auf sie hinabsah. Und er fragte sich, ob sie dasselbe dachte, als sie dort standen und die Kühle des Wassers auf der Haut spürten.

Und vielleicht wäre es auch geschehen, wenn Edgar etwas von der Kühnheit des plötzlich einsetzenden Regenschauers bewiesen hätte. Doch nicht jetzt, noch nicht. Das hieße zu viel erwarten von einem Klavierstimmer, dessen Leben davon bestimmt ist, eine Ordnung zu schaffen, in der andere kreativ werden können. Es wäre von einem, der Regeln aufstellt, zu viel verlangt, dass er sie übertritt.

Lange stehen sie so da und lauschen dem Regen, dann sagt Edgar mit rauer Stimme: »Wir sollten uns umziehen. Ich brauche trockene Sachen.«

Von irgendwoher aus dem Regen nistet sich ein Schmerz in Edgars Brust ein, an der Quelle des Sehnens, dem Ort, den die Dichter das Herz nennen, den aber die Anatomen, Tausende von Meilen entfernt in den hohen Hallen der Gelehrsamkeit über Leichen gebeugt, noch nicht gefunden haben.

Es regnete den ganzen Nachmittag und auch die Nacht hindurch. Am Morgen, als die Wolken aufrissen, kehrte Doktor Anthony Carroll nach Mae Lwin zurück, nachdem er die ganze Nacht mit dem Abgesandten des Shan-Fürsten von Mongnai durch das Unwetter geprescht war.

XVII

Er saß auf dem Balkon und sah auf die schäumenden Fluten des Salween hinab, als er Hufgeklapper vernahm. Drei Reiter galoppierten ins Camp – Doktor Carroll, gefolgt von Nok Lek und einem Mann, den Edgar nicht kannte.

Ein paar Jungen rannten los, um den Männern zu helfen. Selbst auf die Entfernung sah Edgar, dass sie völlig durchnässt waren. Der Oberstabsarzt nahm seinen Tropenhelm ab und klemmte ihn sich unter den Arm. Als er aufblickte, entdeckte er den Klavierstimmer auf seinem Balkon. »Guten Morgen, Mr. Drake«, rief er. »Bitte kommen Sie herunter, ich möchte Ihnen jemanden vorstellen.«

Edgar stemmte sich aus seinem Stuhl hoch und ging auf die Lichtung hinunter. Die Jungen hatten die Pferde bereits weggeführt, und Carroll streifte sich die Handschuhe ab. Er trug eine Reitjacke und schlammbespritzte Wickelgamaschen, und zwischen seinen Lippen hing ein feuchter, schwelender Stumpen. Sein gerötetes Gesicht wirkte müde. »Sie sind zurechtgekommen, während ich weg war?«

»Ja, Doktor, danke. Inzwischen hat ja der Regen eingesetzt. Ich habe noch etwas an dem Klavier gearbeitet; es dürfte jetzt endlich gestimmt sein.«

»Hervorragend, Mr. Drake. Genau das wollte ich hören, und ich erkläre Ihnen auch gleich, warum. Aber zuerst möchte ich Ihnen Yawng Shwe vorstellen.« Er wandte sich seinem Gefährten zu, der sich leicht verneigte und Edgar dann die Hand gab.

»Sie sehen, er kennt unsere Sitten und Gebräuche«, sagte Carroll.

»Sehr erfreut«, sagte Edgar.

»Englisch spricht er nicht. Kennt nur den Händedruck«, bemerkte Carroll trocken. »Yawng Shwe kommt als Abgesandter des *sawbwas* von Mongnai. Mongnai liegt im Norden, Sie haben bestimmt schon davon gehört. Der Shan-Fürst – der *sawbwa* – von Mongnai ist traditionell einer der Mächtigsten in den Staaten diesseits des Salween. Wir haben uns beeilt, denn morgen kommt er nach Mae Lwin, und ich habe ihn eingeladen, im Camp zu übernachten. Es ist sein erster Besuch hier.« Der Doktor hielt inne. »Kommen Sie«, sagte er dann und strich sich das nasse Haar aus dem Gesicht, »trinken wir etwas, bevor wir weiterreden. Wir sind die ganze Nacht geritten, und jetzt sind wir am Verdursten. Trotz des vielen Regens.«

Die vier Männer gingen zum Hauptquartier hinauf, Carroll an Edgars Seite. »Ich freue mich sehr, dass Sie mit dem Klavier so weit sind. Es sieht so aus, als würden wir es früher brauchen als erwartet.«

»Wie meinen Sie das?«

»Ich hätte gern, dass Sie für den *sawbwa* spielen, Mr. Drake.« Edgar setzte zum Sprechen an, doch Carroll unterbrach ihn. »Ich erkläre es Ihnen später. Der Fürst ist ein exzellenter Musiker, und ich habe ihm viel von dem Klavier erzählt.«

Edgar blieb stehen. »Aber Doktor«, protestierte er, »ich bin kein Pianist, das habe ich Ihnen doch oft genug gesagt.«

»Unsinn, Mr. Drake. Ich habe Sie spielen hören, während Sie das Klavier gestimmt haben. Für Londoner Konzertsäle reicht es vielleicht nicht ganz, aber für eine Darbietung im Dschungel allemal. Wir haben auch gar keine andere Wahl. Ich habe dem *sawbwa* gesagt, dass Sie eigens seinetwegen gekommen sind, und ich selbst werde neben ihm sitzen und ihm die Musik erklären müssen.« Er legte dem Klavierstimmer die Hand auf die Schulter und sah ihn beschwörend an. »Es steht viel auf dem Spiel, Mr. Drake.«

Edgar schüttelte erneut den Kopf, doch der Doktor ließ ihn

nicht mehr zu Wort kommen. »Aber jetzt muss ich mich um unseren Gast kümmern. Ich komme dann später zu Ihnen.« Er rief einem Jungen, der am Eingang des Hauptquartiers stand, auf Shan etwas zu. Der Abgesandte des *sawbwa* lachte, und sie gingen hinein.

Edgar kehrte in sein Zimmer zurück und wartete auf den Doktor. Er wanderte unruhig auf und ab, Das ist ja lächerlich, ich muss seine Spiele doch nicht mitspielen, dafür bin ich nicht hergekommen. Ich habe ihm oft genug gesagt, dass ich nicht vorspiele. Da ist er wie Katherine – sie verstehen das einfach nicht.

Er wartete. Eine Stunde verging und noch eine. Genau wusste er es nicht, und er konnte auch nicht seiner Gewohnheit frönen, auf die kaputte Uhr zu schauen, denn er hatte sie abgenommen und im Koffer verstaut; es war sinnlos geworden, den Schein zu wahren.

Noch eine Stunde. Allmählich beruhigte er sich. Vielleicht hat er es sich anders überlegt, dachte er. Er hat noch einmal darüber nachgedacht und gemerkt, dass die Idee absurd ist, dass Vorspielen nichts für mich ist. Und er wartete weiter, davon überzeugt, dass er Recht hatte. Er trat auf den Balkon hinaus, sah aber nur die Frauen am Fluss.

Endlich hörte er Schritte auf der Treppe. Es war einer der jungen Diener. »Von Doktor Carroll«, sagte er und übergab ihm mit einer Verbeugung einen Brief.

Edgar riss den Umschlag auf. Der Brief war wie die anderen, die er gelesen hatte, auf Shan-Papier geschrieben, aber die Sätze waren schief und hastig hingeworfen.

Mr. Drake,

ich möchte mich dafür entschuldigen, dass ich nicht, wie versprochen, gekommen bin. Der Abgesandte des *sawbwa* beansprucht mehr Aufmerksamkeit als erwartet, so dass ich leider nicht in der Lage sein werde, mit Ihnen über das Konzert zu sprechen. Ich bitte Sie nur um eines: Wie Sie wissen, ist der Fürst von Mongnai einer der führenden Köpfe der Limbin-Konföderation, gegen die britische Truppen unter Colonel Stedman seit zwei Monaten Krieg führen. Ich hoffe mit dem *sawbwa* einen Präliminarvertrag aushandeln zu können, während er sich in Mae Lwin aufhält, und was noch wichtiger ist: Ich möchte ihn bitten, ein Treffen mit der Konföderation für mich zu arrangieren. Mein Wunsch an Sie wäre deshalb nur, ein Stück auszuwählen und zu spielen, das in dem Fürsten freundschaftliche Gefühle weckt und ihn von unseren guten Absichten überzeugt. Ich bin der *felsenfesten Überzeugung*, dass Sie in der Lage sein werden, ein dem Anlass angemessenes Stück zu finden und vorzutragen.

A. C.

Edgar sah auf: Er wollte seinen Protest loswerden, aber der Junge war schon verschwunden, und er fluchte.

Die Nacht verbrachte er im Klavierzimmer. Er saß auf der Bank, überlegte, begann Stücke zu spielen, hörte wieder auf, Nein, das passt nicht, das kann ich nicht spielen, überlegte, begann von neuem. Bald dachte er darüber nach, was er spielen sollte, bald fragte er sich, wer der *sawbwa* war und was der Doktor mit der Musik, mit dem Treffen beabsichtigte. Irgendwann im Morgengrauen hörte er auf, ließ den Kopf auf die Tasten sinken und schlief ein.

Als er erwachte, war es Nachmittag. Im ersten Moment glaubte er, in seiner Werkstatt in England eingeschlafen zu sein. Auf dem Weg in sein Zimmer staunte er, wie sehr sich das Camp über Nacht verändert hatte. Der Pfad war vom Unrat des Regens gereinigt und mit frischen Holzplanken bedeckt worden. Transparente waren zwischen den Häusern gespannt und flatterten im Abendlicht. Das einzige Anzeichen britischer Präsenz war die

Flagge am Hauptquartier, das in einen Speisesaal umgewandelt worden war. Sie wirkte seltsam fehl am Platz, fand Edgar, er hatte sie im Camp noch nie gesehen, was ihm jetzt merkwürdig erschien – immerhin war es ein britisches Fort.

Er wartete in seinem Zimmer, bis am Abend ein Junge an seine Tür klopfte. Er wusch sich und zog sich an, und der Junge begleitete ihn die Stufen hinauf zum Hauptquartier, wo ein Wachposten ihn aufforderte, vor dem Eintreten die Schuhe auszuziehen. Die Tische und Stühle waren gegen Polster ausgetauscht worden, die vor niedrigen Korbtischen lagen. Es war still im Saal, der *sawbwa* und sein Gefolge waren noch nicht da. Edgar wurde quer durch den Raum zu Doktor Carroll und Khin Myo geführt. Der Doktor trug Shan-Kleidung, eine elegant geschnittene weiße Jacke über einem dunkelrot schillernden *longyi*. Er wirkte darin sehr majestätisch, und Edgar musste an den Tag seiner Ankunft denken, als Carroll in der gleichen Kleidung wie seine Leute am Fluss gestanden hatte. Seitdem hatte er ihn nur noch in europäischer Kleidung oder in Khakiuniform gesehen.

Zwischen ihm und Khin Myo lag ein freies Polster. Der Oberstabsarzt war mit einem älteren Shan zu seiner Linken ins Gespräch vertieft und bedeutete Edgar, Platz zu nehmen. Khin Myo sprach mit einem Jungen, der neben ihr kauerte. Sie trug eine Seidenbluse, und ihr Haar wirkte dunkler als sonst, als sei es noch nass vom Waschen. Es war mit derselben Teakholzspange zusammengefasst wie auf ihrem Spaziergang. Als der Junge gegangen war, beugte sie sich zu ihm hinüber und flüsterte: »Haben Sie sich überlegt, was Sie spielen werden?«

»Mal sehen.« Er lächelte matt und sah sich um. Der nüchterne Ambulanz- oder Büroraum, den er kannte, war kaum wieder zu erkennen. In jeder Ecke brannten Fackeln und verbreiteten Licht und Wohlgeruch. Die Wände waren mit Teppichen und Tierhäuten behängt. Diener standen bereit, von denen Edgar einige noch nie gesehen hatte. Alle trugen Hosen aus feinem, fließendem Stoff, blaue Hemden und saubere, vollendet gebundene Turbane.

Von der Tür kamen Geräusche, und alles verstummte. Ein Mann in prächtiger Aufmachung trat ein.

»Ist er das?«, fragte Edgar.

»Nein, noch nicht. Er ist kleiner.« Im selben Moment betrat ein dicker kleiner Mann in einem reich mit Pailletten besetzten Gewand den Raum. Die Shan-Diener an der Tür verneigten sich bis zum Boden. Selbst Carroll verbeugte sich, Khin Myo folgte seinem Beispiel und Edgar – nach einem Seitenblick auf den Doktor – ebenfalls. Der *sawbwa* durchquerte mit seinem Gefolge den Raum und blieb vor dem freien Polster neben Carroll stehen. Alle trugen aufeinander abgestimmte Uniformen mit gefältelten Hemden, Schärpen und schneeweißen Turbanen. Alle außer einem, einem Mönch, der sich ein Stück von seinem Tisch entfernt niederließ, woraus Edgar schloss, dass er nicht zu essen wünschte, denn Mönche dürfen ab dem Mittag nichts mehr zu sich nehmen. Er sah irgendwie anders aus als die anderen, und nach längerem Hinsehen merkte Edgar, dass seine Haut nicht ungewöhnlich dunkel war, wie er zunächst geglaubt hatte, sondern dass eine blaue Tätowierung sein ganzes Gesicht und die Hände bedeckte. Als ein Diener in der Mitte des Raumes eine helle Fackel entzündete, hob sich die blaue Haut des Mönchs gegen sein safrangelbes Gewand ab.

Carroll sprach mit dem *sawbwa* Shan, und Edgar verstand nicht, was sie sagten, hörte ringsum aber zustimmendes Gemurmel. Die Sitzordnung überraschte ihn: Er saß nahe bei dem *sawbwa*, näher als die Dorfältesten, und näher bei Carroll als Khin Myo. Diener brachten gegorenen Reiswein in Metallbechern, und Anthony Carroll hob seinen Becher und sagte etwas auf Shan. Hochrufe ertönten, und der Fürst sah hocherfreut drein. »Zum Wohl«, flüsterte Carroll.

»Wer ist der Mönch?«

»Die Shan nennen ihn den Blauen Mönch, warum, sehen Sie

ja. Er ist der persönliche Berater des *sawbwa*, ohne ihn geht er nirgendwohin. Wenn Sie nachher spielen, müssen Sie so spielen, dass Sie auch sein Herz gewinnen.«

Das Essen wurde aufgetragen, ein Festmahl, wie der Klavierstimmer noch keines gesehen hatte, seit er sich in den Shan-Staaten befand: Soßen über Soßen, Currygerichte, Nudeln in dickem Sud, mit jungen Bambussprossen gekochte Wasserschlangen, Kürbis, mit Zwiebel und Chili gebraten, kurz gebratenes Schweinefleisch mit Mango, geschnetzeltes Wasserbüffelfleisch, mit süßen grünen Auberginen gemischt, Salate aus gehacktem Hühnerfleisch und Minze. Man aß viel und redete wenig. Ab und zu sagte der Doktor etwas zu dem *sawbwa*, doch die meiste Zeit schwiegen sie, und der Fürst bedachte das Essen mit beifälligem Grunzen. Nach unzähligen Gängen, von denen jeder der Höhepunkt des Mahls hätte sein können, wurde eine Platte mit Betelnüssen vor sie hingestellt, und die Shan begannen heftig zu kauen und in die Näpfe zu spucken, die sie selbst mitgebracht hatten. Schließlich lehnte sich der *sawbwa* zurück, legte die Hand auf seinen Bauch und sagte etwas zu Carroll. Der Doktor wandte sich an den Klavierstimmer. »Unser Fürst würde jetzt gern Musik hören. Vielleicht gehen Sie voraus, um sich vorzubereiten. Bitte verbeugen Sie sich vor ihm, wenn Sie aufstehen, und gehen Sie mit gesenktem Kopf hinaus.«

Draußen war der Himmel inzwischen klar. Das Mondlicht und Reihen brennender Fackeln beleuchteten den Weg. Das Lampenfieber schnürte Edgar die Brust zusammen. Vor dem Klavierzimmer stand ein Wachposten, ein Shan-Junge, den Edgar von seinen morgendlichen Gängen an den Fluss kannte. Edgar nickte ihm zu, und der Junge verneigte sich tief, unnötigerweise, denn der Klavierstimmer war allein.

Im Licht der Fackeln wirkte der Raum viel größer. Das Klavier stand an der Wand, und auf dem Boden lagen Kissen. Wie ein richtiger Salon, dachte Edgar. Die Fenster standen offen und überfluteten den Raum mit dem Spiegelbild des gewundenen

Laufs des Salween. Edgar trat an den Flügel. Das Tuch war bereits entfernt, und er nahm auf der Bank Platz. Er wusste, dass er die Tasten nicht berühren durfte – weder wollte er verraten, was er spielen würde, noch sollten die anderen denken, er hätte ohne sie angefangen. So saß er mit geschlossenen Augen da und dachte daran, wie seine Finger sich bewegen würden, wie die Musik klingen würde.

Bald hörte er Stimmen und Schritte vom Weg herauf. Carroll, der Fürst und der Blaue Mönch traten ein, dann Khin Myo und die anderen. Edgar stand auf und verbeugte sich, so tief wie die Birmanen, wie ein Konzertpianist, denn darin hat der Pianist mehr mit den Kulturen des Ostens gemein, dachte er, als mit denen des Westens, wo man einem Besucher zur Begrüßung die Hand reicht. Er blieb stehen, bis alle sich auf den Polstern niedergelassen hatten, und nahm dann auf der Klavierbank Platz. Er begann ohne Einführung, ohne Worte. Dem Fürsten von Mongnai hätte der Name des Komponisten nichts gesagt, und Carroll kannte das Stück bestimmt; er konnte dem *sawbwa* erklären, was es bedeutete.

Er begann mit Bachs Präludium und Fuge Cis-Moll, dem vierten Stück aus dem *Wohltemperierten Klavier,* das aus zwei Teilen mit je vierundzwanzig Präludien und Fugen besteht. Es war ein Klavierstimmerstück, eine Erkundung der Klangmöglichkeiten des Instruments. Einen Prüfstein für die Kunst des Stimmens hatte Edgar es immer genannt.

Er spielte das Präludium durch, und er merkte, wie er sich beim Spielen hin und her wiegte. Ich könnte Anthony Carroll viel darüber erzählen, warum ich dieses Stück gewählt habe, dachte er. Wie jede Fuge unterliegt es den strengen Regeln des Kontrapunktes, es ist lediglich die Durchführung eines einfachen Themas, der Rest hat den Regeln zu folgen, die mit den ersten Takten aufgestellt werden. Für mich bedeutet es, dass Ordnung, dass Regeln Schönheit in sich bergen – mag Carroll daraus machen, was er will, um seinen Vertrag zu bekommen. Ich könnte ihm sagen, dass das cis-Moll-Präludium keine ausgeprägte Melodie hat und in England oft als zu mathematisch abgelehnt wird, als ein Stück ohne eine Melodie, die man singen oder vor sich hin summen kann. Vielleicht weiß er das auch schon. Aber so, wie mich die Musik der Shan verwirrt hat, könnte den Fürsten unsere Musik verwirren. Ich habe deshalb etwas Mathematisches gewählt, das ist universell, Komplexität erkennt jeder, um die hypnotische Wirkung von Tonfolgen weiß jeder.

Und noch mehr hätte er sagen können – warum er mit dem vierten und nicht mit dem ersten Präludium begann, denn das vierte bleibt in der Schwebe, während das erste von Vollendung kündet, und wenn man jemanden umwirbt, fängt man besser bescheiden an. Oder dass er es gewählt hatte, weil es ihn oft tief bewegte, Es liegt eben doch Gefühl darin, und vielleicht ist es gerade deshalb so viel stärker als andere Stücke, weil es schwerer zugänglich ist.

Es beginnt im Bass, und während es an Komplexität zunimmt, treten Sopranstimmen hinzu, und Edgar merkte, wie sich sein ganzer Körper zur rechten Seite der Klaviatur hin bewegte und dort blieb, eine Reise über die Tastatur, Ich bin wie die Puppen auf der Bühne in Mandalay. Er fühlte sich jetzt sicherer in seinem Spiel, und die Melodie wurde langsamer, und als er endete, hatte er fast vergessen, dass man ihm zusah. Er blickte auf und schaute zu dem *sawbwa* hinüber, der erst etwas zu dem Blauen Mönch sagte und dann ihm bedeutete weiterzuspielen. Den Doktor glaubte er lächeln zu sehen. Und so begann er wieder, D-Dur und dann d-Moll, und weiter durch beide Tonleitern, aufwärts, jedes Stück ein Thema mit Variationen, mit einer Struktur, die Möglichkeiten erschließt. Er spielte bis in die entlegeneren Tonarten, wie sein alter Meister sie genannt hatte, und er dachte, wie gut diese Bezeichnung zu einem Stück passte, das in die Dschungelnacht hinausklingt, Ich kann nie wieder glauben, dass Bach niemals aus Deutschland herausgekommen ist.

Er spielte fast zwei Stunden, bis zum Ende des ersten Teils, wo eine Pause eintritt, wie ein Rastplatz an einer einsamen Straße, unmittelbar nach Präludium und Fuge in h-Moll. Beim letzten Ton hielten seine Finger inne und verharrten auf den Tasten, und er wandte den Kopf und blickte in den Raum.

XVIII

Liebe Katherine,

Es ist März, das genaue Datum weiß ich nicht. Ich schreibe Dir aus dem Fort und Dorf Mae Lwin am Ufer des Salween in den Südlichen Shan-Staaten in Birma. Ich bin seit langer Zeit hier, aber dies ist mein erster Brief nach Hause, und ich möchte mich dafür entschuldigen, dass ich Dir nicht schon früher geschrieben habe. Ich fürchte, mein Schweigen hat Dich aufs Äußerste beunruhigt, denn da ich Dir vor meinem Aufbruch ins Shan-Hochland so oft geschrieben habe, wartest du inzwischen sicher auf meine Briefe. Leider wird es wohl ziemlich lange dauern, bis Du diese Zeilen lesen kannst, denn es gibt hier keine Möglichkeit, Post nach Mandalay zu schicken. Vielleicht habe ich deshalb so lange mit dem Schreiben gewartet, aber es gibt wohl auch noch andere Gründe; einige kenne ich, andere nicht. Bisher habe ich in meinen Briefen immer Gedanken niedergeschrieben oder von Ereignissen berichtet; umso mehr wundere ich mich über mein langes Schweigen, denn es ist hier sehr viel passiert. Aber es waren stets *abgeschlossene* Dinge, über die ich schrieb. Vor Wochen habe ich Dir berichtet, wie traurig mich dieses Gefühl des nicht Abgeschlossenen stimmt, mit dem ich möglicherweise würde abreisen müssen. Seltsamerweise aber habe ich seit Mandalay mehr erlebt, als ich mir je hätte träumen lassen, und mehr von dem Erlebten verstanden, und doch wird dieses Gefühl des nicht Abgeschlossenen immer stärker. Jeden Tag, den ich hier bin, erwarte ich eine Antwort, wie einen Balsam oder wie Wasser, das den Durst löscht. Wohl auch deshalb habe ich das Schreiben hinausgeschoben, aber ich habe kaum Antworten gefunden. Jetzt schreibe ich Dir also, weil seit meinem letzten Brief einfach zu viel Zeit vergangen ist. Wenn wir uns wieder sehen, werden die Ereignisse, von denen ich erzähle, natürlich längst Vergangenheit, die Eindrücke verblasst sein. Und so schreibe ich vielleicht auch deshalb, weil ich ein starkes Bedürfnis verspüre, Worte zu Papier zu bringen, selbst wenn ich der Einzige sein sollte, der sie liest.

Ich sitze hier unter einer Weide am sandigen Ufer des Salween. Es ist einer meiner Lieblingsplätze, ein ruhiger, lauschiger Ort, von dem aus ich dennoch die Menschen ringsum hören und gerade noch den Fluss sehen kann. Es ist früher Abend. Die Sonne geht unter und färbt den Himmel rot. Wolken ballen sich zusammen – vielleicht kommt wieder ein Gewitter. Vor vier Tagen hat die Regenzeit eingesetzt. Es wird mir deutlicher in Erinnerung bleiben als der Tag meiner Abreise aus Mandalay, denn das Plateau hat sich völlig verändert. Noch nie habe ich Regen wie diesen erlebt. Das Nieseln, das wir in England Regen nennen, ist nichts gegen die Wucht des Monsunregens. Er bricht urplötzlich aus den Wolken hervor, alles rennt und sucht Schutz, die Wege verwandeln sich in Matsch, werden zu Bächen, das Wasser rauscht wie aus Kübeln von den Blättern der windgepeitschten Bäume, nichts bleibt trocken. O Katherine, es ist so seltsam: Ich könnte seitenweise nur über den Regen schreiben, darüber, wie er fällt, über die unterschiedlich großen Tropfen, wie es sich anfühlt, wenn sie auf dem Gesicht auftreffen, über ihren Geschmack, ihren Geruch, das Geräusch, das sie machen. Ich könnte sogar seitenweise nur über dieses Geräusch schreiben, auf Strohdächern, auf Blättern, auf Blech, auf Weiden.

Mein Liebes, es ist so schön hier. Die Regenzeit hat in diesem Jahr früh begonnen, und der Wald hat unglaubliche Veränderungen durchgemacht. Binnen Tagen sind im dürren Gesträuch die Farben nur so explodiert. Auf dem Schiff von Rangun nach Mandalay habe ich junge Soldaten kennen gelernt, die mir von Mae Lwin erzählten. Damals konnte ich gar nicht glauben, was sie sagten, aber jetzt weiß ich, dass es stimmt. Die Sonne scheint hell und stark, kühle Winde wehen vom Fluss herauf, Wohlgerüche nach Nektar und Gewürzen erfüllen die Luft – und Geräusche, die unwahrscheinlichsten Geräusche! Die Zweige der Weide, unter der ich sitze, hängen so tief herab, dass ich den Fluss kaum sehe, aber ich höre Gelächter von dort herauf. Könnte ich nur dieses Kinderlachen in den Schwingungen der Saiten einfangen oder zu Papier bringen! Hier lässt uns die Musik im Stich, ebenso wie die Sprache. Ich denke an die Worte, mit denen wir Musik beschreiben – wie wenig sind wir gerüstet für die unendliche Vielfalt der Töne! Dennoch haben wir Möglichkeiten, sie zu beschreiben, denn in der Musik beschränkt sich unser Ungenügen auf Worte; wir können immer auf Vorzeichen und Tonleitern zurückgreifen, wenn die Sprache versagt. Für alle anderen Geräusche aber haben wir weder Worte, noch können wir sie in Vorzeichen und Noten festhalten. Wie soll ich es ausdrücken? Zu meiner Linken spielen drei Jungen im seichten Wasser mit einem Ball, der immer wieder in tieferes Wasser abtreibt, und eine Shan-Frau, die im Fluss Wäsche wäscht – ihre Mutter vielleicht oder eine Schwester –, schimpft sie aus, wenn sie ihm nachschwimmen. Trotzdem treibt der Ball immer wieder ab, und sie schwimmen ihm immer wieder nach, und dazwischen ertönt ein ganz bestimmtes Lachen, wie ich noch nie eines gehört habe. Das sind Geräusche, die sich einem Klavier, einem Taktstrich, einer Notation entziehen.

Katherine, ich wünschte, Du könntest dieses Lachen hören, nein, ich wünschte, ich könnte es mit nach Hause nehmen, mich an alles erinnern. Während ich dies schreibe, erfüllt mich unendliche Traurigkeit und zugleich Freude, es ist ein Sehnen, ein Aufwallen in meinem Innern, etwas Ekstatisches. Ich wähle meine Worte mit Bedacht; ich empfinde es wirklich so, denn es steigt in meiner Brust auf wie das Wasser einer Quelle, und ich schlucke, und meine Augen füllen sich mit Tränen, als müsste ich überfließen. Ich weiß nicht, was das ist, woher es kommt oder wann es angefangen hat. Ich hätte nie geglaubt, dass mir fallendes Wasser oder die Laute spielender Kinder so viel sagen würden.

Ich weiß, wie seltsam Dir dieser Brief erscheinen muss. Ich habe so viel geschrieben und doch so wenig von dem erzählt, was ich getan oder gesehen habe. Stattdessen plappere ich wie ein Kind drauflos. Es hat sich wirklich etwas verändert, das merkst du sicher schon an meiner Art zu schreiben. Gestern Abend habe ich vor Publikum auf dem Erard gespielt, vor einem ziemlich illustren Publikum sogar, und irgendwie würde ich darin gern den Beginn der Veränderung sehen, obwohl ich weiß, dass er es nicht ist – sie kam allmählicher, vielleicht hat sie zu Hause schon begonnen. Was diese Veränderung bedeutet, weiß ich nicht, genauso wenig, wie ich weiß, ob ich glücklicher oder trauriger bin als je zuvor. Manchmal frage ich mich, ob ich vielleicht deshalb nicht mehr weiß, welchen Tag wir haben, weil nicht ein Datum den Zeitpunkt meiner Rückkehr bestimmen wird, sondern eine ausgefüllte Leere. Natürlich werde ich wieder nach Hause kommen, denn Du bist und bleibst meine größte Liebe. Doch erst jetzt wird mir klar, warum *Du* wolltest, dass ich fahre, was *Du* mir vor der Abreise gesagt hast. Hinter all dem steckt eine Absicht – Du hattest Recht, auch wenn ich sie noch nicht erkenne, geschweige denn ausgeführt habe. Aber jetzt muss ich noch warten, noch bleiben. Natürlich werde ich zurückkehren, bald, vielleicht morgen. Ich schreibe Dir, weil Du wissen sollst, warum ich noch hier bin. Und ich hoffe, mein Liebes, Du wirst es verstehen.

Katherine, es wird dunkel und sogar kalt, denn hier ist Winter, so seltsam das auch klingen mag. Was andere wohl dächten, wenn sie diesen Brief lesen würden? Denn auf den ersten Blick sehe ich noch genauso aus wie früher, ich weiß nicht, ob irgendjemand hier eine Veränderung an mir bemerkt hat. Vielleicht vermisse ich Dich deshalb so – Du hast immer gesagt, Du hörst mich selbst dann, wenn ich schweige.

Ich werde Dir wieder schreiben, denn es gibt Dinge, die noch nicht gesagt sind, wenn auch nur deshalb, weil es an Platz, Tinte und Tageslicht mangelt.

Dein Dich liebender Mann
Edgar

Es ist noch hell. Es gibt Dinge, die noch nicht gesagt sind, er weiß es, doch seine Feder sträubt sich, wenn er sie zu Papier bringen will.

Khin Myo stand am Rand der Weide. Sie wirkte abgespannt. »Mr. Drake«, sagte sie. Er sah auf. »Doktor Carroll schickt mich. Bitte, kommen Sie. Und beeilen Sie sich. Er sagt, es sei wichtig.«

XIX

Edgar faltete den Brief zusammen und folgte Khin Myo zu den Häusern hinauf. Schweigend begleitete sie ihn zum Eingang des Hauptquartiers und ging den Weg dann schnell zurück.

Der Arzt stand am Fenster und blickte über das Camp. Er wandte sich um. »Mr. Drake, bitte nehmen Sie Platz.« Er zeigte auf einen Stuhl und setzte sich auf die andere Seite des breiten Schreibtisches, auf dem er die Amputation vorgenommen hatte. »Es tut mir Leid, dass ich Sie stören musste, Sie saßen so friedlich am Fluss. Dabei hätten gerade Sie eine Ruhepause verdient. Sie haben wunderschön gespielt.«

»Es war ein technisches Stück.«

»Das war weit mehr als ein technisches Stück.«

»Und der *sawbwa*?«, fragte Edgar. »Man kann nur hoffen, dass er es genauso empfunden hat.« Der Fürst war am Morgen abgereist, majestätisch auf einem Elefanten thronend, von Reitern flankiert, deren Pferde rot gefärbte Schwänze hatten, und seine blitzenden Pailletten waren im Grün des Dschungels verschwunden.

»Haben Sie den Vertrag bekommen, den Sie wollten?«

»Ich habe noch nicht darum gebeten. Mit Direktheit kommt man bei den Fürsten meist nicht weiter. Ich habe ihm nur unseren Standpunkt klargemacht und nichts verlangt, wir haben zusammen gegessen, und Sie haben Klavier gespielt. Der ›Vollzug‹ meiner Werbung, wenn Sie so wollen, muss noch warten, bis andere Fürsten ihre Zustimmung gegeben haben. Aber mit der Rückendeckung durch den *sawbwa* stehen unsere Chancen auf einen Vertragsabschluss besser.« Er beugte sich vor. »Ich habe Sie holen lassen, weil ich Sie erneut um Unterstützung bitten möchte.«

»O Doktor, ich kann nicht noch einmal spielen.«

»Nein, Mr. Drake, diesmal hat es nichts mit Musik, aber alles mit dem Krieg zu tun, trotz meiner poetischen Worte von der Begegnung beider. Morgen Abend findet in Mongpu, nördlich von hier, eine Zusammenkunft von Shan-Fürsten statt, und ich möchte, dass Sie mich dorthin begleiten.«

»Sie begleiten? In welcher Eigenschaft?«

»Nur zur Gesellschaft. Es ist eine halbe Tagesreise, und die Konferenz dürfte nicht länger als einen Tag oder eine Nacht dauern, je nachdem, wann sie anfängt. Wir werden reiten. Sie sollten schon allein der Strecke wegen mitkommen; Mongpu ist landschaftlich einer der schönsten Shan-Staaten.«

Edgar setzte zum Sprechen an, doch der Doktor ließ ihm keine Zeit zu protestieren. »Heute Nachmittag brechen wir auf.« Erst als er wieder draußen war, machte der Klavierstimmer sich klar, dass ihn Carroll seit dem Ausflug zu der singenden Schlucht nicht mehr aufgefordert hatte, ihn irgendwohin zu begleiten.

Er verbrachte den Rest des Vormittags am Fluss und dachte nach. Dieser plötzliche Aufbruch und das Drängende in Carrolls Worten beunruhigten ihn. Er dachte an Khin Myo und den Spaziergang im Regen, Vielleicht will er nicht, dass wir zusammen sind. Doch er verwarf den Gedanken wieder. Da ist noch etwas anderes; ich habe nichts Unrechtes, nichts Ungebührliches getan.

Wolken zogen auf. Am Salween schlugen Frauen Wäsche auf die Steine.

Am frühen Nachmittag brachen sie auf. Zum ersten Mal sah Edgar den Doktor in einer blauen Uniformjacke mit schwarzen Tressen und einem goldenen Rangabzeichen. Er wirkte darin vornehm und imposant; sein dunkles Haar glänzte. Khin Myo kam, um ihn und Edgar zu verabschieden, und Edgar beobachtete sie genau, als sie zu Carroll sprach, halb auf Englisch, halb auf Birmanisch. Der Arzt hörte zu, zog die Sardinendose aus seiner Brusttasche und nahm einen Stumpen heraus. Als Khin Myo das

Wort an Edgar richtete, lächelte sie nicht; es war, als sähe sie ihn gar nicht.

Die Pferde waren sauber gestriegelt, aber niemand hatte ihnen Blüten in die Mähne geflochten.

Begleitet von Nok Lek und vier anderen Shan-Reitern, alle mit Gewehren bewaffnet, verließen sie das Camp. Edgar fragte sich, wozu so viele Leute nötig waren, sagte aber nichts. Sie folgten dem Hauptweg auf den Bergkamm und wandten sich dann nordwärts. Es war ein schöner Tag, noch kühl vom Regen. Der Doktor hatte seinen Helm am Sattel befestigt und rauchte nachdenklich.

Edgar schwieg; er dachte an den Brief, den er an Katherine geschrieben und in seinem Koffer verwahrt hatte.

»Sie sind heute so still, Mr. Drake«, sagte der Doktor.

»Ich hänge nur meinen Gedanken nach. Ich habe heute meiner Frau zum ersten Mal, seit ich hier bin, wieder geschrieben, von dem Konzert, dem Erard.«

Sie ritten weiter. »Seltsam«, sagte der Doktor nach einer Weile.

»Was ist seltsam?«

»Ihre Liebe zu dem Erard. Sie sind der erste Engländer, der mich nicht gefragt hat, was ich in Mae Lwin mit einem Klavier will.«

»Ach, das war für mich nie ein Rätsel. Ich kenne keinen würdigeren Ort dafür. Nein, ich frage mich, warum *ich* hier bin.«

Der Doktor sah ihn von der Seite an. »Ich dachte, Sie und der Erard seien unzertrennlich«, sagte er lachend.

Edgar lachte ebenfalls. »Nein, nein … Obgleich es manchmal so scheinen mag. Aber ich meine es ernst. Es muss Wochen her sein, seit ich meine Arbeit hier beendet habe. Hätte ich nicht längst wieder abreisen müssen?«

»Die Frage können nur Sie selbst beantworten.« Der Doktor tippte die dunkle Asche vom Ende seines Stumpens. »Ich halte Sie nicht.«

»Nein«, beharrte Edgar, »aber Sie haben mich auch nicht ermuntert abzureisen. Ich hatte erwartet, dass man mich dazu auffordern würde, sobald das Klavier gestimmt war. Schließlich bin ich ein ›großes Risiko‹ – wissen Sie noch? Waren das nicht Ihre Worte?«

»Ich genieße Ihre Gesellschaft, Mr. Drake. Das ist das Risiko wert.«

»*Meine* Gesellschaft? Tatsächlich? Ich fühle mich geschmeichelt, aber da steckt doch mehr dahinter. Und meine Gesellschaft wobei? Bei Gesprächen über Musik? Ich weiß gar nicht, ob ich für etwas anderes tauge. Außerdem gibt es Leute, die viel mehr von Musik verstehen als ich, in Indien, in Kalkutta, sogar in Birma. Und es gibt Naturforscher, Anthropologen, wenn es Ihnen nur ums Gespräch ginge. Weshalb sollte Ihnen so daran gelegen sein, dass gerade ich bleibe? Es könnten doch auch andere sein.«

»Es *gab* andere.«

Edgar sah den Doktor an. »Besucher, meinen Sie?«

»Ich lebe jetzt seit zwölf Jahren hier. Natürlich waren auch andere hier, Naturforscher, Anthropologen, wie Sie sagen. Sie sind gekommen, aber nie lange geblieben, nur lange genug, um Proben zu sammeln oder Skizzen zu machen, gegen die eine oder andere Theorie zu wettern und sich darüber zu verbreiten, wie Biologie, Kultur oder Geschichte der Shan-Staaten mit ihren eigenen Ansichten übereinstimmen, dann sind sie wieder abgereist.«

»Das kann ich kaum glauben. Es ist doch so wunderschön hier ...«

»Damit haben Sie Ihre Frage schon selbst beantwortet, Mr. Drake.«

Sie machten auf einer Anhöhe Halt, um einen auffliegenden Schwarm Vögel zu beobachten.

»Es gibt in Rangun einen Klavierstimmer«, sagte Carroll im Weiterreiten. »Das wusste ich schon, bevor ich Sie kommen ließ. Es ist ein Missionar, den ich vor langer Zeit einmal kennen gelernt habe. Die Militärs wissen nicht, dass er Klaviere stimmt. Er hätte genauso gut nach Mae Lwin kommen können, wenn ich darum gebeten hätte.«

»Das hätte allen viel Mühe erspart.«

»Ja. Aber er wäre nur kurz geblieben. Ich wollte jemanden, für den alles hier neu ist. Ich wollte Sie natürlich nicht täuschen, das war keineswegs meine Absicht.« Er schwenkte den Stumpen. »Nein, ich wollte, dass der beste Erard-Klavierstimmer Londons meinen Flügel stimmt, und ich wusste, dass ich die Militärs damit zwingen konnte einzugestehen, wie abhängig sie von mir sind. Sie sollten sehen, dass meine Methoden funktionieren, dass Musik genauso Frieden schaffen kann wie Gewalt. Aber ich wusste auch, dass nur jemand, der wie ich an die Musik glaubt, diese lange Reise auf sich nehmen würde.«

»Und wenn ich nicht gekommen wäre?«, fragte Edgar. »Sie kannten mich ja nicht, Sie konnten nicht sicher sein.«

»Dann wären andere gekommen, Besucher, vielleicht der Missionar aus Rangun. Und nach ein paar Tagen wären sie wieder gegangen.«

Sie schwiegen.

»Haben Sie je daran gedacht, nach England zurückzukehren?«, fragte Edgar.

»Ich? Ja, natürlich. Ich habe viele gute Erinnerungen an England.«

»Wirklich?«

»Aber sicher. Es ist meine Heimat.«

»Und doch bleiben Sie hier.«

»Ich habe hier einfach zu viel zu tun, Projekte, Experimente, zu viele Pläne. Ursprünglich hatte ich gar nicht die Absicht, länger zu bleiben. Ich kam hierher, um zu arbeiten, und habe damals allenfalls geahnt, dass es noch andere Gründe geben könnte. Aber vielleicht ist die Sache auch viel einfacher, vielleicht will ich nur deshalb nicht weg, weil ich mein Kommando keinem anderen überlassen will. Mein Nachfolger würde es anders führen, fürchte ich, nicht … friedlich.« Er nahm die Zigarre aus dem Mund und betrachtete den aufsteigenden Rauch. »Manchmal habe ich so meine Zweifel.«

»Woran? Am Krieg?«

»Nein, vielleicht drücke ich mich nicht verständlich aus. Was ich hier mache, stelle ich nicht in Frage, ich weiß, dass es richtig ist. Meine Zweifel beziehen sich auf alles, was ich dadurch verpasse.« Er rollte den Stumpen zwischen den Fingern hin und her. »Wenn ich höre, wie Sie von Ihrer Frau sprechen – ich hatte auch einmal eine Frau. Und eine Tochter – ein winziges Baby, das einen Tag lang mein Kind war. Es gibt ein Shan-Sprichwort: Wenn ein Mensch stirbt, dann hat er vollbracht, was er vollbringen musste, dann war er zu gut für diese Welt. Ich muss an sie denken, wenn ich das höre.«

Der Doktor blickte in die Ferne. »Das tut mir Leid«, sagte Edgar. »Der Colonel hat mir davon erzählt. Aber ich fand, es steht mir nicht zu, Sie darauf anzusprechen …«

»Sie sind so taktvoll … aber ich muss mich entschuldigen, Mr. Drake. Das sind traurige, abseitige Gedanken.« Er richtete sich im Sattel auf. »Außerdem haben Sie mich gefragt, was mich hier hält. Das ist schwer zu beantworten. Ich habe gesagt, dass ich das Camp nicht aufgeben will, aber vielleicht stimmt das alles gar nicht. Vielleicht bleibe ich nur, weil ich nicht gehen kann.«

»Wie meinen Sie das?«

Er steckte sich wieder die Zigarre in den Mund. »Ich weiß auch nicht. Einmal habe ich es versucht. Nicht lange, nachdem ich am Krankenhaus in Rangun angefangen hatte, kam ein anderer Arzt mit seinem Bataillon, der ein Jahr in Rangun bleiben und dann in den Norden gehen sollte. Ich war Jahre nicht mehr in England gewesen, und man gab mir die Möglichkeit, für ein paar Monate nach Hause zurückzukehren. Ich buchte eine Kabine auf einem Dampfer und reiste von Rangun, wo ich damals stationiert war, nach Kalkutta. Von dort aus fuhr ich mit dem Zug nach Bombay.«

»Die gleiche Route wie meine.«

»Dann wissen Sie ja, wie überwältigend sie ist. Und diesmal war die Reise noch überwältigender. Keine dreißig Meilen hinter Delhi hielt der Zug an einer kleinen Nachschubbasis, und ich sah eine Staubwolke über der Wüste aufsteigen. Es war eine Reiterkarawane, und als sie näher kam, erkannte ich, dass es Rajasthani-Nomaden waren. Die Frauen trugen herrliche Schleier, die trotz der Staubschicht dunkelrot glühten. Wahrscheinlich hatten sie den Zug von fern gesehen und waren neugierig geworden. Sie ritten neben uns auf und ab, zeigten auf die Räder, die Lok, die Passagiere und redeten die ganze Zeit in einer Sprache, die ich nicht verstand. Ich beobachtete sie, sah die vorübergleitende Farbe, noch immer in Gedanken. Und ich bestieg das Schiff nach England. Aber als es in Aden einlief, ging ich von Bord und nahm den nächsten Dampfer zurück nach Bombay, den nächsten Zug zurück nach Kalkutta. Eine Woche später war ich wieder auf meinem Posten in Pegu. Ich weiß bis heute nicht recht, weshalb der Anblick der Nomaden mich dazu gebracht hat umzukehren. Aber die Vorstellung, durch Londons dunkle Straßen zu laufen, während diese Bilder in meinem Kopf herumspuken, war einfach unerträglich. Ich wollte auf keinen Fall einer von diesen trübseligen Veteranen werden, die jeden, der ihnen zuhört, mit wirren Erzählungen von unbekannten Orten langweilen.« Er tat einen tiefen Zug an seinem Stumpen. »Ich habe Ihnen doch gesagt, dass ich die *Odyssee* übersetze. Für mich war sie immer die tragische Schilderung von Odysseus' Kampf um seine Heimkehr. Ich verstehe jetzt immer besser, was Dante und Tennyson meinten: Odysseus hat sich nicht verirrt, sondern er wollte nach all den Wundern, die er gesehen hatte, einfach nicht mehr nach Hause zurück.«

»Das erinnert mich an eine Geschichte, die ich einmal gehört habe«, sagte Edgar.

»Ja?«

»Es ist noch gar nicht lange her, drei Monate vielleicht, da habe ich auf dem Schiff im Roten Meer einen Mann kennen gelernt. Einen alten Araber.«

»Den Mann mit der einen Geschichte.«

»Sie kennen ihn?«

»Natürlich. Ich bin ihm vor langer Zeit in Aden begegnet, und seine Geschichte haben mir schon viele erzählt. Eine Kriegsgeschichte weiß ein Soldat immer zu schätzen.«

»Eine Kriegsgeschichte?«

»Ich bekomme sie von Soldaten immer wieder zu hören, seit Jahren schon. Ich kann sie inzwischen fast auswendig; die Bilder Griechenlands sind so lebendig. Es ist eine wahre Geschichte, wie sich herausgestellt hat, er und sein Bruder waren noch Kinder, als ihre Familie von den Osmanen getötet wurden, und während des Unabhängigkeitskrieges haben sie als Spione gearbeitet. Ich habe einmal einen alten Veteranen aus dem Krieg kennen gelernt, der hatte von den Brüdern und ihrem Mut gehört. Jeder will die Geschichte hören. Man schreibt ihr eine günstige Vorbedeutung zu: Wer sie kennt, beweist Tapferkeit im Gefecht.«

Edgar starrte den Doktor an. »Griechenland?«

»Ja. Und?«

»Sind Sie sicher, dass sie vom griechischen Unabhängigkeitskrieg handelt?«

»Die Geschichte? Ja, natürlich. Wieso? Überrascht es Sie, dass ich mich nach so vielen Jahren noch daran erinnere?«

»Nein … überhaupt nicht. Ich erinnere mich auch daran, als hätte ich sie erst gestern gehört. Und ich kann sie inzwischen auch fast auswendig.«

»Was stimmt denn nicht damit?«

»Nichts … nichts«, sagte Edgar langsam. »Ich dachte nur …« War es nur für mich eine andere Geschichte? Ich kann mir das doch nicht alles eingebildet haben.

Sie ritten durch ein Wäldchen, wo an den Bäumen lange gedrehte Schoten hingen, in denen es klapperte, wenn man daran stieß. »Sie wollten noch etwas sagen«, meinte Carroll, »dass der Mann mit der einen Geschichte Sie an etwas erinnert, was ich gesagt habe.«

»Ach...« Edgar pflückte ein Blatt von einem Baum und betrachtete es. »Nicht so wichtig. Es ist wohl nur eine Geschichte.«

»Ja, Mr. Drake.« Carroll sah den Klavierstimmer fragend an. »Es sind alles nur Geschichten.«

Die Sonne stand tief am Horizont, als sie von einer kleinen Anhöhe aus in der Ferne eine Ansammlung von Hütten erblickten. »Mongpu«, sagte der Doktor. An einem staubbedeckten Schrein hielten sie an. Carroll stieg ab und legte eine Münze an dem Häuschen mit der Geisterfigur nieder.

Sie ritten bergab, und die Hufe der Pferde patschten durch den Matsch. Es wurde dunkler. Moskitos schwärmten aus, in großen Wolken, die wie tanzende Schattenfragmente aufrissen und sich wieder zusammenfügten.

»Verdammte Biester«, sagte der Militärarzt und schlug nach ihnen. Sein Stumpen war nur noch ein kurzer Stummel, und er holte die Sardinendose wieder hervor. »Sie sollten auch rauchen, Mr. Drake, das hält die Mücken fern.«

Edgar dachte an seinen Malaria-Anfall und willigte ein. Der Doktor zündete eine Zigarre an und gab sie ihm. Sie schmeckte wie eine berauschende Flüssigkeit.

»Ich sollte Ihnen vielleicht einiges zu dem Treffen erklären«, sagte Carroll im Weiterreiten. »Sie haben ja gelesen, dass es seit der Annexion Mandalays aktiven Widerstand von Seiten einer Gruppierung gibt, die sich Limbin-Konföderation nennt.«

»Davon war auch die Rede, als der *sawbwa* von Mongnai da war.«

»Ja, aber eines habe ich Ihnen nicht gesagt, nämlich dass ich seit zwei Jahren in intensiven Verhandlungen mit den *sawbwas* der Limbin-Konföderation stehe.«

Edgar nahm ungeschickt den Stumpen aus dem Mund. »Sie

schreiben doch, dass noch nie jemand Kontakt mit der Konföderation …«

»Ich weiß, was ich geschrieben habe und was ich Ihnen gesagt habe. Aber ich hatte meine Gründe. Wie Sie wahrscheinlich wissen, wurden zu der Zeit, als Ihr Schiff irgendwo auf dem Indischen Ozean schwamm, Truppen unter Colonel Stedman in Hlaingdet stationiert: Kompanien des Hampshire-Regiments, eine Gurkha-Kompanie und Bombay-Sappeure mit George Scott als Politoffizier, was mir Hoffnung macht, dass sich die Sache nicht zu einem regelrechten Krieg ausweiten wird; er ist ein guter Freund von mir, und ich kenne niemanden, der so viel Gespür für lokale Belange hat wie er. Seit Januar sind unsere Truppen bei Yawnghwe in Kämpfe verwickelt, und der Commissioner meint jetzt, die Shan-Staaten seien nur durch Gewalt unter Kontrolle zu bringen. Aber nach meinen Gesprächen mit dem *sawbwa* von Mongnai glaube ich, dass wir einen Frieden aushandeln können.«

»Weiß das Militär von dem Treffen?«

»Nein, Mr. Drake, und es ist wichtig, dass Sie das verstehen. Man wäre strikt dagegen. Man traut den Fürsten nicht. Um es ganz offen zu sagen: Ich, und jetzt auch Sie, wir handeln klar gegen die militärischen Befehle.« Er ließ seine Worte wirken. »Und noch etwas, bevor Sie antworten. Wir hatten auch kurz von einem Shan-*dacoit*-Fürsten namens Twet Nga Lu gesprochen, dem so genannten Räuberhauptmann, der Mongnai erobert, sich dann aber zurückgezogen hat und jetzt die Dörfer terrorisiert, die dem rechtmäßigen *sawbwa* von Mongnai unterstehen. Es heißt, nur wenige hätten ihn je zu Gesicht bekommen. Eines hat man Ihnen nicht gesagt, weil man es nicht weiß: Ich bin viele Male mit dem Räuberhauptmann zusammengetroffen.«

Er verscheuchte einen Mückenschwarm. »Vor einigen Jahren, noch vor der Rebellion, wurde Twet Nga Lu am Salween von einer Schlange gebissen. Einer seiner Brüder, der manchmal in Mae Lwin Handel treibt, wusste, dass es nur ein paar Stunden bis zu uns waren. Er brachte den Kranken zu mir, und ich machte ihm einen Umschlag mit einheimischen Kräutern, wie ich es von einem Medizinmann in Mae Lwin gelernt hatte. Er war kaum noch bei Bewusstsein, und als er wieder zu sich kam und mich sah, dachte er, er sei gefangen genommen worden. Er fing an, um sich zu schlagen, und sein Bruder musste ihn festhalten und ihm sagen, dass ich ihm das Leben gerettet hatte. Als er sich wieder beruhigt hatte, fiel sein Blick auf das Mikroskop, und er wollte wissen, was das sei. Ich versuchte es ihm zu erklären, aber er glaubte mir nicht, und so gab ich etwas von dem Teichwasser, das ich gerade untersuchte, auf einen Objektträger und forderte ihn auf, es sich anzusehen. Anfangs kam er mit dem Mikroskop nicht zurecht – er kniff das falsche Auge zu und so weiter –, und ich dachte schon, er würde es im nächsten Moment auf den Boden werfen, aber dann fiel das Licht, das von dem schräggestellten Spiegel reflektiert wurde, in sein Auge, und er konnte die winzigen Tierchen sehen, die jedes englische Schulkind kennt. Die Wirkung hätte nicht durchschlagender sein können. Er stolperte zu seinem Bett zurück und murmelte, ich müsse ein Zauberer sein, weil ich aus Teichwasser Geister beschwören könne. Was würde passieren, rief er, wenn ich sie aus dem Apparat freilassen würde! Jetzt scheint er anzunehmen, ich hätte magische Kräfte, wie die Shan sie sonst nur Amuletten zuschreiben. Ich lasse ihn natürlich in dem Glauben, und seitdem ist er mehrmals wiedergekommen, um sich das Mikroskop anzusehen. Er ist sehr intelligent und lernt schnell Englisch, als wüsste er, wer sein Feind ist. Ich traue ihm zwar immer noch nicht, aber inzwischen glaubt er mir wohl, dass ich persönlich nichts gegen Kengtawng im Schilde führe. Letztes Jahr im August schien er ziemlich besorgt und fragte mich, ob ich nichts tun könne, um einen Vertragsabschluss mit der Limbin-Konföderation zu verhindern. Dann war er drei Monate verschwunden. Das nächste Mal hörte ich in Mandalay von ihm, bei einer Geheimdienstbesprechung anlässlich eines Angriffs auf ein Fort am Inle-See.«

»Und dann hat er Mae Lwin angegriffen«, sagte Edgar. »Das hat man mir in Mandalay gesagt.«

Ein langes Schweigen trat ein. »Nein, er hat Mae Lwin nicht angegriffen«, sagte Carroll dann langsam. »An dem Tag, als Mae Lwin angegriffen wurde, war ich mit ihm zusammen, aber das weiß man in Mandalay nicht. Die Leute im Dorf sagen, es seien Karenni gewesen, ein anderer Stamm. Ich habe das nicht gemeldet, denn sonst hätte man Truppen geschickt, und das wäre das Letzte, was wir hier gebrauchen können. Es war nicht Twet Nga Lu.« Carroll sprach jetzt schneller. »Ich habe Ihnen das im Vertrauen gesagt, und jetzt brauche ich Ihre Hilfe. Wir werden bald in Mongpu sein. Es ist das erste Mal seit langem, dass Twet Nga Lu mit dem *sawbwa* von Mongnai zusammentrifft. Sollten die beiden ihre Differenzen nicht beilegen können, werden sie sich so lange bekriegen, bis einer von ihnen tot ist, und wir werden mit unseren Truppen eingreifen müssen. Es gibt im Kriegsministerium natürlich so manchen, den der Friede seit der Annexion langweilt und der es kaum erwarten kann, wieder Krieg zu führen. Wenn überhaupt Chancen für einen Frieden bestehen, dann wird man sie zunichte machen. Bis der Vertrag unterzeichnet ist, darf niemand wissen, dass ich hier bin.«

»Ich habe Sie noch nie so offen über den Krieg reden hören«, sagte Edgar unbehaglich.

»Ich weiß. Aber das hat seine Gründe. Die Limbin-Konföderation glaubt, ich hätte Befehle von meinen Vorgesetzten im britischen Kommando. Wenn die Fürsten wüssten, dass niemand hinter mir steht, würden sie mich nicht fürchten. Sollte Sie also heute jemand fragen, dann sind Sie Oberstleutnant Daly, Ziviloffizier des nördlichen Shan-Regiments, stationiert in Maymyo, Vertreter von Mr. Hildebrand, Superintendent der Shan-Staaten.«

»Aber der *sawbwa* von Mongnai hat mich doch Klavier spielen sehen.«

»Er weiß Bescheid und hat sich bereit erklärt, das für sich zu behalten. Die anderen sind es, die ich überzeugen muss.«

»Davon haben Sie mir nichts gesagt, als wir in Mae Lwin losgeritten sind.« Edgar fühlte Ärger in sich aufsteigen.

»Dann wären Sie nicht mitgekommen.«

»Es tut mir Leid, Doktor, aber das kann ich nicht machen.«

»Mr. Drake.«

»Ich kann nicht. Mr. Hildebrand ist –«

»Mr. Hildebrand wird nichts davon erfahren. Sie brauchen nichts zu tun und nichts zu sagen.«

»Ich kann nicht. Das ist aufrührerisch ... Das ist –«

»Mr. Drake, ich hatte gehofft, Sie würden nach fast drei Monaten in Mae Lwin begreifen, dass Sie mir helfen können. Ich dachte, Sie wären anders als die anderen.«

»Doktor, wenn man daran glaubt, dass ein Klavier Frieden schaffen kann, ist das eine Sache, aber eine ganz andere ist es, ohne Befehl Verträge abzuschließen, sich für jemand anderen auszugeben, sich gegen die Königin aufzulehnen. Es gibt schließlich Regeln und Gesetze ...«

»Mr. Drake, Ihre Auflehnung hat schon begonnen, als Sie ohne Befehl nach Mae Lwin gekommen sind. Sie gelten jetzt als vermisst, stehen vielleicht bereits unter Verdacht.«

»Unter Verdacht! Weswegen ...«

»Was glauben Sie wohl, was Ihre Vorgesetzten denken, jetzt, nachdem Sie seit Wochen verschwunden sind?«

»Ich muss hier nicht irgendwelche Spielchen mitspielen. Ich kann jederzeit nach Mandalay zurück.« Er fasste die Zügel fester.

»Von hier, Mr. Drake? Sie können jetzt nicht mehr umkehren. Und Sie wissen so gut wie ich, dass Sie gar nicht zurück wollen.«

Edgar schüttelte ärgerlich den Kopf. »Haben Sie mich deshalb nach Mae Lwin geholt? Weil Sie einen Dummen gebraucht haben?« Es war dunkel geworden, und er sah dem Doktor ins Gesicht, das von der Glut seiner Zigarre erhellt wurde.

»Nein, Mr. Drake, ich habe Sie kommen lassen, damit Sie einen Flügel stimmen. Aber die Dinge ändern sich. Wir befinden uns schließlich im Krieg.«

»Und ich gehe unbewaffnet in die Schlacht.«

»Unbewaffnet? Wohl kaum, Mr. Drake. Unterschätzen Sie meinen Einfluss nicht.«

Edgars Pferd zuckte mit den Ohren, um die Moskitos zu verscheuchen, die um seinen Kopf herum summten, das einzige Geräusch, das man hörte. Seine Mähne zitterte.

Weiter vorn ertönte ein Ruf. Ein Reiter kam heran.

»Bo Naw, mein Freund!«, rief Carroll.

Der Mann verneigte sich im Sattel. »Doktor Carroll, die Fürsten sind alle da, mit ihren Truppen. Wir warten nur noch auf Sie.«

Ein Lächeln spielte um seinen Mund, als Carroll zu dem Klavierstimmer hinüberblickte, dessen Gesicht keine Regung zeigte.

Der Arzt setzte seinen Helm auf und schnallte ihn wie ein Soldat unter dem Kinn fest. Er nahm die Zigarre aus dem Mund und schnippte sie in einem goldenen Bogen fort. Dann stieß er ein Zischen aus.

Einen Moment lang blieb Edgar zurück, dann seufzte er tief auf, nahm seinen Stumpen aus dem Mund und warf ihn auf die Erde.

Im Dunkeln galoppierten sie zwischen Felsvorsprüngen hindurch bergab. In der Ferne sah Edgar Fackeln. Sie ritten um eine Barrikade herum, vorbei an den Silhouetten bewaffneter Wachposten. Bald stieg der Weg wieder an, und sie näherten sich einem zwischen Bäumen versteckten Fort.

Es war ein niedriger, lang gestreckter Bau, ringsum von spitzen Bambuspalisaden umgeben. Elefanten waren draußen festgebunden. Bewaffnete Posten salutierten vor den Reitern. Am Durchlass zwischen den Palisaden trat ein Wachposten ins Fackellicht und musterte die Männer misstrauisch. Edgar schaute durch die Öffnung. Der Weg, der zu dem Gebäude hinaufführte, war ebenfalls von Posten gesäumt, und im Schein der Fackeln sah er Speere, Buschmesser und Gewehre blitzen. »Wer sind die?«, flüsterte er.

»Krieger. Jeder *sawbwa* hat seine Truppen mitgebracht.«

Bo Naw sagte etwas auf Shan, und der Wachposten ergriff die Zügel ihrer Pferde. Die Engländer stiegen ab und traten durch die Palisade.

Edgar nahm Bewegung zu beiden Seiten des Weges wahr, und einen Moment lang glaubte er, in eine Falle geraten zu sein. Aber die Männer kamen nicht näher, sondern verneigten sich vor dem Doktor bis zum Boden. Es war wie eine Welle, ihre Rücken glänzten von Schweiß, Waffen klirrten.

Der Doktor ging schnell, und Edgar musste sich beeilen, um ihn einzuholen. Er war noch immer sprachlos. Als sie die Stufen hinaufstiegen, drehte er sich noch einmal um und blickte auf die Rücken der Krieger, die Furcht erregenden Palisaden und den Wald zurück. Grillen lärmten, und in seinem Kopf hallte ein Wort wider. Der Mann am Eingang hatte Carroll nicht mit »Doktor« oder »Major« angesprochen, sondern mit »Bo«, einem Shan-Wort, von dem Edgar angenommen hatte, dass es Kriegsherren vorbehalten war.

Anthony Carroll nahm seinen Helm ab und klemmte ihn sich unter den Arm. Sie traten in das Gebäude.

Einige tiefe Atemzüge lang schauten sie in Dunkel, dann zeichneten sich nach und nach Gestalten im schwachen Licht ab. Mehrere Fürsten saßen in einem Halbkreis, jeder in den schönsten Kleidern, die Edgar in Birma je gesehen hatte, juwelenbesetzte Gewänder wie die der Puppen des *yôkthe pwè*: paillettenbesetzte Jacken mit Schulterflügeln aus Brokat, Kronen in der Form von Pagoden. Die Fürsten hatten sich unterhalten, als die beiden Männer aus Mae Lwin eintraten; jetzt war es still. Carroll führte Edgar an dem Kreis entlang zu zwei freien Polstern am Ende des Raumes. Hinter jedem der Fürsten standen noch mehr Männer im Dunkeln, kaum berührt vom tanzenden Licht kleiner Feuer.

Sie nahmen Platz, noch immer schweigend. Einer der Fürsten ergriff das Wort und sprach lange, ein älterer Mann mit einem sorgfältig gekämmten Schnurrbart. Als er geendet hatte, antwortete Carroll. Einmal machte er eine Geste zu dem Klavierstimmer hin, der außer »Daly, Oberstleutnant, Hildebrand« nichts verstand.

Nachdem Carroll ihn vorgestellt hatte, sprach einer der anderen Fürsten. Der Doktor wandte sich Edgar zu. »Es ist alles in Ordnung, Herr Oberstleutnant. Sie sind hier willkommen.«

Die Konferenz begann, und bald verschwamm die Nacht zu einem Nebel aus juwelenbesetzten Gewändern und Kerzenschein, einem Gesang fremder Zungen. Edgar nickte ein, und die Szene gewann etwas Traumhaftes. Ein Traum im Traum, sagte er sich, während sich seine Lider langsam senkten, denn vielleicht träume ich schon seit Aden. Die Fürsten ringsum schienen zu schweben, die aufwärts geschwungenen Kerzenständer verbargen den Boden vor den tanzenden Flammen. Der Doktor richtete das Wort nur dann an Edgar, wenn Gesprächspausen eintraten. »Der da gerade spricht, das ist Chao Weng, der *sawbwa* von Lawksawk, und neben ihm sitzt Chao Khun Kyi, der *sawbwa* von Mongnai – Sie erkennen ihn sicher wieder. Und der dort ist Chao Kawng Tai aus Kengtung; er ist von sehr weit her gekommen. Links von ihm sitzt Chao Khun Ti aus Mongpawn. Und der neben ihm ist Twet Nga Lu.«

Und Edgar fragte: »Twet Nga Lu?«, doch Carroll nahm schon wieder am Gespräch teil. Der Klavierstimmer betrachtete den Mann, von dem er seit seiner Schiffsreise immer wieder gehört hatte, von dem manche behaupteten, er existiere gar nicht, den Mann, der Hunderte britischer Angriffe überlebt hatte, der möglicherweise eines der letzten Hindernisse auf Englands Weg zur Konsolidierung des Empire war. Irgendetwas an dem Shan-Räuberhauptmann kam ihm bekannt vor, aber er wusste nicht, was. Er war klein, und seine Züge wirkten weich, trotz der harten Schatten, die das Kerzenlicht entstehen ließ. Von seinen Tätowierungen und Talismanen war nichts zu sehen. Er sprach wenig, aber wenn er etwas sagte, wurde es augenblicklich still im Raum. Er redete mit fester Stimme, gespenstisch selbstsicher, und schickte ein leichtes Grinsen in die rauchgeschwängerte Luft, wie eine Drohung. Und plötzlich wusste Edgar, woher er den Mann kannte – nicht den Mann, aber das Selbstbewusste, das Unbestimmbare. Er hatte es auch an Anthony Carroll gesehen.

Jetzt trat in dem Traum von den Shan-Fürsten eine neue Figur auf, ein Mann, den Edgar zu kennen glaubte, der jetzt aber ebenso rätselhaft schien wie die juwelengeschmückten *sawbwas* vor ihm, ein Mann, der eine fremde Sprache sprach, dem fremde Stämme Furcht und Ehrerbietung entgegenbrachten. Edgar betrachtete den Doktor, suchte in ihm den Mann, der Klavier spielte, Blumen sammelte und Homer las, aber er hörte nur eine Sprache aus fremden Lauten, aus Worten, die nicht einmal einer, der komplizierte Notengebilde durchschaute, verstand. Und einen erschreckenden Moment lang, als der Kerzenschein aufwärts flackerte und das Gesicht des Doktors halb ins Dunkel tauchte, glaubte Edgar die hohen Wangenknochen wieder zu erkennen, die breite Stirn, den beschwörenden Blick und die eindringliche Rede, all das, was in den Augen anderer Stämme einen Shan ausmacht.

Aber es währte nur einen Augenblick, und so schnell, wie der Spuk gekommen war, wich er wieder. Anthony Carroll war nach wie vor Anthony Carroll, und er wandte sich um, und seine Augen blitzten. »Geht's noch, alter Freund? Stimmt etwas nicht?« Es war spät, und die Konferenz würde noch viele Stunden dauern.

»Ja, es geht«, antwortete Edgar. »Nein, es ist alles in Ordnung.«

Man tagte bis in die Morgendämmerung, und endlich sickerte das Sonnenlicht durch die Dachsparren. Edgar wusste nicht, ob er geschlafen hatte, als er ringsum Füßescharren vernahm und einer der Shan-Fürsten und dann ein zweiter aufstand, sich vor den Engländern verneigte und den Raum verließ. Schließlich erhoben sich auch die anderen, weitere Verbeugungen folgten, und Edgar sah, wie lächerlich überladen die Gewänder der Fürsten bei Tageslicht waren, ein Pomp, der das selbstherrliche Gehabe ihrer Träger noch betonte. Bald standen auch er und Carroll auf und folgten ihnen nach draußen. Am Eingang hörte Edgar eine Stimme hinter sich, und als er sich umdrehte, stand er Twet Nga Lu gegenüber.

»Ich weiß, wer Sie sind, Mr. Drake«, sagte der Shan-Räuberhauptmann in wohlgesetztem Englisch, und ein Lächeln spielte um seine Lippen. Dann sagte er etwas auf Shan und hob die Hände vor Edgars Gesicht. Der Klavierstimmer erschrak und wich zurück, und Twet Nga Lu lachte, senkte die Hände wieder und ahmte mit den Fingern spöttisch die Bewegungen eines Pianisten nach.

Edgar schaute sich um, ob Carroll es gesehen hatte, aber der Doktor stand mit einem der Fürsten ins Gespräch vertieft. Als Twet Nga Lu an ihm vorbeiging, drehte Carroll sich zu ihm um, und die beiden Männer sahen sich an, einen Moment nur, dann verließ Twet Nga Lu den Raum, und draußen formierte sich ein Trupp Shan-Krieger hinter ihm.

Auf dem Rückweg nach Mae Lwin redeten sie wenig. Der Doktor blickte in den Nebel, der den Weg verhüllte. Edgars Kopf war schwer von Müdigkeit und Verwirrung. Er wollte Carroll Fragen zu der Konferenz stellen, aber der Doktor schien in Gedanken versunken. Einmal hielt er an und zeigte Edgar einige rote Blumen am Weg, die übrige Zeit schwieg er. Die Wolken hingen tief, der Wind frischte auf und fegte über die Felsen und den Weg. Erst als sie den Berg hinter Mae Lwin erklommen, wandte Carroll sich an den Klavierstimmer.

»Sie fragen gar nicht, was auf der Konferenz war.«

»Tut mir Leid«, sagte Edgar vorsichtig, »ich bin ein bisschen müde, das ist alles.«

Anthony Carroll sah wieder auf den Weg. »Sowohl die Limbin-Konföderation als auch Twet Nga Lu haben gestern Abend eine bedingte Kapitulation ausgesprochen. Sie wollen innerhalb eines Monats ihren Widerstand gegen die britische Herrschaft aufgeben, als Gegenleistung für die Garantie einer Teilautonomie seitens Ihrer Majestät. Die Revolte ist vorbei.«

XX

Kurz nach Mittag trafen sie im Camp ein. Auf der Lichtung kamen ihnen ein paar Jungen entgegen und führten die Pferde weg. Es war gespenstisch still. Edgar hatte Bewegung erwartet, Trubel, eine Bestätigung des Erreichten. Er hatte das unbehagliche Gefühl, Zeuge eines historischen Ereignisses geworden zu sein. Aber nichts erfolgte, nur die übliche Begrüßung. Der Doktor verschwand, und Edgar ging in sein Zimmer und schlief in Reitkleidung ein.

Um Mitternacht wachte er schweißgebadet auf. Er hatte geträumt, immer noch auf dem langen Ritt von Mongpu nach Mae Lwin zu sein. Erst als er sein Zimmer erkannte, das Moskitonetz, seinen Koffer, den Papierstapel und sein Werkzeug, schlug sein Herz wieder langsamer.

Er versuchte wieder einzuschlafen, aber es klappte nicht, vielleicht weil der Gedanke an den Doktor ihn verfolgte oder wegen des Traums von einer Reise ohne Ende, vielleicht auch nur, weil er seit dem frühen Nachmittag geschlafen hatte. Ihm war heiß, er war schmutzig und halb verdurstet, und sein Atem ging schnell, Vielleicht bin ich wieder krank. Er schob das Moskitonetz beiseite und stürzte zur Tür. Draußen war die Luft frisch und kühl, und er sog sie in tiefen Zügen ein und suchte sich zu beruhigen.

Es war noch Nacht, und am Himmel schwamm die Mondsichel durch unschlüssige Wolken. Der Salween floss dunkel dahin. Edgar ging die Treppe hinunter und überquerte die Lichtung. Es war still im Camp. Selbst der Wachposten schlief; er saß vor seiner Hütte, den Kopf weit zurück an die Wand gelehnt.

Er ging durch das Blütendickicht zum Ufer, seine Zehen drückten sich in die Erde, er ging schneller, riss sich das Hemd herunter und warf es in den Sand, stieg aus seiner Reithose.

Das Wasser war kühl und weich von dem Schlamm, den es mitführte. Er tauchte unter und ließ sich dann auf dem Wasser treiben. Ein Stück oberhalb ragten Felsen in den Fluss und zerrissen die Strömung in Strudel. Langsam schwamm er flussauf.

Endlich stieg er wieder ans Ufer. Nass, wie er war, zog er sich an, ging barfuß weiter und suchte sich seinen Weg über die Steine bis zu dem großen Felsblock, wo die Fischer ihre Netze auswarfen. Er legte sich auf den Rücken. Der Fels war noch warm von der Sonne des Tages.

Er musste eingeschlafen sein, denn er hatte niemanden kommen hören, vernahm jetzt aber ein Plätschern vom Strand her. Langsam öffnete er die Augen und fragte sich verwundert, wer wohl wie er die nächtliche Pilgerfahrt zum Fluss unternommen hatte, Vielleicht ist das junge Paar wieder da. Langsam und vorsichtig, um sich nicht zu verraten, drehte er sich auf die Seite und schaute auf den Strand hinab.

Es war eine Frau, und sie kniete von ihm abgewandt im Sand, das lange Haar hochgebunden. Sie wusch sich die Arme, schöpfte mit den Händen Wasser und ließ es über ihre Haut rinnen. Sie hatte ihren *hta main* an; auch allein wahrte sie den Anstand, als wüsste sie um die lüsternen Augen der Eulen. Der *hta main* sog sich mit Wasser voll und klebte ihr am Körper, bis knapp unter die Rundung ihrer Hüften.

Vielleicht wusste er, wer sie war, noch ehe sie sich umdrehte und ihn sah, und beide erstarrten, des Übergriffs gewahr, der Sinnlichkeit des Flusses und der Mondsichel. Dann raffte sie eilig ihre Kleider und die Seife zusammen, und ohne sich noch einmal umzusehen, lief sie den Weg hinauf.

Die Wolken wanderten. Der Mond kam wieder. Ein Kamm lag im Sand, hell leuchtendes Elfenbein.

Der Doktor war zu einer neuen »diplomatischen Mission« aufgebrochen, und Edgar arbeitete wieder an dem Klavier. Seit Beginn der Regenzeit hatte sich der Resonanzboden ausgedehnt, wenn auch kaum merklich, erkennbar vielleicht nur für einen, der stimmen will.

Zwei Tage behielt er den Kamm.

Wenn er allein war, holte er ihn manchmal hervor und betrachtete ihn, strich über die verwaisten schwarzen Haare, die sich durch die Elfenbeinzähne wanden. Er musste ihn Khin Myo zurückgeben, das wusste er, aber er wartete noch, aus Unentschlossenheit oder Vorfreude, aus einem Gefühl der Nähe, das mit dem Warten und der Stille wuchs, sich mit jedem kurzen, verlegenen Gespräch bei ihren unvermeidlichen Begegnungen auf den Wegen des Camps vertiefte.

Und so behielt er den Kamm. Am Tag redete er sich ein, er müsse arbeiten, am Abend sagte er sich, er müsse bis zum Morgen warten, um ihn zurückzugeben, Ich kann ja nicht im Dunkeln zu ihr gehen. Am ersten Tag blieb er bis tief in die Nacht am Klavier sitzen und stimmte nach. Am zweiten Abend, als er für sich allein spielte, klopfte es an der Tür.

Er wusste, wer es war, noch ehe die Tür aufging und sie zögernd eintrat. Vielleicht weil es ein leichtes, geduldiges Klopfen war, nicht das selbstbewusste, kräftige des Doktors oder das zaghafte der Diener. Vielleicht hatte der Wind gedreht und auf seinem Weg vom Berg herab mit dem Geruch von nasser Erde auch ihr Parfüm mitgenommen. Oder vielleicht erkannte er die Richtung, erkannte, dass sie sich in uralten Bahnen bewegten, in vorbestimmten Wiederholungen.

»Guten Abend«, klang es mit weichem Akzent von der Tür her.

»Ma Khin Myo«, sagte Edgar.

»Darf ich hereinkommen?«

»Aber … natürlich.«

Sie schloss leise die Tür. »Störe ich?«

»Nein, überhaupt nicht... Wieso?«

Sie neigte leicht den Kopf. »Sie wirken so nachdenklich. Ist etwas?«

»Nein, nein.« Seine Stimme zitterte, und er zwang sich zu einem Lächeln. »Ich vertreibe mir nur die Zeit.«

Sie blieb mit zusammengelegten Händen an der Tür stehen. Sie trug dieselbe helle Bluse wie an dem Tag, als sie sich am Fluss zu ihm gesetzt hatte. Die gefältelten Ärmel wirkten filigran im gedämpften Licht. Ihr Gesicht war frisch bemalt, und er dachte, Es passt gar nicht, die Sonne scheint nicht, es gibt keinen Grund, *thanaka* zu tragen. Aber es ist schön.

»Wissen Sie«, sagte sie, »seit ich englische Freunde habe, war ich oft dabei, wenn Klavier gespielt wurde. Ich liebe den Klang. Ich... Ich dachte, Sie könnten mir vielleicht zeigen, wie Sie arbeiten.«

Er blinzelte, als sei er sich nicht sicher, ob er eine Erscheinung vor sich habe. »Sehr gern. Aber es ist schon spät. Sollten Sie nicht bei...« Er zögerte.

»Bei Doktor Carroll sein? Er ist nicht in Mae Lwin.« Sie stand noch immer an der Tür. Hinter ihr lehnte ihr Schatten an der Wand, Rundungen auf den Bambuslinien.

»Ach ja, natürlich.« Er nahm seine Brille ab und polierte sie an seinem Hemd. Dann atmete er tief ein. »Ich war den ganzen Tag hier. Wenn man so viel Zeit am Klavier verbringt, wird man ein bisschen... verrückt. Es tut mir Leid. Ich hätte Ihnen Gesellschaft leisten müssen.«

»Sie haben mich noch nicht einmal aufgefordert, Platz zu nehmen.«

Ihre Direktheit erschreckte Edgar. Er rückte auf der Klavierbank zur Seite. »Bitte.«

Sie kam langsam heran, und ihr Schatten an der Wand wurde länger. Sie raffte ihren *hta main* und setzte sich neben ihn. Einen Moment lang betrachtete er sie nur, während sie auf die Tasten hinabsah. Die frisch gepflückte Blüte, die sie trug, duftete, und er sah Blütenstaubpartikel auf ihrem Haar. Sie wandte sich ihm zu.

»Entschuldigen Sie, dass ich so zerstreut bin«, sagte er. »Es dauert immer eine Weile, bis ich aus der Trance aufwache, in die ich beim Stimmen verfalle. Ich bin dann in einer ganz anderen Welt. Ich erschrecke immer ein bisschen, wenn ein... Besucher hereinkommt... Ich kann das schlecht erklären.«

»Vielleicht ist es, wie wenn man aus einem Traum erwacht.«

»Vielleicht. Vielleicht... Aber ich bin wach in einer Welt der Töne. Und jetzt ist es, als würde ich wieder träumen...« Sie schwieg, und er setzte hinzu: »Das klingt wahrscheinlich dumm.«

»Nein.« Sie schüttelte den Kopf. »Manchmal verwechselt man das, was wirklich ist, mit dem, was man träumt.«

Sie schwiegen. Khin Myo legte die Hände auf die Klaviatur.

»Haben Sie schon einmal gespielt?«, fragte Edgar.

»Nein, aber ich wollte es immer, schon als Kind.«

»Dann spielen Sie jetzt, das ist viel interessanter, als mir beim Stimmen zuzuschauen.«

»Ach nein, ich weiß ja gar nicht, wie das geht.«

»Das macht nichts. Probieren Sie es einfach. Drücken Sie die Tasten herunter.«

»Egal, welche?«

»Fangen Sie da an, wo Ihr Finger gerade liegt. Das ist der erste Ton von Präludium und Fuge f-Moll aus dem *Wohltemperierten Klavier.*«

Sie drückte die Taste nieder. Der Ton klang in den Raum hinein und kehrte zu ihnen zurück.

»Sehen Sie«, sagte Edgar, »jetzt haben Sie Bach gespielt.«

Khin Myo hielt den Blick auf die Klaviatur gesenkt. In ihren Augenwinkeln bildeten sich Fältchen, die Andeutung eines Lächelns. »Es klingt ganz anders, wenn man hier sitzt.«

»Ja. Es gibt nichts, was dem gleichkäme. Ich könnte Ihnen noch mehr von dem Stück beibringen.«

»Ach nein, ich möchte Ihnen nicht zur Last fallen. Und Sie

haben Recht: Es ist wirklich schon spät. Ich wollte Sie nicht bei der Arbeit stören.«

»Unsinn. Jetzt sind Sie schon einmal da.«

»Aber ich kann nicht spielen.«

»Ich bestehe darauf. Es ist ein kurzes Motiv, aber ein sehr bedeutsames. Bitte – nachdem wir nun schon angefangen haben, kann ich Sie doch nicht einfach wieder gehen lassen. Der nächste Ton ist der hier, schlagen Sie ihn mit dem Zeigefinger an.«

Sie sah den Klavierstimmer an.

»Nur zu, spielen Sie.« Er zeigte auf die Taste, und sie drückte sie herunter. Tief im Innern des Klaviers sprang der Hammer an die Saiten.

»Und jetzt die nächste Taste links und dann die darüber. Und jetzt zurück zur ersten. Ja, die, der Ton, den Sie als Ersten gespielt haben. Jetzt wieder die zweite, die da. Und die darüber. Ja, genau. Und jetzt spielen Sie es noch einmal, etwas schneller.« Khin Myo mühte sich durch die Tonfolge.

»Das klingt nach wenig«, sagte sie.

»Es klingt nach viel. Versuchen Sie es noch einmal.«

»Ich weiß nicht … Lieber nicht.«

»Doch, Sie spielen wunderbar. Es geht viel leichter, wenn Sie für die tieferen Töne die linke Hand benutzen.«

»Das kann ich nicht. Zeigen Sie es mir?«

Sie sah ihn an, und ihr Gesicht war ganz nahe.

Edgars Herz schlug plötzlich so laut, dass er fürchtete, sie könnte es hören. Doch der Klang der Musik machte ihm Mut. Er stand auf, trat hinter sie und hielt seine Arme über ihre. »Legen Sie Ihre Hände auf meine«, sagte er.

Langsam hob sie die Hände. Einen Moment lang verharrten sie in der Luft, dann senkten sie sich sanft herab. Keiner von beiden regte sich, jeder spürte nur die Hände des anderen, der Rest des Körpers waren blasse Umrisse. Edgar sah ihr Spiegelbild im lackierten Mahagoni der Tastenklappe. Ihre Finger waren gerade halb so lang wie seine.

Das Stück begann langsam, zögernd. Die Fuge f-Moll, Nr. 12 aus dem zweiten Teil des *Wohltemperierten Klaviers,* hatte Edgar immer daran erinnert, wie Blüten sich öffnen, wie Liebende sich begegnen, wie etwas beginnt. Beim Besuch des *sawbwa* hatte er sie nicht gespielt; er hatte nach dem ersten Teil aufgehört. Und so bewegten seine Hände sich anfangs langsam, unsicher, doch unter dem sachten Druck ihrer Finger schritt er gleichmäßig durch die Takte voran, und mit dem Anschlagen der Tasten sprangen im Innern des Klaviers die Hämmer hoch und fielen wieder zurück, und die Saiten vibrierten und mit ihnen zahllose winzige Teile aus Metall, Holz und Klang. Die Kerzen auf dem Gehäuse flackerten.

Während sie spielten, löste sich eine Haarsträhne unter der Blüte und kitzelte ihn an der Lippe. Er wich nicht aus, sondern schloss die Augen und schob sein Gesicht näher, so dass die Strähne ihm über die Wange strich, während er spielte, und wieder über seine Lippe und jetzt über die Lider.

Die Musik schwoll an, wurde schneller, fiel dann sanft ab, leiser jetzt, und dann endete sie.

Ihre Hände ruhten gemeinsam auf dem Klavier. Keiner sprach. Sie wandte leicht den Kopf, die Augen geschlossen. Sie sagte seinen Namen, und ihre Stimme war nur ein Hauch.

»Sind Sie deshalb heute Abend hierher gekommen?«, fragte er.

Sie schwieg eine Weile und sagte dann: »Nein, Mr. Drake.« Sie flüsterte jetzt. »Ich war schon immer hier.«

Und Edgar senkte seine Lippen auf ihre Haut, die kühl war und schweißfeucht. Er atmete den Duft ihres Haares ein, schmeckte das süße Salz ihres Nackens. Ganz langsam bewegten sich ihre Hände, und ihre Finger schlangen sich in seine.

Und für diesen einen Augenblick stand alles still. Die Wärme ihrer Finger, ihre glatte Haut an seinen Schwielen. Der Kerzenschein, der über die weiche Fläche ihrer Wange tanzte und nur die Schatten der Blüte einfing.

Sie war es, die die Umarmung beendete, sanft ihre Hände aus

seinen löste, die noch auf den Tasten ruhten. Ihre Finger strichen über seinen Arm. Ich muss gehen. Und er schloss abermals die Augen, atmete ein letztes Mal ein und ließ sie gehen.

XXI

Edgar verbrachte die Nacht am Klavier, teils wach, teils schlafend. Es war noch dunkel, als er vom Quietschen der Tür und dem Geräusch von Schritten wach wurde. Er glaubte, Kinder seien hereingekommen, und öffnete die Augen, doch es war eine alte Frau. »Doktor Sie braucht. Schnell«, sagte sie. Ihr Atem stank nach fermentiertem Fisch.

»Bitte?« Schlaftrunken setzte Edgar sich auf.

»Doktor Carroll Sie braucht. Schnell.«

Er stand auf und strich sein Hemd glatt. Erst jetzt brachte er die Aufforderung des Doktors mit dem vergangenen Abend, mit Khin Myo in Verbindung.

Die alte Frau führte ihn hinaus. Es war noch kalt, die Sonne würde noch lange nicht über dem Berg aufgehen. Am Eingang des Hauptquartiers grinste ihn die Frau mit einem Mund voller betelfleckiger Zähne an und humpelte davon. Der Arzt stand über seinen Schreibtisch gebeugt, auf dem Landkarten ausgebreitet waren. »Sie haben mich rufen lassen«, sagte Edgar nervös.

Es dauerte einen Moment, bis Carroll den Blick von den Karten hob. »Ja, guten Morgen, Mr. Drake, bitte nehmen Sie Platz.« Er wies auf einen Stuhl.

Edgar setze sich. Carroll blätterte mit ernster Miene in den Karten, beschrieb mit einer Hand Linien auf dem Papier und rieb sich mit der anderen den Nacken. Plötzlich sah er auf und nahm seinen Kneifer ab. »Verzeihen Sie, dass ich Sie so früh geweckt habe, Mr. Drake.«

»Das macht nichts, ich –«

»Es ist ziemlich dringend«, unterbrach ihn der Doktor. »Ich bin erst seit ein paar Stunden aus Mongpan zurück. Wir haben uns beeilt.« Es klang fremd, besorgt, förmlich, alles Vertrauliche war aus seiner Stimme verschwunden. Erst jetzt sah Edgar, dass er noch Reitkleidung trug, die mit Schlamm bespritzt war. In seinem Gürtel steckte eine Pistole. Edgar fühlte sich plötzlich schuldig, Es geht nicht um Khin Myo.

»Mr. Drake, ich falle am besten gleich mit der Tür ins Haus.«

»Natürlich, aber –«

»Ich fürchte, Mae Lwin wird angegriffen.«

Edgar beugte sich vor, als könnte er Carroll so besser hören. »Verzeihung, ich verstehe nicht. Angegriffen?«

»Möglicherweise schon heute Abend.«

Stille trat ein. Einen Moment lang glaubte Edgar, der Doktor scherze oder er spreche von einem seiner Projekte und werde es gleich näher erläutern. Er betrachtete die Pistole, das beschmutzte Hemd, die Müdigkeitsfalten um Carrolls Augen. »Sie meinen es ernst«, sagte er halb zu sich selbst. »Aber wir haben doch einen Vertrag ausgehandelt, Sie haben gesagt –«

»Der Vertrag steht. Es ist nicht die Limbin-Konföderation.«

»Wer dann?«

»Andere. Ich habe Feinde. Es scheinen wechselnde Bündnisse im Spiel zu sein, Leute, die ich für meine Freunde gehalten hatte, deren Loyalität ich jetzt aber anzweifle.« Er blickte wieder auf die Landkarten. »Ich wünschte, ich könnte Ihnen mehr sagen, aber wir müssen Vorkehrungen treffen ...« Er schwieg einen Moment und sah dann wieder auf. »Ich kann Ihnen nur so viel sagen: Einen Monat, bevor Sie hierher kamen, wurden wir überfallen, das wissen Sie ja, Sie wurden damals in Mandalay festgehalten. Einige der Angreifer wurden später gefangen genommen, haben aber auch unter der Folter nicht verraten, wer hinter der Sache steckte. Manche sagen, es waren kleine Diebe, aber ich habe noch nie so gut bewaffnete kleine Diebe gesehen. Und zum Teil hatten sie britische Gewehre, gestohlene Waffen also. Oder es waren ehemalige Verbündete, die zu Verrätern geworden sind.«

»Und jetzt?«

»Vor zwei Tagen bin ich nach Mongpan geritten, um über den Bau einer Straße nach Mae Lwin zu verhandeln. Ich war erst ein paar Stunden dort, als ein Shan-Junge in die Räume des Fürsten gelaufen kam und berichtete, dass er beim Fischen an einem der kleinen Nebenflüsse des Salween Männer gesehen habe, die im Wald ein Lager aufgeschlagen hatten. Er schlich sich an und belauschte ihre Gespräche. Er verstand nicht alles, aber es war von Plänen die Rede, erst Mongpan und dann Mae Lwin anzugreifen. Auch diese Männer hatten britische Gewehre, und diesmal war die Gruppe viel größer. Wenn es stimmt, was der Junge sagt, dann frage ich mich, weshalb irgendwelche *dacoits* sich so weit auf das Plateau vorwagen sollten, um uns zu überfallen. Es gibt viele Möglichkeiten, aber ich habe jetzt nicht die Zeit, sie mit Ihnen zu erörtern. Wenn die Männer schon in Mongpan sind, können sie heute Abend hier sein.«

Edgar wartete darauf, dass der Doktor fortfahren würde, aber er schwieg. »Und was werden Sie jetzt tun?«, fragte er vorsichtig.

»Der Beschreibung nach sind es zu viele, als dass wir das Fort verteidigen könnten. Ich habe durch reitende Boten Verstärkung angefordert. Loyale Stämme werden Truppen schicken; ich hoffe nur, sie sind rechtzeitig hier. Aus Mongpan, aus Monghang, aus...« Er schaute wieder in die Karten und zählte Dörfer auf, doch Edgar hörte nicht mehr zu. Er sah Reiter vor sich, die von den Bergen herab auf Mae Lwin zustürmten, Männer, die zwischen Karstfelsen hindurch und über das offene Plateau galoppierten, mit wehenden Fahnen, die Schwänze der Pferde rot gefärbt, er sah die Truppen im Camp zusammentreffen, er sah die Frauen Schutz suchen, er sah Khin Myo. Das Treffen der Konföderation kam ihm in den Sinn. Der Doktor trug dieselbe Uniform wie dort, hatte denselben fernen Blick. »Und ich –«

»Ich brauche Ihre Hilfe, Mr. Drake.«

»Ich werde alles tun. Ich kann zwar nicht gut mit einem Gewehr umgehen, aber...«

»Nein, etwas Wichtigeres. Selbst wenn wir Verstärkung bekommen, kann Mae Lwin fallen. Sollten wir einen Angriff abwehren können, dann nur unter hohen Verlusten. Es ist nur ein kleines Dorf.«

»Aber mit mehr Leuten –«

»Vielleicht, aber vielleicht wird das Camp auch niedergebrannt. Ich kann nicht alles, wofür ich zwölf Jahre gearbeitet habe, aufs Spiel setzen. Das Militär wird Mae Lwin wieder aufbauen, aber mehr kann ich nicht erwarten. Mein medizinisches Material, meine Mikroskope und meine Pflanzensammlungen habe ich bereits in ein Versteck bringen lassen. Aber –«

»Der Erard.«

»Ich traue den Männern nicht zu, ihn allein fortzuschaffen. Sie begreifen nicht, wie empfindlich er ist.«

»Aber wohin?«

»Flussabwärts. Sie werden noch heute Vormittag aufbrechen. Es sind nur ein paar Tage bis zu den britischen Forts auf Karen-Gebiet. Von dort bekommen Sie eine Eskorte nach Rangun.«

»Nach Rangun?«

»Bis wir die Lage überblicken. In Mae Lwin sind Sie als Zivilist nicht mehr sicher. Die Zeiten sind vorbei.«

Edgar schüttelte den Kopf. »Das geht mir alles viel zu schnell, Doktor. Ich könnte doch hier bleiben … oder ich kann den Flügel in die Berge schaffen. Ich ertrage das nicht …« Er verstummte. »Was ist mit Khin Myo?«, fragte er dann plötzlich, Das kann ich jetzt ruhig fragen, sie ist in all das verwickelt, unentrinnbar, sie ist nicht mehr nur in meinen Gedanken.

Der Doktor blickte auf. »Sie bleibt bei mir«, sagte er, jetzt mit strenger Stimme.

»Ich frage nur, weil –«

»Sie ist hier sicherer, Mr. Drake.«

»Aber Doktor –«

»Tut mir Leid, Mr. Drake, ich kann das jetzt nicht weiter diskutieren. Wir müssen Vorbereitungen für Ihren Aufbruch treffen.«

»Es muss doch eine Möglichkeit geben, dass ich hier bleibe.« Edgar versuchte die Panik in seiner Stimme zu unterdrücken.

»Mr. Drake«, sagte der Doktor langsam, »dafür habe ich jetzt keine Zeit. Ich werde Ihnen keine Wahl lassen.«

Edgar starrte ihn an. »Und ich bin nicht Ihr Soldat.«

Ein langes Schweigen trat ein. Erneut rieb sich der Doktor den Nacken und sah auf die Karten hinab. Als er wieder aufblickte, hatten sich seine Züge entspannt. »Mr. Drake«, sagte er, »es tut mir Leid, dass es so weit kommen musste. Ich weiß, was das für Sie bedeutet. Ich weiß mehr, als Sie denken. Aber ich habe keine Wahl. Irgendwann werden Sie das verstehen.«

Edgar taumelte in die Sonne hinaus.

Er blieb stehen und versuchte sich zu beruhigen. Im Camp herrschte fieberhaftes Treiben. Männer schichteten Sandsäcke auf oder liefen mit Gewehren und Munition zum Fluss hinunter, andere schnitten Bambus und banden ihn zu spitzen Palisaden. Frauen und Kinder standen als Feuerwehr aufgereiht und füllten Eimer, Tongefäße und Kochtöpfe mit Wasser.

»Mr. Drake.« Ein Junge stand hinter Edgar, mit dessen Werkzeugtasche in der Hand. »Ich bringe das hier zum Fluss, Sir.« Der Klavierstimmer nickte nur.

Sein Blick wanderte den Hang hinauf zum Klavierzimmer, dessen ganze vordere Wand entfernt worden war. Drinnen mühten sich Männer mit nacktem Oberkörper an einem Flaschenzug aus Seil und Bambus. Zuschauer hatten sich versammelt, noch mit Wassereimern und Gewehren in der Hand. Rufe ertönten von oben. Ein Stück den Weg hinauf zogen Männer an einem Seil. Das Klavier hob sich mit einem Ruck in die Luft, schwankte, die Männer im Raum hielten es fest und schoben es auf eine Rutsche aus zusammengebundenen langen Bambusstücken. Die Leute am Seil ächzten, und das Klavier schaukelte an dem Flaschenzug, flog jetzt, langsam, abwärts, und Saiten klangen, während die Männer es absenkten und das Seil ihnen die Hände verbrannte. Lange Zeit schwebte der Flügel in der Luft, glitt Zentimeter für Zentimeter die Rutsche hinab, bis er schließlich die Erde berührte und andere Männer herbeieilten, um ihn aufzufangen. Und zum ersten Mal, seit er nach oben geschaut hatte, atmete Edgar wieder.

Das Klavier stand an einer trockenen Stelle. Im hellen Licht und vor dem Hintergrund des Camps wirkte es sehr klein.

Menschen schwirrten um Drake herum, rufend, laufend, wie in einem Nebel. Er erinnerte sich, wie er in London im Nebel auf dem Deck des Schiffes gestanden hatte, wie alles still geworden und er allein zurückgeblieben war. Er spürte, dass jemand neben ihm stand.

»Sie gehen fort«, sagte sie.

»Ja.« Er sah sie an. »Sie wissen es?«

»Er hat es mir gesagt.«

»Ich möchte bleiben, aber –«

»Sie müssen gehen. Es wäre zu gefährlich.« Sie sah zu Boden. Sie stand so nahe bei ihm, dass er auf ihren Kopf hinabsehen konnte. Der Stiel einer einzelnen purpurroten Blüte wand sich ins Dunkel ihres Haars.

»Kommen Sie mit mir«, sagte er plötzlich.

»Sie wissen, dass das nicht geht.«

»Bis heute Abend werde ich Meilen fort sein, bis morgen früh können Sie und Doktor Carroll tot sein, und ich werde nie erfahren …«

»So etwas dürfen Sie nicht sagen.«

»Ich … Damit habe ich nicht gerechnet. Es gibt noch so vieles, was ich … Vielleicht sehe ich Sie nie wieder, ich sage es nicht gern, aber –«

»Mr. Drake …«, begann sie und hielt dann inne. Ihre Augen waren feucht. »Es tut mir Leid.«

»Bitte, kommen Sie mit mir.«

»Ich muss bei Anthony bleiben.«

Anthony, dachte er, noch nie habe ich seinen Vornamen von

ihr gehört. »Ich bin Ihretwegen hierher gekommen«, sagte er, doch seine Worte klangen schon hohl.

»Sie sind aus einem anderen Grund hierher gekommen«, sagte sie, und vom Fluss herauf tönte ein Ruf.

XXII

Sie trugen den Flügel durch die blühenden Büsche am Rand des Camps und zum Fluss hinunter. Ein Floß wartete dort, grob zusammengefügte Baumstämme, dreimal so lang wie das Klavier. Die Männer patschten ins seichte Wasser, hoben das Instrument auf das Floß und vertäuten die Füße mit Seilen, die sie durch die Ritzen zwischen den Stämmen führten. Sie arbeiteten so schnell, als wäre ihnen diese Tätigkeit vertraut. Nachdem das Klavier gesichert war, wurde eine Kiste ans andere Ende des Floßes gestellt und auf die gleiche Weise festgebunden. »Da sind Ihre Sachen drin«, sagte Carroll.

Wer von den vielen Männern, die durchs Wasser wateten, Seile wanden, zurechtrückten, zurrten, Edgar begleiten würde, blieb offen, bis das Klavier schließlich fixiert und das Floß ausbalanciert war. Dann gingen zwei junge Burschen ans Ufer, nahmen jeder zwei Gewehre und kehrten auf das Floß zurück.

»Das sind Seing To und Tint Naing«, sagte der Doktor. »Sie sind Brüder, sehr geschickte Bootsführer. Sie sprechen Birmanisch und werden Sie den Fluss hinunter begleiten. Nok Lek fährt auch mit, aber in einem Einbaum, um die Stromschnellen auszukundschaften. Sie kommen in Karen-Land, vielleicht auch bis Moulmein, das wären fünf oder sechs Tage. Dort sind Sie dann schon weit auf britischem Gebiet und in Sicherheit.«

»Und was mache ich dann? Wann soll ich zurückkommen?«

»Zurückkommen? Ich weiß nicht, Mr. Drake ...« Der Doktor verstummte und hielt ihm ein zusammengefaltetes, mit Wachs versiegeltes Stück Papier hin. »Nehmen Sie das.«

»Was ist das?«, fragte Edgar überrascht.

Der Doktor überlegte einen Moment. »Das müssen Sie selbst herausfinden. Warten Sie noch mit dem Lesen.« Einer der Jungen hinter ihm sagte: »Wir sind so weit, Mr. Drake, wir können losfahren.«

Alles war still. Edgar nahm das Papier, faltete es noch einmal und steckte es in die Brusttasche seines Hemdes. »Danke«, sagte er leise und ging auf das Floß. Sie legten ab. Erst als er zurückschaute, sah er sie, zwischen den Blüten, halb im Gebüsch versteckt. Hinter ihr zog sich Mae Lwin die Bergflanke hinauf, Bambushäuser in zwei Etagen, eines ohne Wand, nackt und offen dem Fluss zugewandt.

Die Strömung erfasste das Floß und trug es flussab.

Durch den Regen war der Fluss stark angeschwollen, seit Edgar Monate zuvor mit dem Boot gekommen war. Er dachte daran, wie sie damals schweigend durch die Nacht gefahren waren. Wie anders sah die Welt aus, durch die sie jetzt reisten: Die bewaldeten Ufer waren in gleißendes Licht getaucht, das Laub der Bäume glitzerte in der Sonne. Zwei Vögel flogen auf, als sie sich näherten, flatterten unter der Last des Lichts, bis eine Luftströmung sie im Bogen flussabwärts trug. Wiedehopfe, *upupa epops*, Vielleicht sind es dieselben, die ich am Tag nach meiner Ankunft gesehen habe, dachte Edgar, erstaunt, dass er ihren Namen noch wusste. Das Floß folgte den Vögeln, und die Sonne blitzte auf dem Gehäuse des Klaviers.

Niemand sprach. Nok Lek paddelte voraus und sang leise vor sich hin. Einer der beiden Brüder saß mit einem Paddel in der Hand auf der Kiste am Ende des Floßes, die geschmeidigen Muskeln gegen die Strömung gespannt, der andere stand vorn und beobachtete die Wasserfläche. Edgar stand in der Mitte und schaute zu, wie die Ufer vorüberzogen. Es erschien ihm unwirklich, dieses sanfte Dahingleiten, vorbei an Hügeln, an Bächen, die dem Salween entgegenströmten. Das Floß lag tief im Wasser, und manchmal spülten Wellen darüber und berührten seine Füße.

Dann funkelte die Sonne auf dem Wasser und spannte eine hauchdünne Folie aus zitterndem Licht über die Stämme. Es kam ihm vor, als stünden sie – er, das Klavier und die Jungen – auf dem Fluss selbst.

Er beobachtete die Vögel, die auf den Luftströmen segelten, im Flug mit dem Fluss dahineilten. Er wünschte, er hätte dem Doktor von ihnen berichten können, dann hätte Carroll sie seiner Sammlung gesichteter Pflanzen und Tiere einverleiben können. Was er wohl jetzt machte, welche Vorbereitungen man wohl traf, ob auch er bewaffnet sein würde, wenn der Angriff kam? Edgar stellte sich vor, wie der Doktor sich umdrehte und Khin Myo zwischen den Blüten stehen sah, und er fragte sich, wie viel Carroll wusste, wie viel sie ihm sagen würde. Kaum zwölf Stunden waren vergangen, seit seine Lippen ihren warmen Nacken berührt hatten.

Und von Khin Myo wanderten seine Gedanken zu dem alten Klavierstimmer, bei dem er einst in die Lehre gegangen war. Wenn sie nachmittags mit der Arbeit fertig waren, hatte er eine Flasche Wein aus ihrem Versteck im Schrank geholt. Wie lange ist das her, dachte er, und er fragte sich, woher die Erinnerung kam, und warum sie sich gerade jetzt einstellte. Er dachte an den Raum, in dem er das Stimmen gelernt hatte, an die kalten Nachmittage, wenn der alte Mann von der Aufgabe des Klavierstimmers schwärmte und er ihm belustigt zuhörte. Damals waren ihm die Worte seines Meisters sentimental erschienen. Wieso willst *du* Klaviere stimmen?, fragte der alte Mann. Weil ich geschickte Hände habe und die Musik liebe, antwortete der Junge, und der alte Mann lachte, Ist das alles? Was denn noch?, fragte der Junge. Was noch? Und der Mann hob sein Glas und lächelte. Weißt du nicht, fragte er, dass in jedem Klavier ein Lied verborgen ist? Der Junge schüttelte den Kopf. Vielleicht ist es nur das Gefasel eines alten Mannes, aber die Bewegungen der Finger eines Pianisten sind rein mechanisch, ein ganz gewöhnliches Zusammenspiel von Muskeln und Sehnen, das nur wenige einfache Regeln von

Tempo und Rhythmus kennt. Wir müssen Klaviere stimmen, sagte er, damit etwas so Alltägliches wie Muskeln und Sehnen, Tasten, Draht und Holz zu einem Lied werden können. Und wie heißt das Lied in dem alten Klavier dort?, fragte der Junge und zeigte auf ein staubbedecktes Instrument. Lied, sagte der Mann. Es hat keinen Namen. Nur Lied. Und der Junge lachte, denn er hatte noch nie von einem Lied ohne Namen gehört, und der alte Mann lachte auch, denn er war betrunken und glücklich.

Tasten und Hämmer vibrierten mit dem Schwanken des Floßes, und in den leisen Klängen, die aus dem Flügel aufstiegen, vernahm Edgar auch jetzt ein namenloses Lied, ein Lied nur aus Tönen, aber ohne Melodie, ein Lied, das sich wiederholte, jedes Echo ein Nachklingen des ersten, ein Lied, das der Flügel selbst hervorbrachte, denn es war kein Pianist da, nur der Fluss. Er dachte an den Abend in Mae Lwin, an das *Wohltemperierte Klavier*, Es ist Musik, die wie jede Fuge den strengen Regeln des Kontrapunktes unterliegt, das Lied ist nur die Durchführung einer einfachen Melodie, wir haben die Regeln zu befolgen, die mit den ersten Takten aufgestellt werden.

Vergiss nicht, sagte der alte Mann und hob sein Weinglas, dass ein Mann, der Melodien der Anbetung, des Glaubens komponiert hat, seine größte Fuge nach dem Akt des Klavierstimmens benannt hat.

Sie trieben flussabwärts. Am Nachmittag wurden sie durch einen kleinen Wasserfall aufgehalten, um den sie das Floß herumtragen mussten.

Der Fluss wurde breiter. Nok Lek band seinen Einbaum am Floß fest.

Gegen Abend machten sie bei einem verlassenen kleinen Dorf Halt. Nok Lek paddelte an Land, und die beiden anderen sprangen ins seichte Wasser und versuchten das Floß ans Ufer zu ziehen. Anfangs sträubte es sich wie ein störrisches Tier, doch nach und nach bekamen sie es aus der Strömung heraus und vertäuten es an einem Baumstamm, der auf dem Strand lag. Edgar half ihnen, das Klavier loszubinden und ans Ufer zu tragen, wo sie es in den Sand stellten. Dicke Wolken hingen am Himmel, und sie bauten einen Unterstand aus geflochtenen Matten und deckten es zu.

Am Rand des Dorfes fanden die Brüder einen vergessenen *chinlon*-Ball und begannen ihn im seichten Wasser hin und her zu kicken. Ihre Unbekümmertheit befremdete Edgar, denn seine Gedanken jagten sich, Wo sind der Doktor und Khin Myo jetzt, hat das Gefecht schon begonnen, vielleicht ist es schon vorbei. Vor kurzer Zeit war er noch in Mae Lwin gewesen – jetzt sah er nicht einmal Rauch aufsteigen, hörte weder Gewehrfeuer noch Schreie.

Er ging am Ufer entlang. Ein leichtes Nieseln hatte eingesetzt, und seine Füße hinterließen trockene Abdrücke im feuchten Sand. Er wollte wissen, weshalb die Bewohner das Dorf verlassen hatten, und folgte einem Weg, der zu den Häusern hinaufführte. Es war ein kurzer Anstieg; das Dorf lag wie Mae Lwin nahe am Fluss. Oben angelangt, blieb er stehen.

Es war ein typisches Shan-Dorf, eine ungeordnete Ansammlung von Hütten, wie ein Schwarm Vögel zusammengedrängt. Gleich dahinter begann der Dschungel, der mit einem Gewirr von Lianen und Kletterpflanzen zwischen die Hütten herabfloss. Edgar nahm den Brandgeruch wahr, noch ehe er Spuren eines Feuers sah, eine Trübung der Luft, die nicht vom Regen herrührte, Rußgestank, der von verkohltem Bambus und Matsch aufstieg. Er fragte sich, wann das Dorf verlassen worden war, ob der Brandgeruch frisch war oder vom Regen neu belebt wurde. Klang wird durch Feuchtigkeit zerstört, dachte er, Geruch wird durch sie verstärkt.

Er ging langsam. Einzelheiten traten aus Ruß und Asche hervor.

Die meisten Hütten waren schwer beschädigt, von vielen waren nur noch Balken und Dach übrig. Wände waren eingestürzt, geflochtene Laubdächer bogen sich herab, verbrannte

Bambusstücke lagen herum. An der niedrigsten Hütte huschte eine Ratte durch den Schutt und unterbrach die Stille, sonst gab es keine Anzeichen von Leben. Ein Dorf wie Mae Lwin, dachte Edgar wieder, aber es fehlten die Hühner, die auf dem Weg nach Körnern pickten. Es fehlten die Kinder.

Er ging langsam weiter, vorbei an verbrannten, verlassenen Wohnstätten, geplündert, leer. Am Rand des Dschungels stahlen sich die Kriechgewächse durch geflochtene Wände und Bodenbretter. Vielleicht ist das Dorf seit langem verlassen, dachte Edgar, Pflanzen breiten sich hier rasch aus, und der Verfall kommt schnell.

Inzwischen war es fast dunkel, und vom Fluss her drang Nebel in die verbrannten Hütten. Edgar bekam plötzlich Angst. Es war zu still hier. Er war nicht weit gegangen, fand aber nicht mehr zum Fluss zurück. Er lief zwischen den Häusern durch, die jetzt bedrohlich wirkten, die Türen wie verbrannte Münder, skelettartig, tückisch grinsend. Auf den Dächern sammelte sich der Nebel, verband sich zu Tropfen, Rinnsalen. Die Häuser weinen, dachte Edgar, dann sah er durch die Latten einer der Hütten Flammen, die den Nebel erhellten, und auf der Flanke des Hügels tanzten dunkle Schatten.

Die Jungen saßen am Feuer, als er kam.

»Mr. Drake«, sagte Nok Lek, »wir dachten schon, Sie hätten sich verirrt.«

»So war es auch, in gewisser Weise.« Edgar strich sich die Haare aus den Augen. »Das Dorf hier – wie lange ist es schon verlassen?«

»Das Dorf?« Nok Lek wandte sich den beiden Jungen zu, die neben den geöffneten Körben hockten und Reis zwischen den Fingern rollten. Er sagte etwas zu ihnen, und sie antworteten abwechselnd.

»Ich weiß nicht. Und sie wissen es auch nicht. Seit ein paar Monaten vielleicht. Sie sehen ja, wie sich der Dschungel ausgebreitet hat.«

»Und wer hat hier gelebt?«

»Es sind Shan-Häuser.«

»Wissen Sie, warum die Leute weggegangen sind?«

Nok Lek schüttelte den Kopf und fragte die Brüder. Auch sie schüttelten den Kopf, und einer von ihnen redete eine Weile.

»Wir wissen es nicht«, sagte Nok Lek.

»Was hat er gesagt?«, fragte Edgar mit einer Geste zu dem Jungen hin.

»Er wollte wissen, warum Sie nach dem Dorf fragen.«

Edgar setzte sich zu ihnen in den Sand. »Nur so. Aus Neugier. Es ist so leer.«

»Es gibt viele verlassene Dörfer wie dieses. Vielleicht waren *dacoits* da, vielleicht auch britische Soldaten. Die Leute ziehen einfach weiter und bauen woanders ein neues Dorf. So ist es schon seit langem.« Er reichte Edgar einen kleinen Korb mit Reis und Curryfisch. »Ich hoffe, Sie können mit den Fingern essen.«

Sie aßen schweigend. Einer der Brüder sagte etwas. »Seing To will wissen«, wandte sich Nok Lek an den Klavierstimmer, »wo Sie hingehen, wenn wir auf britisches Gebiet kommen.«

»Wohin ich gehen werde? Das weiß ich noch nicht.«

Nok Lek gab die Antwort an Seing To weiter, der zu lachen anfing. »Er sagt, das ist sehr seltsam. Er sagt, Sie fahren doch nach Hause, das hätten Sie antworten müssen, es sei denn, Sie wissen den Weg nicht mehr. Er findet das sehr lustig.« Die beiden Jungen kicherten und hielten sich die Hand vor den Mund. Einer fasste den anderen am Arm und flüsterte ihm etwas zu. Der andere nickte und schob sich eine weitere Reiskugel in den Mund.

»Vielleicht weiß ich den Weg wirklich nicht mehr«, sagte Edgar und musste jetzt selbst lachen. »Und Mr. Seing, wohin geht er?«

»Nach Mae Lwin zurück natürlich. Wir gehen alle drei nach Mae Lwin zurück.«

»Und *ihr* verirrt euch ganz bestimmt nicht.«

»Nein, natürlich nicht.« Nok Lek sagte etwas auf Shan, und alle drei fingen wieder an zu kichern. »Seing To sagt, der Duft der Haare seiner Liebsten führt ihn nach Hause zurück. Er sagt, er riecht ihn sogar jetzt. Er will wissen, ob Sie auch eine Liebste haben. Und Tint Naing sagt, Sie haben eine, Khin Myo, also kommen Sie nach Mae Lwin zurück.«

Im Spott der Kinder liegt schreckliche Wahrheit, dachte Edgar. »Nein … das heißt, doch, ich habe eine Liebste, ich habe eine Frau, sie ist in London, in England. Khin Myo ist nicht meine Liebste, sagen Sie Tint Naing, er soll sich solche dummen Gedanken ganz schnell aus dem Kopf schlagen.«

Seing To legte den Arm um die Schulter seines Bruders und flüsterte mit ihm, und beide kicherten wieder. »Schluss jetzt«, protestierte Edgar schwach, musste aber selbst lachen.

»Seing To sagt, er will auch eine englische Frau. Wenn er mit Ihnen nach England kommt, können Sie dann eine für ihn suchen?«

»Es gibt dort bestimmt viele nette Mädchen, die ihn nehmen würden«, erwiderte der Klavierstimmer scherzhaft.

»Er fragt, ob man ein Klaviermann sein muss, um in England eine schöne Frau zu bekommen.«

»Das hat er gefragt? Ob man ein *Klaviermann* sein muss?«

Nok Lek nickte. »Beachten Sie ihn einfach nicht. Er ist noch so jung.«

»Nein, nein, schon gut. Die Frage gefällt mir. Sagen Sie ihm, Nok Lek, dass man keine Klaviere reparieren muss, um eine schöne Frau zu bekommen. Aber schaden kann es sicher nicht.« Er lächelte belustigt. »Auch andere Männer finden schöne Frauen, sogar Soldaten.«

Nok Lek übersetzte. »Er sagt, schade, dass er zu seiner Liebsten nach Mae Lwin zurück muss.«

»Ja, wirklich schade. Meine Frau hat viele Freundinnen.«

»Er möchte, dass Sie ihm Ihre Frau beschreiben, weil er sie ja nicht selbst kennen lernen kann. Er will wissen, ob sie blond ist und ob ihre Freundinnen auch blond sind.«

Das wird allmählich etwas albern, dachte Edgar, doch als seine Gedanken zu seiner Frau zurückkehrten, wurde er ernst. »Ja, sie … Katherine – so heißt sie – ist tatsächlich blond, mit braunen Strähnen inzwischen, aber sie ist noch sehr hübsch. Ihre Augen sind blau, und da sie keine Brille trägt, im Unterschied zu mir, sieht man, wie schön sie sind. Sie macht auch Musik, viel besser als ich, ihr würdet sehr gern zuhören, wenn sie Klavier spielt. Von ihren Freundinnen ist keine so schön wie sie, aber ihr wärt immer noch zufrieden.«

Nok Lek übersetzte für die beiden anderen. Sie hörten auf zu lachen und sahen den Klavierstimmer wie gebannt an. Seing To nickte weise und sagte etwas, diesmal in sachlichem Ton.

»Was hat er gesagt?«, fragte Edgar. »Will er noch mehr über meine Frau wissen?«

»Nein, er fragt, ob Sie eine Geschichte hören wollen, aber ich habe ihm gesagt, er soll Sie nicht belästigen.«

Edgar war überrascht. »Das würde mich aber sehr interessieren. Was für eine Geschichte?«

»Ach, nichts, ich weiß auch nicht, warum er unbedingt will, dass ich sie Ihnen erzähle.«

»Erzählen Sie. Jetzt haben Sie mich neugierig gemacht.«

»Vielleicht haben Sie sie schon einmal gehört. Es ist eine berühmte Geschichte. Sie handelt vom *leip-bya* – ein birmanisches Wort. Es ist eine birmanische Geschichte, deshalb kenne ich sie nicht so gut wie Seing To. Seine Mutter ist Birmanin. Der *leip-bya* ist eine Art Geist, mit Flügeln wie ein Schmetterling, aber er fliegt nur nachts.«

»Vielleicht ein Nachtfalter.« Irgendetwas an Nok Leks Worten ließ Edgar aufhorchen, als hätte er sie schon einmal gehört. »Ich kenne die Geschichte nicht«, sagte er.

»Vielleicht ist es auch gar keine richtige Geschichte. Vielleicht ist es nur ein Glaube. Manche Birmanen sagen, das Leben eines Menschen liegt in einem Geist, der einem … Nachtfalter gleicht. Er wohnt in seinem Körper, ohne ihn kann er nicht leben. Wenn der Mensch schläft, fliegt der *leip-bya* aus seinem Mund hinaus, hierhin und dorthin, und was er auf seiner Reise sieht, das sind die Träume. Am Morgen muss er dann zu dem Menschen zurückkehren. Deshalb wecken die Birmanen einen Schlafenden nicht gern. Es könnte ja sein, dass der *leip-bya* gerade weit weg ist und nicht schnell genug zurückkommen kann.«

»Und dann?«

»Wenn der *leip-bya* sich verirrt oder wenn er unterwegs von einem *bilu* – wie sagen Sie … von einem bösen Geist – gefangen und aufgefressen wird, dann schläft der Mensch seinen letzten Schlaf.«

Nok Lek beugte sich vor und stocherte im Feuer, so dass Funken aufstiegen.

»Das war die Geschichte?«

»Ich sage ja, es ist nur ein Glaube, aber Seing To wollte, dass ich Ihnen davon erzähle, ich weiß auch nicht, warum. Er ist manchmal komisch.«

Es war warm am Feuer, aber Edgar schauderte. Eine Erinnerung ließ ihn frösteln, Bilder Indiens, von einer Zugfahrt, einem jungen Mann, der stürzt, einem Stock, der in der Nacht aufblitzt.

»Ein Gedichte-Wallah«, sagte der Klavierstimmer leise.

»Wie bitte, Mr. Drake?«

»Ach … nichts. Sagen Sie ihm, er hat mir viel Stoff zum Nachdenken gegeben. Vielleicht sollte er einmal Geschichtenerzähler werden.«

Während Nok Lek übersetzte, betrachtete Edgar den Jungen über das Feuer hinweg. Sein Bruder hatte den Arm um ihn gelegt. Er lächelte nur, und sein Körper verlor sich im Rauch des Feuers.

Die Flammen wurden kleiner, und Nok Lek verschwand in der Dunkelheit und kam mit neuem Holz zurück. Die Brüder waren eingeschlafen, einer im Arm des anderen. Es begann wieder zu nieseln, und Nok Lek und Edgar standen auf, löschten das Feuer und weckten die Brüder, die etwas murmelten und ihnen zum

Unterstand hinauf folgten. In der Nacht regnete es mehrmals, und Edgar hörte die Tropfen auf die Matten trommeln, die das Klavier bedeckten.

Am Morgen brachen sie bei bewölktem Himmel ihr Lager ab. Die geflochtenen Matten ließen sie für die Weiterfahrt auf dem Klavier liegen. Gegen Mittag rissen die Regenwolken auf, und der Himmel wurde klar. Der Fluss, durch die Nebenflüsse angeschwollen, strömte jetzt schneller dahin. Nok Lek sagte, sie befänden sich inzwischen auf dem Gebiet des Fürstentums Mawkmai und würden in zwei Tagen Karen-Land erreichen. Es gebe dort britische Grenzposten am Fluss, gegenüber dem nordsiamesischen Ufer, sie müssten also nicht bis nach Moulmein.

Bald ist alles vorbei, dachte Edgar, dann wird alles Erinnerung sein. Und ohne dass ihn die anderen darum gebeten hätten, nahm er die Matte von dem Klavier und überlegte, was er spielen sollte. Ein Finale, denn wenn wir morgen den Fluss verlassen, dann endet der Traum, und der Pianist wird wieder zum Klavierstimmer. Das Floß trieb mit der Strömung leicht dahin, und die Saiten klangen leise. Der Junge, der am Bug stand, drehte sich um.

Edgar wusste nicht, was er als Finale spielen sollte, er wusste nur, dass er spielen musste. Einen Moment dachte er daran, noch einmal Bach zu spielen, aber dann schien es ihm doch nicht das Richtige. Und so schloss er die Augen und lauschte. Und im Klingen der Saiten vernahm er ein Lied, das Monate zuvor zum Himmel aufgestiegen war, nachts auf dem Irawadi und dann wieder an jenem mondhellen Abend in Mandalay, als er das *yôkthe pwè* gesehen hatte. Das Lied des Verlustes, das *ngo-gyin*. Das könnte jetzt passen, dachte er, und er legte die Finger auf die Tasten, und als er zu spielen begann, kam das Lied von dort herab, wo es einst aufgestiegen war, Töne, die kein Klavierstimmer hätte hervorbringen können, Klänge, die fremd sind, neu, weder flach noch scharf, denn ein Erard ist nicht dafür gebaut, dass er auf einem Fluss gespielt wird, und auch nicht dafür, dass man das *ngo-gyin* auf ihm spielt.

Edgar Drake spielte, und ein Schuss krachte, gefolgt von einem

Platschen, dann noch einer und noch einer. Und erst dann öffnete er die Augen und sah zwei seiner Gefährten im Wasser treiben, der dritte lag mit dem Gesicht nach oben still auf dem Floß.

Er stand am Klavier, und das Floß drehte sich langsam, von den gestürzten Körpern angestoßen. Der Fluss strömte ruhig dahin. Edgar wusste nicht, woher die Schüsse gekommen waren. Die Bäume rauschten leise im Wind. Regenwolken zogen langsam über den Himmel. Auf einem Baumstamm, der über dem Wasser aufragte, saß eine Eidechse. Ein Papagei schrie und flog vom Ufer auf. Edgars Finger verharrten über den Tasten in der Luft.

Und dann ein Rascheln am rechten Ufer, und zwei Einbäume legten ab und strebten stetig auf ihn zu. Der Klavierstimmer wusste nicht, wie er das Floß steuern sollte, und so konnte er nur warten, fassungslos, als hätte auch ihn ein Schuss getroffen.

Die Strömung war schwach, und die Einbäume holten ihn ein. In jedem saßen zwei Männer. Als sie noch etwa hundert Meter entfernt waren, sah Edgar, dass es Birmanen waren und dass sie indische Uniformen trugen.

Schweigend legten sie an dem Floß an. Aus jedem Boot stieg einer der Männer auf die Baumstämme. Die Festnahme erfolgte rasch, Drake protestierte nicht, er schloss nur die Tastenklappe über der Klaviatur. Ein Seil wurde zwischen den Einbäumen und dem Floß gespannt, dann paddelten sie an Land.

Ein Birmane und zwei Inder nahmen den Klavierstimmer in Empfang und führten ihn einen langen Weg hinauf zu einer kleinen Lichtung mit Baracken, über denen die britische Fahne wehte. Sie gingen zu einer Bambushütte und öffneten die Tür. Ein Stuhl stand in der Mitte des Raumes. »Setzen Sie sich«, sagte einer der Inder, und Edgar nahm Platz. Die Männer gingen hinaus und schlossen die Tür. Durch die Ritzen in den Bambuswänden drang Licht. Draußen standen zwei Wachposten. Er hörte Schritte, die Tür ging wieder auf, und ein britischer Leutnant trat ein.

Drake stand auf. »Leutnant, was soll das alles?«

»Setzen Sie sich, Mr. Drake.« Es klang streng. Der Mann trug eine frisch geplättete und gestärkte Uniform mit scharfen Bügelfalten.

»Man hat meine Begleiter erschossen, Leutnant. Was ...«

»Sie sollen sich setzen, Mr. Drake.«

»Sie verstehen nicht – hier ist ein furchtbarer Irrtum passiert.«

»Ich sage es Ihnen jetzt zum letzten Mal.«

»Ich ...«

»Mr. Drake.« Der Leutnant trat einen Schritt vor.

Edgar sah ihm in die Augen. Sein Zorn hatte den Schock verdrängt. »Ich verlange eine Erklärung.«

»Ich habe gesagt, Sie sollen sich setzen!«

»Nein. Erst wenn Sie mir sagen, warum ich hier bin. Sie haben nicht das Recht, mich herumzukommandieren.«

»Mr. Drake!«

Der Schlag kam ansatzlos; Edgar hörte die Hand auf sein Gesicht klatschen. Er fiel auf den Stuhl zurück. Seine Hände fuhren an die pochende Schläfe, die nass war von Blut.

Der Leutnant schwieg und sah den Klavierstimmer argwöhnisch an, der sich die Wange rieb und seinen Blick erwiderte. Dann holte der Leutnant einen Stuhl aus dem Dunkel, setzte sich ihm gegenüber und wartete.

Endlich sprach er. »Edgar Drake, Sie befinden sich auf Befehl des Hauptquartiers der Armee in Mandalay in militärischem Gewahrsam. In diesen Unterlagen sind Ihre Verbrechen aufgeführt.« Er nahm einen Aktenstapel von seinem Schoß. »Sie werden hier bleiben, bis eine Eskorte aus Yawng Shwe eintrifft. Von dort werden Sie nach Mandalay und dann nach Rangun gebracht und vor Gericht gestellt.«

Edgar schüttelte verärgert den Kopf. »Das muss ein Irrtum sein.«

»Ich habe Ihnen nicht erlaubt zu sprechen, Mr. Drake.«

»Ich brauche keine Erlaubnis.« Er stand wieder auf, und der Leutnant erhob sich ebenfalls. Sie standen sich gegenüber.

»Ich –« Ein weiterer Schlag schnitt Edgar das Wort ab. Seine Brille fiel herunter. Er taumelte zurück und hätte fast den Stuhl umgestoßen. Er hielt sich daran fest.

»Es würde die Sache sehr erleichtern, wenn Sie kooperieren würden, Mr. Drake.«

Edgar hob zitternd seine Brille auf und setzte sie wieder auf. Ungläubig sah er den Leutnant an. »Sie haben soeben meine Freunde ermordet. Sie schlagen mich, und Sie verlangen Kooperation? Ich stehe im Dienste Ihrer Majestät.«

»Nicht mehr, Mr. Drake. Verräter haben kein Recht auf respektvolle Behandlung.«

»Verräter?« In Edgars Kopf drehte sich alles. Verblüfft setzte er sich wieder. »Das ist doch Wahnsinn.«

»Bitte, Mr. Drake, mit solchen Spielchen kommen Sie nicht weiter.«

»Ich weiß von nichts. Verräter! Was wirft man mir vor?«

»Was man Ihnen vorwirft? Dass Sie Oberstabsarzt Anthony Carroll, einem Spion und Verräter der Krone, Beihilfe geleistet haben.«

»Anthony Carroll?«

Der Leutnant antwortete nicht.

Edgar glaubte die Andeutung eines spöttischen Lächelns auf seinem Gesicht zu sehen. »Doktor Anthony Carroll? Anthony Carroll ist Englands bester Soldat in Birma. Ich habe keine Ahnung, wovon Sie reden.«

Die beiden Männer starrten sich an.

Es klopfte an der Tür. »Herein«, sagte der Leutnant.

Die Tür ging auf, und herein kam Captain Nash-Burnham. Im ersten Moment erkannte Edgar den untersetzten, jovialen Mann, mit dem er in Mandalay einen Abend beim *pwè* verbracht hatte, kaum wieder. Seine Uniform war schmutzig und zerknittert, er war unrasiert und hatte tiefe Ringe unter den Augen.

»Captain!«, rief Edgar und stand wieder auf. »Was geht hier vor?«

Nash-Burnham sah Edgar und dann wieder den Leutnant an. »Haben Sie Mr. Drake von den Anschuldigungen in Kenntnis gesetzt?«

»Flüchtig, Sir.«

»Sagen Sie mir, was hier vorgeht, Captain!«

»Verdammt, Mr. Drake! Setzen Sie sich!«

Die barschen Worte des Captains schmerzten mehr als die Schläge des Leutnants. Drake sank auf den Stuhl zurück.

Der Leutnant bot Nash-Burnham seinen Platz an und postierte sich hinter ihm.

»Mr. Drake«, sagte Nash-Burnham, »gegen Sie und Oberstabsarzt Carroll werden schwere Vorwürfe erhoben. Ich rate Ihnen in Ihrem eigenen Interesse zu kooperieren. Die Sache ist für mich genauso schwierig wie für Sie.«

Der Klavierstimmer schwieg.

»Leutnant.« Der Captain drehte sich zu dem Mann hinter ihm um.

»Ich werde mich kurz fassen, Mr. Drake«, sagte der Leutnant. »Vor drei Monaten wurde bei einer Routineüberprüfung von Akten des Kriegsministeriums in London auf der Rückseite eines Geheimdokuments eine Notiz in russischer Sprache gefunden. Das Dokument wurde zu Colonel Fitzgerald zurückverfolgt, dem Offizier in England, der für die Korrespondenz mit Carroll zuständig war, derselbe, der den Kontakt mit Ihnen hergestellt hat. Bei einer Durchsuchung seines Schreibtisches fand man noch mehr Korrespondenz. Er wurde als Spion verhaftet.«

»Russisch? Ich verstehe nicht, was das mit ... «

»Bitte, Mr. Drake. Wie Sie wissen, befinden wir uns mit Russland seit Jahrzehnten in einem heftigen Konflikt um Besitzungen in Zentralasien. Dass Russland jedoch an einem Gebiet wie Birma interessiert sein könnte, das so weit von seinen Grenzen entfernt liegt, war kaum anzunehmen. Doch dann kam es 1878 in Paris zu einer Begegnung zwischen dem Honorarkonsul von Birma und einem Diplomaten, bei dem es sich erstaunlicherweise um den großen russischen Chemiker Dimitri Mendelejew handelte. Das Treffen wurde vom britischen Geheimdienst in Paris zwar registriert, aber in seiner Bedeutung kaum erfasst. Die Sache geriet bald in Vergessenheit – eine von vielen diplomatischen Annäherungen, die keine Früchte tragen.«

»Ich sehe nicht, was das alles mit Doktor Carroll oder mir oder –«

»Mr. Drake«, knurrte der Leutnant.

»Das ist doch Unsinn. Sie erschießen hier –«

»Bitte, Mr. Drake«, sagte Nash-Burnham. »Wir sind keineswegs verpflichtet, Ihnen das alles zu erklären. Wenn Sie nicht kooperieren, können wir Sie auch gleich nach Rangun schicken.«

Edgar schloss die Augen und biss die Zähne zusammen. Er lehnte sich zurück. Sein Kopf schmerzte.

Der Leutnant fuhr fort: »Die Verhaftung des Colonels zog Ermittlungen gegen andere Mitglieder seines Kommandos nach sich. Die Ergebnisse waren mager, bis auf ein Schreiben von Oberstabsarzt Carroll an Dimitri Mendelejew aus dem Jahr 1879 mit dem Titel ›Über die adstringierenden Eigenschaften des *Dendrobium*-Extrakts aus Oberbirma‹. Darin deutete zwar nichts Spezielles auf Spionage hin, aber man hatte Verdacht geschöpft, und die zahlreichen chemischen Formeln in dem Schreiben ließen auf einen Code schließen, ebenso wie natürlich auch die vielen Noten, die von unserer Dienststelle nach Mae Lwin geschickt wurden. Genau die Noten, die Sie, Mr. Drake, dorthin mitgenommen haben. Als wir die Noten, die Carroll uns seinerseits schickte, noch einmal überprüften, erwiesen sie sich größtenteils als unverständlich, was den Schluss nahe legte, dass es sich nicht um Musik, sondern um geheime Mitteilungen handelte.«

»Das ist doch lächerlich«, protestierte Edgar. »Ich habe diese Musik gehört; es ist Shan-Musik, sie basiert auf völlig anderen Tonleitern. Auf europäischen Instrumenten klingt sie natürlich anders, aber es ist kein Code.«

»Natürlich haben wir gezögert, Anschuldigungen gegen einen

unserer erfolgreichsten Kommandeure in Birma zu erheben. Wir brauchten weitere Beweise. Anfang dieses Monates erhielten wir dann Geheimdienstberichte, wonach Carroll und Sie in Mongpu sowohl mit Vertretern der Limbin-Konföderation als auch mit dem Banditenfürsten Twet Nga Lu zusammengetroffen sind.«

»Das ist richtig. Ich war dort. Aber –«

»Dort, Mr. Drake, hat Carroll mit der Limbin-Konföderation ein Bündnis geschlossen, durch das britische Truppen aus Yawnghwe vertrieben und die Autonomie der Shan wiederhergestellt werden sollte.«

»Unsinn!« Edgar rückte auf seinem Stuhl nach vorn. »Ich war doch dabei. Anthony Carroll hat ohne Befehl gehandelt, aber das musste er tun. Er hat einen Friedensvertrag mit der Limbin-Konföderation ausgehandelt.«

»Das hat er Ihnen gesagt?« Nash-Burnham sah zu dem Leutnant auf.

»Ja, aber ich war selbst dabei. Ich habe es gesehen.«

»Sagen Sie, Mr. Drake, wie gut sprechen Sie Shan?«

Edgar schwieg einen Moment. Dann schüttelte er den Kopf. »Das ist doch grotesk. Ich war fast drei Monate in Mae Lwin, und nicht ein einziges Mal hat der Doktor Anzeichen von Insubordination gegenüber der Krone gezeigt. Er ist ein wahrer Gelehrter, ein Mann mit Prinzipien, ein Freund der Kunst und Kultur –«

»Gut, reden wir von Kunst und Kultur«, sagte der Leutnant höhnisch.

»Ich verstehe nicht.«

»Warum sind Sie nach Mae Lwin gereist, Mr. Drake?«

»Sie wissen doch, warum ich nach Mae Lwin gereist bin. Man hat mich beauftragt, einen Erard-Flügel zu stimmen.«

»Das Klavier, das jetzt am Ufer unseres Camps schwimmt.«

»Richtig.«

»Und wie sind Sie nach Mae Lwin gekommen, Mr. Drake Hatten Sie eine Eskorte, wie in Ihrem Vertrag vorgesehen?«

Edgar antwortete nicht.

»Mr. Drake, ich frage Sie noch einmal. Wie sind Sie nach Mae Lwin gekommen?«

»Doktor Carroll hat mich holen lassen.«

»Sie sind also befehlswidrig aufgebrochen?«

»Ich war nach Birma gekommen, um ein Klavier zu stimmen. So lauteten meine Instruktionen. Ich konnte doch nicht einfach nach Rangun zurück. Als Carrolls Brief kam, habe ich mich auf den Weg gemacht. Ich bin Zivilist, das war keine Insubordination.«

»Sie sind also nach Mae Lwin gereist.«

»Ja.«

»Was für ein Klavier sollten Sie denn stimmen, Mr. Drake?«

»Einen Erard-Flügel, das wissen Sie doch. Ich verstehe nicht, was das mit dieser Sache zu tun haben soll.«

»Erard… ein ungewöhnlicher Name. Was für ein Name ist das?«

»Ein französischer, Sébastien Erard war Franzose. Aber –«

»Franzose? Sie sprechen von denselben Franzosen, die in Indochina Befestigungsanlagen bauen?«

»Das ist doch lächerlich… wollen Sie etwa sagen, dass…?«

»Nur Zufall – oder vielleicht Geschmackssache? Es gibt viele gute britische Klaviere.«

Edgar sah Nash-Burnham an. »Ich traue meinen Ohren nicht, Captain. Klaviere schließen doch keine Bündnisse…«

»Antworten Sie auf die Fragen«, sagte Nash-Burnham trocken.

»Wie lange dauert es, ein Klavier zu stimmen, Mr. Drake?«, fragte der Leutnant.

»Das kommt darauf an.«

»Gut, dann sagen Sie es ungefähr. Was war die längste Zeit, die Sie in England je dafür gebraucht haben?«

»Nur für das Stimmen?«

»Nur für das Stimmen.«

»Zwei Tage, aber –«

»Zwei Tage – tatsächlich? Aus unseren Unterlagen geht hervor, dass Sie Mandalay vor fast drei Monaten verlassen haben. Wenn ein Klavier in zwei Tagen gestimmt werden kann, warum sind Sie dann nicht zurückgekommen?«

Edgar antwortete nicht. Er fühlte ein Kreisen, ein Auseinanderfallen.

Minuten verstrichen, und er schwieg noch immer.

Schließlich räusperte sich Captain Nash-Burnham. »Sehen Sie sich imstande, sich zu den Anschuldigungen zu äußern und gegen Oberstabsarzt Carroll auszusagen?«

»Captain«, erwiderte der Klavierstimmer langsam, »was Sie da sagen, kann einfach nicht wahr sein. Ich war in Mongpu dabei, ich habe das Treffen miterlebt. Ich habe mit Twet Nga Lu gesprochen. Doktor Carroll hat Friedensverhandlungen geführt. Sie werden es ja sehen. Ich glaube ihm. Er ist exzentrisch, aber er ist ein Genie, ein Mann, der mit Musik und Wissenschaft Herzen gewinnt. Warten Sie es ab: Wenn die Limbin-Konföderation der Krone ihren Friedensplan unterbreitet, werden Sie mir glauben.«

»Mr. Drake«, sagte der Leutnant, »zwei Tage nach dem Treffen in Mongpu haben die Limbin-Truppen unter Führung des *sawbwa* von Lawksawk und mit Unterstützung von Truppen, die, wie wir glauben, von Carroll entsandt wurden, in einer der bisher heftigsten Offensiven ihrer Kampagne unsere Stellungen angegriffen. Nur mit Gottes Hilfe konnten wir sie nach Lawksawk zurückdrängen. Wir haben die Stadt niedergebrannt.«

Edgar war sprachlos. »Sie haben Lawksawk zerstört?«

»Mr. Drake, wir haben Mae Lwin zerstört.«

XXIII

Es wurde dunkel. Edgar hatte nichts mehr gesagt. Er saß auf dem Stuhl in der Mitte des Raumes. Der Leutnant und Captain Nash-Burnham gingen hinaus, und die Tür fiel krachend ins Schloss. Draußen wurde mit dumpfen Lauten eine Kette über den Bambusrahmen gezogen, ein Schlüssel knirschte im Schloss, dann gingen die Männer schweigend weg. Edgar schaute zu, wie das Sonnenlicht schwand, und lauschte auf die Geräusche im Camp, die mehr und mehr vom Summen der Insekten übertönt wurden. Er berührte seine Handfläche, strich über die Schwielen, Die sind vom Stimmhammer, Katherine, das kommt, wenn man etwas zu fest hält.

Es war dunkel, die Stimmen der Insekten schwollen an, und durch die Ritzen in der Wand drang schwüle Luft, schwer vom Nebel und dem Murmeln des Regens. Edgars Gedanken wanderten. Er dachte an das Strömen des Flusses, an die schattigen Ufer, und er folgte ihnen zurück, gegen den Strom, Gedanken unterliegen nicht den Gesetzen fallenden Wassers. Er stand am Ufer von Mae Lwin, und die Bambushütten vor ihm brannten, Flammen züngelten aus ihnen empor, verzehrend, sprangen auf die Bäume über, und von den Ästen tropfte Feuer. Er hörte Schreie, und er sah auf und dachte, Es sind nur die Laute des Dschungels, die Schreie der Käfer. Er hörte die Kette über den Bambus schleifen.

Die Tür ging auf, und eine Gestalt trat ein, verschwommen, ein Schatten so dunkel wie die lichtlose Nacht, Guten Abend, Edgar.

Der Klavierstimmer antwortete nicht. Darf ich hereinkommen, fragte der Schatten. Die Tür wurde leise geschlossen. Ich dürfte gar nicht hier sein, sagte die Stimme, und der Klavierstimmer erwiderte, Ich auch nicht, Captain.

Eine Weile herrschte Stille, dann kam die Stimme wieder aus dem Dunkel, Ich muss mit Ihnen reden.

Ich denke, wir haben genug geredet.

Bitte – ich stehe bereits selbst unter Verdacht; wenn es herauskommt, dass ich hier bin, werde ich ebenfalls verhaftet, Edgar, verhört hat man mich schon. Soll das ein Trost sein? Es ist nicht leicht, Edgar, nichts ist hier leicht, ich wollte nur reden. Dann reden Sie. Edgar, ich würde gern so mit Ihnen sprechen wie damals in Mandalay. Wie damals, bevor Sie die Jungen getötet haben. Ich habe niemanden getötet, Edgar. Ach, ja? Aber meine Gefährten sind tot. Ich habe sie nicht erschossen, ich habe darum gebeten, niemanden zu töten, aber ich bin meines Kommandos enthoben worden. Nok Lek war fünfzehn, sagte Edgar, die anderen beiden waren noch Kinder.

Sie schwiegen, und der Insektenchor hob wieder an, und Edgar lauschte dem Trillern, Ein so lautes Geräusch, dabei wird es von winzigen Flügeln erzeugt.

Edgar, ich riskiere Kopf und Kragen damit, dass ich hier mit Ihnen rede.

Er hörte einen tieferen, an- und abschwellenden Ton aus dem Ruf der Insekten heraus. Das sind Schwebungen, Klänge, die durch die Überlagerung ungleicher Töne entstehen, Klang aus Dissonanz, dass ich das nicht schon früher gehört habe.

Sie müssen mit mir reden, denken Sie an Ihre Frau.

Klang aus Dissonanz, dachte er und sagte, Sie haben mich nichts gefragt.

Sie müssen uns helfen, ihn zu finden, sagte der Schatten.

Der Klavierstimmer hob den Kopf, und die Geräusche schienen zu verstummen. Ich dachte, Sie haben Mae Lwin eingenommen. Ja, aber Anthony Carroll haben wir nicht. Und Khin Myo? Sie sind beide entkommen; wir wissen nicht, wohin.

Schweigen.

Edgar, wir wollen nur die Wahrheit wissen.

Die scheint Mangelware zu sein.

Wenn Sie es mir sagen, dann kann die Sache ohne noch mehr Blutvergießen abgeschlossen werden, und Sie können nach Hause. Was ich weiß, habe ich Ihnen gesagt: Doktor Carroll war ein großer Mann.

Das sind leere Worte in Zeiten wie diesen. Für Sie vielleicht, Captain, vielleicht ist das der Unterschied. Ich will nur Fakten, Edgar, was er war, können wir später feststellen. *Sie* können es feststellen, ich weiß es bereits. Das stimmt wohl nicht ganz; es gibt viele Gründe dafür, in die Berge zu verschwinden, Klaviere in den Dschungel zu schaffen, Verträge auszuhandeln, es gibt viele Möglichkeiten.

Er liebt die Musik.

Das ist eine Möglichkeit, aber es gibt auch andere. Ist es denn wirklich so schwer, das zuzugeben? Nicht unbedingt, ich habe nicht an ihm gezweifelt. Das stimmt nicht, wir haben Ihre Briefe. Sie sollten nicht lügen, das hilft niemandem.

Meine Briefe?

Alle, die Sie geschrieben haben, seit Sie Mandalay verlassen haben. Das waren Briefe an meine Frau, ich habe darin meine Gedanken aufgeschrieben, ich …

Hätten Sie sich nicht denken können, dass wir uns über jemanden, der verschwindet, unsere Gedanken machen würden?

Sie hat die Briefe also nie bekommen.

Erzählen Sie mir von Carroll, Edgar.

Schweigen.

Edgar.

Ich habe lediglich seine *Absichten* in Frage gestellt, Captain, nicht seine Loyalität. Das geben Sie also zu. Ja, aber Absichten und Loyalität sind nicht dasselbe, Fragen darf man ja wohl stellen. Wir dürfen nicht alles zerstören, was wir nicht verstehen. Dann sagen Sie mir, wie Ihre Fragen lauten. Meine Fragen? Ihre Fragen, Edgar.

Vielleicht frage ich mich, warum er ein Klavier angefordert hat.

Das fragen Sie sich. Ja, sicher, jeden Tag, seitdem ich England verlassen habe. Und haben Sie schon eine Antwort? Nein, müsste ich eine haben? Was spielt es schon für eine Rolle, warum er es angefordert hat, warum er mich angefordert hat, Vielleicht war es ein Kernpunkt seiner Strategie. Vielleicht hat ihm nur die Musik gefehlt, und er war einsam.

Und was glauben Sie?

Das tut nichts zur Sache, ich mache mir meine eigenen Gedanken.

Ich auch.

Verraten Sie mir Ihre Gedanken, Captain.

Die Schatten bewegten sich, Anthony Carroll ist ein russischer Spion, er ist ein Shan-Nationalist, er ist ein französischer Spion, Anthony Carroll will im Dschungel Birmas ein eigenes Reich errichten. Das sind Möglichkeiten, Edgar, bitte konzedieren Sie nur, dass es Möglichkeiten sind.

Wir haben einen Vertrag ausgehandelt.

Sie sprechen nicht Shan.

Aber ich habe es gesehen, ich habe gesehen, wie sich Dutzende, nein, Hunderte von Shan-Kriegern vor ihm verneigt haben. Und das hat Sie nicht gewundert? Nein. Das glaube ich Ihnen nicht.

Gewundert vielleicht.

Und jetzt?

Er hat mir sein Wort gegeben.

Und dann hat die Limbin-Konföderation unsere Truppen angegriffen.

Vielleicht ist er verraten worden.

Sie schwiegen, und wieder drangen die Laute des Waldes in das Vakuum ihrer Worte.

Ich habe auch einmal an ihn geglaubt, Edgar, vielleicht noch mehr als Sie. In diesem blutigen Krieg dunkler Absichten habe ich geglaubt, dass er Englands beste Seiten verkörpert. Seinetwegen bin ich so lange hier geblieben.

Ich weiß nicht, ob ich Ihnen glauben kann.

Das verlange ich gar nicht von Ihnen, ich verlange nur, dass Sie das, was er war, und das, was er nach unseren Vorstellungen sein sollte, auseinander halten, und auch das, was *sie* war und das, was *sie* nach Ihren Vorstellungen sein sollte.

Was wissen Sie schon von ihr?

Und Sie, Edgar? War dieses Lächeln nur Freundlichkeit, die man einem Gast schuldet?

Das glaube ich nicht.

Glauben Sie dann, er hat von ihr verlangt, dass sie Ihnen Zuneigung entgegenbringt, um Sie zum Bleiben zu bewegen, Glauben Sie, er hat nichts gewusst?

Es gab nichts zu wissen, ich habe mir nichts zuschulden kommen lassen.

Oder er hat ihr vertraut. Worauf vertraut? Wir sprechen nur von Möglichkeiten. Bedenken Sie, Edgar, von Ihren flüchtigen Einblicken abgesehen wussten Sie doch gar nicht, was sie für ihn war.

Was wissen Sie schon davon?

Ich hatte Sie davor gewarnt, sich zu verlieben.

Ich habe mich nicht verliebt.

Nein, vielleicht nicht. Trotzdem ist sie in das alles verstrickt.

Ich verstehe nicht.

Wir kommen und gehen, Truppen und Klaviere und großartige Pläne, aber sie bleibt, und man glaubt, wenn man sie versteht, rgibt sich alles andere von selbst. Überlegen Sie doch: War sie icht auch Ihr Geschöpf? Haben Sie sie deshalb nicht verstanden, veil Sie Ihre eigenen Phantasien nicht verstanden haben, weil Sie icht verstanden haben, was Sie selbst sein wollten? Könnte man enn nicht sagen, dass wir uns nicht einmal unserer eigenen räume bewusst sind?

Erneutes Schweigen.

Sie wissen doch gar nicht, was das alles für *sie* bedeutet hat, wie es ist, das Geschöpf eines anderen zu sein.

Warum sagen Sie mir das? Weil Sie sich verändert haben, seit ich Sie zuletzt gesehen habe. Und wenn schon, hier geht es nicht um mich, Captain. In Mandalay haben Sie gesagt, Sie könnten nicht Klavier spielen. Das kann ich auch nicht. Aber Sie haben für den Shan-*sawbwa* gespielt.

Woher wollen Sie das wissen?

Sie haben für den Shan-*sawbwa* von Mongnai gespielt, das *Wohltemperierte Klavier*, aber nur die ersten vierundzwanzig Fugen.

Noch einmal: Woher wollen Sie das wissen? Von mir nicht.

Sie haben mit Präludium und Fuge Nummer vier angefangen, schade, Nummer zwei ist schöner. Sie glauben, Ihre Musik hätte hier Frieden geschaffen, Sie können sich nicht eingestehen, dass Anthony Carroll ein Verräter ist, denn das würde alles, was Sie hier getan haben, in Frage stellen.

Woher wollen Sie das mit der Musik wissen?

Ich weiß sehr viel mehr, als Sie glauben.

Sie sind nicht da.

Edgar, zerstören Sie nicht, was Sie nicht verstehen, das haben Sie doch selbst gesagt.

Sie sind nicht da. Ich höre nichts, Sie sind nur das Zirpen der Grillen, Sie sind meine Phantasie.

Vielleicht, vielleicht auch nur ein Traum. Vielleicht bin ich nur eine Vorspiegelung der Nacht. Vielleicht haben Sie das Schloss an der Tür selbst geöffnet. Möglichkeiten, nicht wahr? Vielleicht wurden am Ufer vier Schüsse abgegeben und nicht drei. Vielleicht stelle ich meine Fragen hier für niemand anderen als für mich selbst.

Und jetzt?

Die Tür ist offen. Gehen Sie, ich halte Sie nicht auf. Sie fliehen allein.

Sind Sie deshalb gekommen?

Das war mir bis jetzt nicht klar.

Ich würde Sie gern umarmen, aber das würde eine Frage beantworten, die ich noch nicht beantworten will.

Sie möchten fragen, ob ich real bin oder ein Geist.

Und Sie möchten antworten.

Wir sind Geister, seit das alles angefangen hat, sagte der Schatten.

Auf Wiedersehen, sagte Edgar und ging durch die offene Tür in die Nacht hinaus.

Das Camp war leer, die Wachen schliefen. Er ging leise und ließ die Tür hinter sich offen. Er wandte sich nordwärts und dachte nur daran, Abstand zwischen sich und das Camp zu bringen. Schwere Gewitterwolken verdeckten den Mond, und der Himmel war schwarz. Er ging.

Er rannte.

XXIV

Schon nach wenigen Minuten fing es an zu regnen. Edgar rannte, bereits atemlos, als ihn die ersten Tropfen trafen, einer, zwei, drei nasse Punkte auf warmer Haut. Und dann öffnete sich der Himmel mit einem Schlag. Wie wenn ein Damm bricht, als hätte jemand die Wolken gespalten. Wasser wie Garn, das von der Spule rollt.

Im Laufen versuchte Edgar sich eine Landkarte des Flusses vorzustellen, aber er konnte sich nur noch dunkel daran erinnern. Sie waren fast zwei Tage unterwegs gewesen, wegen des Flügels aber nur langsam vorangekommen, so dass sie nicht mehr als zwanzig Meilen geschafft haben konnten. Und da der Fluss weite Biegungen beschrieb, war es zu Lande vielleicht sogar näher nach Mae Lwin. Vielleicht. Er versuchte sich das Gelände in Erinnerung zu rufen, aber Entfernung schien plötzlich weniger wichtig als Richtung. Er rannte schneller durch das herabstürzende Wasser, und von seinen Füßen spritzte Matsch hoch. Er hob die Hände, wie um einen Perlvorhang zu teilen.

Und plötzlich hielt er inne.

Das Klavier. Er stand auf einer kleinen Lichtung, und der Regen prasselte auf ihn herab, stärker jetzt, spülte über sein Haar, rann in Bächen seine Wangen hinab. Er schloss die Augen. Er sah den Erard vor sich, am Ufer in der Strömung schaukelnd, wie die Soldaten ihn zurückgelassen hatten. Er sah, wie sie ihn packen, mit Händen voller Waffenöl betatschen und an Land ziehen würden. Er sah ihn in einem feinen Salon stehen, frisch lackiert, neu gestimmt, ein Bambusstück tief in seinem Innern durch Fichte ersetzt. Still stand er da, jeder Atemzug von warmem Sprühregen begleitet. Er öffnete die Augen und machte kehrt. Zum Fluss zurück.

Das Ufer war so dicht bewachsen, dass er kaum vorwärts kam. Er glitt ins Wasser, dessen Oberfläche im tobenden Gewitter bebte, und ließ sich von der Strömung flussabwärts tragen, nur ein kurzes Stück, dann hangelte er sich an den Weidenzweigen mühsam ans Ufer. Das Wasser lief ihm übers Gesicht.

Um ihn herum brach der Regen in schweren Schwaden durch das Laub, wurde vom Wind zwischen den Weiden hindurchgepeitscht. Das Floß zerrte wild an dem Seil, mit dem es an einem Baum vertäut war, die Fluten schäumten darüber und drohten es fortzureißen. Das Klavier stand noch an seinem Platz. Man hatte es nicht zugedeckt, und der Regen trommelte auf das Mahagoni.

Edgar blieb stehen. Die Strömung schob sich gegen seine Beine, das Wasser drang durch sein Hemd. Er schaute zu dem Klavier hinüber. Der Mond schien nicht, und hinter den wogenden Regenvorhängen war es nur für Augenblicke sichtbar. Die Tropfen, die auf dem dunklen Holz aufspritzten, markierten seine zitternden Umrisse, die Füße stemmten sich gegen das schaukelnde Floß.

Bald würde man seine Flucht bemerken, dachte Edgar in aufsteigender Panik, vielleicht hatte man sie auch schon bemerkt, und nur der Regen bewahrte ihn vor Entdeckung. Er watete durch das Wasser zu dem Baum, an dem das Floß festgezurrt war, und kniete sich hin. Das Seil scheuerte bereits die Rinde vom Stamm, und das weiße Holz sah hervor. Edgar versuchte den Knoten zu lösen, aber das Floß hatte ihn zu fest angezogen, und Edgars taube Finger konnten nichts ausrichten.

Das Floß zerrte am Seil, Wasser gurgelte über die Stämme, jeden Moment konnte es kentern. Seine Schräglage warf die Hämmer an die Saiten, so dass anschwellende Klänge das Tosen der Fluten begleiteten, ein Wehklagen, das die Gefahr auszudrücken schien. Die Werkzeugtasche, die er mitgenommen hatte, kam Edgar in den Sinn. Er hangelte sich an dem Seil zum Floß, stemmte die große Kiste auf und fasste hinein. Seine Finger berührten das trockene Leder und zogen es hervor.

Hastig schnürte er die Tasche auf, wühlte sie verzweifelt durch und fand schließlich das Federmesser. Das Lied des Klaviers wurde lauter, alle Saiten klangen gleichzeitig. Er warf die Tasche ins Wasser, wo sie kurz in dem Strudel trieb, den die Strömung am Floß bildete, dann wandte er sich wieder dem Ufer zu. Er verlor das Gleichgewicht, fiel auf die Knie und hielt sich am Seil fest. Seine Brille war ins Wasser gefallen, und er fischte sie heraus und setzte sie wieder auf. Er klappte das Federmesser auf und begann zu sägen, und die Schnüre des Seils sprangen unter der Spannung, und als er bei den letzten Fasern angelangt war, riss das Seil. Das Floß tat einen Satz, das Klavier sang. Einen Moment lang verharrte das Floß noch in der Strömung, drehte sich, verfing sich in Weidenzweigen, deren Blätter über das Klavier strichen. Dann ein Regenvorhang, und es war weg.

Mit Mühe hangelte Edgar sich ans Ufer zurück. Er steckte das Federmesser ein und rannte wieder los, kämpfte sich durch Gesträuch, schlug Zweige zur Seite, lief durch Regenwände hindurch über Lichtungen. Er sah das Klavier auf dem Fluss treiben, sah, wie der Regen auf das Gehäuse prasselte, wie der Wind den Deckel hochriss und beide ein Duett auf den Tasten spielten. Er sah, wie die schäumenden Fluten es flussabwärts trugen, an anderen Dörfern vorbei. Er sah Kinder darauf zeigen, Fischer mit ihren Netzen darauf zupaddeln.

Dann zuckt wieder ein Blitz und beleuchtet einen bebrillten Mann, der mit zerfetzten Kleidern und an der Stirn klebenden Haaren nordwärts durch den Wald hastet, während auf dem Fluss ein schwarzer Mahagoni-Flügel, dessen Perlmuttverzierung das Licht einfängt, südwärts schaukelt. Es ist, als strebten sie von einem Mittelpunkt fort, an dem ein Wachhund an der Leine zerrt und ein Spähtrupp zu den Laternen greift.

Seine Füße stampften den Boden, bespritzten ihn mit Matsch. Der Pfad führte durch ein dichtes Gehölz, und er folgte ihm ins Dunkel, brach durchs Gezweig, stolperte, stürzte in den Matsch und rappelte sich wieder auf, rannte weiter. Keuchend.

Nach einer Stunde steuerte er auf den Fluss zu. Er hätte ihn lieber näher bei Mae Lwin überquert, fürchtete aber, die Hunde würden seine Witterung aufnehmen.

Vom Regen angeschwollen, strömte der Fluss rasch dahin. Dunkelheit und Regen verbargen das andere Ufer. Am Wasser blieb Edgar stehen und versuchte etwas zu erkennen, doch seine Brille war beschlagen und trübte die Sicht noch mehr. Er nahm sie ab und steckte sie in die Tasche. Einen Moment lang blieb er so stehen, sah nichts als Schwärze, lauschte auf die Flut. Und dann, weit entfernt, hörte er einen Hund bellen. Er schloss die Augen und tauchte unter.

Es war still unter der Wasseroberfläche, und er schwamm mit der Strömung, die schnell war, aber ruhig. Ein paar Sekunden fühlte er sich sicher, das kalte Wasser glitt an ihm entlang, und seine Kleider blähten sich mit jedem Schwimmzug. Dann begann seine Lunge zu brennen. Er schwamm weiter, widerstand dem Drang aufzutauchen, schwamm, bis er das Brennen nicht mehr aushielt, und schoss dann nach oben, in Wind und Regen hinein. Er ruhte sich kurz aus, atmete durch, ließ sich treiben, und einen Moment lang stellte er sich vor, wie friedvoll es wäre, aufzugeben und sich vom Fluss forttragen zu lassen. Doch dann blitzte es von neuem, und der ganze Fluss schien zu brennen, und er schwamm wieder mit schnellen, wilden Zügen, und als er glaubte, die Arme nicht mehr heben zu können, streiften seine Knie über Felsen, er öffnete die Augen und sah das Ufer und einen Sandstrand. Er zog sich an Land und sank in den Sand.

Der Regen prasselte auf ihn herab. Er atmete tief und schnell, hustete, spuckte Flusswasser aus. Wieder blitzte es. Er wusste, dass man ihn sehen konnte. Er raffte sich auf und rannte weiter.

Er kämpfte sich durch den Wald, kletterte über umgestürzte

Bäume, stob mit ausgestreckten Armen blindlings durch die Lianen, in wachsender Panik, denn er hatte geglaubt, er würde auf einen Weg stoßen, der südlich von Mae Lwin am linken Ufer entlangführte, eine Route, die er selbst nie genommen, von der ihm der Doktor aber erzählt hatte. Doch nichts, nur Wald. Er lief eine Böschung zu einem kleinen Nebenfluss des Salween hinunter, wich Bäumen aus, stolperte, rutschte durch den Matsch abwärts, fiel, statt zu laufen, bis das Gelände wieder eben wurde und er sich aufrichten konnte, dann überquerte er auf einem umgestürzten Baum den Fluss und erklomm das andere Ufer, zog sich an losen Erdklumpen aufwärts, strauchelte oben und fiel wieder hinunter, kämpfte sich von neuem hoch, und plötzlich verfingen seine Füße sich im Gestrüpp, und er stürzte abermals, krachte in die Büsche. Der Regen strömte. Als er aufstehen wollte, hörte er ein Knurren.

Er drehte sich langsam um, darauf gefasst, die Gamaschen eines britischen Soldaten zu erblicken. Stattdessen stand, nur Zentimeter von seinem Gesicht entfernt, ein Hund vor ihm, allein, ein räudiges Tier, vor Nässe triefend, das Maul voller abgebrochener Zähne. Edgar wollte zurückweichen, aber das Dickicht hielt seinen Fuß fest. Der Hund knurrte von neuem und sprang vor, seine Zähne schnappten zu, doch da fuhr eine Hand aus dem Dunkel, packte ihn im Nacken und riss ihn zurück. Er bellte wütend. Edgar schaute auf.

Ein Mann stand vor ihm, nackt bis auf die hochgerollte Shan-Hose, unter der muskulöse, sehnige Beine hervorschauten, an denen das Wasser herunterlief. Er sagte nichts, und Edgar löste langsam seinen Fuß aus dem Gestrüpp und stand auf. Einen Moment lang sahen sich die beiden Männer an. Wir sind Gespenster füreinander, dachte Edgar, dann blitzte es wieder, und der Mann trat aus dem Dunkel hervor, Tätowierungen wanden sich über seinen nass glänzenden Oberkörper, phantastische Dschungeltiere, lebendig, im Regen schwankend. Dann war es wieder dunkel, und Edgar rannte von neuem durchs Dickicht, der Wald wurde immer dichter, bis er sich plötzlich auf eine Straße öffnete. Edgar wischte sich den Schmutz aus den Augen und wandte sich nordwärts, rannte, erlahmte, rannte weiter. Der Regen wusch ihn.

Im Osten wurde es heller. Der Tag brach an. Der Regen ließ nach und hörte bald auf. Erschöpft verlangsamte Edgar seine Schritte. Die Straße war ein alter, von Unkraut überwucherter Ochsenkarrenweg. Die schmalen Furchen verliefen ungleichmäßig parallel, von abgenutzten Wagenrädern eingeschnittene Rinnen. Er sah sich nach Menschen um, aber alles war still, und als er weiterging, wichen die Bäume zu beiden Seiten Büschen und einzelnen Gräsern. Es wurde wärmer.

Er ging, ohne viel zu denken, hielt nur nach Hinweisen Ausschau, die ihn nach Mae Lwin führen konnten. Es wurde heiß, und die Schweißperlen vermischten sich mit den Regentropfen in seinem Haar. Ihm war schwindlig. Er krempelte die Ärmel hoch und knöpfte sein Hemd auf, und dabei fühlte er etwas in der Brusttasche. Es war ein zusammengefaltetes Stück Papier, und er überlegte einen Moment, was es sein konnte, dann fiel ihm der Brief ein, den ihm der Doktor im letzten Augenblick am Fluss gegeben hatte. Im Gehen faltete er ihn auf, zog die nassen Hälften auseinander und blieb stehen.

Es war eine Seite aus Anthony Carrolls *Odyssee*, ein gedruckter Text mit unterstrichenen Stellen und Anmerkungen in den Tuschekringeln der Shan-Schrift:

> Und sie erreichten bald der Lotophagen Versammlung.
> Aber die Lotophagen beleidigten nicht im Geringsten
> Unsere Freunde; sie gaben den Fremdlingen Lotos zu kosten
> Wer nun die Honigsüße der Lotosfrüchte gekostet,
> Dieser dachte nicht mehr an Kundschaft oder an Heimkehr:
> Sondern sie wollten stets in der Lotophagen Gesellschaft
> Bleiben, und Lotos pflücken, und ihrer Heimat entsagen.

Durch das feuchte Papier sah Edgar, dass auch die Rückseite beschrieben war, und er drehte es um. In den dunklen Federstrichen des Doktors stand da: »Für Edgar Drake, der gekostet hat.« Edgar las die Worte noch einmal, dann senkte er langsam die Hand, und das Blatt flatterte im Wind. Und er setzte sich wieder in Bewegung, ohne Hast jetzt, langsam, vielleicht nur weil er müde war. In der Ferne stieg das Land an und wurde Himmel, verschwamm in den Aquarellstrichen ferner Regenschauer. Er blickte auf und sah die Wolken, und es war, als würden sie brennen, Wattekissen, die zu Asche wurden. Dampfend verdunstete das Wasser aus seinen Kleidern, so wie ein Geist aus dem Körper aufsteigt.

Er stieg auf eine Anhöhe, weil er den Fluss oder vielleicht Mae Lwin zu erblicken hoffte, aber er sah nur eine lange Straße, die zum Horizont führte, und er folgte ihr. Ein Stück voraus bemerkte er eine Unebenheit, und als er näher kam, erkannte er einen kleinen Schrein. Er blieb davor stehen. Ein seltsamer Ort für Opfergaben, dachte er, es gibt keine Berge oder Häuser ringsum, niemand ist hier. Er betrachtete die Reisschalen und die verwelkten Blumen, die Räucherstäbchen, die verfaulenden Früchte. Eine Figur stand in dem Schrein, ein traurig lächelnder Naturgeist aus verblichenem Holz mit einer kaputten Hand. Edgar nahm das Papier aus der Tasche und las es noch einmal. Dann faltete er es wieder zusammen und steckte es neben die kleine Statue, Ich lasse dir eine Geschichte hier, sagte er.

Er ging, und der Himmel war hell, aber er sah keine Sonne.

Am Nachmittag sah er in der Ferne eine Frau. Sie trug einen Sonnenschirm.

Sie bewegte sich langsam, und er konnte nicht erkennen, ob sie auf ihn zu oder von ihm fortging. Es war ganz still, und dann tauchte eine ferne Erinnerung an einen Sommertag in England auf, als er zum ersten Mal Katherines Hand genommen hatte und sie durch das Gewühl im Regent's Park gegangen waren. Sie hatten wenig geredet und nur Menschen, Kutschen und andere junge Paare betrachtet. Flüsternd hatte Katherine sich verabschiedet, Meine Eltern warten, wir sehen uns bald wieder, und sie war über das Grün davongegangen, unter ihrem weißen Sonnenschirm, der das Licht einfing und leise im Wind tanzte.

Jetzt dachte er an diesen Augenblick, ihre Stimme wurde deutlicher, und er ging schneller, rannte fast, bis er Hufeklappern hinter sich hörte, dann eine Stimme, einen Ruf, der ihm gebot stehen zu bleiben, aber er drehte sich nicht um.

Wieder der Ruf, halt, und mechanische Geräusche, das Klirren von Metall, aber weit weg. Dann noch ein Ruf, ein Schuss, und Edgar Drake fiel.

Er lag auf der Erde. Wärme breitete sich unter ihm aus, und er drehte sich um und sah in die Sonne, die wiedergekehrt war, denn 1887, so sagen die Geschichten, herrschte auf dem Shan-Plateau eine furchtbare Dürre. Und wenn sie nicht von der Regenzeit erzählen oder von Mae Lwin oder von einem Klavierstimmer, dann aus demselben Grund, denn sie tauchten auf und verschwanden, und die Erde trocknete wieder aus.

Die Frau wandert in eine Luftspiegelung hinein, in jenen geisterhaften Widerschein von Licht und Wasser, den die Birmanen *than hlat* nennen. Die Luft um sie herum flimmert, spaltet ihren Körper, umkreist ihn. Und dann verschwindet auch sie. Nur noch die Sonne und der Sonnenschirm sind da.

Ein alter Shan-Mönch war in ein Streitgespräch mit einem Hindu-Asketen vertieft.

Die Shan, so erklärte der Mönch, glauben, dass die Seele eines Menschen. wenn er stirbt, zum Fluss des Todes geht, wo ein Boot wartet, um sie überzusetzen. Sie legen einem verstorbenen Freund deshalb eine Münze in den Mund, damit er den Fährmann bezahlen kann, der ihn ans andere Ufer bringt.

Es gibt noch einen Fluss, sagte der Hindu, den man überqueren muss, bevor man in den höchsten Himmel kommt. Jeder findet sich früher oder später an seinem Ufer ein und muss selbst sehen, wie er hinüberkommt. Für manche ist es eine leichte, schnelle Überfahrt, für andere ist sie langsam und mühselig, aber alle gelangen am Ende nach Hause.

Nach Leslie Milne, Shans at Home (1910)

Edgar Drake, Anthony Carroll und Ma Khin Myo, der Ort Mae Lwin und die Verschiffung eines Erard-Flügels an den Salween sind frei erfunden.

Dennoch habe ich versucht, meinen Roman in einem wahren historischen Kontext anzusiedeln, was dadurch erleichtert wurde, dass Geschichte und Akteure des Shan-Aufstandes farbiger sind, als die Phantasie sie je beschwören könnte. Alle historischen Darstellungen in diesem Buch, von der Geschichte Birmas bis hin zu dem Erard-Flügel, enthalten Wahres. Die Befriedung der Shanstaaten war eine kritische Phase in der Expansion des britischen Empire. Die Limbin-Konföderation gab es wirklich, sie leistete entschlossenen Widerstand. Meine Geschichte endet ungefähr im

April 1887, als britische Truppen das Fürstentum Lawksawk besetzten. Nach diesem militärischen Sieg gelangten die südlichen Shan-Staaten rasch unter britische Herrschaft. Der Limbin-Prinz kapitulierte am 13. Mai, und am 22. Juni berichtet A. H. Hildebrand, der Superintendent der Shan-Staaten, dass »die südlichen Shan-Staaten ihre Unterwerfung erklärt haben«.

Eine der historischen Persönlichkeiten, die in diesem Buch erwähnt werden, ist der Politoffizier der Shan-Staaten, Sir James George Scott, der als Rektor der St. John's School in Rangun das Fußballspiel in Birma eingeführt und mich durch sein gelehrtes und einfühlsames Buch *The Burman* mit Birma bekannt gemacht hat. Diesem ersten wissenschaftlichen Werk, das ich über das Land las, verdankt die Darstellung des kulturellen Hintergrundes meiner Geschichte viele Anregungen. Scotts Bücher, von seinen akribischen Beschreibungen des *yôkthe pwè* in *The Burman* über das enzyklopädische Handbuch lokaler Geschichten in *The Gazetteer of Upper Burma and the Shan-States* bis hin zu seinen Briefen in *Scott of the Shan-States*, waren eine unschätzbare Informationsquelle und zugleich ein unendliches Lesevergnügen.

Dimitri Mendelejew, der Vater des Periodensystems, ist dem birmanischen Konsul in Paris tatsächlich begegnet. Worüber die beiden sprachen, ist nicht bekannt.

Maung Tha Zan war ein Star des birmanischen *pwè*, der jedoch nicht an Maung Tha Byaw heranreichte.

Belaidour, von den Berbern *adil-ououchchn* genannt, ist der westlichen Wissenschaft als *Atropa belladonna* bekannt und wird vor allem für Herzen angewandt, die zu schnell schlagen. Ihren Namen verdankt die Pflanze dem Umstand, dass ihre Beeren die Augen der Frauen weit und dunkel machen.

Anthony Carrolls Annahmen zur Verbreitung der Malaria trafen zu. Dass die Krankheit durch Stechmücken übertragen wird, wies zehn Jahre später ein Engländer namens Donald Ross nach, der ebenfalls im Indischen Medizinischen Dienst tätig war, an einem Krankenhaus in der Stadt Secunderabad. Vorausschauend war auch Carrolls Gebrauch einer »Pflanze, die aus China kommt«. Quinghaosu wird heute zur Herstellung von Artemisinin verwendet, eines starken Malariamittels, dessen Wirksamkeit 1971 »wieder entdeckt« wurde.

Alle *sawbwas* sind real und in den Shan-Staaten noch heute Helden. Das Treffen in Mongpu ist fiktiv.

Twet Nga Lu, der Räuberhauptmann, wurde schließlich von britischen Truppen gefangen genommen. Die Beschreibung seines Todes durch Sir Charles Crosthwaite in *The Pacification of Burma* soll hier zitiert werden:

Hildebrand wurde angewiesen, Twet Nga Lu nach Mongnai zurückzuschicken, wo er vom *sawbwa* abgeurteilt werden sollte. Unterwegs versuchte er zu fliehen und wurde von seiner belutschischen Eskorte erschossen. Die Männer kehrten nach Fort Stedman zurück, meldeten den Vorfall und sagten, sie hätten Twet Nga Lu an Ort und Stelle begraben...

Zweifel an dieser Darstellung wurden später restlos ausgeräumt. Der Bandit war in den bewaldeten Hügeln an der Grenze zu Mongpawn zu Tode gekommen. Am folgenden Tag grub eine Gruppe Shan aus Mongpawn die Leiche wieder aus beziehungsweise hob sie aus ihrem flachen Grab und schüttelte die lockere Erde von ihr ab. Der Kopf wurde abgetrennt, kahl geschoren und nach Mongnai geschickt, um dort, während der stellvertretende Superintendent in Fort Stedman weilte, am Nord-, Süd-, Ost- und Westtor der Stadt zur Schau gestellt zu werden. Die Talismane wurden aus Rumpf und Gliedern entfernt. Es handelt sich bei solchen Amuletten gewöhnlich um kleine Münzen oder Metallstücke, die unter der Haut platziert werden. Diese waren doppelt gefragt, weil das Fleisch eines so berühmten Mannes sie beherbergt hatte, und wurden begierig aufgekauft. Dann wurde die Leiche eingekocht, und ein Absud wurde aus ihr gewonnen, den die Shan *mahe si* nennen, ein unfehlbares Zaubermittel für alle Arten von Wunden. Eine so kostbare »Medizin« blieb nicht lange in den Händen der Armen und fand bald ihren Weg in den Medizinschrank eines Fürsten ... Das war das Ende Twet Nga Lus, ein, was die Leiche anbelangt, überaus umfassendes Ende.

Oder wie Lady Scott, die Herausgeberin von *Scott of the Shan States*, über den Banditenfürsten schrieb: »Dies war das restlose Ende eines bemerkenswerten Mannes.«

Angaben zu Mythen und Kultur der Shan, zu einheimischer Medizin und Naturgeschichte habe ich in Birma und Thailand gesammelt und der zeitgenössischen Literatur entnommen. Die Literatur, die ich antraf, war zwar, wie ich glaube, gut gemeint und gut recherchiert, ich fürchte aber, dass viele Quellen Vorurteile oder schlicht Fehlinterpretationen enthalten, wie sie im viktorianischen England weit verbreitet waren. Doch die Fakten, die damals als solche galten, waren mir für meinen Roman wichtiger als die heute bekannten Fakten. Daraus resultierende sachliche Unstimmigkeiten bitte ich mir deshalb nachzusehen; ein Beispiel findet sich im oben genannten Absatz: Wie das von Doktor Carroll verwendete *mahaw tsi* der Kachin, das dem großen Pflanzenjäger Frank Kingdon-Ward zufolge aus einer Euonymus-Art hergestellt wird, mit Crosthwaites ethymologisch ähnlichem *mahe si* zusammenhängt, ist mir bis heute ein Rätsel, wenn auch ein faszinierendes.

Ich bin zahllosen Quellen zu Dank verpflichtet. Zu den Büchern, die mir außer denen von Scott, Kingdon-Ward und Crosthwaite unentbehrlich waren, gehörten: *Burma's Struggle Against British Imperialism*, 1885-1895, von Ni Ni Myint wegen seiner Darstellung des Shan-Aufstandes aus birmanischer Sicht, *Shans at Home* von Leslie Milne, eine 1910 erschienene wunderbare Ethnographie der Shan, und *The Illusion of Life: Burmese Marionettes* von Ma Thanegi wegen der darin enthaltenen Details zum *yôkthe pwè*. *The Making of Modern Burma* verdient Erwähnung wegen seiner Erörterung der anglo-birmanischen Kriege; es ist eine erfrischende neue Analyse vieler lange von Historikern und auch von Figuren meines Buches vertretener Ansichten. Dank schulde ich auch William Braid Whites *Klavierstimmen*, das Edgar Drakes technische Fertigkeiten abgerundet hat.

Und noch ein Letztes: Nachdem ich an der Grenze zwischen Thailand und Birma im Süden ein Jahr lang Malariaforschungen betrieben hatte, reiste ich nordwärts, in die kleine Stadt Mae Sam Laep, wo die angeschwollenen Fluten des Salween die Grenze markieren, weit flussabwärts von dem imaginären Dorf Mae Lwin. Auf einem lang gestreckten Handelsschiff fuhr ich zwischen den stillen, bewaldeten Ufern hindurch, und ab und zu legten wir bei einem im Wald versteckten Karen-Dorf an. Es war windstill und ruhig an jenem heißen Nachmittag, doch dann stiegen bei einem schmutzigen Handelsposten an einem kleinen Nebenfluss seltsame Laute aus dem Dickicht auf. Es war eine Melodie, und ehe der Motor wieder ansprang und wir uns vom Ufer entfernten, erkannte ich, dass es Klänge eines Klaviers waren.

Vielleicht krächzte nur eine Schallplatte auf einem verstaubten alten Grammophon, wie man es auf den entlegeneren Märkten noch findet. Vielleicht. Jedenfalls war das Klavier schrecklich verstimmt.

Dank

Die Recherchen zu diesem Buch wären ohne die Unterstützung der Mitarbeiter folgender Organisationen nicht möglich gewesen: in Thailand das tropenmedizinische Institut der Mahidol-Universität und das Kreiskrankenhaus in Ranong; in England die British Library, die Guildhall Library, die National Gallery und das Museum of London; in den USA die Henry Luce Foundation, die Strybing Arboretum and Botanical Gardens in San Francisco und die Bibliotheken der Stanford University, der University of California in Berkeley und der University of California in San Francisco. Die Namen der Orte in Myanmar (Birma), denen ich Anregungen zu dieser Geschichte verdanke, sind zu zahlreich, als dass ich sie hier nennen könnte, doch ohne die Herzlichkeit, die mir die Menschen im ganzen Land entgegenbrachten, wäre dieses Buch nie geschrieben worden.

Im Einzelnen möchte ich für ihre Unterstützung danken: Aet Nwe, Guha Bala, Nicholas Blake, Liza Bolitzer, Mary Lee Bossert, William Bossert, Charles Burnham, Riley Bove, Michael Carlisle, Liz Cowen, Lauren Doctoroff, Ellen Feldman, Jeremy Fields, Tinker Green, David Grewal, Fumihiko Kawamoto, Khin Toe, Peter Kunstadter, Whitney Lee, Josh Lehrer-Graiwer, Emma Grunebaum, Elizabeth Kellog, Jafi Lipson, Helen Loeser, Sornchai Looareesuwan, Mimi Margaretten, Feyza Marouf, Gene McAfee, Jill McCorkle, Kevin McGrath, Ellis McKenzie, Maureen Mitchell, Joshua Mooney, Karthik Muralidharan, Myo, Gregory Nagy, Naing, Keeratiya Nontabutra, Jintana Patarapotikul Maninthorn Phanumaphorn, Wanpen Puangsudrug, Derk Purcell, Maxine Rodburg, Debbie Rosenberg, Nader Sanai, Sidhorn

Sangdhanoo, Bonnie Schiff-Glenn, Pawan Singh, Gavin Steckler, Suvanee Supavej, Parnpen Viriyavejakul, Meredith Warren, Suthera Watcharacup, Nicholas White, Chansuda Wongsrichanalai, Annie Zatlin und den zahllosen anderen in Myanmar und Thailand, die mir ihre Geschichten erzählt haben, deren Namen ich aber nie erfahren habe.

Besonderen Dank schulde ich Wendy Law-Yone, Thant Myint-I und Tint Lwin für ihre Beratung, was Birma anbelangt. Zwei Klavierstimmer halfen mir bei Edgar Drakes Arbeit: David Skolnik und Ben Treuhaft. Letzterer hat in Kuba Klaviere gestimmt und einmal einen 1840er-Erard-Flügel repariert, auf dem einst Liszt gespielt hatte. Damit war er der perfekte Berater für einen anderen Flügel in einem anderen tropischen Land. Unrichtige Angaben über Birma, das Klavierstimmen oder anderes sind ausschließlich mir selbst anzukreiden.

Mehrere Personen haben an der Entstehung dieses Buches intensiv Anteil genommen. Mein tief empfundener Dank und meine Zuneigung gelten Christy Fletcher und Don Lamm für Rat und Anleitung auf allen Gebieten und Maria Rejt bei Picador in England, die mir geholfen hat, aus Edgar einen echten Londoner zu machen. Robin Desser bei Knopf war eine wunderbare Lektorin. Nachdem wir tagelang über nichts anderes als Worte geredet haben, fehlen mir nun die Worte, um meine Dankbarkeit für ihre einfühlsamen und scharfsinnigen Kommentare, ihre Unterstützung und ihren Humor auszudrücken.

Von dem Tag an, als ich ihnen von einem Klavier an einem Fluss erzählte, haben meinen Eltern Robert und Naomi und meine Schwester Ariana Edgar Drake in die Familie aufgenommen und mich in meinen Plänen, von zu Hause wegzugehen, unterstützt. Meine ganze Liebe und mein Dank gehören ihnen.

Glossar

belaidour (adil-ououchchn)	Pflanze mit Heilkräften für das Herz
bedin-saya	Traumdeuter
chinlon	Ballspiel
dacoits	hindustanisches Wort für Banditen
gaung-baung	turbanähnliche Kopfbedeckung
hta main	langer Wickelrock der Frauen
hneh	birmanisches, oboeähnliches Musikinstrument
jesutin kha	danke
leip-bya	Geist des Menschen
longyi	Wickelrock der Männer
lubyet	Spaßmacher
mahaw tsi	Pflanze mit medizinischer Heilwirkung bei Atemwegserkrankungen
meimma yein	Tänzerin
mingala ba	birmanischer Gruß
muang	Fürstentum
nagas	Schlangen der Unterwelt
nga-hlyin	mythische, unter der Erde lebende Riesen
nga-yè	Unterwelt
nats	Geister
ngo-gyin	Trauergesang
oi-moi	altgriechischer Ausruf des Wehklagens
pwè	Straßentheater, Jahrmarkt
pwè-waing	Bühne des Straßentheaters

Sahib	»Herr«, Bezeichnung für männliche Europäer
sa-nwin	Gelbwurz
saung	Bogenharfe mit 12 Saiten
sawbwa	Fürst
Sikh	Anhänger der indischen, islamisch-hinduistischen Sikhreligion
tabla	indische Trommel
thanaka	Gesichtspuder aus geriebenem Sandelholz
than hlat	Licht- und Wasserspiegelung
thathameda	Landsteuer
upupa epops	Wiedehopf
yôkthe pwè	Puppentheater
wallah	Suffix zur Bezeichnung der Tätigkeit oder Position einer Person